KB113482

너의
속삭임

너의
속삭임

초판 1쇄 인쇄일 2017년 07월 24일
초판 1쇄 발행일 2017년 07월 28일

지은이 | 이은교
펴낸이 | 김기선

편집장 | 김은지
편집부 | 임종성, 박지은, 김지현, 김아름
디자인 | 한주희

펴낸곳 | 와이엠북스(YMBOOKS)
출판등록 | 2012년 7월 17일 (제382-2012-000021호)
주소 | 서울시 도봉구 노해로 379, 802호(창동, 대성빌딩)
전화 | 02)906-7768 / **팩스 |** 02)906-7769
E-mail | ymbooks@nate.com

ISBN 979-11-322-4221-5 03810

값 9,500원

이은교 장편소설

YMBOOKS ROMANCE STORY

너의
속삭임

BOOKS

너의
속삭임

목 차

"윤재야, 만화책 좀 그만 보고 창밖 좀 봐봐. 산도 좀 보고, 나무도 보고."

조수석에 앉아 있는 엄마의 말에 그제야, 윤재는 서울에서 출발할 때부터 한 번도 놓지 않고 있던 만화책을 내려놓았다. 창문 밖은 분명 아름다운 장경이었지만 고등학생 윤재의 관심을 그렇게 오래 끌지는 못했다.

"아하암. 아직 멀었어요?"

지루함에 몸부림을 치며 반쯤 감긴 눈으로 말했다. 오늘은 아버지가 어느 지방 산 쪽에 사놓았다는 산장을 보러 가는 날이었다. 들어본 적도 없는 지방의 한 마을 이름을 들었을 때가 생각이 날 듯 말 듯 했다.

"윤재야, 이 별장은 아버지가 네 생일 선물로 주시는 거야."

다정한 엄마의 말에도 윤재는 영 시큰둥했다. 열여덟 살은 그런 나이였다. 뭘 해도 괜히 부모님에게 시큰둥해지고 싶은 나이. 윤재도 별반 다를 바 없는 사춘기의 소년이었을 뿐이었다. 다시 만화책으로 손을 뻗으려는데, 이번엔 운전을 하고 계시던 아버지의 말씀이 들려왔다.

　"우리 윤재 좋지? 여름에는 친구들과 같이 가서 바비큐도 구워 먹을 수 있고, 겨울에는 또 눈이 쌓이면 얼마나 예쁜 줄 몰라. 가서 스트레스도 풀고 오라고 내가 신경을 많이 썼어."

　참 부드러운 목소리였다. 같은 반 친구들은 자신의 아버지가 무섭고 고지식해서 말이 통하지 않는다고 하지만 윤재에게 아버지는 부드러운 친구 같았다.

　"바비큐 하나 마음에 드네요."

　그러면서도 겉으로 표현을 하지 않는 무뚝뚝한 아들이었다. 그렇게 무심하게 대답하며 창밖으로 시선을 막 던졌을 때였다.

　"여, 여보!"

　"어, 잠깐만!"

　갑자기 앞에서 두 부모님들의 다급한 목소리가 들려왔고 확인을 하려고 고개를 튼 순간, 윤재의 몸이 하늘로 붕 떠오르는 기분이 들었다.

　"윤재야!"

　"윤재야!"

　두 분이 동시에 윤재의 이름을 외쳤다. 그리고 윤재가 바라보고 있는 현재의 광경은 처참했다. 박살이 나서 산산조각으로 흐트러져 있는 유리들과 중심을 잡지 못해 무참하게 흔들리고 있는 부모님들, 그리고 거꾸로 핑핑 돌고 있는 세상.

모든 것이 멈추고 꿈을 꾸고 있는 것 같기도 했다. 아픔 같은 것은 없었다. 그저 아무 목소리도 나오지 않고 심장이 여기저기 내던져지는 것만 같았다. 분명 살들이 깨진 유리조각이 긁힌 것 같은데, 너무 정신이 없어서 아픈 것도 모르겠다.

그리고 정신을 차렸을 때 차 안으로 물이 차오르고 있었다. 그제야, 윤재는 정신이 바짝 들었다.

"으우웁! 으으웁!"

아빠! 엄마! 아무리 불러도 목소리가 입 밖으로 나오지 않았다. 다급하게 벨트를 풀어보려고 했지만 말을 듣지 않았다. 윤재는 몸을 뒤틀어 빠져나왔다. 먼저 조수석으로 가서 엄마를 흔들어 깨웠다. 하지만 엄마의 몸은 물결과 같이 윤재의 손길로 움직이기만 할 뿐, 의식이 없었다.

제발, 일어나라고 울부짖으며 외쳤다. 하지만 그 목소리는 방울만 져 윤재의 마음속에서만 울릴 뿐 입 밖으로 나오지 않았다. 아버지를 깨워보았다. 깨진 안경을 끼고 있는 아버지 역시, 아무 의식이 없었다. 투명한 물에 붉은 피가 서서히 퍼져가고 있었다. 점점 더 가라앉는 차에 윤재의 숨통도 점점 막혀왔다.

여러 가지 이유로 움직일 수가 없었다. 부모님을 이곳에 두고 가는 것도, 상처를 받은 몸에 힘이 나지도 않았다. 서서히 세상과 멀어져갔다. 그렇게 어둠 속으로 몸이 차차 가라앉고 있었을 때였다. 큰 파동을 일으키며 누군가가 힘차게 윤재의 곁으로 다가오고 있었다. 뻗은 손길을 잡고 끌어 올려주는 그 손길이 지나치게 따뜻했다. 그 빛이 윤재를 밖으로 끌어 올렸고, 살겠다고 발버둥을 쳐풀이 무성하게 자란 육지로 몸을 기대듯 누웠다.

"캑. 크악!"

꽉 막혀 그대로 끊어질 것 같던 숨통이 살짝 트이긴 했지만, 여전히 정신이 혼미했다. 격하게 몰아치는 기침에 피라도 쏟아낼 것만 같았다. 누구였지? 윤재가 힘없이 드러누워 점점 멀어져가는 의식을 간신히 부여잡고 호수를 바라보았다.

마치, 아무 일도 일어나지 않았다는 듯이 잔잔한 호수 위에 누군가가 서 있다. 뒷모습만 보이는 어떠한 존재가 호수에 떠서 천천히 걸어가고 있었다. 초점을 맞춰 보니 분명 사람의 형태를 갖추고 있다. 하지만 뭐랄까, 사람인데 사람 같지 않은 존재.

'절대, 잊어서는 안 되니까.'

자신을 향하는 듯한 목소리가 들려온다. 물에 빠진 것처럼 선명하지 못한 남자의 목소리가 윤재의 귓가로 들려왔다. 윤재가 그 믿지 못할 존재를 불러보려고 입술을 떼어냈지만 쉽지 않았다. 그대로 정신을 잃었기 때문이었다.

'아, 오늘따라 너무 힘드네. 졸려. 자고 싶다!'

손으로 있는 힘껏 귀를 틀어막아도 그 목소리가 들린다. 오늘은 병세가 악화된 할아버지에 한국에서 가장 먼 나라인 아르헨티나에서 귀국하게 된 날이었다. 그런데 일이 터진 것이다. 아르헨티나에선 그나마 희미하게 들렸던 그 목소리가 훨씬 더 선명하게 들려오는 탓에 한동안 잠잠했던 두통이 도진 듯 아파왔다.

"손님?"

차마 비행기에서 내리지 못하고 고통에 몸부림치고 있는 윤재를 향해 승무원이 다가왔다. 이륙을 할 때부터 승무원들 사이에서 서로 제 이상형을 찾은 것 같다며 난리를 나게 만들었던 손님이었다. 하지만 그는 몇 시간이 되는 비행 내내 심기가 불편했는지 눈길은커녕 칸막이를 치고 꼼짝하지 않더니, 지금은 모두가 내린 비행기에 혼자 남아서 알 수 없는 이유로 괴로워하고 있었다.

"손님, 괜찮……."

살포시 어깨에 손을 올리며 정중하게 물어오는 승무원의 손을 윤재는 거칠게 내쳤다. 어렸을 적부터 겪은 일 때문에 낯선 이가 제 몸을 만지는 것을 극도로 싫어했다. 윤재는 자신을 어이없으면서도 걱정스럽게 바라보는 승무원을 뒤로하고 땀으로 흠뻑 젖은 몸을 버겁게 일으켰다. 비행기 안을 빠져나와 간신히 수속을 밟고 출구로 나온 윤재는 벽을 짚고 가쁜 호흡을 몰아쉬었다.

지나가는 사람들의 시선이 힘겨워하는 그를 호기심 반, 수려한 외모에 대한 관심 반으로 힐끔거리며 쳐다보았다.

'어쩜 좋아. 곧 울어버릴 것 같은데? 애 아버지 어디 갔지?'

한 발자국 내디딜 때마다 그 목소리가 더욱 가깝게 들려오는 것만 같았다. 증상이 극심해질 때만 먹는 신경안정제를 가방에서 꺼내 들었지만, 심하게 떨려오는 손 탓에 약을 꺼내지도 못하고 그대로 바닥에 떨어트리고 말았다.

하얀 약들이 바닥으로 떨어져 사방으로 흩어졌다.

아무도 없는 어두운 동굴에 갇힌 것처럼 마음이 막막해져 왔다. 어느 한 곳에서도 빛줄기를 찾지 못한 윤재가 그대로 바닥에 주저앉아 버리고 말았다.

"아, 너무 배고파! 빨리 가서 밥 먹자!"

"한국이라니, 우리가 함께했던 어제의 일들이 전부 꿈같아. 또 떠나고 싶⋯⋯. 어머, 괜찮으세요?"

지나가며 들려오는 목소리 중에 어디에도 그 목소리는 없다.

너의 속삭임 1.

 우석그룹 로비 데스크. 직원 한 명이 주변을 몰래 살피더니 상체를 살짝 수그려 파우치를 연신 바르고 일어나 옆에 있는 동료의 옆구리를 콕 찔렀다.

 "그 얘기 들었어요?"

 "무슨 얘기?"

 "이번에 새로 오는 우윤재 이사, 엄청 잘생겼대요."

 "잘생겼으면 얼마나 잘생겼겠어? 윤호 이사님이 계시는데."

 "물론, 윤호 이사님도 잘생기셨죠. 그런데 분위기가 확 다르데요. 생긴 게 완전 상남자 스타일이라는데요?"

 "그래서 너 우윤재 이사님한테 갈아타려고? 며칠 전까지만 해도 윤호 이사님한테 초콜릿 선물하던 네가?"

 "아니, 꼭 그렇게 하겠다는 건 아니고요."

"야, 아무리 잘생겨도 우윤재 이사는 낙하산일 뿐이잖아? 생각해보면 윤호 이사님, 좀 안쓰럽지 않냐?"

"왜요?"

"왜는 왜야? 여태 이 회사를 위해 몸 바쳐 일한 건 윤호 이사님인데, 회장님은 막상 자기 몸 아프니까 친손자 불러들인 거 아니야. 없는 팀까지 꾸려서 이사 직급 주고. 열심히 일한 윤호 이사님은 억울하실 것 같아. 그래서 그런지, 난 그 우윤재 이사님 이름만 들어도 첫 느낌부터가 마음에 안 들어."

한참 수다를 떨던 여직원들은 전면이 창문으로 되어 있는 건물 밖에 멈춰 선 고급 세단으로 시선을 옮겼다.

"어? 우윤호 이사님이시다."

두 직원이 동시에 헤벌쭉한 미소를 지으며 윤호를 바라보았다. 그러다 반 바퀴 돌아 정면에 선 윤호의 차에서 내려 재킷 단추를 잠그는 남자를 발견하고선 호들갑을 떨기 시작했다.

"어머! 뭐야? 저 남자 뭐야, 뭐야?"

고작 단추를 잠그는 것뿐인데도, 그를 바라보던 여자들은 죽어 있던 심장을 잡고 뒤흔드는 것처럼 범접할 수 없는 그의 묘한 분위기에 압도당했다. 윤재의 이미지가 좋지 않다며 미워할 거라 했던 여직원의 눈에 그 잘난 우윤호 이사님은 보이지 않을 지경이었다.

"서, 설마 저 사람이 우윤재 이사?"

윤호와는 확연히 다른 외모와 분위기를 가지고 있었다. 윤호가 하얀 피부에 여리게 생긴 미소년의 얼굴이라면 윤재는 시원시원하게 빠진 이목구비에 조금 사나워 보이지만 남자 같고, 그러면서도 그 안에 고급스러운 색기를 지니고 있었다. 키와 체격, 어깨도 훨씬 커서 형으로 알고 있는 윤호가 동생처럼 보일 정도였다.

"야, 청록색의 롱코트가 저렇게 잘 어울릴 수 있니?"

여직원들은 쉽사리 진정하지 못하는 심장을 갖고 깔끔한 발걸음으로 간격을 좁혀오는 윤재를 황홀히 감상했다.

"안녕하세요! 우윤재 이사님!"

주변의 어떤 시선도 의식하지 않고 걷던 윤재가 옆에서 크게 들려오는 여직원들의 인사에 무심한 시선을 옮겼다. 여전히 걸음은 멈추지 않은 상태였다. 윤재의 입술에서 옮겨지는 말은 아무것도 없었지만, 그 단 한 번의 시선만으로도 여자들은 포옹이라도 해준 것처럼 좋아했다.

"이사님이 나 쳐다보셨지?"

"아니요. 저 쳐다보신 것 같은데요! 그리고 언니는 윤호 이사님 좋으시다면서요."

"마음이 바뀌었어. 감히 마음이 안 바뀔 수가 없는 외모네! 외모가! 꺄아!"

소란스러운 여직원들을 뒤로하고 승강기 앞까지 온 윤재는 아까부터 뭐가 그리도 마음에 들지 않는지 굳은 얼굴을 풀지 않고 있었다.

"윤재야."

그 뒤에서 윤호가 그런 윤재의 어깨를 다독여주었다. 윤재에게 윤호는 어린 시절부터 함께해온 사촌 형으로, 거부감이 들지 않는 몇몇 사람 중 한 사람이었다.

"너답지 않게 긴장이라도 하고 있는 거야?"

부드러운 윤호의 목소리에 윤재가 굳어진 입술에 살며시 미소를 지었다.

"그럴 리가. 좀 피곤해서 그래."

거짓말은 아니었다. 정말 피곤했다. 어제도 그 정체 모를 여자의 목소리가 밤새도록 들려왔기 때문이었다.

'아, 빨리 자야 하는데, 꼭 이렇게 자야 할 때는 잠이 안 오고 실컷 놀아도 될 때 잠이 오더라?'

"잠 못 잤어? 수면제라도 좀 받아다 줄까?"

"아니, 괜찮아. 수면제 먹고 자면 이틀 연속으로 자기도 해. 이제 출근도 해야 하는데, 그 습관 없애야지."

도착한 승강기 안으로 두 사람이 나란히 들어갔다.

"언제든 필요하면 말만 해. 내가 구해다 줄게."

"고마워, 형."

"그거 말고도 다른 어려운 문제 있으면 다 말하고. 내가 해결해 줄 수 있는 거라면 전부 해결해줄게."

자신의 존재를 별로 탐탁지 않아 하는 작은아버지와는 다르게 작은아버지의 아들 윤호는 늘 고맙고 친절한 형이었다. 그런 윤호를 윤재는 어린 시절부터 잘 따랐고 사고 이후에도 많은 의지를 해왔다.

"형이 있어서 참, 든든해."

"앞으로 잘해보자. 같은 부서끼리."

"응."

"아 참, 직원들 인적사항에 대해선 살펴봤어?"

"아침에 대충."

'엄마야, 스타킹 찢어졌어! 아휴, 한두 푼 하는 것도 아닌데, 난 왜 이리 매일 스타킹을 찢어먹니?'

하지만 집중해서 보지는 못했다. 한국에 와서부터 급격히 더 선명해진 그 목소리 때문에. 처음엔 들려오는 그 목소리에 하루 종일 아무것도 하지 못했던 날들이 많았다. 이제 어느 정도 적응이 돼서 제 생활을 하기도 하지만, 컨디션에 따라 충동적으로 두려움과 억울함이 몰려와 심장이 발작을 일으키거나 호흡곤란이 올 때도 있었다.

그리고 오늘 첫 출근에 대한 긴장감 탓일까, 여자의 목소리는 평소보다 훨씬 더 신경이 쓰였고 불안할 정도로 컨디션이 좋질 못했다.

"그리고 윤재야, 네가 상처받을까 봐 미리 얘기하는 거지만, 임원들 사이에 있는 그 말도 안 되는 소문 때문에 마음 아파할 필요 없어. 어차피, 사실도 아니잖아."

말을 하지 않아도 대충 알고 있다. 유학을 가기 전 자신의 집에 초대된 임원들이 나누는 대화를 대충 들었었다.

'정신병자', '귀신에 씐 사람'.

윤재는 대답 대신 윤호를 향해 쓰게 웃었다.

"무리하지 않는 게 좋을 것 같아."

"응, 형."

"아 참, 오늘 자선 파티 있는 거 알지?"

말이 좋아 자선 파티지, 각 기업 자제들이 참여하는 사치스러운 파티일 뿐이었다. 하지만 이 파티를 주최한 것은 자신의 할아버지 였기에 불참할 수도 없었다.

"응. 참석해야지."

"7시까지니까, 회사 끝나고 같이 가자. 장소가 바로 옆에 있는 호텔 수영장이거든."

윤재가 낮게 고개를 끄덕였다.

"수고하고."

윤호는 자신의 사무실을 향해 돌아서면서 마지막까지 윤재를 걱정해주었다. 사실, 할아버지께서는 다음 주부터 출근하길 바랐지만 윤재가 고집을 피웠다. 집에서 있는 것보다는 회사에 나와서 정신없이 보내는 것이 더 나을 듯싶어서였다.

"어? 안녕하세요, 이사님."

'설마 이거, 치마 작은 거 아니지? 그럴 리가. 내가 살쪘다고?! 그럴 리가 없다고!'

"말씀 많이 들었습니다, 이사님!"

자신을 향해 인사를 건네는 직원들 사이로 여자의 목소리가 평소보다 훨씬 더 가깝게 들려왔다. 인사를 건네는 직원들만큼이나 큰 목소리에 윤재가 놀라서 주변을 둘러보았다.

"왜 그러세요, 이사님?"

모두가 휘둥그레진 눈으로 의아해하며 윤재를 바라보았다. 심장이 가빠 오르고 머리가 어지럽다. 들켜서는 안 된다. 출근 첫날부터 미친놈 취급받을 수 없었다. 윤재는 그들에게 눈길도 주지 않고 무거운 걸음을 버겁게 이사실로 옮겼다.

"너무 긴장을 안 하고 살았나……."

항상 딱 맞았던 44사이즈가 꽉 끼는 기분에 나연은 세면대에서 손을 닦으며 투덜거렸다. 세상 사는 게 아무리 바빠도 살찌는 것에 대해 스트레스를 받는 것을 보니 여자는 여자인가 보다, 하는 생각이 들었다. 오늘부터 당장 다이어트를 강행해야겠다는 결심을 하고 있을 때, 누군가가 이쪽으로 다가오는 소리가 들려왔다.

"어머, 자기 또 왔네?"

파우치를 들고 안으로 들어오는 여직원이 나연을 발견하고는 반갑게 인사를 건넸다.

"언니, 안녕하세요!"

상냥함을 장착한 미소로 대응하자, 여직원의 미소도 더욱 짙어졌다.

"취업 준비는 어쩌고?"

오늘 나연이 온 곳은 일일 아르바이트를 할 수 있는 호텔 파티장이었다. 지금 일하고 있는 찜질방이 쉬는 날에는 이렇게 일일 아르바이트를 뛰곤 했다. 찜질방 신세를 청산하고 서울에 있는 월세방 보증금에 생활용품까지 구입하려면 쉴 틈이 없었다. 하루라도 빨리 회사에 합격해 안정적인 월급을 받는 것만이 떠돌이 생활을 청산하는 유일한 방법이라는 것을 나연은 잘 알고 있었다.

"3차 면접 기다리고 있어요. 오늘 일당 12만 원이라면서요? 5시간 정도 일하고 그 정도 받는 건데, 절대 놓칠 수 없죠."

"대한민국에서 난다 긴다 하는 기업 자제들이 오는 날이잖아. 까다로운 예민쟁이들이라 이리저리 많이 치일 거야. 안 봐도 고생인데, 그 정도면 많은 것도 아니다, 얘?"

여직원은 벌써부터 질린다는 얼굴을 하고서는 고개를 내저었다. 서비스 쪽에서 일을 워낙 많이 하기도 했고, 고아라는 이유로 무시도 많이 당했던 나연은 내성이 있었다. 웬만한 진상들에겐 상처받지 않는 내성. 그 사람들의 말을 담아두면 괜히 자신에게만 상처가 된다는 것을 잘 알고 있기 때문에 나연은 웬만하면 다 털어내 버렸다. 그래서 선배가 '까다로운 예민쟁이'라고 표현해도 딱히 크게 신경 쓰이지 않았다.

"근데 오늘 자선회는 어떻게 진행되는 거예요?"

"지들이 그린 그림이나 만든 물건 같은 걸로 경매를 해서 낙찰되는 금액 전부 불우이웃에 기부하기로 했대."

"아……."

"아무튼 오늘 수고하자."

"네."

여직원과 함께 화장실로 나와 파티가 진행될 야외 수영장으로 향했다.

서울의 전경을 한눈에 내려다볼 수 있는 위치의 수영장은 한가운데 고대 그리스 신전을 연상케 하는 아이보리색의 기둥과 모양을 낸 조각들이 박혀 밖으로 물을 내뿜고 있었다.

크레타 섬에 둘러싸인 듯한 동지중해에게 해풍의 고급스러운 인테리어와 곳곳에 설치된 야자수 조화나무가 이국적인 느낌을 풍겼다. 그 위에 설치되어 있는 작은 조명들. 가지각색의 찬란한 조명들은 밤이 되면 얼마나 아름답게 빛날지, 나연은 괜히 자신이 초대를 받은 사람처럼 마음이 설레었다.

"이리 와서 이것 좀 도와!"

보기만 해도 황홀해지는 수영장에 정신을 빼고 있던 나연은 총지배인의 목소리에 그제야 정신을 차렸다.

"네!"

자신은 이곳의 주인공이 아니라는 것을.

하루 종일 쫑알거리던 목소리가 조금 잠잠해졌다. 그럼에도 윤재의 몸은 잔뜩 긴장한 채 딱딱하게 굳어져 있었다.

"대충 얼굴만 비치고 가."

호텔 수영장으로 향하는 승강기 안에 올라타며 윤호가 옆에서 여전히 식은땀을 흘리고 있는 윤재를 잔뜩 걱정스러운 얼굴로 바라보며 말했다.

"알았어. 너무 그렇게 애 취급하듯 바라보지 말고."

"내가 그랬어?"

"형은 매일 그래."

"아무래도 내가 널 많이 아껴서 그런가 봐. 널 보고 있으면 어렸을 적 매일 놀아달라던 그 어린 모습만 자꾸 떠올라."

"나이 차이 얼마나 난다고."

"네 살이면 많지. 인마, 너 중학교 3학년 때 이 형은 술집도 가고 군대도 갔다?"

그렇게 듣고 보니 많이 나는 듯싶기도 했다. 시답지 않은 대화를 주고받는 사이 승강기는 어느새 17층에 위치한 수영장에 멈추었다. 눈살이 다 찌푸려질 정도로 휘황찬란한 파티장을 보며 윤재는 벌써부터 질리는 기분이었다.

"너무 긴장하지 말고. 형이 옆에 있으니까."

윤호의 말대로 긴장을 하고 싶지 않았지만, 그게 사람 마음대로 되는 일이 아니었다. 경험해보지 못한 낯선 사람과 낯선 환경은 온

몸의 세포들을 자극해 곤두서게 만들었다. 그 와중에도 여자의 목소리는 계속 들려왔다.

'사람 점점 더 많아지네? 얼른 서둘러야겠다!'

"윤재야, 이리로."

자신을 찾는 윤호를 따라다니며 사람들과 통성명을 하고 가볍게 인사를 주고받았다. 대한민국에서 알아준다는 기업의 자제들은 무성한 소문의 주인공인 그의 등장에 잔뜩 경계를 하면서도 호기심에 주변을 서성거렸다. 그 시선과 움직임이 불편했다.

"형, 나 잠깐 화장실 좀 다녀올게."

윤재를 소개시켜주느라 바빴던 윤호가 그제야, 그가 힘들어하고 있다는 것을 눈치채고 고개를 끄덕였다.

"같이 가줄까?"

"무슨 말을 그렇게 징그럽게 하고 그래?"

자신을 걱정하는 윤호에게 머쓱해진 윤재가 장난스럽게 말을 툭 던지고 방향을 틀었다. 화장실에서 정신을 차리자는 의미로 차가운 물로 세수를 했다.

"우윤재, 보는 눈이 많다."

보는 눈이 많다는 건, 그만큼 나불거릴 수 있는 입이 많다는 뜻이기도 하다. 더 이상의 자신에게 상처가 되는 소문의 주인공이 되고 싶진 않았다.

'아, 왜 이렇게 무거운 거야?'

살아 있는 존재인지, 뭔지도 모를 여자의 목소리에 순간순간 짜증이 확 올라왔다. 하루에도 몇 번씩 그 여자로 하여금 바뀌는 감정들이 이제 점점 버거워질 지경이었다. 그래도 술을 마셔 취하면 조금 나아진다는 것을 윤재는 알고 있다. 아무래도 정신이 오락가락하니까, 의문의 목소리도 잘 들리지 않았다.

"가서 술이나 마시자."

페이퍼타월로 젖은 얼굴을 신경질적으로 닦아내고 막 화장실에서 나오던 윤재는 뒤에서 들려오는 익숙한 목소리에 걸음을 멈추었다.

"윤재?"

단 한마디에서 풍기는 익숙함. 누군지 알 것 같아서 선뜻 돌아볼 수가 없었다. 그녀를 마주할 준비를 아직 하지 못한 상황이었다.

"윤재. 너 윤재 맞지?"

하지만 여자는 끈질기게 윤재의 뒤에 따라붙었고, 급기야 걸음을 빨리해 윤재의 앞길을 막아 세웠다. 세희였다.

"내가 그렇게 부르는데도 어떻게 그냥 가?"

"딴생각하느라…… 못 들었어. 미안해."

"한국 언제 온 거야?"

"온 지 얼마 안 됐어. 잘 지냈어?"

애써 침착하게 미소를 지으며 물었지만 자신을 바라보는 서글픈 세희의 얼굴엔 아무 변화도 없었다.

"한국에 왔는데, 어떻게 나한테 연락 한 번 안 할 수 있어?"

"정말 들어온 지 얼마 안 됐어. 이래저래 정신이 없어서 그랬다. 여러모로 미안해."

그녀와의 관계를 정의하자면 좋은 말로는 소꿉친구였고 나쁜 말로는 윤재의 첫사랑이었다. 첫사랑이 나쁜 말 될 수밖에 없는 건, 자신의 처지로 인해 한 번도 그녀에게 남자로서 다가갈 수 없었기 때문이었다. 스스로조차 감당하기 어려운 지금 자신의 상황을 그녀에게 평생 이해해달라고 하면서 살고 싶지 않았다.

지금은 그 소문을 대충 이해해주는 세희지만, 결국 언젠가 지쳐서 나가떨어질 것을 알고 있다. 그녀가 자신을 매정한 눈으로 바라보는 건 상상만으로 잔인한 일이었다.

"그런데 넌 여기 웬일이야?"

중소기업을 운영하는 집안의 세희는 이곳에 초대를 받을 수 없는 사람이었다.

"아, 나 여기 호텔에서 친구들이랑 휴가 왔다가 파티 소식 듣고 혹시 너 있나 싶어서 올라와본 거야. 안으로는 못 들어가고 여기서 왔다 갔다거리고 있었어. 너랑 나, 정말 인연은 인연인가 봐. 이렇게 딱 마주친 거 보면."

문드러지는 자신의 속도 모르고 그저 해맑게 웃고 있는 세희를 보며 윤재는 속으로 깊은 한숨을 내리쉬었다.

"예전에 비해서 많이 야위어 보여."

여전히 품고 싶을 정도로 예쁜 세희가 자신의 뺨을 향해 천천히 손을 뻗자, 윤재가 고개를 돌렸다.

"내가 좀 바빠서. 이만 들어가봐야 할 것 같은데."

"윤재야, 혹시, 그때 일 때문에 아직도 나한테 화난 거야?"

세희의 말에 윤재가 나지막하게 한숨을 내쉬었다. 그때 일이라면, 한참 아플 때 자신을 한 번도 찾아오지 않았던 상황을 이야기하는 건가? 그 때문이라면 화날 거 없다. 어느 정도 이해한다. 누구라도 다가오기 어려웠을 테니까.

"신경 쓰지 마."

"언제 시간 돼? 같이 밥이라도 먹자."

"그래. 내가 조만간 연락할게."

돌아서는 윤재의 소매를 세희가 꼭 잡았다. 얼굴만큼이나 예쁜 손이었다.

"그래 놓고 또 연락 안 하려고. 월요일에 너희 회사로 갈게. 무조건 갈 거야. 문전박대할 생각도, 도망갈 생각도 하지 마."

경고 아닌 경고를 주고 대답은 들을 필요도 없다는 듯이 먼저 돌아서는 세희의 뒷모습을 하염없이 바라보다 그녀가 완전히 시야에서 사라지고 나서야 다시 파티장으로 들어갔다. 세희 때문에 가뜩이나 어지러웠던 마음이 더욱 뒤숭숭해졌다. 윤재는 어수선한 주변에서 호텔 직원들이 들고 다니는 샴페인을 하나 집어 들었다.

그러다 딱 한 걸음만 내디디면 닿을 거리의 에메랄드빛을 띠고 있는 수영장을 지그시 바라보았다. 달달한 샴페인은 그다지 입에 맞지 않았고 여전히 주변 사람들은 윤재를 의식하고 있었다. 경매가 시작되면 바로 가야겠다고 다짐을 하며 도통 보이질 않는 윤호를 찾고 있을 때였다.

'혹시 여기 우석그룹 사람도 왔나?'

순간, 귀가 아파올 정도로 빽- 하는 고함 소리가 들려왔다. 방금 여자의 목소리에선 분명 우석그룹…… 이라는 그 단어가 나왔다. 왜, 대체, 왜! 이곳에 있기라도 한 거야?

'하긴 와봤자 뭐해? 얼굴도 모르는데……. 일이나 하자.'

"악!"

그때 윤재의 어깨를 누군가가 탁 치고 지나갔다. 그 바람에 윤재가 외마디 비명을 내지르며 바닥에 그대로 주저앉고 말았다. 쨍그랑, 소리와 함께 깨져버린 잔에선 투명한 샴페인이 쏟아져 바닥을 적셨다.

모든 사물의 움직임과 시간이 더디게 흘러가는 것 같았다. 윤재가 점점 기울여져가고 있는 주변을 힘겹게 둘러보았다. 정리되지도, 이해할 수도 없는 감정들이 머리를 아프게 조여왔다. 사람들이 어쩔 줄 몰라 하며 점점 모여들기 시작했다.

"아아."

고통스러운 신음이 버석하게 마른 그의 입술 사이로 터져 나왔다. 온몸에 땀이 맺히고 두 눈이 붉게 충혈되어갔다.

"우석그룹에 우윤재 이사 아니야? 어머머……. 소문이 사실인가 봐."

"귀신에 씌었다는 소문?"

"난 정신병자라는 얘길 들은 것 같은데."

주변에서 자신을 보며 속삭이는 사람들의 소리가 들려왔다. 하지만 그것에 신경을 쓸 겨를이 없었다. 호흡이 점차 느려지고 정신이 까마득해질 쯤 누군가가 자신에게 급하게 달려오고 있는 것이 보였다.

"잠시만요! 잠시만요!"

자신을 둘러싸고 있는 사람들 틈 사이를 뚫고 들어온 여자가 윤재의 어깨를 얇은 팔로 감싸 안았다.

"괜찮으세요?"

곁에서 들려오는 여자의 목소리에 윤재는 넋이 나간 듯 고개를 들어 올렸다. 티끌 하나 없는 새하얀 얼굴, 투명할 정도로 밝은 다 갈색 눈과 붉고 작은 입술을 가진 여자.

"……"

처음 보는 여자다. 분명 그 어디서도 본 적 없는 여자인데.

"많이 아프신 거예요? 구급차라도 부를까요?"

그런데 이 여자의 목소리는 낯설지가 않다.

"괜찮…… 으신 거죠?"

다시 한번 들어도 그 목소리가 확실하다. 사고 이후 10년 내내, 윤재를 따라다니며 속삭이던 그 여자의 목소리.

'왜, 이렇게 쳐다보지? 내가 뭐 잘못한 건 아니겠지? 구급차를 불러야 돼, 말아야 돼? 일단, 총지배인님에게 말씀드리자!'

서둘러 일어서는 여자의 팔을 꽉 잡았다.

"악!"

아팠는지, 여자가 외마디 비명을 내질렀지만 윤재는 그녀를 그대로 끌어 내렸다.

"뭐야, 너 누구야."

"네?"

"대체, 너 누구냐고!"

흐릿해지는 정신에 마지막 혼신의 힘을 끌어모아 발악하듯 내질렀다. 여자의 얼굴이 경악스럽게 변해갔다.

"누구긴요! 저 여기서 아르바이트하는 사람입니다! 대체, 왜 이러세요!"

윤재의 윽박지름에 화들짝 놀란 여자가 다급하게 윤재의 손에서 제 팔을 빼내려고 아등거렸다. 하지만 얼마나 세게 잡고 있는지, 윤재의 손에서 빠져나갈 수가 없었다.

'뭐야, 이 남자!'

또다시 들려오는 여자의 비명에 윤재는 격한 혼란스러움에 정신이 아득해졌다.

"이 손 좀 놓으시라고요!"

"어…… 어어어!"

여자의 몸이 균형을 잃고 뒤로 넘어가기 시작했다. 그러더니 곧, 풍덩! 엄청난 물 파동과 함께 여자가 제 눈앞에서 사라지자마자 윤재는 그대로 정신을 놓고 말았다.

어두운 곳으로 던져진 순간, 차고 날카로운 것들이 살결을 찢어 버릴 기세로 윤재를 휘어 감았다. 누구라도 좋으니 제발 도와달라고, 살려달라고 소리를 쳐야 하는데 목소리는커녕 입술조차 떨어지지 않았다. 숨통이 끊어질 것 같은 고통과 공포가 엄습해온다.

아무리 발버둥을 쳐도 그 괴로움에서 벗어날 수가 없을 듯싶었다. 강한 힘으로 목이 조여오고 점점 정신이 혼미해졌다. 살고 싶은 본능과 구원을 원하며 공중으로 뻗어 있던 손에 점점 힘이 빠지려던 그때, 누군가의 힘에 의해 몸이 떠올랐다. 불투명한 의식 속에 보이는 한 남자의 실루엣과 옅은 불빛이 거친 제 숨소리와 함께 점점 더 선명해지는 듯했다. 차가운 공간에서 몸이 떠오른 순간, 꽉 막혔던 숨통이 터졌다.

숨이 쉬어졌고 더 이상의 고통은 없었다. 희미하게 정신이 돌아올 때, 윤재를 가장 먼저 반긴 것은 지긋지긋한 소독약 냄새였다. 팔 쪽에서 몰려오는 찌릿한 고통과 몸을 덮고 있는 낯선 이불의 감촉까지. 윤재는 지금 자신이 누워 있는 곳이 병원이라는 것을 단박에 알아차렸다.

"윤재야!"

무겁게 내려앉으려는 눈꺼풀을 뜨자, 옆에서 그를 지키고 있던 우 회장이 안타까움과 반가움이 뒤섞인 목소리로 이름을 불렀다.

"할아버지……."

"그래, 할애비다. 할애비 알아보겠느냐? 내 새끼. 아이고, 내 새끼."

우 회장이 제 질문에 옅은 미소와 함께 고개를 끄덕이는 윤재를 끌어안으며 안도의 눈물을 흘렸다.

"큰할아버지, 진정하세요."

그런 우 회장을 곁에 있던 윤호가 다독였다. 윤재의 기력 없는 눈동자가 윤호에게로 향했다.

"형."

"너 이틀이나 누워 있었어. 알긴 알아? 큰할아버지께선 너 또 못 일어나는 줄 알고……. 그래도 이렇게 일어나서 정말 다행이다, 윤재야. 정말, 다행이야."

윤재는 자신의 손을 붙들고 오열을 하는 할아버지를 바라보았다. 자신이 원해서 누워 있던 건 아니었지만, 어쨌든 온전치 못한 자신 때문에 언제나 마음고생하시는 할아버지에게 죄를 짓는 것만 같았다.

"죄송해요, 할아버지."

"네가 무슨 잘못을 했다고, 네가."

많이 야위어 보이는 할아버지를 윤재가 안타깝게 바라보았다.

"식사는 하신 거예요?"

"너 쓰러지고 한 끼도 못 드셨어."

여전히 근심 가득한 모습으로 쉽게 입을 열지 못하는 우 회장을 대신해, 윤호가 차분한 목소리로 말했다. 윤재의 한숨이 짙어졌다.

"이제 전 괜찮으니까, 얼른 가서 식사하시고 쉬세요."

"맞아요, 큰할아버지. 윤재 말대로 그렇게 하세요."

두 손자들의 제안에 우 회장은 못 이기는 척 일어나 밥만 먹고 돌아온다는 말을 하고선 비서실장과 병실을 빠져나갔다. 우 회장이 나가기 무섭게 누군가가 문을 벌컥 열고 들어왔다.

"우 이사님!"

어린 시절부터 함께했을 뿐만 아니라 이민 갈 때 유일하게 제 곁을 따라갔다가 아르헨티나에 있던 집을 처분하느라 늦게 귀국한 김 비서였다. 그는 눈물을 머금고 뛰어 들어와서는 윤재를 와락 끌어안으며 목을 꽉 조였다.

"괜찮으신 거예요?"

"안 떨어져?"

"다 제 탓입니다. 제가 같이 오지 않아서!"

"내 말을 듣지 않는다는 건, 잘리고 싶다는 뜻이야?"

"죄송합니다."

김 비서가 얼른 윤재를 놓고 뒤로 물러섰다.

"바로 퇴원 수속 좀 밟아줘."

"무리하는 거 아니야?"

김 비서 대신 윤호가 먼저 말을 꺼냈다. 김 비서가 공감하듯이 고개를 끄덕였다.

"몸도 괜찮은 것 같고 무엇보다도 병원, 지긋지긋하다."

그 말에 적극 공감한다는 듯, 윤호가 아무 말도 덧붙이지 않았다. 마침 간호사가 들어와 링거 주사를 빼주고 나갔다.

"그럼, 전 퇴원수속 밟겠습니다."

병실을 허둥지둥 나가는 김 비서를 보며 윤재가 나지막하게 고개를 내저었다.

"요즘에도 김 비서 자주 덤벙거려?"

"누가 누구 뒤치다꺼리를 하고 다니는지 모르겠어."

윤호의 얼굴이 이해할 수 없다는 듯 변했다. 아마도 그렇게 일을 못하는데 뭣하러 쓰냐는 의미가 담긴 표정이었다.

"그래도 뜬금없이 나오는 능력이 있어."

자리에서 일어나 병실 구석에 설치되어 있는 장롱으로 향했다. 이제 정신을 차렸으니, 그 여자에 대해서 더욱 자세하게 알아봐야 할 필요가 있었다.

윤호에게 부탁을 하고 싶었지만 워낙 바쁜 형이었다. 자신에게까지 더 많은 신경을 기울이게 할 수는 없었다. 능력으로는 못 미더운 김 비서지만 그래도 어쨌든, 이 일을 남들에게 떠벌리고 싶진 않았다.

"오늘은 집에 가서 바로 쉴 거지?"

엉성해 보일 정도로 헐렁한 병원복을 벗자, 잘 다듬어진 근육이 박혀 있는 그의 탄탄한 몸매가 고스란히 노출되었다.

"널 보면 몸매를 더 관리해야겠다는 굳은 결심이 생겨."

윤호의 말에 윤재가 실없이 웃었다.

"그런 몸 굳이 아끼지 말고 수영장 같은 데 자주 돌아다니면서 자랑도 좀 하고 그래."

사복으로 갈아입은 윤재가 자신의 뒤에서 그림자처럼 서 있는 윤호에게로 다가갔다.

"다음에 같이 가자."

"언제든지."

"난 김 비서 차로 움직일게. 형은 이만 가봐. 고마워."

두 사람은 함께 병실을 빠져나왔다. 퇴원수속을 밟고 앞에서 대기하고 계시면 곧, 차를 가지고 가겠다는 김 비서의 전화를 받고 윤재는 먼저 떠나는 윤호를 바라보며 생각했다.

정말, 자신의 귀에 들려오는 이 목소리가 그 여자의 목소리인지, 그 여자의 목소리가 맞는다면 왜 들려오는 건지, 그리고 하필이면 왜 그 여자인지…….

오래도록 품어왔던 궁금증과 억울함, 분노와 공포, 그럼에도 때로는 이해할 수 없는 안정감. 그 목소리로 하여금 하루에도 몇 번씩 변했던 감정이었다. 그리고 그 모든 감정을 풀 수 있는 키는 그 여자가 쥐고 있을 것이 분명했다.

당장 그 여자를 만나고 싶었다.

"아가씨, 이거 얼마야?"

플라스틱 접시에 담겨져 있는 맥반석 계란을 든 아주머니는 자신의 질문에 턱을 괴고 먼 산만 바라보고 있는 나연을 못마땅한 눈길로 바라보았다.

"아가씨! 장사 안 해?"

고막을 찌르는 듯한 날카로운 고함 소리에 그제야, 나연이 깊게 빠져 있던 사념에서 벗어났다.

"3천 원이요! 죄송합니다!"

받은 3천 원을 돈통에 넣고 잠시 거두어냈던 생각에 다시 잠겼다. 그날, 그 파티장에서의 기억은 아주 최악이었다. 앞에 있는 남자를 못 보고 어깨를 친 것은 백번 자신의 실수였다. 그런데 고작 여자가 어깨 한 번 쳤다고 쓰러질 줄은 누가 알았는가? 확실한 건, 키와 체격은 보통의 남자들보다 훨씬 월등하면 월등했지, 왜소하지는 않았다.

젖은 속옷 위에 옷을 입고 물기가 뚝뚝 떨어지는 머리로 버스를 올라타던 그 찜찜함을 생각하면 아직도 몸서리가 쳐진다.

'대체, 너 누구냐고!'

지금까지도 풀리지 않는 의문이었다. 난생처음 보는 남자가 고함을 내지른 것도 부족해서 쓰러지는 순간까지도 붉은 눈으로 저를 노려보기까지 했었다. 그러면서도 한편으로는 남자의 상태가 호전은 되었는지, 걱정이 몰려오기도 했다.

"분명히 처음 보는 남자였어. 그런데 왜? 내가 뭘 그리도 잘못했다고……."

그 상태로 더는 일을 할 수 없어서 반 토막 난 일당을 받아야 했고, 작은 몸살까지 앓아야 했다. 이래저래 억울한 건 많은데 그쪽에선 미안하다는 사과 한마디도 없었다. 문득 기분이 확 상해버렸다.

"내가 더 큰 피해를 봤다고. 그쪽이 아니라, 내가 더!"

허공에 대고 연신 손가락질을 하던 나연은 막 제게로 다가오는 손님을 발견하고 얼른 손을 내리며 싱긋 웃어 보였다.

"어서 오세요. 뭐 드릴까요? 식혜? 계란?"

"여기가 확실해?"

윤재는 제 눈에 보이는 낡은 건물에 붉은 글씨로 써져 있는 '찌질방'이라는 간판을 불편한 시선으로 바라보았다.

"네. 그 얼굴이 확실하신 거 맞죠?"

윤재의 질문에 김 비서가 역으로 질문해왔다. 윤재는 김 비서가 호텔에서 직접 뽑아왔다는 이력서에 붙어 있는 사진을 보며 낮게 고개를 끄덕였다.

"맞아, 이 여자."

"그럼 주소도 확실합니다."

"그건 그렇고 찌질방이 뭐지?"

"아무래도 찜질방의 'ㅁ'이 떨어진 것 같습니다."

김 비서의 말을 듣고 보니, '찌' 자 밑에 흐릿하니 'ㅁ'이 보이는 듯도 했다.

"찌질방이건 찜질방이건, 저기가 집이라고? 무슨 집을 저렇게 대놓고 간판까지 달고 사는 거야?"

아무래도 윤재가 찜질방에 대해서 잘 모르는 듯하다고 여겨진 김 비서가 찜질방에 대해 설명을 해주었다. 사고가 나기 전에도 대부분의 시간을 외국에서 보냈고 사고가 난 후에는 한국에 아예 들어오지도 않았으니, 그가 찜질방에 대해서 모르는 것도 충분히 이해가 갔다.

"아……. 다 같이 목욕을 하다니, 좀 이상하네."

찜질방에 대한 개념은 이해를 했어도 그것을 이용하는 사람들의 심리는 제대로 이해하지 못한 듯 윤재가 중얼거리고는 한참을 앉아 있던 차에서 빠져나왔다. 유난히도 큰 키와 체격, 그리고 어디에서도 드물게 볼 수 없는 묘한 분위기와 압도적이게 잘생긴 외모는, 금세 주변 사람들의 이목을 집중시켰다. 하지만 언제나 그렇듯, 그 익숙한 반응은 윤재의 관심 밖이었다.

김 비서와 함께 안으로 들어간 윤재가 곧장 찜질방 안으로 들어가려고 하자, 계산대에 있던 아줌마가 급하게 뛰어나왔다.

"어머, 거기 총각! 거기 여탕이야!"

"여탕?"

"여자들만 들어가는 목욕탕이라고!"

윤재가 화들짝 놀라서는 얼른 손을 떼어내며 옆에 있던 김 비서를 매서운 눈으로 노려보았다.

"아니, 제가 말릴 새도 없이…… 가셔서……."

말 같지도 않은 변명을 늘어놓는다며 쏘아붙이는 윤재의 눈빛에 김 비서가 멋쩍게 웃어 보였다.

'아, 정말 배고프다. 오늘 아침도 꽤 든든하게 먹었는데, 왜 이리 배가 고파?'

또 들려온다, 이 목소리. 오늘 병원에서 들렸던 것보다 조금 더 크게. 혹시 거리가 가까우면 그만큼 더 크게 들리는 것인가?

"저, 사람을 잠시 만나려고 왔는데요."

윤재의 눈빛을 다급하게 피하며 김 비서가 아주머니를 마주했다.

"누구요?"

"여기서 살고 있는 정나연 씨라고……."

"아, 우리 나연이. 근데 지금 못 나오는데."

"왜요?"

아주머니가 팔짱을 끼고 인물이 지나치게 좋은 윤재를 위아래로 훑어보며 입가에 은근한 미소를 걸치며 대답했다.

"지금 교대할 수가 없어서 못 나오는데, 매점을 비우면 안 되거든요."

물어본 건 김 비서인데, 대답을 하는 와중에도 시선은 주변을 천천히 둘러보는 윤재에게로 향해 있었다.

"아, 그래요? 잠시만요."

김 비서가 윤재에게로 쪼르르 달려가서는 상황에 대해서 설명을 했다.

"그럼 어떻게 해야지 정나연 씨를 만날 수 있는 겁니까?"

지극히 감정이 실리지 않은 목소리임에도 불구하고 듣기 좋은 저음이었다. 아주머니는 대체, 나연이 어디서 저런 남자와의 인연을 이어왔는지 내심 궁금했다.

"그런데 우리 나연이랑은 무슨 사이신 거예요?"

"꼭 말해야 하는 겁니까?"

친절하면서도 은근히 냉랭한 대답이었다. 자신보다 한참 어렸지만, 알 수 없는 위압감에 아주머니는 더 이상 물을 수가 없었다.

"남탕으로 들어가서 2층으로 올라가면 찜질방을 이용할 수 있어요. 거기 매점에 있으니까, 거기 가서 만나면 될 거예요. 그런데 혹시, 오래 걸리는 거예요?"

"아니요. 한 5분 정도면 될 것 같습니다."

윤재를 보며 물었는데, 대답은 김 비서에게서 돌아왔다.

"5분 이상 걸리면 내려와서 계산하게 할 거예요."

아주머니의 말에 윤재가 기분이 상한 얼굴로 김 비서에게 눈짓을 해 보였다.

"네?"

멍청한 김 비서가 그걸 알아차리지 못하고 되묻자, 윤재가 제 주머니에서 지갑을 꺼내 십만 원짜리 두 장을 내려놓았다.

"이 정도면 그 여자, 잠깐 밖으로 데리고 나와도 됩니까?"

화들짝 놀란 아주머니가 십만 원을 슬그머니 챙기고 천천히 일보라는 말을 덧붙였다.

"올라갔다 와."

"저 혼자요?"

"원래 그런 게 비서가 하는 일이잖아."

"그렇긴 하죠."

"알고 있는 것은 굳이 다시 묻지 마. 두 번 대답하기 짜증 나니까."

"예."

"차에 있을 테니까, 데리고 와."

"네. 데리고 오겠습니다!"

차로 돌아와서 앉아 있은 지 1분 만에 김 비서가 상기된 얼굴로 돌아왔다. 그것도 혼자서.

"왜 혼자 와?"

"그 여자분이, 제가 누군 줄 알고 함부로 쫓아가냐면서 절대 꼼짝도 안 하십니다."

'찜질방을 저렇게 정장 빼입고 오는 것 자체가 수상해! 경찰에

신고해야 하는 걸까? 생긴 건 멀쩡해 가지고!'

잔뜩 의심을 하고 있는 목소리에 윤재가 김 비서를 바라보았다.

"명함을 줬는데도 의심해?"

"아차……."

흠칫 놀라는 김 비서에게 한마디 하려는 찰나 굳건한 여자의 결심 어린 목소리가 들려왔다.

'무서워. 한 번만 더 오면 그냥 신고해버려야겠다!'

아마, 여자는 김 비서가 문으로 들어서는 순간 휴대폰을 들어 경찰서에 신고를 해버릴지 모른다. 사태가 커지면 안 되기에 하는 수 없이 윤재가 직접 차에서 내려야 했다. 별로 보고 싶지 않은 아저씨들의 나체를 지나쳐 찜질방 위로 올라갔다.

"이쪽입니다."

김 비서가 열어주는 찜질방 안으로 들어서자마자 정면에 매점 안에 있는 여자와 눈이 마주쳤다.

'어, 저 남자 또 왔네? 신고…… 잠깐, 저 남자는?'

휴대폰을 누르던 손이 멈추고 눈동자도 멈춘 채, 자신을 바라보고 있는 여자에게 윤재는 성큼성큼 다가갔다. 꽤 되는 거리를 단박에 좁혀 온 윤재에 여자의 눈은 더욱 커다래졌다.

"정나연 씨?"

갑자기 불린 제 이름에 놀랐는지, 여린 어깨가 움찔한다. 아무것도 바르지 않은 듯한 매끈하면서도 하얀 피부와 연분홍빛을 띠는 볼, 유난히도 투명한 다갈색 눈동자의 휘둥그레진 눈과 크게 벌려진 입술.

날 오래도록 괴롭혀온 여자. 그때, 그날, 그곳에서 봤던 그 여자가 분명했다.

'어? 그때 그 남자다.'

그 순간 또다시 들려오는 여자의 목소리. 분명히 크게 벌어진 입술은 아무 움직임이 없는데 여자의 목소리가 들려왔다.

'근데 이 남자, 왜 여기까지 온 거지? 찜질방 놀러 온 건가? 아니지, 옷을 안 갈아입었잖아! 몸은 이제 괜찮아진 건가?'

여자의 눈동자가 빠르게 움직일수록 목소리도 빨라졌다. 자신에게만 들리는 이 목소리에 답을 해줘야 하나, 모른 척을 해야 하나 잠시 망설이던 윤재가 후자를 택했다. 자신의 궁금증이 아무리 다급한 것이라고 해도 모든 것에는 순서가 있는 법이었다.

지금 당장, 내가 10년 전부터 너의 목소리를 들었다, 지금 혹시 네가 이런저런 생각을 하지 않았냐, 나는 이 모든 목소리가 다 들린다, 넌 대체 누구냐고, 붙잡고 물어본다면 여자는 자신을 미친놈 취급하거나 겁을 내며 도망갈 확률이 높았다.

여태, 모두가 그랬으니까.

'혹시 사과를 하러 온 건가?'

나연의 생각에 기가 찼다. 자신 때문에 한 사람의 삶이 얼마나 고통스러웠는지 알지도 못하는 주제에 사과를 받으려고 하는 나연의 행동이 괘씸해 보이기까지 했다.

"그날 일에 대해 사과……."

"하러 오신 거라면 괜찮아요. 꽤 있는 집 자제분 같은데 여기까지 오셨다는 것 자체가……."

나연이 윤재의 말을 끊고 제 말을 이어갔다. 애써 미안하다는 말을 하기까지의 자존심을 지켜주기 위해서였다. 몸이 썩 좋아 보이지도 않는 사람에게 사과를 받는 것도 좀 마음이 불편했다. 하지만 그다음으로 들려오는 윤재의 비아냥거리는 소리에 나연은 어이가 없어졌다.

"내가 그쪽한테 왜 사과를 합니까?"

"네?"

"그쪽이 하도 사과하러 올 생각을 하지 않는 것 같아서 직접 받으러 온 겁니다."

잘못 들은 줄 알고 큰 눈을 끔뻑였지만, 윤재의 무미건조했던 얼굴이 확 구겨졌다.

"아니, 제가 왜요?"

10년 동안 자신을 지독하게 괴롭혔으니까. 하지만 지금은 때가 아닌 말을 고이 묻어두고 윤재는 다른 말들을 꺼내 놓았다.

"그날 내 어깨를 치고 갔으니까."

"아, 아니……!"

"그쪽 때문에 내가 그렇게 균형을 잃고 넘어진 거니까."

"그게, 그러니까……!"

"그 바람에 많은 사람들 앞에서 그런 개망신을 당했으니까."

나연이 말할 틈도 주지 않고 쏘아붙였다. 그녀는 억울한 듯 큰 눈으로 위아래로 흘기며 속으로 혼잣말을 했다.

'여자가 어깨 한 번 쳤다고 그렇게 넘어지는 비실비실한 남자라면, 뭐 어디 남자구실은 제대로 하겠어?'

그녀의 시선이 자신의 아래로 향하는 것을 보고 그가 당황한 나머지 김 비서의 어깨를 잡고 제 앞으로 끌어당겨 세웠다.

"어이쿠!"

갑작스러운 윤재의 행동에 김 비서가 균형을 잃고 비틀거렸다. 김 비서와 나연이 윤재의 이유 모를 행동에 어리둥절해했다.

그러다 금세 정신이 든 나연이 제법 표독스러운 얼굴로 윤재를 올려다보았다.

"그래서 저한테 사과를 받으러 오신 거다, 이거죠?"

"그럼 내가 여기 계란 먹으러 왔을 리는 없잖아?"

윤재가 턱 끝으로 계란을 가리키며 퉁명스럽게 말했다. 그런 그를 보며 나연은 기 하나 죽지 않고 당당하게 팔짱을 꼈다.

"저는 절대 사과 못 해요."

"뭐?"

보기와는 다르게 지나치게 당돌한 그녀의 모습에 당황한 건 윤재였다. 가끔, 시키는 일을 제대로 처리하지 못해 속을 뒤집는 김 비서를 제외하고는 누구도 자신의 지시 같은 것을 거절하여 속을 뒤집는 일은 없었다.

"그날 피해를 본 건 제가 훨씬 크다고요! 그쪽 때문에 반 토막 난 일당을 받아야 했고, 축축한 옷을 그대로 입고 와서 감기까지 걸렸다고요. 그러면 제가 사과 한 번 할 테니까, 그쪽은 세 번 하세요! 아니, 네 번이다. 수영장에 빠진 저를 보고 사람들이 비웃은 거까지!"

윤재가 끼어들 틈도 없이 말을 이어갔다.

"비웃는 건, 개망신당하는 건, 저처럼 수영장에 빠지는 그런 경우예요. 사람이 쓰러졌는데, 그게 왜 개망신당할 일이에요? 누가 그런 걸로 비웃는다고? 사람 아픈데, 누가 비웃어요?"

나연은 반쯤 이성을 잃고 그날의 억울함을 전부 토해냈다. 그러고 나서 스스로 진정을 시키려는 모양인지 옆에 두었던 식혜를 벌컥벌컥 들이마셨다.

'비웃는 놈이 나쁜 놈이지. 사람이 아픈데! 위로나 도움은 못 줄 망정, 비웃는 미친놈이 어디 있어?'

적어도 그 말만큼은 진심으로 느껴졌다. 하지만 윤재가 살고 있는 세상의 사람들은 나연처럼 생각해주지 않았다. 아픈 사람은 낙오자가 되었고, 낙오자는 결국 비웃음을 받는 모자란 사람 취급당할 뿐이었다. 잠시 떠오른 서러웠던 기억을 거두어내고 윤재는 다시 나연을 정면으로 응시했다. 그녀에게 궁금한 게 아주 많았다.

"혹시 복화술 할 줄 알아요?"

"네?"

"아니면 뭐, 귀신을 본다든가. 귀신을 조종할 수 있다든가 하는……."

"네에?"

"그것도 아니면 육체이탈 같은 거."

어이없어 되묻는 그녀의 반응만큼이나 윤재도 스스로가 어이가 없었다. 바보 같은 질문이라는 것을 알고 있다. 그럼에도 여전히 부정하고 싶었다. 한 여자의 목소리가 시도 때도 없이 들린다는 것, 그리고 그 목소리가 이 여자의 마음의 목소리라는 것까지. 아직 마음의 목소리인지, 뭔지 확실한 건 아니지만 지금까지 펼쳐진 상황들을 정리해보면 그렇게 확정을 지을 수밖에 없었다.

'갑자기 이게 무슨 자다가 봉창 두들기는 소리야?'

나연은 입술을 질끈 깨물며 못마땅하다는 눈빛으로 윤재를 쏘아보았다.

"언제부터 여기 살았습니까."

"지금 뭐 하시는 거예요?"

갑작스러운 윤재의 질문에 나연이 황당하다는 듯이 물었다. 하지만 그는 굽히지 않았다.

"묻는 말에나 대답하시죠. 언제부터 여기 살았냐고요."

"제가 그걸 그쪽한테 왜 대답해야 하는 거죠?"

'가뜩이나 3차 면접 연락 안 와서 신경 쓰여 죽겠는데, 어디서 이런 남자가 굴러 와서 더 뒤숭숭하게 만드는 거야?'

나연의 중얼거림에 윤재가 문득, 파티가 있던 그날을 떠올렸다. 우석그룹, 분명 여자는 속으로 우석그룹을 얘기했었다.

"우석그룹을 어떻게 알고 있습니까?"

우석그룹이라는 말에 여자의 얼굴이 눈에 띄게 바뀌어졌다.

'아, 그러고 보니 이 남자가 그 자리에 있었다는 건, 어쨌든 우리나라 대기업 자제라는 건데, 설마 이 남자가 우석그룹과 관련된 사람은 아니겠지? 아이씨, 면접도 보기 전에 떨어지는 거 아니야? 지금이라도 사과할까?'

"그, 그거야, 우리나라에서 우석그룹 모르는 사람도 있나요?"

하지만 여자의 입에선 생각과 다르게 사과가 아닌 다른 말이 흘러나왔다.

'아니면 설마 이거 나한테 작업 거는 건가? 날 어깨로 쳐서 쓰러지게 만든 여자는 네가 처음이야. 너 내 거 해라, 뭐 이런 건가?'

또다시 들려오는 그녀의 혼잣말에 윤재는 큰 소리로 비웃고 싶은 것을 가까스로 참아냈다.

처음부터 여자에게 사과를 받을 작정으로 온 건 아니었다. 윤재는 제게 들려오는 여자의 정체에 대해서 어느 정도 알아보려고 온 거지만, 아까 여자의 '아래' 발언과 방금 전 얼토당토않은 생각 때문에 자존심이 많이 상한 상태였다. 속으로만 생각한 것에 변명할 수도, 따질 수도 없어 골만 아팠다.

그래도 한편으론 잘됐다 싶었다. 저토록 붙고 싶어 하는 우석그룹 면접관으로 자신을 마주치게 되면 여자가 어떤 반응을 보일지 궁금해졌다.

"아, 그렇군요. 우석그룹이 세계적으로도 꽤 유명하긴 하죠."

방금 전까지만 해도 주변의 모든 것을 얼려버릴 것처럼 차갑게 굴던 그가 갑작스럽게 부드러워진 미소와 목소리로 대답을 하자 나연과 김 비서가 또 한 번 어리둥절해했다.

"지금은 내가 바빠서 이만 가보지만, 아마 우린 다시 만나게 될 겁니다."

"……."

"그날도 그렇게 내게 당당할 수 있을지 궁금해지네요."

그게 무슨 말이냐고 되묻는 나연에게 대답 대신 가볍게 미소를 지었다. 그 미소가 꽤 살벌해 보였기 때문에 나연은 더는 아무것도 물어볼 수가 없었다. 내내 옆에 서 있던 남자와 함께 돌아서는 윤재가 완전히 시야에서 사라질 때까지도 나연은 제 주변을 맴도는 서늘함에 몸이 얼어붙어 있었다.

"뭐야, 진짜…… 저 남자?"

한편, 밖으로 나온 윤재는 차에 올라타기 전에 몸을 돌려 여자가 있는 찌질방을 한 번 더 올려다보았다. 다시는 오고 싶지 않을 정도로 건물이 많이 후져 보였다.

"나하고는 어울리지 않는 곳이야."

낮게 중얼거리며 윤재가 뒷좌석에 올라탔다.

"어디로 갈까요?"

"오늘 금요일이고 지금 이 시간이면 내가 어디로 가야 할까?"

"회사요!"

쓸데없이 해맑은 김 비서에 윤재가 이를 바득 갈았다. 백미러를 통해서 자신을 노려보는 상사의 눈빛이 예사롭지 않다는 것을 느낀 김 비서가 눈치를 보며 천천히 차를 움직였다.

"자다가 봉창 두드리는 소리가 무슨 뜻이야?"

"아, 그 소리는 뭔 이런 어처구니없는 개소리를 다 하고 자빠졌어!"

단어 한마디 한마디에 힘을 주며 격한 목소리로 대답을 하는 김 비서에 윤재가 깜짝 놀라고 말았다.

"……라는 뜻입니다."

"그렇게 극단적인 뜻까지 가지고 있는 건 아니지?"

"아닙니다. 그 뜻이 맞습니다."

한껏 의심의 눈으로 자신을 노려보고 있는 윤재를 백미러로 발견한 김 비서가 다급하게 입을 열었다.

"또 뭔가 들리신 거예요?"

"아니, 지금은 안 들려."

정말, 안 들린다. 기분이 이상하다.

그 목소리의 장본인인 나연을 만나기 전까지만 해도 목소리가 안 들리는 날은 갇혀 있는 방에서 나오기라도 한 것처럼 홀가분하고 편안했다. 그런데 지금은 다르다. 왜 안 들리는지, 문득 궁금해진다. 그녀가 무얼 하고 있는지……. 안 보이니까 답답하다. 이렇게 하나 저렇게 하나, 정말 성가신 여자다.

회사에 도착하자마자 윤재는 김 비서를 시켜 그녀의 이력서와 포트폴리오를 가져오게 했다.

'모바일 커뮤니케이션즈'에서 가장 중축이 될 수 있는 캐릭터 쪽이나 게임 쪽에 딱 적합한 그림체들이었다. 일전에 봤던 면접자들의 그 어느 포토폴리오보다 상당한 실력을 갖춘 그림에 놀라지 않을 수가 없었다.

그러다 옆에 두었던 이력서를 다시 손에 그러쥐었다. 미소가 참 예쁘다고 느껴질 만한 얼굴이 박혀 있는 사진을 바라보던 윤재의 눈동자가 느릿하게 옆으로 향했다.

정나연. 1995년 5월 5일생.

한 번도 불러본 적 없는 이름, 한 번도 들어본 적 없는 중학교, 고등학교, 대학교까지 졸업하고 한 번도 가본 적 없는 곳에서 아르바이트 경력을 쌓고 자신은 하나도 없는 자격증을 지니고 있었다. 그렇다는 건 그 어디에서도 그녀를 만나본 적이 없다는 뜻이기도 했다.

그런데 왜, 내게 이 여자의 목소리가 자꾸만 들리는 걸까.

'제발, 면접 합격했어야 할 텐데! 떨린다, 떨려. 그건 그렇고 그 이상한 남자, 또 찾아오진 않겠지?'

지금 이 순간조차도.

'이상한 남자' 취급에 윤재의 입술이 불만스러움으로 실룩거렸다. 그러다 윤재의 눈빛이 측은하게 변한 것은 마지막에 텅 비어 있는 가족사항 때문이었다. 불필요한 사항들이 너무 난무하는 이력서라는 생각이 들었다.

"아, 머리 아파……."

아무리 추측을 해봐도 자신이 이런 말도 안 되는 일에 그 여자와 엮일 만한 일은 아무것도 없었다. 또다시 지끈지끈 두통이 몰려왔다.

언제쯤이면 사라질지.

이 지독한 두통도, 그녀의 목소리도.

[귀사의 3차 면접 합격을 축하드립니다. 최종 면접인 4차 면접 일정은…….]

보고 또 봐도 신기하기만 했다. 나연은 휴대폰 액정에 선명하게 찍혀 있는 문자를 닫고 고개를 들어 올렸다.

주말에 날아온 문자에 너무 좋아 나연은 월요일인 오늘 아침까지 뜬눈으로 밤을 새워야 했다.

도미노 게임을 하는 것처럼 빽빽하게 쌓여 있는 고층빌딩의 끝이 광선으로 인해 눈이 아릴 정도로 환하게 빛나고 있었다. 눈살을 확 찌푸리며 다시 고개를 내린 나연은 아까부터 바짝바짝 말라오는 입술에 립밤을 바르며 호흡을 가다듬었다.

"휴……. 긴장하지 말자, 정나연."

결코 흔한 기회는 아니었다. 나연의 주변 사람들은 모두 이 일을 두고 '기적'이라며 침이 마르도록 떠들어대기도 했다. 대한민국의 심장이라고 해도 과언이 아닌 우석그룹은, 일명 꿈의 직장이라 불릴 정도의 엄청난 복지만큼 채용 조건도 까다롭기로 유명했다.

그런 기업에 4년제는커녕 유학 한 번 갔다 온 적 없는 나연이 3차 합격의 영광을 누리게 된 것은 두 달 전에 했던 공모전 수상 덕분이었다. 우석그룹은 3년에 한 번씩 '모바일 캐릭터 디자인 공모전'을 열고 있는데, 그 공모전에서 대상을 수상하게 되면 학력과 나이를 불문하고 오롯이 포트폴리오 하나만으로 정규식 면접을 볼 수 있는 기회가 주어진다. 그리고 그 평생 살면서 단 한 번밖에 오지 않을 소중한 기회라는 동아줄을, 나연은 놓치지 않고 악착같이 붙잡은 것이다.

"제발, 제 평생의 운을 오늘 다 쓸 수 있게 해주세요."

승강기에 올라탄 나연은 미리 공지를 받은 면접실 층을 누르고선 두 손을 맞잡고 빌었다. 그러다 다시 눈을 뜬 나연이 조금 씁쓸해진 미소를 지으며 허공을 올려다보았다.

"오빠, 나 오빠가 진짜 오고 싶어 했던 이 회사…… 꼭 들어갈 수 있게 도와줘."

도착을 알리는 소리와 함께 승강기 문이 열리고, 나연은 잔뜩 긴장한 발걸음을 안쪽으로 옮겼다. 가장 먼저 도착한 것인지 면접 대기실엔 관계자를 제외하고는 아무도 없었다.

"면접 보러 오셨어요?"

"네."

"성함이 어떻게 되시죠?"

"정나연입니다."

서류로 이름을 찾아 내려가던 직원이 열 장의 종이 중 가장 마지막 번호를 꺼내 건넨다. 첫 번째로 왔는데, 마지막 번호인 게 마음에 걸려 조금 미적지근한 표정을 짓자 직원이 시큰둥한 표정으로 대꾸했다.

"이게 3차에 보셨던 면접 합격자 순서대로 나온 거거든요."

"아, 네…….."

기분 탓이려니 하기에는 직원들의 못마땅한 눈빛이 너무 노골적으로 나연에게 향해 있었다. 그들의 반응을 나연은 충분히 이해할 수 있었다. 듣도 보도 못한 지방 전문대를 졸업한 사람이 아마도 인서울 대학교에 유학까지 갔다 왔을 자신들과 동급이 된다는 것 자체가 불쾌한 일이겠지.

미꾸라지가 한 마리 들어와 자신들의 깨끗한 물을 흐려놓는다고 생각하겠지.

그래도 나연은 기죽을 수 없었고 물러설 수도 없었다. 이곳은 오빠의 마지막 꿈이었던 곳이었고 이제는 자신의 하나밖에 남지 않은 동아줄 같은 곳이기도 했다. 여기 오겠다고 고향 집도 팔고 찜질방을 전전했던 것을 생각하면 하루라도 빨리 제자리를 잡고 싶었다. 더군다나 오래도록 공들여 만든 자신의 캐릭터가 세상에 나온다는 일은 정말, 상상만으로도 설레고 벅찬 일이었다. 그 꿈같은 일이 곧 현실이 되어 코앞에 닥쳐 있는데, 다른 것에 힘을 뺄 이유가 없었다.

나연은 이어폰을 끼고 잔잔한 클래식을 틀었다.

"야, 쟤가 걔지? 전문대 졸?"

"어. 어떻게 저런 애가 우리 회사에 다 들어올 수 있지?"

"끝날 때까지 절대 끝난 게 아니라는 말 몰라? 최종면접 남았는데, 뭘 벌써부터 우리 회사 사람 취급해? 기분 나쁘게."

일부러 들으라는 듯 떠드는 직원들 말에 나연은 웃음이 새어 나오려고 했다. 당장이라도 터져 나오려는 비소를 숨기기 위해 이어 폰을 더욱 깊게 끼고 소리를 높였다. 고작, 저런 말로 상처를 줄 생각이라면 그들은 너무 싱거운 사람들이다. 저것보다 더한 소리를 들으며 살아온 나연에게 저 정도의 폭언은 그냥, 귓가에 스치는 한낱 바람일 뿐이었다.

귓가에선 평온하고 잔잔한 클래식 음악이 흘러나온다. 이제야, 면접 때문에 많이 불안했던 마음이 조금은 진정되는 것 같았다. 나연은 가방에서 예상 질문지를 꺼내 적어두었던 답변을 눈을 감고서는 한 번 더 빠르게 점검해나갔다.

"정나연 씨?"

장장 두 시간에 걸친 기다림 끝에 면접을 볼 수 있게 된 나연이 들고 있던 종이를 내려놓고 면접장에 들어섰다.

"안녕하십니까! 젊은 피로 지구 열 바퀴도 돌 수 있을 정도의 열정으로 똘똘 뭉친 정나연이라고……."

허리를 굽혀 일어선 순간, 나연의 두 눈이 빠질 것처럼 휘둥그레졌다.

"당, 당신……!"

그 남자! 며칠 전에 찜질방에 찾아왔던 그 남자가 하필이면 '면접관'이라는 이름을 달고 그녀를 바라보고 있었다.

그것도 얄미울 정도로 매우, 여유로운 미소를 장착한 채로.

너의 속삭임 2.

"당신이라니, 정나연 씨한테는 면접관이 친구처럼 보입니까?"

윤재의 옆에 있던 나이가 꽤 들어 보이는 면접관의 지적에 나연이 아차 싶었다.

"죄송합니다!"

얼른 고개를 숙여 사과를 했지만 이미 면접관들의 시선은 냉랭하기만 했다. 합격도 못 하고 모든 것을 망쳐버릴 것 같아서 덜컥 겁이 났다.

"언제까지 그렇게 서 있을 거예요? 면접 안 볼 겁니까?"

이번엔 다른 사람도 아닌 윤재의 지적이었다. 애타게 기다리던 소중한 면접의 기회를 이렇게 허무하게 날릴 수는 없다고 생각하며 나연은 다시 마음을 단단히 먹고 의자에 앉았다. 이미 다른 면접관들은 이력서상 학력과 경력사항이 형편없는 그녀에게서 관심이 나가떨어진 듯싶었다. 나연의 면접은 단지, 형식적인 면접에 불과했다. 면접관들은 전부 지루한 얼굴을 하고서 서로에게 질문을 미루고 있었다. 하지만 단 한 사람, 오직 윤재만이 이전과는 다르게 눈이 번쩍이고 있었다.

"여기 주소를 보니까, 평범한 주택은 아닌 것 같은데."

다 알면서도 물어보는 저 심보가 고약하다고 느껴졌다. 하지만 나연은 최대한 친절하게 미소를 지었다.

"네. 지금은 찜질방이 제 주거공간입니다. 시골에 있던 집을 팔았지만, 서울에 월세방 하나 구하기도 어려워서 숙식이 제공되는 찜질방에서 아르바이트를 하면서 돈을 모으고 있습니다."

"그래서 얼마나 모았어요?"

"네?"

'이것이 과연 면접과 크게 상관이 있는 질문인가? 대체 나한테 무슨 억하심정이 있어서 이러는 거야?'

"전 적어도 저희 직원들이 안전하고 안정적인 주거 생활을 해야지만 보다 일에 집중을 잘 할 수 있을 거라고 생각하는 사람입니다. 그런데 찜질방에서 머무는 나연 씨는 그쪽이랑 조금 멀게 느껴져서."

"딱 2주 정도만 더 머물면 집 구할 수 있을 것 같습니다."

"외국에 나가본 적은 있어요? 거기서 살아봤다든지."

"외국에는 나가본 적 없지만 틈틈이 영어는 배웠습니다. 회화 어느 정도 가능하고요."

"그림 실력이 꽤 괜찮던데, 지방에서 서울로 학원이라도 다녔나?"

"아니요. 동네에 있는 학원 다녔습니다."

"혹시, 나 어디서 본 적 있어요?"

'수영장에서 봤잖아. 찜질방에서도 봤고!'

다 알면서도 물어보는 그의 의도를 파악할 수 없어 나연이 이를 아득아득 갈며 속으로 중얼거리다가 어렵게 입술을 떼어냈다. 아니, 대충 파악이 된다. 자신을 망신시킨 여자를 몰아붙이려고 하는 남자의 못난 심보가 야속하게 느껴졌다.

"수영장……."

"아니. 자선회 파티 때 말고 그 이전에 혹시 나 본 적 있습니까?"

'단 한 번도. 저런 인상을 기억 못 할 리 없어.'

"아니요. 본 적 없습니다. 단 한 번도요."

"자선회 파티?"

그사이에 윤호가 끼어들어 되물었다. 나연의 난감한 눈빛이 그에게로 향했다.

"자선회 파티에서 윤재를 봤어요? 그렇다는 건, 어느 기업의 따님이신지."

윤호의 조심스러운 질문에 면접관들도 난처함을 표했다. 자신들이 행여나, 유명한 기업의 딸을 못 알아보고 함부로 대한 것은 아닌지, 싶었다. 그러면서도 이 엉망진창인 이력서에 대한 의문은 풀리지 않고 있던 와중이었다.

"거기 참석한 사람이 아니고, 아르바이트생이었어."

윤재의 말에 면접관들은 안도의 한숨을 내쉬었다.

"아르바이트……. 아, 너 쓰러졌을 때 같이 있었던 그 아르바이트생!"

윤호의 알은체에 윤재가 느긋하게 의자에 기대고선 나연을 바라보았다.

"덕분에 쓰러졌지. 그것도 매번."

면접 시간이 초과되었다. 준비해 간 질문은 하나도 나오지 않았고, 질문을 던진 사람은 윤재뿐이었다. 어떤 기대도 할 수 없는 엉망진창인 면접을 보고 나온 나연은 실망과 좌절감에 어깨를 바짝 움츠려야 했다.

나연이 나가고 모두가 원하는 점수를 적어 윤호에게로 건넸다. 윤호는 윤재에게서 온 점수를 보고 살짝, 놀랐다. 다른 지원자들에겐 전혀 관심을 두지 않고 있던 윤재가 유난히도 나연에게 보이는 관심에 윤호는 의문을 가질 수밖에 없었다. 나연에게만 과도하게 준 점수에 함께 면접을 본 임원들의 불만이 이만저만이 아니었다.

"우 이사님, 이 정나연 씨의 이력서는 제대로 보신 거죠?"

부장의 한마디에 윤재는 눈길도 주지 않고 무심하게 대답했다.

"그러는 임 부장님은 정나연 씨의 포트폴리오, 제대로 보셨습니까?"

어차피 전문대 나온 애들의 실력은 대충 알고 있다고 생각했기 때문에 자세히 보지는 않았다. 임 부장은 할 말이 없어 입술을 굳게 다물었다. 그룹이 창립됐을 때부터 진행됐던 공모전의 당선자들 중 전문대 출신은 상당했다. 그럼에도 입사를 한 사람들이 상대적으로 적은 것은 지금 상황 같은 부당한 차별 때문이라는 것을 윤재는 금세 깨달았다. 나연이 합격을 해야 하는 것에 대한 다른 목적을 가지고 있다고 하더라도 결코 실력이 없으면 그녀를 자신만의 의견으로 절대 합격을 시킬 수는 없었다. 하지만 다행히도 나연은 오늘 학력의 꼬리표를 떼고도 면접자들 중에 가장 훌륭한 포트폴리오를 가지고 있었다.

"저도 정나연 씨의 포트폴리오가 가장 마음에 들었습니다."

정신이 온전치 않다고 소문난 윤재의 선택을 탐탁지 않아 하던 다른 면접관들은 옆에서 한마디를 거드는 윤호에 그제야 경계를 풀었다.

"그럼 이대로 진행할까요?"

부장의 말에 윤호가 낮게 고개를 끄덕였다. 모두가 나가고, 면접실 안에는 윤호와 윤재만 남았다.

"그래도 오늘은 컨디션이 괜찮았나 보네?"

'망했어……. 난 망했어……. 절대 안 뽑히겠지? 이제 어쩌지? 다시 취업 사이트를 뒤져야 하는 건가?'

절망스러운 그녀의 목소리가 멀지 않은 곳에서 들려왔다.

"윤재야?"

그녀의 목소리에 집중하느라 윤호가 묻는 말에 대답을 하지 못했다.

"어? 무슨 말 했어?"

"아니야. 오늘 좀 무리한 거 같으니까, 좀 일찍 퇴근하고 집에 가서 쉬도록 해."

"어떻게 그래. 회사에는 룰이라는 게 있는데. 그리고 이제 나도 이런저런 할 일이 은근히 많더라고."

틀린 말은 아니었다. 윤재는 처음으로 경영에 뛰어든 것이고, 그만큼 이것저것 기본적으로도 습득해야 할 것이 많았다.

"그래도 난 네가 너무 걱정이 돼."

"괜찮아."

"너무 무리해서는 안 된다?"

여유롭게 미소를 지어주곤 윤호와 함께 면접실을 빠져나왔다. 잠시 아래층 경영팀에 볼일이 있다는 윤호와 헤어져서 자신의 사무실로 올라온 윤재는 난감함에 어쩔 줄 몰라 하며 주변을 서성거리고 있는 김 비서를 발견했다. 그 모양새가 꼭 화장실 급한 사람처럼 보였다.

"화장실 가고 싶으면 갔다 와. 누가 뭐라고 그래?"

"이사님!"

김 비서가 윤재를 발견하고 다급하게 달려왔다.

"왜 이래?"

"안에, 안에……."

"말을 해. 안에 뭐."

"그러니까, 안에!"

"이제 하다 하다 말까지 제대로 전달 못 하는 너를 내가 어떻게 해야 할까?"

하지만 굳이 김 비서의 대답을 들을 필요는 없었다. 윤재의 집무실이 열리고 안에서 세희가 모습을 드러냈기 때문이었다. 윤재의 눈동자가 세희에게로 향하는 순간, 그대로 멈춰버렸다.

"기다리다가 지쳐서, 마침 너 찾으러 가려던 길이었는데."

월요일에 오겠다는 세희가 정말 와 있었다.

"그날 너 쓰러졌다던데, 몸은 괜찮은 거야?"

어느새 윤재에게로 바싹 다가온 세희가 손을 뻗어 그의 이마를 짚어보려고 했지만, 윤재가 얼른 뒤로 물러섰다.

"어, 나 이제 괜찮아."

허공에 머물러 있는 손이 민망했는지 세희가 멋쩍게 웃어 보였다.

"커피 한잔 정도는 대접해줄 거지? 그래도 애써 시간 내서 온 사람인데……."

"커피 한잔 정도는 대접할게. 대신 오래는 못 앉아 있을 것 같아. 좀 바빠서."

"그래."

윤재가 옆에 서 있는 김 비서에게 눈짓을 해 보이고 세희와 함께 집무실 안으로 들어섰다. 어디서 뭘 하고 있는지, 도통 들리지 않는 그녀의 목소리에 격한 궁금증을 느끼며.

한편, 면접을 보고 회사에서 나온 나연은 우울한 기분을 떨쳐낼 수가 없었다. 축 처진 어깨를 하고 동네까지 온 나연은 그냥 찜질 방으로 바로 들어가긴 우울해서 동네 순댓국집으로 들어갔다. 허기도 채우고 허전함도 채우기 위해서였다.

"아주머니, 여기 순대국밥 하나에 소주 한 병이요."

따뜻한 순댓국과 함께 차갑고 쓴 소주를 들이켰다. 그럼에도 마음의 위로가 하나도 되지 않았다.

"복도 지지리 없지. 하필이면 그 남자가 면접관일 건 또 뭐람……."

연거푸 소주를 들이켰다. 취기가 점점 올라오기 시작하더니 정신이 알딸딸해졌다.

"덕분에 쓰러져? 그것도 매애버어언? 차암 나! 누가 들으면 내가 매번 폭행이라도 가하는 줄 알겠네? 어이구!"

술에 취해서 어눌한 말투로 꽥꽥 고함을 내질렀다.

"애초부터 불합격시킬 작정이었어어! 에엥? 그럴 작정이었어어? 그 인가안!"

술에 취할수록 감정이 점점 더 벅차올랐다. 급기야 발까지 동동 구르며 억울함을 토해내는 나연에게 주인아줌마가 다가왔다.

"아가씨, 너무 시끄러워."

"죄송함다."

사과를 하고 주변을 돌아보자, 어른들이 고까운 눈길로 바라보며 혀를 내두르고 있었다. 더는 앉아 있을 수가 없을 거라고 생각한 나연이 가방을 들고 일어섰다.

"얼마예요?"

계산을 하고 나오자, 환했던 세상은 어느새 어둠에 잠식되어 있었다. 조금 알딸딸하긴 하지만 여전히 선명한 정신에 나연은 편의점으로 들어갔다.

"더 취하고 싶당……."

오늘은 정말 취해서 찜질방에 들어가자마자 뻗어 자고 싶었다. 맥주를 구입해서 빨대를 꽂고 나와 앞에 설치되어 있는 파라솔에 앉았다.

"아, 답답해."

빨대로 맥주를 쭉쭉 들이켜며 탄식했다.

"왜 당연히 붙을 거라고 생각했을까……. 그런 기대도 하지 않았다면, 이렇게 심하게 좌절도 하지 않을 텐데."

의자에 반쯤 눕다시피 앉아서는 맥주를 아낌없이 쭉쭉 들이켰다. 생각해보면 처음부터 이상한 남자였다. 다짜고짜 손을 잡고 너 누구냐고 몰아붙일 때부터. 난생처음 보는 사람이지만, 어쩐지 이상할 정도로 낯설지 않았던 느낌.

"기분 탓일 거야……. 내가 많이 취했나 보네."

"그래 보이네."

"엄마야!"

뒤에서 갑자기 들려오는 남자의 목소리에 나연이 화들짝 놀라 자리에서 일어났다. 설마, 했는데 정말 눈앞에 윤재가 서 있었다. 술이 다 확 깨는 기분이었다.

"너 정말 많이 취해 보여."

"뭐예요?"

"뭐가 뭐야?"

"아니, 여기 왜 있어요?"

"이 도로가 그쪽 집이라도 되나? 대한민국 사람으로서, 대한민국 땅을 밟고 다니는데 뭐가 문제지? 나는 어디든 마음대로 돌아다닐 수 있는 권리가 있는 사람이라고."

'말 한번 더럽게 잘하네.'

마음속으로 구시렁거리던 나연은 여전히 제 앞에서 저를 뚫어져라 바라보고 있는 윤재의 부담스러운 시선을 슬그머니 피했다.

"힝. 내 맥주!"

화들짝 놀랄 때 들고 있던 맥주를 바닥에 떨어트렸는데, 그 바람에 맥주가 바닥으로 콸콸콸 쏟아져버렸다.

"바닥에 떨어진 거 주워 먹는 거 아니야."

맥주 캔을 집어 들려는 나연의 손을 지적하며 윤재가 나무랐다.

"주워 먹으려고 하는 게 아니라, 그냥 가져다 버리려고 그러는 거거든요?"

그런 그에게 나연은 통명스러운 눈빛으로 대응하며 맥주 캔을 집어 들었다. 편의점으로 들어가서 쓰레기통에 캔을 버리고 돌아서는데, 언제 들어왔는지 그가 또 바로 눈앞에 서 있었다.

"깜짝이야! 왜 자꾸 사람 놀라게 만들어요!"

"놀라는 네 표정을 보면서 내가 더 놀랄 건 생각 안 하나 봐."

윤재가 옆에 깔려 있는 라면을 만지작거리며 말했다.

"라면 드시러 왔나 봐요?"

"딱히 그런 건 아니고. 이런 거 한 번도 먹어본 적도 없고."

돈이 없어서 먹어본 적이 없진 않을 터.

'돈 많다고 자랑하는 건가?'

"돈 많다고 자랑하는 건 아니야. 그냥 이런 거 별로 안 좋아해서 안 먹은 거뿐이야."

'헉. 방금 소름 돋았어. 이 사람 돗자리 깔아도 되겠다.'

"그러시구나. 그럼 전 껌이나 사서 가야겠네요. 안녕히 계세요."

나연이 윤재를 두고 돌아섰다.

윤재는 그런 나연을 가만히 바라보았다. 방금 마음속으로 뜬금없이 돗자리를 깔아도 되겠다니, 저게 무슨 뜻일까…… 껌을 고르고 있는 나연을 바라보며 곰곰이 고민하던 윤재가 휴대폰을 열어 근처에 대기하고 있는 김 비서에게 문자를 보냈다.

[돗자리 깔아도 되겠다가 무슨 뜻이야?]

[점쟁이처럼 무언가를 엄청 잘 맞히는 사람들을 뜻하는 말입니다. 예를 들자면, 내가 방금 생각해낸 것을 말하는 사람. 그런 사람들을 보며 그런 말을 하죠. 그런데 이사님, 혹시 편의점 들어가신

김에 제 커피 하나 사다주실 수 있는지······♥]

"이 미친."

하트를 보고 자신도 모르게 내지른 욕에 나연이 깜짝 놀라 바라보았다. 윤재가 뭐, 하고 되물었고 나연이 쳇, 하는 얼굴로 다시 껌을 고르는 것에 집중했다.

"내가 방금 생각해낸 말을 꺼내는 사람······."

이로써, 확신은 하고 있었지만 아주 조금 남아 있던 의심이 완전히 사라졌다. 지금껏 들려왔던 이 목소리는 지금 제 눈앞에 있는 여자의 마음의 목소리라는 것이 비로소 완벽해졌다. 여전히 이 벌어진 상황들이 어이가 없고 믿겨지지가 않지만, 윤재는 한편으로 안심했다. 남들이 말하는 정신병자라든가 귀신이 씌었다거나 한 것이 아니라서. 그게, 아니라서. 지난날, 그런 취급을 받아오며 마음에 크고 깊은 상처를 새겨왔던 자신을 떠올렸다. 이 상처는 누구에게 위로를 받아야 하는 건가.

이미 껌을 계산하고 편의점을 빠져나가는 나연을 뒤따라갔다.

"왜 자꾸 따라오세요?"

"너 따라가는 거 아니거든? 찌질, 아니 찜질방 가는 길이거든?"

"거긴 왜 가시는데요?"

"왜 갈까? 당연히 목욕하러 가지. 식혜 마시겠다고 가는 건 아닐 거 아니야."

'차암 나. 재벌 집 욕실이 훨씬 더 좋을 텐데, 왜 이런 후진 찜질방에서 목욕을 한다고. 핑계도 저런 어이없는 핑계를 대니?'

그녀의 속마음에 할 말이 없었다. 그러다가 대기하고 있는 차 안에서 늘어지게 하품을 하고 있는 김 비서를 발견했다.

"김 비서랑 같이 씻으려고 온 거야."

'그런 건가? 하긴 집 욕실에서 남자 둘이 씻는 건 좀 이상할 수도 있겠다.'

자신의 말이 그녀를 설득했다는 생각에 어쩐지 뿌듯했다.

'왜 저런 표정을 짓는 거야? 갑자기.'

그녀의 혼잣말에 윤재가 금세 정색을 했다.

"그럼 목욕 실컷 하고 가세요. 전 이만."

"넌 어디 가? 바로 찜질방으로 들어가는 거 아니었어?"

"남이야 어딜 가든, 왜 상관하시는지 저는 정말 모르겠네요."

그녀가 이어폰을 귀에 꽂으며 냉랭하게 말했다.

남이 확실하다. 다만, 윤재는 남이 남처럼 느껴지지 않는 것이 문제지만. 자신을 덩그러니 남겨두고 씩씩하게 잘도 걸어가는 나연의 뒷모습을 바라보던 윤재가 그녀의 반대편에서 스마트폰을 하며 운전을 하고 있는 차를 발견했다.

"정나연!"

피하라고 했지만 나연은 한눈을 팔고 있고 귀에 음악까지 듣고 있어서 윤재의 소리를 듣지 못한 듯싶었다.

'쌰럽 베이비, 쌰럽 베이비.'

이 돼지 멱따는 소리와 비슷하게 들려오는 노랫소리는 그녀가 그만큼 음악에 푹 빠져 있다는 것을 뜻했다. 윤재가 급하게 발을 떼어냈다.

그녀에게로 달려가 품에 끌어안고 그대로 옆으로 굴렀다. 사람이 이렇게 뒹굴었는데도 차는 아무렇지도 않게 도로를 빠져나갔다. 팔이 쓸렸는지 따갑다. 하지만 그것을 확인할 겨를도 없이 윤재는 나연의 상태를 가장 먼저 살폈다. 다행히 겉으로 보았을 때 멀쩡한 것이 크게 다친 곳은 없어 보였다.

한편, 누군가로부터 확 끌어 안겨져버린 나연은 당황할 기세도 없이 옆으로 나뒹굴었다. 하지만 제 몸에서 느껴지는 고통은 하나도 없었고, 제 옆으로 속도가 꽤 빠른 차가 지나갔다. 조금만 늦었어도 어떻게 될지 생각조차 하기 싫은 아찔한 순간이었다.

"이사님!"

대기하고 있던 김 비서가 허둥지둥 빠져나오며 외쳤고, 그제야 나연은 저를 끌어안고 있는 사람이 윤재라는 것을 깨달았다. 그의 품은 생각 이상으로 따뜻했다. 가만히 들려오는 그의 빠른 심장 소리에 나연은 괜스레 긴장을 했다.

"괜찮냐?"

위에서 들려오는 목소리는 결코 다정하다고 할 수 없었지만 나연은 안도감이 들어 고분고분 고개를 끄덕였다.

"그럼 이제 좀 일어나지? 팔에서 쥐 나려고 하는데."

"아!"

나연이 벌떡 일어났다.

"악!"

막 두 사람에게 다가오던 김 비서가 갑자기 일어나는 나연의 머리에 코를 박고 뒤로 넘어졌다.

"아."

순간, 윤재의 머리가 아파왔다. 넘어지면서 머리를 부딪쳤나……. 아니다, 또 이유 없이 아픈 거다. 그럴 때가 종종 있었으니까.

나연은 머리를, 김 비서는 코를 부여잡고서는 고통을 호소했다.

"잘하는 짓들이다."

그 두 사람을 못마땅하게 바라보던 윤재의 팔꿈치가 욱신거렸다. 팔을 뒤집어 보니 찢어진 와이셔츠 안으로 살이 긁혀 피가 고여 있었다.

"이사님! 괜찮으세요?"

어느새 벌떡 일어난 김 비서가 윤재의 팔꿈치에 난 상처를 보며 호들갑을 떨었다. 사고가 일어난 후에 처음 보는 그의 상처에 김 비서는 많이 놀란 눈치였다.

"잠깐 기다리세요!"

나연이 머리를 부여잡고 편의점을 향해 달려갔다. 얼마 되지 않아 봉지에 소독약, 연고, 밴드를 사서 나왔다.

"이사님, 이쪽으로 오세요."

애써 침착한 나연과 눈물까지 고인 김 비서가 윤재의 양쪽 팔을 부축해 가려고 했지만 윤재가 완강히 거부를 했다.

"오바들 좀 하지 마. 다리는 안 다쳤어."

"응급실 가봐야 하는 거 아닐까요?"

"네 코피나 닦아."

"코, 코피?"

김 비서가 인중 쪽을 더듬거리더니 묻어 나오는 코피에 자지러지듯 놀랐다.

"코, 코피! 이사님, 저, 저 지금 코피! 코피 나와요! 코피!"

금방이라도 쓰러질 사람처럼 구는 김 비서를 윤재가 한심스럽게 바라보았다.

"죄송해요, 김 비서님. 여기 휴지요."

나연이 봉투에서 휴지를 꺼내 김 비서에게 건넸다. 그사이 벤치에 앉은 윤재는 까져서 욱신거리는 팔꿈치에 후후 바람을 불어 넣고 있었다.

"조금 따가우실 거예요."

곁으로 다가온 나연이 능숙하게 소독약을 꺼내 윤재의 상처에 들이부었다. 표현할 수 없는 쓰라림이 윤재의 신경을 날카롭게 긁었다.

"미친 거 아니야? 그걸 막 그렇게 예고도 없이 들이부으면 어떡하지?"

펄쩍 뛰며 아파했지만 여전히 나연은 아랑곳하지 않고 그의 팔을 붙잡았다.

"안 놔?"

상처 때문에 팔에 힘이 들어가질 않았다.

"가만히 계세요. 엄살 그만 피우시고."

"그게 지금 널 구해준 사람한테 할 말이야?"

"저 지금 최선을 다하고 있다고요."

나연이 발버둥 치는 윤재의 상처에 옅은 바람을 불어주었다. 쓰라렸던 상처가 나연의 옅은 입바람 때문에 간질간질하게 느껴지는 것 같았다. 자신의 손목을 부여잡고 있는 나연의 손은 생각보다 작고 여려 보였다. 정성스레 연고를 바르고 밴드까지 붙여주고 나서야 나연은 그의 손목을 놓아주었다.

"고마워요. 저 살려주신 거."

방금 전까지만 해도 퉁명스러웠던 나연의 목소리가 티 나게 차분해지자 괜히 윤재의 마음이 뒤숭숭해졌다. 속으로 아무 말도 하지 않는 것을 보니, 진심인 듯싶었다.

"하지만 다시는 누구 구하겠다고 그렇게 막 몸 던지지 마세요."

"왜?"

"뭐가 왜예요. 왜는."

정말 몰라서 물어본 건데, 애가 짜증을 내니 살짝 당황해서는 나연을 바라보았다. 나연은 여전히 좋지 않은 표정으로 말을 이어 나갔다.

"남 구하다가 다치면 억울하잖아요. 이 정도니까 다행인 거지, 정말 큰일이라도 났으면 어쩔 뻔했어요? 그럼 이사님을 소중하게 생각하는 사람들이 너무 슬퍼질 수도 있다는 건, 생각 안 해봤어요?"

그녀의 눈빛에 슬픔이 잔뜩 스며 있다고 느낀 것은 자신의 단순한 착각일까. 하지만 그 마음을 헤아려보기도 전에 나연이 먼저 시선을 피하며 아예 자리를 털고 일어났다.

"이제 정말 피곤하다. 전 그만 가서 쉬어야겠어요. 다치셔서 찜질방은 못 가시겠네요."

"그러겠네. 넌 몸 관리 잘해."

"네?"

"기껏 뽑아놨는데 아프다고 회사 안 나오지 말고."

"아, 네……. 네?"

별생각 없이 듣고 있던 나연이 화들짝 놀라서 되물었다.

"다친 곳 없지?"

"네, 다친 곳 없어요!"

"첫날부터 아프다는 핑계로 지각하면 바로 잘릴 줄 알아."

다시 한번 반복하는 윤재의 말에 나연은 벅찬 감동으로 입을 틀어막았다. 그 모습이 살짝 오버를 하는 것 같아 지적해주고 싶었지만, 마음속으로 그녀가 외치는 말 때문에 차마 그럴 수가 없었다.

'엄마, 아빠, 오빠! 나, 나, 드디어 회사 합격했어! 이 지겨운 찜질방 생활도 끝나고! 같이 있었으면 좋을 텐데, 이런 날 다 같이 있었다면 정말 기뻐해줄 텐데!'

"저, 저 정말 합격한 거예요?"

"내일 아침에 합격 문자 갈 거야."

"정, 정말요?"

"넌 내가 고작 이깟 농담하려고 여기까지 온 할 일 없는 사람으로 보이냐?"

"와, 진짜 감사드립니다, 이사님. 정말 감사드립니다! 저 최선을 다해서 열심히, 아니! 열심히 하는 게 아니라, 정말 잘 해낼게요! 진짜 잘할게요!"

자리에서 벌떡 일어나 이마가 무릎에 닿을 정도로 허리를 숙여 인사하는 나연에 윤재가 벤치에 몸을 기대고 뿌듯하게 바라보았다.

"그럼, 당연히 잘해야지. 일도 잘해야 되고 나한테도 잘해야 되고."

"네! 저 정말 잘할 거예요! 조심히 들어가십시오!"

여전히 코피의 충격에서 벗어나지 못하는 김 비서에게 인사하는 것도 잊지 않은 나연이 뒤돌아 폴짝폴짝 뛰며 멀어져갔다. 완전히 사라져 더는 흔적을 찾아볼 수 없는 나연에 윤재는 허전함을 느끼며 그녀가 정성스럽게 붙여준 밴드를 지그시 내려다보았다.

'이사님을 소중하게 생각하는 사람들이 너무 슬퍼질 수도 있다는 건, 생각 안 해봤어요?'

그 목소리가 어쩐지 슬펐다. 기분이 이상했다. 심장 부근이 다친 팔꿈치보다 더 쓰려오는 기분이었다. 정말, 기분이 이상했다.

"합격한 거 말씀하시려고 여기까지 오신 겁니까?"

콧구멍 두 군데에 휴지를 꽂은 김 비서가 차에 시동을 걸며 물었다. 뒷좌석에 앉은 윤재는 안착감이 드는 푹신한 소파에 편안하게 몸을 기대었다.

"어? 어."

"어차피 내일 문자 갈 건데, 뭣하러 번거롭게 그렇게 하셨어요. 괜히 오셔서 다치기만 하시고."

속상함이 묻어 나오는 김 비서의 목소리에 윤재는 더는 아무 말도 하지 않고 조용히 눈을 감았다. 번거로운 건 사실이었다. 하지만 궁금했다. 이런 날, 혼자 외롭게 동네 순댓국집에서 소주를 먹는다고, 누가 날 좀 위로해줬으면 좋겠다고 한탄하던 말 이후로 들리지 않는 그녀의 목소리에, 그녀가 뭘 하고 있는지, 행여나 사라지진 않았는지 그냥 궁금했고, 눈으로 직접 확인을 하고 싶었을 뿐이었다.

'보고 싶어. 너무 보고 싶어. 엄마, 아빠, 오빠……. 나 지금 다들 너무 보고 싶어.'

"울고 있나 보네……."

서러움과 눈물이 가득 차 있는 목소리였다.

"네?"

되묻는 김 비서의 질문에 윤재는 먹먹한 시선으로 답을 대신하고 창밖으로 고개를 돌렸다. 가족이 없는 외로운 밤을 누구보다도 잘 알고 있는 윤재였다. 빛도 없는 동굴에 갇힌 듯한 쓸쓸함과 혼자만 남겨진 것 같은 두려움. 희망은 하나도 보이지 않는 것 같은 막막한 제 삶에 대한 허무함. 제 곁에 항상 머물러 있던 가족이 이

제 더는 함께할 수 없다는 소식을 들었을 때의 세상은 그렇게 비참하게 허물어진다.

서러움에 북받친 그녀의 눈물에 윤재의 감정마저 침울해졌다. 마치 아침이 영원히 찾아오지 않을 것처럼 밖은 여전히 암흑으로 물들어 있었고, 그녀의 눈물은 그칠 줄 몰랐다.

검은색 고급 세단이 높은 담장의 집들로 즐비하게 늘어선 도로 사이에 멈췄다. 운전석 창문을 내려 몸을 길게 뺀 김 비서가 들고 있던 리모컨의 버튼을 누르자, 웅장한 대문이 양쪽으로 활짝 열렸다. 그 안으로 부드럽게 차를 끌고 가 주차를 끝냈다. 뒤에서 내리는 윤재를 김 비서가 허겁지겁 따랐다.

"이사님, 정말 괜찮으신 거죠? 막 뼈가 움직이지 않는다든지, 인대가 늘어난 것 같다든지……."

꽤 높은 돌계단을 올라오고 넓은 정원을 지나 집으로 들어서는 순간까지도 김 비서는 윤재의 등에 껌딱지처럼 붙어서는 상태를 물었다. 이제 그의 존재가 성가시게 느껴졌다.

"괜찮다고 몇 번을 말해!"

"윤재 왔니?"

김 비서에게 고함을 빽, 지르며 돌아서는데 하필이면 방에 계시던 할아버지가 나오셨다.

"네. 다녀왔습니다. 할아버지, 주무시지……. 저 기다리신 거예요?"

"그럼. 윤재가 이 집에 있는 것도 신기하고, 또 안 들어오면 걱정도 돼서."

소파로 가서 앉는 할아버지를 부축하며 윤재도 맞은편에 앉았다. 행여나 할아버지가 보시고 걱정을 할까 싶어 다친 팔꿈치를 몸 뒤로 숨겼다.

"죄송해요. 내일부터는 일찍 다닐게요."

"그럴 필요는 없다. 사업하는 놈이 집에 일찍 들어와서 좋을 거 없어. 내가 괜히 요란스러워서 그래. 회사일은 할 만하고?"

"네. 할 만해요, 할아버지."

두 사람의 대화 소리가 들렸는지, 주방 옆쪽에 있는 문이 열리더니 비서실장이 나왔다. 김 비서의 아빠이자 우 회장 밑에서 무려 30년을 함께 일해온, 우 회장의 반쪽이나 다름없는 사람이었다.

"아니, 도련님, 팔꿈치가 왜 그러십니까?"

눈썰미 하나는 끝내주게 좋은 비서실장님이 놀라서는 다급하게 달려와 물었다.

"팔꿈치? 왜?"

덩달아 우 회장까지 놀라 윤재의 상태를 살폈다. 밴드를 피로 적신 윤재의 상처를 본 비서실장이 제 아들인 김 비서를 향해 눈을 매섭게 치켜떴다.

"넌 대체, 도련님이 이 지경이 될 때까지 뭘 하고 있었어!"

아버지의 나무람이 서운했는지 김 비서가 코를 훌쩍이며 죄송하다는 말과 함께 고개를 푹 수그렸다. 그런 김 비서를 우 회장이 안타깝게 바라보았다.

"내버려 둬라. 김 비서 표정도 안 좋은 걸 보니, 사정이 있었나 보지."

"네, 맞아요. 다친 저보다 김 비서가 더 놀랐으니까, 아저씨도 그만하세요."

윤재의 만류에 그제야 비서실장은 화를 조금 누그러트리며 방으로 달려갔다. 곧 그의 와이프이자 이 집안의 살림살이를 도맡아하는 유 집사가 구급통을 들고 나왔다.

"도련님 다치셨다면서요!"

"창피합니다."

별거 아닌 걸로 가족들이 다 나서서 난리를 치는 것에 윤재는 민망하기만 했다.

"김 비서도 코피 났어요."

"너도?"

비서실장이 화들짝 놀라서는 김 비서를 바라보았다. 김 비서는 여전히 서러움에 턱을 씰룩거리고 있었다.

"혹시 어디서 싸움이라도 붙었냐?"

"그런 거 아니에요! 회장님, 먼저 들어가보겠습니다!"

김 비서가 터져 나오려는 눈물을 손으로 틀어막으며 제 방으로 뛰어 올라갔다. 윤재는 유 집사님이 정성껏 해준 치료를 받고 우회장님의 인자한 인사를 받고 김 비서를 찾아 방으로 올라왔다. 고용인이지만 김 비서 같은 경우에는 우 회장도 손자로 생각할 만큼 각별히 애정하기 때문에 윤재와 같은 층을 쓰게 해주었다.

"김 비서."

마음 상했을 김 비서를 달래주기 위해서 문을 노크했지만 안에서는 억울함이 섞인 김 비서의 목소리가 터져 나왔다.

"혼자 있고 싶습니다!"

"그래. 듣던 중 제일 반가운 소리다."

그리 대답했지만 마음이 결코 편하진 않았다. 뭐, 내일이면 아무 일도 없었다는 듯이 다 풀려버릴 단순한 김 비서지만.

무거워진 발걸음으로 방으로 들어온 윤재는 한참 떨어져 있는 침대로 걸어가고 있었다.

띠릿- 그때 바지에 넣어두었던 휴대폰이 짤막하게 울렸다.

"이 시간에 누구지?"

문자를 확인한 윤재의 두 눈이 휘둥그레졌다.

"……."

그러고선 들어왔던 방문을 열고 나가 아무도 없는 거실을 조용히 지나 몰래 집을 빠져나왔다. 도로에서 택시를 잡아타고 급하게 도착한 곳은 서울 시내에 위치한 호텔 지하에 있는 칵테일 바(Bar)였다. 사파이어 빛의 조명이 켜져 있는 바 안으로 들어간 윤재는 얼마지 않아 테이블에 혼자 앉아 있는 세희를 발견했다.

세희는 술을 꽤 마셨는지 몸도 제대로 가누지 못하고 있었다. 윤재가 다가가자 드리워지는 그림자에 얼굴을 천천히 옮겨 그를 마주 봤다.

"어? 진짜 나왔네. 우리 윤재. 안 나올 줄 알았는데……."

세희는 문자로 보고 싶다며 지금 이 주소를 불러주었다. 많이 취했을 거라는 생각에 안 나올 수가 없었다.

"왜 이렇게 많이 마셨어. 술도 잘 못하는 애가."

또다시 잔에 있는 술을 마시려는 세희를 윤재가 가볍게 제지시켰다.

"그걸 몰라서 물어?"

세희가 슬퍼 보일 정도로 싱그럽게 웃으며 긴 생머리를 뒤로 넘겼다.

"너 때문이잖아, 우윤재."

윤재의 어깨를 손으로 콕 찌르며 부리는 투정의 목소리도 더없이 상냥하기만 했다. 윤재는 세희의 그런 불만에 딱히 해줄 변명 같은 것이 없었다. 오늘 낮에 자신을 찾아온 세희에게, 윤재는 정말 차만 대접하고 자리에서 일어났다. 앉아서 더 얘기를 하려는 세희를 바쁘다며 돌려보내기까지 했었다.

"너 안 그랬는데, 사고 나기 전까지만 해도 나한테 정말 다정했었는데……. 변한 네가 나는 너무…… 적응이 안 돼, 윤재야."

오늘 낮, 세희가 돌아가자마자 사색이 된 얼굴로 들어온 김 비서와 함께 나누었던 대화가 떠올랐다.

'대체, 이제 와서 무슨 일로 찾아오신 거래요?'

'네가 상관할 일 아니야. 나가서 일 봐.'

'어떻게 상관을 안 해요? 이게 전부 이사님 일인데? 사실, 굳이 듣지 않아도 뻔해요. 아팠을 때는 코빼기 한 번 안 보이시던 분이 이제 와서 이사님이 딱 직급 같은 거 맡고 하시니까 찾아온 거죠. 가능성이 없어 보이던 이사님이 가장 강력한 후계자로…….'

흥분을 한 상태로 가려야 할 것을 제대로 가리지 못하고 말하는 김 비서를 윤재는 사나운 눈빛으로 일축시켰다. 그의 눈빛에 단박에 주눅이 들어 입술을 꾹 다문 김 비서가 그대로 집무실을 빠져나갔다. 그러지 않길 바라면서도 윤재 또한 은근히 그런 마음이 들곤 했었다.

외국에 나가 있었을 때, 단 한 번도 연락을 해오지 않던 세희가 아니었던가? 그런데 한국에 들어오자마자 이렇게 자주 연락을 하는 것이 조금 우습게 느껴졌다.

"윤재야."

"너 많이 취한 거 같아. 일어나. 집에 데려다줄게."

"미안해. 너 힘든데, 괜히 내가 투정까지 부렸네."

"네가 사과할 필요는 없어."

"정말 그 후유증 때문에 힘들어서 사람들을 다 피하는 거야? 아니면 혹시 내가 싫어서 피하는 거야? 그때 나 때문에 상처 많이 받았지? 그래서 너 내가 싫어진 거지?"

그것 때문에 싫어져서 피하는 그런 단순하고도 쩨쩨한 이유가 아니었다. 정말 하루에도 몇 번씩 그 목소리 때문에 변해가는 감정조차도 감당할 수가 없었다. 그런 데다 사람들의 이상한 시선은 윤재를 더욱 힘들게 만들었고, 그래서 모두를 피해 다닐 수밖에 없었다.

잘못한 것도 없는데, 도망칠 수밖에 없었다.

"아니야. 내가 그럴 리가 없잖아."

"거짓말. 그럼 너 날 왜 그렇게 피해?"

"……."

"거봐, 말 못 하잖아."

"아직 그거에 대해서는 말해줄 수 없지만, 확실히 말해줄 수 있는 건 하나뿐이야. 나, 너 안 싫어해."

"그럼, 이번 주말에 우리 엄마 생신인데, 선물 같이 사러 가줄 수 있어? 우리 예전에 매일 같이 다녔잖아."

여전히 사람이 많은 곳을 좋아하지 않는다. 그리고 떨어진 시간이 꽤 돼서 그런지, 세희와 함께하는 것이 조금 불편하게 느껴지기도 했다. 하지만 이렇게 눈물까지 글썽이며 부탁하는 세희를 매몰차게 거절할 수도 없는 노릇이었다.

"그래. 그러자."

"와, 나 드디어 우리 윤재랑 데이트한다."

"이제 그만 가자. 정말 늦었다."

돌아서는 윤재를 세희가 불러 세웠다.

"손 잡아줘, 윤재야."

애교 섞인 목소리로 세희가 손을 내밀었다.

"안 잡아줄 거야? 나 진짜 민망하게."

핀잔하는 세희를 향해 손을 뻗었다가 다시 거두었다. 아무래도 마음이 불편하고 어색했다.

"얼른 나와. 택시 잡고 있을게."

뒤도 돌아보지 않고 바를 빠져나가는 윤재의 모습에 세희의 한숨이 더욱 깊어졌다.

주말의 오전 근무를 끝낸 나연은 출근 기념으로 원피스 하나를 장만하기 위해 시내 백화점으로 향했다. 배가 고파 가장 먼저 푸드 코트에 들러 든든하게 배를 채웠다.

"배도 든든하겠다. 이제 백화점을 이름답고 찬란하게 백 바퀴 돌아볼까."

정말 오랜만에 하는 쇼핑에 기대를 품고 여성의류 코너를 돌아다녔다. 그러나 예쁘다 싶은 것은 가격이 터무니없이 비쌌고 그냥 그런 원피스들 또한 가격이 비쌌다. 큰맘 먹고 왔지만 원피스 하나에 선뜻 20만 원을 쓴다는 것이 쉬운 일은 아니었다. 울상이 되어 돌아다니던 나연의 시야로 정말 예쁜 원피스가 들어왔다.

"와, 이거 진짜 예쁘다."

유리관에 싸여 있는 개나리색 원피스는 복숭앗빛을 두른 보석이 박혀 그 자태를 더욱 빛나게 하고 있었다. 너무 예뻐서 군침까지 삼키며 한참을 바라보던 나연이 가격표로 슬그머니 시선을 돌렸다.

"헉. 32만 원? 너무 비싸. 진짜 너무 비싸잖아……."

"어서 오세요, 고객님."

가격에 놀라서는 허둥지둥거리고 있는 나연에게 직원이 상냥한 미소를 지으며 다가왔다. 나연이 멋쩍게 웃으며 원피스가 참 예뻐요, 하고 얼버무리고 돌아서려고 하던 그때였다.

"너 혹시 나연이 아니니?"

익숙하지만 결코 반갑지 않은 목소리에 나연이 천천히 뒤를 돌아섰다.

"아는 사람이야?"

먼저 나와 있던 여직원의 물음에 옆 매장에서 나온 인영이 고개를 끄덕였다.

"네. 동창이에요. 어머, 너 정나연 맞구나?"

고등학교 때 같은 반이었던 인영에 대한 좋은 기억은 단 하나도 없었다. 가족이 없다는 이유로 나연을 지독하게 괴롭혀서 고등학교 시절의 기억 일부분을 악몽으로 만들었던 사람이었다. 그때를 기억하는지 심장이 벌렁벌렁 뛰고 땀까지 흘러나왔다.

"너 서울 올라왔니?"

"어? 어. 어쩌다가 그렇게 됐어."

"서울살이 힘든데, 집은 구했어?"

"아니. 이제 슬슬 구하려고. 회사 합격했거든."

"회사? 어디?"

비아냥거리는 말투와 무시를 하는 눈길은 여전했다. 나연은 애써 호흡을 가다듬으며 침착하게 말했다.

"우석그룹."

"우석그룹? 네가?"

우석그룹이라면 일단 비정규직 자체도 들어가기가 굉장히 까다로운 곳이었다. 그뿐만이 아니라, 비정규직 또한 복지가 굉장히 잘되어 있어 웬만한 중소기업 정규직보다도 더 잘 번다는 것을 알고 있었다. 인영의 눈빛이 금세 질투로 이글거렸다.

"거짓말. 네 주제에 어떻게 우석그룹을 들어가? 거기 비정규직도 조건이 무조건 4년제잖아? 근데 너 2년제 가지 않았어?"

여전히 자신을 업신여기는 말투와 표정이 너무 재수 없었다. 대답할 가치조차 없다고 느끼며 나연이 입술을 떼어냈다.

"내가 너한테 이런저런 얘기 다 말할 이유 있어?"

예전에는 자신에게 꼼짝 못 하던 나연의 당돌한 대답에 인영의 얼굴이 눈에 띄게 아니꼬워졌다.

"거짓말이니까 말을 못 하는 거겠지."

"거짓말을 왜 해?"

"그럼 사원증 있어?"

"아직 신입사원이라 사원증 없어."

"어이구. 신입사원도 당연히 사원증 있어야지. 그래야 게이트 같은 걸 통과할 거 아니야."

"다음 주부터가 첫 출근이야."

"넌 예전부터 거짓말을 잘했어."

"내가 언제 거짓말을 했다고 그래!"

버럭 고함을 지르는 나연에 인영이 붉으락푸르락한 얼굴로 그녀와의 간격을 좁혀왔다.

"이게 학창 시절엔 한마디도 못 했던 찌질이 주제에 지금 어디서 감히 나 최인영한테……!"

그러나 인영은 말을 다 잇지 못하고 제 얼굴로 드리워진 커다란 그림자에 흠칫 놀랐다.

"이 백화점은 교육을 어떻게 받기에, 손님에 대한 태도가 그리도 무례합니까?"

나연의 뒤에 서 있는, 눈을 깜빡하는 것조차도 아까울 정도로 '멋짐'에 대한 완벽한 정석을 보여주는 남자의 등장에 인영은 화들짝 놀라 한 걸음 물러섰다.

"그쪽이 그렇게 원하는 우석그룹 사원증 이걸로 증명해도 됩니까?"

남자가 지갑에서 명함을 꺼내 인영의 눈앞으로 내밀었다. 냉철함이 묻어 있는 손동작이었고 주변을 다 얼려버릴 정도로 냉랭한 목소리였다. 명함엔 '우석그룹 모바일 커뮤니케이션즈 2팀. 우윤재 이사'라는 글자가 선명하게 찍혀 있었다.

"이사님……."

윤재를 알은체할 타이밍을 놓쳤다가 이제야 잡은 나연의 부름에 윤재가 그녀를 바라보았다.

"여기서 뭐 해, 정 사원."

나연을 아는 척하는 윤재에 인영의 눈동자가 재빠르게 돌아갔다.

"네? 아니, 저 원피스 보러 왔다가요……."

슬그머니 매장 안으로 들어가려는 인영을 윤재가 불러 세웠다.

"사과, 안 하고 갑니까?"

윤재의 지적에 인영이 움찔하며 돌아섰다. 그러고선 나연에게 다시 돌아와 기어 들어가는 목소리로 말했다.

"미안해."

"미안해? 끝까지 손님한테 반말질이군?"

건방진 인영의 태도에 슬슬 열이 올라오는 윤재가 와이셔츠 소매를 걷었다.

"컴플레인이 걸려서 단순히 잘리면 그만이라고 생각하고 있겠죠, 지금? 하지만 상대가 우석그룹의 우윤재라면 상황이 많이 달라질 수도 있는데. 우리와 함께하는 모든 거래를 싹 다 끊어버리면 그에 대한 피해보상을 최인영 씨한테……."

"미안합니다! 손님. 정말 미안합니다!"

인영이 허리를 깊숙하게 수그려 나연에게 사과를 했다. 그럼에도 윤재의 불쾌한 얼굴은 여전히 펴지지 않았다.

"그쪽은 백화점의 매출을 올려주기 위해 온 손님을 무시했을 뿐만이 아니라, 우리 우석그룹의 사원을 능멸시키기도 했습니다."

"……."

"그러니, 두 번 사과하세요."

울며 겨자 먹기로 인영이 또 한 번 나연에게 공손하게 인사를 했다. 그러고선 자존심이 상했는지 눈물을 그렁그렁 단 채로 매장 안으로 뛰어 들어가버렸다. 나연은 통쾌했다. 고등학교 시절 내내, 자신을 가족 없다고 괴롭혔던 인영에게 사과를 받은 것에, 그리고 그 사과를 받을 수 있게 도와준 윤재한테 너무 고마워졌다.

"감사합니다, 이사님."

자신에게 인사를 해오는 나연을 보며 속상한 마음을 감출 수가 없었다. 다 들렸다. 인영과 나연이 학창 시절 어떤 사이였는지 듣고 싶지 않았지만 다 들어버리고 말았다. 그 속상함에 윤재가 한마디 하려던 때였다.

"넌, 왜……."

"어제 다친 팔은 괜찮으세요?"

"지금 내 팔이 걱정이야? 고작, 그거 조금 까진 거뿐인데. 넌……."

"윤재야!"

이번엔 나연이 아닌 세희의 목소리가 그의 말을 막았다. 화장실에 다녀오겠다던 세희가 어느새 나와서는 윤재에게로 다가왔다.

"어, 세희야."

"누구?"

자연스럽게 윤재의 옆에 선 세희가 앞에서 두 사람을 어리둥절하게 바라보고 있는 나연을 바라보며 물었다.

"아, 우리 팀 사원."

"안녕하세요! 윤재 친구 임세희라고 해요."

"안녕하십니까! 저는 모바일 커뮤니케이션즈팀 정나연 사원이라고 합니다."

나연이 슬쩍 윤재의 눈치를 살피고서는 허리를 깊숙하게 숙였다. 윤재가 뭐가 그리도 심기가 불편한지 얼굴을 잔뜩 구기고 있었다. 아무래도 자신의 존재를 불편하게 여기고 있는 것 같았다. 잘난 얼굴에 구김 자국이 날까 싶어 나연이 얼른 물러섰다.

"그럼 즐거운 쇼핑 되십시오! 이사님! 이사님 친구 여성분! 전 이만 가보겠습니다."

폴짝폴짝 뛰어가는 나연의 모습이 완전히 사라질 때까지 바라보던 윤재의 시선이 천천히 유리관에 있는 원피스로 향했다.

"저 친구 귀엽다. 나이 어리지?"

자신의 질문에도 유리관에 있는 원피스만을 바라보고 있는 윤재에 세희가 그의 팔을 살짝 흔들어보았다.

"윤재야."

"어?"

"무슨 생각을 그렇게 해?"

"아니야. 별생각 안 했어. 가자. 어머니 선물 고르러."

"그래."

세희가 걸어가면서도 윤재는 여전히 원피스에서 눈을 떼지 못했다. 그러니까, 나연이 그토록 예쁘다고 떠들어대며 눈을 떼지 못했던 그 원피스에서.

한편, 차마 원피스를 사지 못한 나연은 버스를 타고 찜질방으로 돌아가는 길에 휴대폰을 통해 원피스를 골랐다. 백화점에서 봤던 것만큼은 못하지만, 그래도 꽤 예쁜 원피스를 장바구니에 담아놓고 내일 결제를 해야겠다고 생각했다.

찜질방으로 돌아온 나연은 오랜만에 찜질복을 입고 올라가 시원하게 찜질을 하고 차가운 물로 샤워까지 끝냈다.

"아, 시원하다."

머리를 말리고 기초화장까지 끝낸 나연은 자신의 공간에 누워 오늘 백화점에서 있었던 통쾌한 일을 떠올렸다.

'이 백화점은 교육을 어떻게 받기에, 손님에 대한 태도가 그리도 무례합니까?'

든든하고 탄탄한 방패 같았다. 어떤 화살과 칼날도 다 막아줄 것만 같은 느낌.

"나연아~"

불현듯 떠오르는 윤재를 거둘 생각도 없이 무의식중에 계속 생각하고 있던 나연이 밖에서 들려오는 사장님의 목소리에 벌떡 일어났다.

"네?"

사장이 큰 쇼핑백을 하나 들고 안으로 들어왔다.

"너 월요일부터 출근이잖아. 많이 긴장되지?"

"네? 네. 조금은요."

"기념으로 내가 원피스 하나 샀어. 친구가 그 백화점에서 일을 해서 60퍼센트나 할인받아서 산 거니까, 부담 갖지 말고."

손에 들고 있던 커다란 쇼핑백을 내밀자, 나연이 크게 놀랐다. 안에는 아까 백화점에 가서 너무 사고 싶었던 개나리색 원피스가 들어 있었다.

"사장님……."

"싸게 산 거니까, 절대 부담 갖지 마. 알았지? 네가 일도 잘해줬는데, 내가 이 정도는 해줘야겠다고 생각해서."

"정말 감사합니다. 정말 감사합니다!"

"그럼 쉬어."

첫 월급을 타면 고급스러운 과일이라도 사와야겠다고 생각하며 나연은 쇼핑백에서 원피스를 꺼내 보았다. 백화점에서 본 것보다 훨씬 더 예뻐 보여서 그것을 그대로 품에 와락 끌어안았다.

"너무 예뻐! 어떡해!"

얼른 자리에서 일어나 갈아입어 보았다. 몸을 감싸는 감촉도 너무 좋아 머리가 어지러울 정도로, 제자리에서 공주님처럼 몇 바퀴씩 돌아보았다.

찜질방 입구의 눈치를 살피며 곧장 빠져나온 사장은 바로 앞에서 대기하고 있는 고급진 세단으로 다가갔다. 그러자 앞좌석에 창문이 내려졌다.

"시키는 대로 했어요."

"고맙습니다."

"그런데 직접 주시지, 왜 괜히……."

"아까 말했던 대로 끝까지 비밀로 해주시길 바라겠습니다."

"네……."

자신 또한 받은 선물이 있으니 사장은 그렇게 하겠다고 대답했다. 창문이 닫히고 차가 천천히 출발했다.

'너무 예뻐! 정말……! 아까워서 어떻게 입지?'

막힘없는 도로 위를 달리는 차 안에서의 윤재의 미소가 밤하늘의 색깔만큼 더욱 짙어지고 있었다.

너의 속삭임 3.

첫 출근이라는 긴장과 설렘 때문에 제대로 잠을 이루지 못했지만 피곤함은 없었다. 나연은 개운하게 목욕을 한 후, 평소보다 훨씬 공들여 머리와 화장을 했다. 첫 출근이니만큼 잔뜩 긴장한 탓에 거울에 비친 얼굴이 뻣뻣해 보이기까지 했다.

나연은 하얀 이가 전부 드러날 정도로 환하게 웃어 보았다. 그래도 어딘가 어색한 기운이 떨쳐지진 않았다. 아무리 봐도 예쁘고, 주말 내내 그토록 입고 싶었던 개나리색 원피스를 입고 찜질방을 나섰다.

"첫 출근하는 기분이 어때?"

카운터에 앉아 계시던 사장님이 서둘러 나오는 나연을 향해 졸린 눈을 비비며 물었다.

"진짜 긴장되면서도 설레고 그래요. 이 옷도 너무 예쁘고요. 제

사정 봐주셔서 감사해요, 사장님."

원칙대로라면 나연은 합격통지를 받았을 때 더는 이곳의 일을 할 수 없으니, 찜질방에서 나갔어야 했다. 하지만 그녀의 사정을 잘 알고 있는 사장님의 배려로 집을 구할 때까지 신세를 좀 지기로 했다.

"최대한 빨리 집 구해볼게요."

"서울에서 집 구하기 힘들지. 너무 무리는 하지 마. 신입이라고 너무 기죽지 말고!"

"네. 다녀오겠습니다!"

사장님의 진심 어린 응원을 한 바가지 받고 나오는 발걸음은 솜사탕처럼 가벼웠다. 아침 공기가 평소보다 훨씬 더 개운하게 느껴지는 기분이었다. 그토록 원하던 일이 이루어지니, 세상의 색깔마저 달라 보인다.

"하늘이 원래 저렇게 맑았나? 바람이 이렇게 포근했던가? 푸핫!"

버스를 타고 회사에 도착한 나연의 기분이 급변한 것은 로비에서였다. 모두가 카드를 찍고 들어가는 게이트를 그냥 들어가려다 문이 닫히면서 관계자에게 붙잡혀버린 것이다.

"잠시만요. 이쪽으로 오시겠어요?"

"저 오늘부터 여기 출근하기로 한 신입사원 정나연입니다. 한번 확인해주세요."

"잠깐 기다려요."

관계자가 안내데스크로 가서는 이런저런 이야기를 나누다가 갑자기 정문 쪽에서 무언가를 발견하고는 빠르게 달려 나갔다.

"아, 저 아저……!"

잡을 새도 없이 정문으로 달려 나간 아저씨의 뒷모습을 난감하게 보고 있는 나연의 귓전으로 안내데스크 여직원들의 목소리가 들려왔다.

"우 이사님 오셨다!"

"나 화장 번졌어? 안 번졌어?"

"몰라, 몰라. 난 입술 다시 바를 거야!"

정문 앞에 멈춰 선 고급 세단의 뒷좌석이 열리고, 구김 하나 없는 브라운 계열의 정장을 입은 윤재가 내리자 모두가 그 자리에 멈춰 서서 그에게 깊숙이 허리를 수그렸다. 널찍한 로비는 거리가 꽤 되는데도 로비를 가로질러 오는 그의 발걸음이 깔끔하고도 빨랐다. 단숨에 저와 거리를 좁혀 와서는 제 앞에 선 윤재를 향해 나연은 깊숙이 허리를 숙여 인사했다.

그의 존재감은 팔꿈치가 까졌다며 아프다고 난리를 칠 때는 잘 느끼지 못했던 위대함이 있어 보였다. '청량하다'라는 단어가 잘 어울릴 만큼 그의 모습은 깨끗하고 말끔해 보였다.

"안녕하십니까, 이사님."

나연이 정중하게 허리를 굽혀 인사했다.

"왜 안 들어가고 여기서 계속 서성거리고 있어? 첫 출근 날부터 농땡이야?"

그러면서도 그녀가 입은 개나리색 원피스가 생각보다 잘 어울리는 것 같아서 뿌듯했다. 개나리색 원피스를 입고 있으니 마치 귀여운 병아리처럼 느껴졌다.

"아니, 그런 게 아니라, 저 신원을 좀 확인하느라 늦어진 거예요."

"분명히 안내데스크에 오늘 신입사원들 명단을 보내줬을 텐데, 어찌 된 일이야?"

김 비서에게 한 말인데 윤재의 날카로운 시선이 자신에게 닿자, 관계자가 화들짝 놀라며 얼른 카드로 게이트를 찍어 열어주었다.

"죄송합니다. 제가 방금 출근을 해서 확인해볼 겨를이 없었습니다."

변명을 덧붙이는 관계자에게 눈길도 주지 않고 윤재가 곧장 게이트를 지나갔다. 함께 게이트를 통과하고 그대로 윤재의 발걸음을 따라 승강기로 향하려던 나연을 이번엔 김 비서가 막아 세웠다.

"나연 씨는 저쪽 승강기 이용하시면 됩니다. 이쪽은 임원들 전용 승강기라서요."

"아, 네! 죄송합니다. 그럼 사무실에서 뵙겠습니다!"

다급하게 인사를 건네고 돌아선 나연은, 흡사 개미지옥처럼 보이는 승강기를 보며 몸을 움찔댔다.

'와, 사람 장난 아니다. 다음 거 타야겠다.'

임원 전용 승강기에 올라탔던 윤재는 눈앞에서 주춤거리고 있는 나연의 작은 체구를 물끄러미 바라보다 입술을 천천히 떼어냈다.

"정 사원, 이 승강기 같이 타지?"

"하지만 이사님, 이 승강기는 임원분들 전용……."

김 비서가 제지시키는 충분한 이유를 알고 있다. 임원들은 특별한 대우를 받길 좋아했고 자신들의 전용으로 만든 승강기를 일반 사원들이 이용하는 것을 불쾌해했다. 알고 있었지만 나연을 두고 가는 것이 쉽지 않았다. 사람들이 바글바글한, 보기만 해도 심란한

저 승강기를 태워 보내기엔 그녀의 혼잣말이 너무 신경에 거슬렸다.

"지금 출근한 임원들도 없고, 김 비서는 시키는 일이나 제대로 했으면 좋겠는데."

"정나연 씨, 얼른 타요! 임원분들 오시기 전에!"

김 비서가 앞으로 마중까지 나가서는 나연에게 적극적으로 손짓했고 나연이 얼른 달려와 승강기에 몸을 실었다.

"배려해주셔서 너무 감사드립니다, 이사님."

"배려해주는 거 아니야. 자꾸만 농땡이 피우는 거 같아서 보기 싫어 그러는 거지."

'말을 저렇게 얄밉게 해야지만 속이 시원한가? 쳇……. 그래도 개미지옥 같은 승강기 안 타서 기분은 좋다.'

설렘과 긴장 때문인지 발그스름하게 물들어 있는 그녀의 얼굴을 지그시 내려다보았다. 호흡을 가다듬고 눈을 심하게 끔뻑인다. 긴장을 많이 했다는 뜻이다.

"실력대로만 해."

"네?"

"너무 잘하려고 애쓰면 오히려 실수가 많아질 수 있으니까, 그냥 실력대로만 하라고. 신입한텐 많은 걸 바라지도 않으니까."

"아, 네……."

'저거 지금 긴장하는 나 달래주는 거지? 치……. 예전부터 느꼈지만 목소리가 참 좋단 말이야?'

그녀의 입꼬리가 슬쩍 올라가 미소를 지었다가 내려갔다.

갑작스러운 그녀의 목소리에 윤재의 눈동자가 커다래졌다. 마침 도착한 승강기 문이 열리고, 나연이 먼저 내리라는 듯이 두 손을 공손하게 밖으로 내밀었다. 하지만 그것을 발견하지도 못한 채, 윤재의 시선은 여전히 나연에게로 머물러 있었다.

여자들에게 숱하게 들었던 칭찬이었다. 목소리뿐만 아니라, 외모와 체격, 재력까지 질리고 질리게 들어서 아무 호응이나 관심조차 없었던 지루한 말들이었다. 그런데 지금은 어째, 느낌이 다르다. 항상 돌아다니며 별거 없다고 느꼈던 한겨울의 길거리에서, 마치 꽃송이 하나를 발견한 듯한 설레면서도 신기한 느낌…….

"이사님? 안 내리시나요?"

"아, 깜짝이야."

한참 그 묘한 느낌에 취해 있던 윤재의 귓가로 김 비서의 뜨거운 입김이 불어 넣어졌다. 하마터면, 나연이 보는 앞에서 주먹을 휘두를 뻔했다.

"그럼…….”

윤재가 갑자기 하던 말을 멈추고선 큼, 하고 목을 한 번 더 가다듬었다.

"수고해, 정나연 씨.”

그리고 다시 밖으로 흘러나온 목소리는 평소보다 훨씬 더 저음인, 훨씬 더 신경을 쓴 목소리였다.

혼자라는 것에 충분히 익숙해졌을 거라고 생각했는데, 그것도 아니었나 보다.

나연은 혼자 내려온 직원 식당에서 밥을 먹었다. 그럴 거라고 충분히 예상은 했지만, 선배들은 자신이 각오한 이상으로 냉정한 사람들이었다. 해맑은 미소를 장착하고 아무리 인사를 해도 받아 주지 않더니, 자리 하나하나 돌아다니며 뭐 시키실 일 없냐고 물어도 돌아오는 건 결국 유령 취급뿐이었다.

전문대를 나온 사원들이 몇십 명은 된다고 하던데 전혀 보이지 않는 것을 보니, 이런 힘겨운 시간을 끝내 버티지 못했던 것만 같다. 자존감은 하락하고 굴욕감만 상승시키며 앞으로 버텨낼 사회생활에 대한 두려움이 결국 나연의 작은 입술에서 짙은 한숨을 토해내게 만들었다.

입맛도 없어서 대충 식사를 끝내고 사무실로 올라왔다. 텅 빈 사무실을 시무룩하게 바라보며 막 자신의 자리로 돌아가려던 찰나, 문이 활짝 열리고 한 여자가 들어왔다. 처음 보는 사람이지만, 당연히 선배일 거라고 생각하고 나연이 깊숙이 허리를 숙였다.

"안녕하십니까!"

"정나연 씨?"

"네! 오늘부터 출근하게 된 신입사원 정나……."

여자는 망설이지 않고 성큼성큼 나연에게로 걸어왔다. 진한 화장을 하지도 않았는데, 그녀에게서는 어딘가 모를 센 기운이 느껴졌다.

"너 전문대 출신이라며?"

직설적인 그녀의 질문에 나연이 또다시 울상을 지었다. 전문대 나온 게 도대체 뭐 얼마나 하대를 받아야 한다고 다들 이런 취급인 걸까. 이젠 슬슬 화까지 나려고 했다. 하지만 어떤 감정도 밖으로 드러내지 않고 나연은 낮게 고개를 끄덕였다.

"네. 전……."

"야, 말 크게 못 해? 전문대 나온 게 뭐 죄지은 거야?"

"네?"

"쫄지 말라고! 이렇게 쫄기 때문에 저것들이 더 무시하는 거야."

여자는 축 처져 있는 나연의 어깨를 억센 힘으로 팍 펴게 만들더니 손을 끌어다가 그 위에 사원증을 척하니 올려주었다.

"난 인사팀의 대리 유수지라고 해. 나이는 스물여덟이니까, 너보다 훨씬 언니지? 아, 나도 전문대 출신인데, 지금 우석그룹에서 횟수로는 6년째 일을 하고 있지."

수지는 긴 생머리를 위로 자연스럽게 쓸어 넘겼다. 그 동작 하나하나에서 카리스마가 느껴졌다.

"야, 따지고 보면 우리가 더 대단한 거 몰라? 4년 배운 지들하고 똑같은 능력을 가지고 있는데, 당연히 더 대단한 거지. 인정?"

수지가 나연의 어깨를 가볍게 다독였다. 그 손길이 너무 따뜻하게 느껴졌고, 든든한 편이 생긴 것만 같아서 나연은 괜스레 마음이 뭉클해졌다.

"힘든 일 있으면 인사팀으로 언제든 찾아와. 커피 한 잔씩 사줄게."

"감사합니다."

"기분 째지는 날엔 술 사주고."

웃지도 않는 무표정한 얼굴로 목소리만 들뜬 수지의 모습이 꽤 매력적으로 보였다.

"여기서 할머니 소리 들을 때까지 일하자고."

"네!"

"그럼 수고하고, 쫄면 이 언니한테 더 혼난다?"

"네!"

멀어져가는 수지의 뒷모습을 보며 나연은 다시 한번 힘차게 결의를 해보았다.

"그래, 정나연! 넌 해야 되잖아!"

나연이 팔을 걷어붙이고선 주변을 두리번거렸다. 프린트기 옆에 필요 없는 종이들이 난무하며 지저분한 것을 발견하고 가장 먼저 그곳으로 향했다. 불필요한 것들을 정리하고 준비실에 가서 쌓여 있는 컵을 설거지하고 선배들이 좀 더 쾌적한 공간에서 일을 할 수 있도록 환기까지 시키며 부지런히 움직였다.

뭘 하고 있는지, 방금 전까지만 해도 들려오던 계란말이가 너무 짜다고 불만하던 그녀의 목소리가 들려오지 않았다.

"왜 그래?"

갑자기 젓가락질을 멈추고 사념에 잠긴 윤재를 향해 함께 점심을 먹던 윤호가 걱정스럽게 물었다.

"어? 아니야. 아무것도."

또다시 몰려드는 그녀에 대한 궁금함에 윤재의 목소리가 무거워졌다. 목소리가 들리지 않으니, 그녀가 뭘 하고 있는지 감히 상상조차 되지 않아 갑갑한 것 같기도 했다.

"몸은 좀 괜찮은 거 맞지?"

"어? 어. 괜찮아."

자신을 걱정해주는 윤호에게 대충 대답을 하고 윤재는 다시 나연을 생각했다. 뭘 하고 있을까, 오전 내내 자신을 무시하는 선배들 때문에 많이 힘들어하는 것 같던데, 설마 그냥 바로 그만둬버리

겠다고 인사팀에라도 내려가는 건 아니겠지? 머릿속에 가득 들어
찬 그녀의 생각이 쉽사리 거두어지질 않았다.

"윤재야."

여전히 깊은 사색에 잠겨 있는 윤재의 눈앞에 윤호가 손까지 흔
들어 보이며 불렀다.

"응? 왜?"

"이번 중국 시장을 겨냥해서 만들어지게 될 게임 프로젝트 말이
야. 너무 무리해서 진행하지 말라고. 너 그러다가 또 아프기라도
할까 봐, 정말 걱정이 이만저만 아니다."

"아, 걱정 마. 사실 내가 안 해서 그렇지, 형도 내 타고난 능력 알
잖아. 난 딱히 무리하지 않아도 분명 대단한 성과를 보이게 될 거
야."

윤호는 윤재의 탁월한 능력을 잘 알고 있었다. 일을 한 번도 해
본 적 없는 윤재지만, 그는 타고난 감각과 센스, 그리고 그것을 지
탱해줄 훌륭한 디자인, 그림 역량을 천부적으로 지니고 태어났다
고 해도 과언이 아닐 정도로 실력이 좋았다.

"맞아. 넌 타고났지. 나는 네가 분명 잘 해낼 거라고 믿어. 어려
운 게 있으면 형한테 무조건 말해. 뭐든지 도와줄 테니까."

윤호는 든든한 지원군이었다. 윤재는 고맙다는 말과 함께 여유
롭게 웃으며 자리에서 서둘러 일어났다.

"밥 다 안 먹은 거 아니야?"

"그만 먹어도 될 것 같아. 나 먼저 들어가볼게. 형 천천히 먹고
와."

서둘러 레스토랑을 빠져나온 윤재는 곧장 회사로 향하며 오전

내내 들려오던 그녀의 목소리를 되새김질해 보았다.

'제발 나에게 뭐라도 시켜주셨으면 좋겠다. 몇 날 며칠을 밤새울 정도의 업무라도 난 좋을 것만 같은데…….'

'내가 이러려고 그 공모전을 그렇게도 열심히 봤었나…….'

'나 정말 이 회사 계속 다닐 수 있을까?'

도저히 여유롭게 식사를 할 수가 없었다. 그녀가 사라지면 자신에게 일어난 이 기이한 사건에 대한 전말을 아무것도 찾지 못하고 끝나는 것이다. 그럴 순 없었다. 거기까지 생각이 미친 윤재는 걸음에 더욱 속도를 가했다.

회사 로비에 도착한 윤재는 자신을 향해 인사를 건네는 직원들에게 답할 겨를도 없이 그대로 지나쳤다. 바지에 든 카드를 게이트에 성질 급하게 찍어대고 승강기 앞에서 기다렸다. 더디게 내려오는 승강기를 바라보는 그의 눈빛은 매우 심기가 불편해 보였다. 뒤늦게 도착한 승강기에 몸을 실은 그가 다급하게 닫히는 버튼을 눌렀다.

"이사님, 우윤호 씨, 아니 우윤호 이사님하고는 식사 맛있……."

막 사무실 안으로 들어오는 윤재를 보고 반갑게 아는 척을 하던 김 비서는 자신을 그냥 쌩 지나가버리는 윤재의 뒤통수를 보며 놀라 따라나섰다.

"이사님! 무슨 급하신 일이라도 있으신지요! 제가 해결하겠습니다!"

지나치게 조용한 사무실 안에는 다행히도 나연이 있어주었다. 혼자 끙끙거리면서 A4 용지가 들어 있는 박스를 정리하던 그녀가 사무실 입구에 서서 자신을 바라보고 있는 윤재를 발견했다.

"이사님, 식사는 맛있게 하셨어요?"

땀을 삘삘 흘리며 묻는 나연에도 윤재는 아무 말 없이 그녀를 내려다보았다.

'또! 또! 이렇게 말없이 쳐다보신다. 부담스럽게! 나도 할 말 없는데? 어떻게 이 어색함을 티 나지 않게 빠져나가야 하는 거지?'

"……난, 대충 먹었어. 정나연 씨는?"

"전 직원 식당에서 먹었는데, 아주 맛있더라고요!"

거짓말. 그녀는 지금 거짓말을 하고 있다. 계란말이가 짜다고, 밥이 너무 질다고 불평하며 얼마 먹지 않아놓고. 하지만 타박을 할 수는 없었다. 그녀의 마음의 소리가 들린다는 것은 혼자서만 간직해야 할 비밀이니까.

"그럼 수고해."

그녀에게서 등을 돌려 2층에 위치한 이사실로 향했다. 한 계단, 한 계단, 분명히 몸은 멀어지고 있는데도 마음은 여전히 나연의 앞에 서 있던 그 순간처럼 느껴졌다.

'외로워도 슬퍼도 나는 남들 앞에서는 안 울어~ 참고 참고 또 참았다가 집에 가서 울지요~'

스스로를 달래려는지, 마음속으로 부르는 노래가 어쩐지 서글프게 느껴지는 것은 기분 탓인 걸까. 윤재는 끝까지 올라오지도 못한 상태에서 뒤를 돌아 그녀를 내려다보았다. 그런데 들을수록 나연은 노래를 참, 못하는 것 같다. 듣기 민망할 정도이니……. 남들 앞에서는 안 했으면 좋겠다. 아니, 마음속으로도 노래는 웬만하면 하지 않았으면 좋겠다, 하는 작은 바람을 갖게 되었다.

"이사님, 안 올라가시나요?"

나연을 보며 자꾸만 무거워지려는 감정이 김 비서의 한마디에

찬물을 끼얹은 것처럼 송두리째 사라졌다.

"정나연 씨에 대해서 좀 알아봐봐."

"네?"

눈치 없이 크게 대답을 해버린 김 비서 때문에 아래 있던 나연까지 고개를 들어 윤재를 응시했다. 윤재가 김 비서를 타박하듯 눈을 흘겼다.

"따라 올라와."

나연의 의아한 눈길을 받으며 이사실로 들어온 윤재는 자신의 몸집만 한 의자에 깊숙이 기대어 앉았다.

"정나연 씨에 대해서 전부 알아보라고 했어."

"정나연 씨요? 무슨 일이라도 있으세요?"

"너 자꾸 그렇게 말대답할래? 그냥 알아보라고 하면 좀 알아봐주면 안 돼?"

"죄송합니다. 네. 알겠습니다."

"제대로 알아봐. 아무한테도 들키지 말고, 은밀히 알아보란 말이야."

"그런 건 제가 참, 잘하는 일이죠."

자신에 대한 능력을 지나치게 과대평가하며 대답하는 김 비서에 윤재는 어이가 없었다.

"참, 잘하는 일이겠다. 어?"

"네?"

대답하는 것도 귀찮아서 나가보라는 손짓을 하자, 김 비서가 입을 삐죽거리며 물러섰다.

얼마 지나지 않아, 사무실 안으로 점심을 끝낸 나연의 선배 직원들이 안으로 들어왔다.

"선배님, 식사 맛있게 하셨어요?"

자신의 바로 옆자리의 선배에게 물었지만 돌아오는 대답은 없었다. 옆자리 선배는 아예 나연에게 등을 돌리고 앉아서는 다른 동료와 수다를 떨기 바빴다.

"마케팅팀의 미정 씨 알지? 미정 씨가 그러는데, 우윤재 이사 있잖아. 오늘 점심에 막 쫓기는 사람처럼 뛰어가더래."

"정말? 뭐 귀신 보인 거 아니야?"

"몰라. 정말 소문만 들으면 무서워 죽겠어. 난 왜 하필 이 팀에 배정이 돼가지고……."

듣지 않으려고 해도 너무 생생하게 들려오는 선배들의 대화에 나연이 자신도 모르게 귀를 기울였다. 회사에서 떠도는 소문에 의하면 윤재는 헛소리를 듣는 정신병자가 아니면 귀신에 쓰인 사람이라고 했다.

'성질이 좀 급하고 엉뚱해서 그렇지, 정신병자나 귀신에 쓰인 사람처럼 보이지는 않는데…….'

나연이 본 윤재는 그저 어디에서도 볼 수 없는 완벽한 외모에 듣기 좋은 중저음 목소리, 그다지 친절하진 않지만 딱히 정신이 없어 보이지는 않는 상사 그 이상, 그 이하의 모습으로도 보이지 않았다. 윤재가 있는 2층으로 살며시 시선을 올려 보았다.

문득, 이런 말도 안 되는 소문에 싸여 있는 그가 안타까워졌다.

퇴근길.

첫 출근의 고단함은 생각 이상으로 버거운 것이었다. 하지만 나연이 느끼는 버거움은 단순히 체력이 아닌 마음에 있었다. 하루 종일 제 존재를 알리고 다녔지만 선배들은 그럴수록 자신을 철저하게 무시했다.

"휴. ……무슨 냄새지?"

그 와중에 코끝에서 느껴지는 맛있는 음식 냄새에 나연이 사막의 미어캣처럼 몸을 꼿꼿이 세우고 주변을 두리번거렸다.

"떡볶이다!"

트럭 포장마차에서 팔고 있는 분식을 발견한 나연이 재빠르게 달려갔다. 점심이 맛도 없을뿐더러, 입맛도 없었던 탓에 대충 먹었더니 속이 심하게 허해 있었다.

"떡볶이 1인분이랑 순대 1인분 주세요!"

주문을 하고 기다리는 동안 어묵 하나를 집어서 호호 불어 막 먹으려던 찰나 무의식중으로 올린 시야로 김 비서가 들어왔다.

"어? 김 비서님……."

알은체를 하며 반갑게 손을 흔드는 나연을 피해 그가 전봇대로 몸을 감추었다.

"왜 저러시는 거지?"

그러고선 다시 빠끔히 눈만 내밀고선 나연을 바라보다가 다시 눈이 마주치자 전봇대로 몸을 숨겼다.

"다 보이는데……."

숨는다고 하는 것 같은데, 다 보인다. 얇은 전봇대에 김 비서의 어깨와 팔이 다 가려지지 않고 있었다. 나연은 그의 이상 행동에 얼굴을 갸우뚱하며 들고 있던 어묵을 베어 물었다. 주문한 떡볶이와 순대를 다 먹을 때까지도 그 자리를 지키던 김 비서에 나연이 참지 못하고 다가갔다.

"김 비서님."

"으악!"

김 비서가 놀라서는 소리를 내지르며 얼굴을 틀어막았다.

"여기서 뭐 하세요?"

"아무것도 아닙니다!"

"어묵 국물 좀 드실래요?"

봄이라고 하지만 아직은 쌀쌀한 날씨였다. 나연이 내민 어묵 국물을 물끄러미 바라보던 김 비서가 슬그머니 손을 내밀어 받았다.

"그런데 정말 여긴 웬일이세요?"

"볼, 볼, 볼일이 있어서요!"

"아, 그럼 볼일 보시지, 왜 여기서 이러고 계시는 거예요?"

동그란 눈이 반짝이는 것을 보니, 따지며 묻는 질문은 아닌 듯 싶었다. 그녀는 정말 진심으로 궁금해서 묻는 것 같았고, 그래서 김 비서는 더욱 난감했다. 어떤 변명이라도 하기 위해 주변을 신랄하게 둘러보던 김 비서가 나연이 먹고 있던 자리의 뒤에 있는 애견숍을 발견했다. 그 안에는 직원으로 보이는 젊은 여자가 서성거리고 있었다.

"저 여자 보러 왔습니다."

김 비서가 애견숍에 있는 여자를 가리키자 나연이 탄식을 내뱉었다.

"아, 혹시 저분을……."

얼굴 가득 무언가 기대를 하는 것을 보니, 대충 무엇을 의미하는지 짐작이 갔지만 김 비서는 인정을 해야만 했다.

"네."

"와, 멋있으세요! 짝사랑이라는 거 쉽지 않은데!"

나연이 진심으로 설렌다는 얼굴을 하고서는 맞장구 쳤다.

"그, 그렇죠."

"가서 말은 시켜보셨어요? 전화번호는요?"

"조만간……. 기회를 보고 있습니다. 그리고 이 일은 비밀로…….
특히, 윤재 이사님께는."

"그럼요! 당연하죠!"

나연이 걱정 말라는 듯이 호탕하게 대답을 하며 주먹을 그러쥐
었다.

"화이팅!"

그러고서는 말도 안 되는 응원을 하며 김 비서를 위로했다. 김
비서와 헤어지고 찜질방으로 돌아와 잘 준비를 끝낸 나연은 휴대
폰으로 괜찮은 방이 나왔나 알아보았다. 회사하고는 거리가 많이
떨어진 곳이었지만, 꽤 괜찮은 집이 나와 있었다.

"어? 여기가 괜찮겠다. 내일 가봐야지."

주소를 캡쳐하고 잠자리에 누운 나연은 아무것도 그려지지 않
은 하얀 천장을 멀뚱멀뚱 바라보다가 깊은 한숨을 내리쉬었다.

'내일은 오늘보다 나은 하루가 되었으면 좋겠다…….'

다사로운 햇살이 방 안으로 비집고 들어와 눈살을 괴롭히기도
전에 잠에서 깨어났다. 일찍 일어난 모양인지, 자꾸만 귓가에 나연
의 목소리가 어수선하게 들려왔기 때문이었다. 오늘은 어제보다
훨씬 더 보람찬 하루를 보내겠다며, 뭘 먹는지, 깍두기가 너무 익

었다는 말들이 덧붙여 들려왔다. 알람이 따로 없다.

윤재도 이불을 거둬내고 침대에서 나왔다. 가볍게 스트레칭을 하고 방에 딸린 욕실로 들어가 샤워를 했다. 방 왼쪽에 있는 미닫이문을 열자, 큰 드레스룸이 나왔다. 수십 개는 되어 보이는 여러 디자인과 색이 다른 정장들은 구김 하나 없이 깔끔한 모습으로 행거에 걸쳐져 있었다.

그 사이를 배회하며 오늘 입을 정장과 넥타이를 골랐다. 그리고 윤재의 걸음이 느릿하게 허리춤까지 오는 시계 서랍으로 향했다. 대충 봐도 고가인 듯한 시계들이 즐비하게 늘어져 있었다. 윤재는 그중 은색으로 된 메탈시계를 골라 찼다. 그리고 드레스룸에서 나오자마자 예의도 없이 방문이 벌컥 열렸다. 김 비서였다.

"벌써 준비 끝내셨어요?"

"노크 안 하나?"

"죄송합니다. 시정하겠습니다. 엄마가 식사하러 내려오시래요."

"알았어."

아래로 내려가 가족들과 식사를 하고 차에 올라탔다. 김 비서가 미리 스크랩해 놓았다는 중국 게임 시장에 대한 신문을 보며 출근을 했다. 회사 앞에 도착해서 내리자, 몇몇 여직원들이 걸음을 멈추고 윤재를 바라보았다.

정신병자라거나 귀신에 쓰인 거니, 뭐니 해도 대부분의 여자들은 늘 제게 저런 반응들을 보이곤 했다. 그 반응에 벌써부터 피로함을 느끼며 게이트를 통과해 승강기 앞에 멈춰 섰다.

"이사님, 안녕하세요!"

승강기 앞에서 기다리고 있던 윤재의 뒤로 사근사근한 나연의 목소리가 들려왔다. 인위적이지 않고 자연스럽게 꾸민 그녀의 모습이 오늘따라 유난히도 말갛게 보였다.

"그래."

짧막하게 대답을 하던 윤재가 이상한 낌새를 눈치챈 건 그다음이었다.

"김 비서님도 안녕하세요!"

"네, 나연 씨, 반가워요. 좋은 아침이죠! 하하하!"

'김 비서님 비밀, 꼭 지켜드려야지.'

지나치게 오버를 하는 김 비서와 그런 김 비서를 바라보며 속으로 중얼거리는 나연의 목소리가 뒤엉켜 들려왔다. 마침 승강기가 도착하고, 윤재와 김 비서가 안에 몸을 실었다.

비밀? 아까, 분명 나연이 '김 비서님의 비밀'이라고 했던 것을 똑똑히 들었다. 두 사람 사이에 자신이 모를 비밀이 있다고 생각하니 윤재의 속이 불편하게 뒤틀리기 시작했다. 하지만 아직은 여태 자신을 괴롭혔던 그 목소리가 나연의 속마음이었다는 것을 누군가에게 말해주기엔 섣부르다는 생각이 들어 따지고 들 수도 없었다.

밀폐된 승강기 안에서 살벌할 정도로 냉랭한 적막함이 흘렀다. 김 비서는 승강기에 비치는 유리를 통해 자신을 매서운 눈으로 노려보고 있는 윤재를 발견하곤 몸을 움찔했다.

"마음에 안 드시는 사항이라도 있으신지⋯⋯."

"뭐 좀 알아본 건 있어?"

"정나연 씨에 대해서 물으시는 거죠?"

"그럼, 내가 세계 수도에 대해서 알아 오라고 했을까?"

한층 비꼬는 윤재의 말에 김 비서가 자신의 모습이 유리에 비쳐지고 있다는 사실도 망각한 채로 그를 붉으락푸르락한 얼굴로 바라보았다.

"다 보여."

"죄송합니다!"

야무지고 능력이 출중하지 못하는 것이 언제나 아쉬운 김 비서지만, 착하고 순수한 마음씨와 자신에게 충성하는 것만큼은 참 높게 사던 윤재였다. 하지만 지금은 새삼, 그런 생각이 든다. 그냥, 능력이 출중한 자를 곁에 두는 것이 사는 데 있어서 더욱 편리할지도 모르니, 김 비서를 잘라버릴까? 그래 봤자, 집에서 매일 볼 인간일 테지만. 그러나 자신을 잘랐다는 이유로 집에서 얼마나 유치하게 굴까 생각하면 그것도 좋은 방법은 아닌 것 같았다.

"알아낸 거 있냐고."

"아직은……."

그리고 정말 그러기엔 함께한 정이 너무 깊다는 것을 윤재는 알고 있다. 남들이 귀신에 씌었네, 정신병자네, 하고 손가락질할 때도 김 비서는 티 한 번 내지 않고 언제나 제 곁에 늘 한결같은 모습으로 있어주던 사람이었다. 그 한결같은 모습이 아무 발전 없는 저 어리바리한 모습이지만.

"갑갑하다."

"승강기 안에 냉방 시설을 제대로 관리하라고 보안팀에 말해놓겠습니다."

"널 보면 내가 막 갑갑해."

"네?"

17층에 위치한 사무실에 승강기가 멈추고 문이 열리는 순간, 가장 먼저 마주한 것은 반대편 사원전용 승강기에서 내린 나연이었다. 눈이 마주치자, 그녀가 반사적으로 싱긋 웃어 보인다. 반달 같은 눈 모양을 하고선 가볍게 묵례를 취하는 나연을 보며 윤재가 속으로 가만히 한숨을 내쉬었다.

나연을 봐도 갑갑하다. 물론, 그 갑갑한 감정의 크기와 원인은 매우 다르지만.

시작된 업무에 집중을 해야 했지만 그러질 못했다.

중국에 진출하게 될 게임 캐릭터들과 사업 방향을 직접 기획해 보고 있던 윤재는 결국 자리에서 일어나 밖으로 나왔다. 나연은 여전히 자신을 무시하는 선배들을 향해 마음속으로 크게 상처를 받고 있었고 더는 그것을 방임하기가 어려워진 것이다. 이사실에서 나와 통로를 살짝 꺾어 사무실을 내려다보는 윤재의 시선이 나연을 찾아서 움직였다.

"선배님, 커피 한잔 마시면서 하세요. 선배님은 루이보스티로 준비해보았습니다."

자신을 없는 사람 취급하고 있는 선배들의 차를 챙겨준 후 자신의 자리로 돌아가 무언가를 정리하더니, 다시 자리에서 일어나 뭐 필요하신 것 없으시냐고 부지런히 묻고 다니는데, 열심히 씹히고 있는 모습이 안쓰럽기까지 했다.

어찌 보면 세상에서 가장 무서운 텃세는 바로 '무시'가 아닐까 싶다. 나연도 속으로 차라리 일을 왕창 시켜주셨으면, 이라고 바라는 것을 보니 무시당하는 것이 더 두려운 듯싶었다. 오죽하면 세상엔 악플보다 무플이 더 무섭다는 말이 있지 않은가.

"……."

나연이 버티지 못하고 돌연 회사를 그만두고 꽁꽁 숨어버릴까 봐서 겁이 났다. 그렇다면 또다시 반복될 그 두려움에 갇혀버릴 것 같아 싫었다. 윤재는 그녀 스스로가 회사에 한 일원으로서 없어서는 안 될 존재라는 것을 각인시키고 떠나지 못하게 만들고 싶었다. 그래서 이 일에 대한 원인을 찾을 때까지 제 곁에 오래오래 머무르길 바랐다.

마침, 오늘 안으로 게임 캐릭터 프로젝트를 위해 회의를 하려던 참이었기에 윤재는 김 비서를 통해 회의를 마련시켰다.

생각보다 이른 감에 소집이 된 회의에 직원들은 바짝 긴장을 했다. 일단, 새로 부임한 이사와 첫 회의였고 회사에 떠돌아다니는 그의 소문 때문인지, 직원들은 그를 상사로서의 어려움보다는 두려움을 가지고 있었다.

"나 여기 앉을래."

"내가 거기 앉으면 안 돼?"

"싫어. 내가 먼저 왔잖아."

선배들을 따라 회의실로 들어온 나연은 서로가 최대한 윤재에게서 멀리 떨어져서 앉으려고 다투는 선배들을 먹먹하게 바라보았다.

"참, 안타까워. 그런 소문만 아니면 내가 어떻게든 꼬셔보고 싶은 외모인데."

"그러게 말이야. 외모만 보면 정말 완벽함 그 자체인데, 그래도 난 정신병자는 싫다."

몸서리까지 치는 선배들 뒤로 윤재가 들어왔다. 자신이 앉을 자리가 마치 폭탄이라도 되는 것인 양, 다 피해서 앉아 있는 직원들을 바라보는 그의 눈동자가 미세하게 요동쳤다.

'정말, 선배들 너무해. 직접 본 것도 없으면서…… 상대방이 얼마나 상처받을지도 모르고! 성질 머리가 못돼서 그렇지, 진짜 그런 사람은 아닌데!'

나연은 앉아 있는 선배들을 쭉 지나 비어 있는 윤재의 바로 옆자리에 앉았다. 그러고는 아무 티도 내지 않고 천천히 자리로 걸어오는 그를 바라보았다. 은은한 시트러스 향이 코끝을 간지럽게 스쳐온다. 그가 자리에 앉아서는 말없이 나연을 응시했다. 심하게 요동치던 그의 눈빛은 어느새 차분하게 가라앉아 있었다.

오늘 소집된 회의에서는 모든 사원들에게 중국 시장을 겨냥해서 나오게 될 게임을 기획해 오라는 윤재의 지시가 있었다. 드디어 자신만의 일이 생긴 나연은 기쁨에 절로 어깨춤이 다 나왔다. 하지만 지금 머물고 있는 찜질방에는 컴퓨터는커녕 노트북도 없었기 때문에 반강제적으로 야근을 해야 할 것 같았다. 야근을 하기 전 배를 채우기 위해 직원 식당으로 내려갔다.

"정나연~"

식판을 들고 빈자리를 찾아 두리번거리고 있을 때, 어딘가에서 자신을 부르는 목소리가 들렸다.

"어? 수지 선배님."

"이쪽으로 와, 같이 먹자."

나연이 냉큼 수지가 있는 쪽으로 향했다. 수지는 식사를 반쯤 끝낸 상태였다.

"천천히 먹어. 나 이거 먹고 한 그릇 더 받을 거야."

수지가 계란찜을 반으로 잘라 우물거리며 말했다.

"네."

"일은 할 만하고?"

"사실, 일이 없어서 많이 불안한 상태였는데 이번에 기획안 하나 준비하게 되었어요."

"잘됐네. 너희 팀 여자들 네 명 중에 한 명 빼고 다 코 수술한 거 알고 있니?"

엉뚱한 수지의 말에 나연이 자신도 모르게 풉, 하고 웃음을 터트렸다.

"넌 안 했지?"

"네! 이건 제 코예요!"

나연이 자신 있게 제 코를 돼지코로 만들었다.

"나도 내 코야."

수지 역시 자신만만하게 코를 자유자재로 움직였다.

"이번 기획도 꼭 그렇게 '이건 내 실력이야!'라고 자신만만하게 말할 수 있을 정도로 잘 해내야 된다."

엉뚱한 말이라고 생각했는데, 뼈 있는 수지의 응원에 나연은 마음이 뭉클해지는 기분이었다.

"네."

"먹고 있어. 나 한 번 더 받아 올게."

날씬한 몸매와는 달리 상당한 먹성을 자랑하는 수지와 커피숍에 들러 커피와 1인 1케이크까지 얻어먹고는 사무실로 올라왔다.

사무실은 전부 퇴근을 하고 나연이 혼자 남아 있었다. 오히려 그것이 더 편안했다. 나연은 팔을 걷어붙이고 자신의 보물 1호라고 할수 있는 아이디어북을 꺼냈다. 러프스케치로 해놓은 것들 중에 가장 괜찮아 보이는 캐릭터를 골라 일러스트를 틀어 작업하기 시작했다.

"아."

눈이 아리고 손목이 저려왔지만 멈추지 않고 캐릭터를 그려나갔다. 너무 집중을 해서 그런지 눈이 시려와서 휴식을 주기 위해꾹 감았다가 뜬 순간이었다.

"어? 이사님!"

이제 막 안으로 들어오는 윤재를 보고 깜짝 놀란 나연이 그대로자리에서 일어났다.

"퇴근 안 하고 뭐 해?"

"캐릭터 도안 그려보고 있었습니다."

"이제 나가야 할 텐데? 곧, 소등 시간이거든."

"벌써요?"

"벌써는 무슨, 지금 몇 신 줄이나 알아?"

서둘러 시계를 보니, 12시가 다 되어가고 있었다. 저녁을 먹고올라온 시간이 7시니, 4시간 50분가량을 시간 가는 줄도 모르고집중하고 있었던 것이다.

"시간이 언제 이렇게 됐어?"

"나한테 하는 질문인가?"

"그럴 리가요! 그런데 이사님은 어쩐 일로 사무실 다시 오신 거예요? 아까 퇴근하셨던 것 같은데."

더군다나 옷차림도 정장이 아닌 편안한 캐주얼 차림이었다. 아이보리색의 맨투맨 티에 검은색 면바지. 업무 시간에 봐왔던 옷하고 지나치게 상반된 옷이었다.

"지나가다가 들렀어. 아직도 우리 사무실에 불이 켜져 있는 것 같기에, 누가 이렇게 열심히 하나 한번 확인해보려고. 왜."

"아……. 그러시구나. 아차! 나 막차!"

나연이 갑자기 떠오른 버스 시간에 화들짝 놀라서는 허둥지둥 물건을 정리했다.

"막차가 몇 신데."

"모르겠어요!"

"그런 걸 왜 모르면서 살아? 너는? 준비성이 왜 그렇게 없어?"

나연이 멀뚱멀뚱한 눈으로 윤재를 바라보았다. 잔소리를 퍼부으면서도 그의 손은 나연의 물건을 함께 정리해주고 있었다.

"휴대폰 챙기고."

"감사합니다."

"이거 네 거 아니야?"

"어! 제 지갑 맞아요!"

서둘러 회사에서 나온 나연은 자꾸만 뒤에서 쫓아오는 윤재가 신경 쓰였지만 버스 때문에 정신이 없어 무조건 달렸다.

"아!"

하지만 야속하게도 버스의 막차는 이미 떠나버린 후였다.

"버스 끊겼어?"

버스 노선도를 보고 있는 나연의 어깨로 윤재가 고개를 쏙 들이밀며 물었다.

"그런 듯싶어요. 깜짝이야."

별생각 없이 윤재의 목소리가 들리는 방향으로 고개를 돌렸다가 나연이 놀라서 뒤로 물러섰다. 그와의 얼굴이 너무 가까웠기 때문이었다. 한편, 윤재는 얼떨결에 나연을 쫓아온 제 행동이 스스로도 조금 어이가 없었지만, 기왕 온 거 다시 돌아기 뭐해 나연의 곁에 있을 뿐이었다. 단순히 차가 끊겼나, 안 끊겼나가 궁금하여 나연이 보던 시간표를 본 거뿐인데, 마치 제 몸에 벌레라도 달라붙은 것처럼 놀라는 나연에 살짝 기분이 상해왔다.

"뭘 그렇게 놀라?"

'휴, 대답할 여력도 없다. 나 집에 어떻게 가야 되지? 잠깐, 어디 보자……. 여기서 두 정거장 정도만 가면 버스 정류장이 하나 더 있기는 한데, 근데 너무 어두워서 가기가 무섭다. 택시 타고 가야 하나?'

그녀의 마음속 말에 차가 끊겼다는 사실을 알았다. 이렇게 칠칠맞은 나연이 윤재는 갑갑하기만 했다. 밤이 늦었고 차는 끊겼고, 여자를 혼자 이 길바닥에 두고 갈 수는 없었다.

"내가 굉장히 바쁜 사람이야. 그건 알지?"

"네? 네."

"근데 또 내가 너무 마음도 여리고 착해."

"네?"

자체적으로 자신의 자랑 같은 칭찬을 늘어놓는 윤재에 나연이 갸웃했다.

"그러니까, 막차 끊겨서 이렇게 고통스러워하는 직원을 혼자 두고 가기엔 내 마음이 너무 여리다고."

"고통스러울 정도는 아니에요. 그냥, 여기서 좀 걸어서……."

"넌 말이 너무 많아. 그런 소리 안 들어봤어?"

"들어보기도 한 것 같고……."

"그럼, 말을 좀 줄이고 따라와."

나연이 장난스럽게 입을 잠그는 시늉을 해 보였다. 그 모습이 귀엽게 느껴져 불쑥 웃음이 튀어나올 뻔한 것을 윤재는 정색으로 철벽을 치고는 앞장서 걸었다. 회사 앞에 세워둔 차에 올라탔지만, 나연은 그 앞에서 우물쭈물거릴 뿐 쉽사리 올라타지 않았다.

"안 타고 뭐 해?"

"번거로우실 텐데……."

막차가 끊겨 우왕좌왕할 속마음을 듣는 것보다는 훨씬 덜 번거로운 일이었다.

'그래도 예의상 다시 한번만 말씀해주세요!'

저 겉으로 내뱉는 말과 다른 속의 말은 또 무엇인가……. 그럼에도 미워할 수 없는 건 그 말에 악의가 없어 보였기 때문이었다.

"여러 말 하게 만드는 게 더 번거로운 일이라고는 생각 안 하고? 빨리 타."

"감사합니다!"

'택시비 굳었네! 근데 너무 죄송스러운데…….'

"주소."

"아, 주소요!"

나연이 불러주는 대로 내비게이션을 찍고 시동을 걸었다. 조수석에 앉아 벨트까지 맨 나연이 가방을 뒤져 캐러멜 하나를 꺼내 들었다.

"하나 드실래요? 맛있는데."

"맛있으면 정 사원이나 많이 먹으세요."

"네엡……."

승차감이 부드러운 고급 세단이 도로 위를 세차게 달렸다. 대교 위에 켜진 불빛에 나연이 창문에서 눈을 떼지 못하고 있었다.

'창문 열어보고 싶다.'

"좀 답답하네. 창문 좀 열어도 돼?"

"네!"

윤재가 창문을 열어주자, 제법 따뜻해진 봄바람이 거침없이 안으로 들어왔다. 바람으로 인해 살포시 날리는 나연의 머리카락에서 상큼한 과일 향이 났다. 창문을 열어 따뜻한 바람을 맞는 것이 뭐가 그리도 좋다고, 나연은 싱글벙글이었다.

그런 나연의 모습을 윤재는 한동안 말없이 바라보기만 했다.

'앗! 맛있는 냄새!'

찜질방 근처에 거의 도착했을 무렵, 그녀가 속마음으로 반갑게 외치며 주변을 살폈다. 그리고 그녀에게 포착된 트럭 위의 분식 포장마차를 윤재 또한 발견했다.

'아! 먹고 싶다. 떡볶이도 튀김도 순대도 어묵도, 전부 다! 하지만 혼자 먹기엔 양이 너무 많지. 이사님께 너무 감사해서 이거라도 사드리고 같이 먹으면 좋을 것 같은데, 이사님은 당연히 거절하시겠지? 그렇다고 혼자 먹기엔 좀 그런데…….'

"번거로우신데, 데려다주셔서 너무 감사드립니다."

'진짜 안 드신다고 하시겠지? 배고파서 잠 안 올 것 같아. 따뜻한 어묵 국물 먹으면 잠 잘 오겠다.'

"말로만?"

같이 안 먹어주면 밤새 배고프다고 떠들까 봐 두려웠다.

"저녁 식사 안 하셨어요? 괜찮으시면 제가 떡볶이 사드릴까요?"

그다지 당기는 메뉴는 아니었지만, 나연이 원하니 어쩔 수가 없었다.

"그러든지."

"튀김도, 순대도, 어묵도 드셔도 돼요. 드시고 싶으신 거 다 드셔도 돼요."

나연은 트럭까지 가는 동안 하루 종일 밖에서 뛰어놀다가 집에 들어와 엄마 닭에게 이야기하는 병아리처럼 떠들어댔다. 코 묻은 애 돈을 어떻게 쓰라고…….

"안녕하세요, 이모님!"

"정나연 씨 이모님이셔?"

윤재가 깜짝 놀라 되묻자, 나연이 크게 당황해했다.

"네? 아, 아니."

"근데 왜 이모님이라고 해?"

"그러니까, 그게, 한국 문화에는 그런 게 있어요."

한국 문화는 아직 어색하기만 한 윤재가 놀라자, 나연이 난감한 얼굴을 지어 보였다.

"재밌는 총각이네. 뭐 줄까?"

아주머니의 말에 겨우 화제가 돌아갔다.

"떡볶이랑 튀김이랑……. 이사님! 순대 드실 거죠?"

"시켜, 일단."

"네, 순대까지 주세요!"

주문을 하고 나연이 어묵 하나를 집어 들어 윤재에게 건넸다. 이런 음식, 한 번도 먹어본 적 없기 때문에 윤재는 딱 한 입만 먹고 내려놓으려고 했다. 어차피 딱히 맛있어 보이지도 않고, 그냥, 나연을 위해서 먹는 시늉만 하려고 했던 것이다.

"음……."

"떡볶이도 좀 드세요."

나연의 손을 지나 윤재가 또 다른 어묵 하나를 집어 들어 딱 두 입만에 빈 꼬치로 만들어 내려놓았다.

"입맛에 맞으세요?"

"잠깐, 자리 좀 바꿔봐."

어묵을 꺼내는 데 나연의 위치가 거추장스러워 아예 자리를 바꾼 윤재는 어느새 다섯 개째의 어묵을 입에 집어넣고 있었다.

"이것도 맛있는데."

말만 들어본 순대를 건네는 나연에게 윤재는 아무 의심 없이 이쑤시개로 찍어 먹었다.

"와. 이거 맛있다?"

"많이 드세요."

'다행이다. 입맛에 맞으셔서!'

나연이 냉큼 종이컵에 어묵 국물을 떠서 윤재에게 주었다.

"국물도 맛있어요!"

'아, 국물 하니까, 김 비서님 생각나네.'

막 국물을 마시려던 윤재가 가만히 나연을 바라보았다. 나연의 시선이 열심히 떡볶이에 물엿을 들이붓고 있는 이모님 어깨 너머로 향했다. 그곳은 애견숍이었다.

'김 비서님, 오늘도 그 여자분 보러 오셨으려나? 김 비서님 정말 낭만적이야. 설마 오늘도 몰래 보고 가신 건 아니시겠지? 내일 물어봐야겠다. 아직도 연락처 안 받으셨으면 내가 도와드려야겠어.'

이게 무슨 소리야? 애견숍? 그 여자? 낭만적? 몰래?

도저히 이해를 할 수 없는 단어들의 조합에 윤재의 궁금증이 증폭되었다. 하지만 물어볼 수도 없어 그저 속이 갑갑하기만 했다.

"어딜 그렇게 봐? 애견숍? 저기에 뭐 말 못 할 사연이라도 있나 봐."

"네? 아니요. 그런 거 딱히 없어요."

황급히 시선을 피하며 나연이 대충 얼버무렸다.

'아휴, 하마터면 김 비서님 비밀 들킬 뻔했네! 눈치 진짜 빠르네, 우 이사님? 그렇게 안 봤는데…….'

자신을 둔한 멍청이로 봤다는 건가 싶어 속이 부글부글했지만, 이 또한 말할 수 없는 비밀이었다.

"넌 나한테 거짓말하면 안 돼."

"네?"

윤재의 갑작스러운 말에 화들짝 놀란 나연의 시야로 그가 가까이 거리를 좁혀왔다. 그러고는 휘둥그레진 눈으로 바라보고 있는 나연의 눈동자를 가만히 들여다보았다.

"난 거짓말하는지 안 하는지, 사람들 눈을 보면 다 알거든."

그녀의 눈동자가 이리저리 갈대처럼 흔들렸다. 거짓말 하나 제대로 할 줄 모르고 이렇게 티를 내고 있는 나연의 모습이, 어째 귀엽게 느껴졌다.

"넌 지금 나한테 거짓말을 하고 있어."

"아, 아니에요! 정말 거짓말 같은 거 안 했어요! 저, 저, 저 정말 거짓말 같은 거 할 줄 몰라요!"

펄쩍 뛰는 모습조차도 이상하게 귀엽다. 더 보고 싶어서 더욱 놀리고 싶을 만큼.

"저, 저, 저, 당황해서 말 더듬는 거 봐라."

"아. 닌. 데. 요. 저. 정. 말. 거짓말 안 했습니다."

더 놀렸다가는 붉어진 나연의 얼굴이 빨간 풍선처럼 빵, 하고 터져버릴 것 같았다. 윤재는 이쯤에서 장난을 멈추기로 했다.

"그래, 안 했다고 치자."

나연은 나 당황했어요, 를 몸소 보여주듯이 얼굴을 연신 부채질했다.

'아휴, 더워. 왜 덥지? 아! 매운 걸 먹었으니까 덥지!'

매운 걸 먹기에 덥다면서 계속 매운 걸 먹는 나연을 윤재는 이해 못 할 얼굴로 바라보며 고개를 내젓다가 어디선가 느껴지는 시선에 고개를 확 돌렸다. 멀찍이 있던 전봇대로 누군가가 다급하게 숨는 것을 본 듯하기도 하고, 못 본 듯하기도 했다.

"왜 그러세요?"

옆에서 입술에 떡볶이 소스를 묻히고 먹는 나연에 윤재가 휴지를 떼서 건넸다.

"감사합니다."

"근데 너 언제 여기 와 있었어? 비켜. 나 어묵 먹을 거야."

"네? 네!"

다 먹고 계산을 하려는 듯, 나연이 가방에서 지갑을 꺼내고 있었다.

"저거 뭐야?"

멀리 손가락질을 해 보이자, 나연이 가방에서 시야를 떼고 윤재의 손가락 방향으로 고개를 돌렸다.

"어떤 거요?"

"저거. 저거 안 보여?"

윤재가 얼른 이모님에게 오만 원권을 건넸다.

"아무것도 없는데……. 어? 아! 제가 낸다니까요!"

이모님이 거스름돈을 윤재에게 건네주는 장면을 본 나연이 언성을 높였다.

"너 지금 나한테 화낸 거냐?"

"아니, 그건 아닌데요."

"이사가 체면이 있지. 어떻게 말단 사원한테 얻어먹냐?"

"그래도 너무 죄송하잖아요."

'진짜 너무 죄송하게…….'

속으로 좋아할 줄 알았는데, 진짜 사줄 생각이었나 보다. 그녀의 아쉬움과 미안해하는 감정에 윤재는 평소 자신답지 않게 마음이 걸렸다.

아니, 요즘 얘를 보면 매일 마음이 걸린다. 눈에도 걸리고, 귀에도 걸리고.

"됐어. 이제 제발 좀 들어가서 자. 나 집에 좀 가자."

"그럼 조심히 들어가세요."

돌아서서 찜질방으로 사라지는 나연을 바라보던 윤재도 천천히 걸음을 옮겨 주차해 놓았던 차 문을 열었다. 순간 어디서 느껴지는 시선에 윤재가 다급하게 주변을 둘러보았다.

"뭐야?"

너무 예민하게 구는 건 아닌가 싶어, 스스로를 달래며 차 안으로 올라탔다.

한편, 찜질방으로 들어 온 나연은 자신의 공간으로 들어갔다. 샤워를 하기 위해 옷을 벗는 도중, 무의식중에 그를 떠올렸다.

'넌 나한테 거짓말하면 안 돼.'

그렇게 말하면서 자신과의 간격을 확 좁혀오던 그의 모습이 선명하게 떠올랐다. 확신에 가득 찬 그의 눈동자가 바로 앞에서 느슨하게 감겼다. 잠시나마 그의 눈동자에 비친 자신의 모습이 사라졌다는 것에 아쉬움이 느껴지는 찰나, 다시 떠진 그의 눈에 담긴 자신을 발견했다.

정말, 몸 어딘가가 심하게 간질간질해질 정도로 기분이 이상했다. 그때, 저도 모르게 얼른 뒤로 한 걸음 물러섰다. 여태 일정하게 내뱉던 숨을 꾹 참아야 할 만큼 바짝 다가온 그의 얼굴에 나연은 눈조차 깜빡일 수가 없었다. 투명할 정도로 맑은 그의 다갈색 눈동자가 자신을 담고 있었다. 가까운 거리, 자신을 똑바로 바라보고 있는 그의 시선…….

심장이 미친 듯이 발작하며 뛰었다.

하지만 더 큰 문제는 그 심장이 지금 이 순간에도 여지없이 뛰고 있다는 사실이었다. 단순히 놀라서 뛰는 줄 알았던 심장이 아직까지도 뛰고 있으니, 나연은 크게 당황하지 않을 수가 없었다.

"아, 더워. 너무 더워."

또다시 온몸이 후끈해져 온다.

"찜, 찜질방이라서 더운 거겠지!"

마치 스스로에게 들으라는 듯이 크게 말을 하면서도 여전히 머릿속에서 떠돌고 다니는 윤재와의 일에 나연은 흥분을 잠재울 수가 없었다.

너의 속삭임 4.

계란말이를 집으려는 김 비서의 젓가락 위로 누군가의 젓가락
이 올라와 빼앗아 갔다. 김 비서가 울상을 지으며 이번엔 갈비찜으
로 젓가락을 뻗었지만 이번에도 역시 다른 젓가락이 훼방을 놓았
다.

"왜 이러세요?"

김 비서가 회장님과 자신의 부모님에게 들리지 않을 정도로 작
은 목소리로 윤재에게 물었다.

"뭐가? 그냥, 계란말이가 먹고 싶었고 갈비찜이 먹고 싶었던 거
뿐인데?"

괘씸하다. 하라는 일도 제대로 못해서 그걸 나연한테 들켜버리
고 또, 들켜버린 것을 비밀로 했다는 것이.

"휴우."

김 비서가 한숨을 길게 내쉬며 시금치로 손을 뻗자, 윤재의 젓가락도 재빠르게 그쪽으로 향했다. 평소엔 입에 대지도 않는 시금치나물이었다.

"어허, 윤재야."

또다시 김 비서의 젓가락을 치우려는 윤재를 보고 우 회장이 헛기침을 했다. 여태 보지 않고 계실 거라고 생각했는데, 착각인 듯싶어 윤재가 가만히 젓가락을 내려놓았다.

"어린아이도 아니고 왜 그러는 거니."

나무라는 목소리치고는 꽤 부드러운 목소리였다.

"죄송합니다."

"형광이 너도 아침부터 도련님이랑 뭐 하는 짓이야?"

옆에 있던 유 집사의 나무람에 김 비서도 가만히 젓가락을 내려놓았다.

"죄송합니다……."

울상이 된 김 비서의 원망스러운 눈빛이 윤재에게로 향했지만, 윤재는 전혀 아랑곳하지 않고 여전히 불만스러운 감정을 가시지 못한 얼굴로 그를 대면했다.

"윤재야."

조용해진 틈을 타 우 회장이 윤재를 가만히 불렀다.

"네, 할아버지."

"이번 중국으로 진출하는 게임 프로젝트, 꼭 제대로 성공해서 계약 건 따내야 한다."

강건한 우 회장의 말에 모두가 숨을 죽였다.

"네가 능력이 없는 놈이 아니라는 것을 모두에게 보여주는 좋은 기회가 될 거야."

"네. 걱정 마세요, 할아버지."

자신을 의지하며 살아가는 할아버지를 더는 걱정시켜드리고 싶지도, 실망시켜드리고 싶지도 않았다. 그에 윤재는 이번에 자신의 능력을 확실히 발휘하여 입지를 다질 거라 다짐했다. 아침을 다 먹고 회사 갈 준비를 끝내고 내려온 윤재는 차에 올라타자마자 시동을 거는 김 비서를 향해 말했다.

"요즘따라 누군가가 자꾸 날 쳐다보고 있는 느낌이야."

김 비서가 가만히 윤재의 말에 귀를 기울였다.

"죄송합니다. 앞으로 덜 쳐다보겠습니다."

"너 말고."

"그럼, 누가 이사님을 미행한다는 뜻이에요?"

김 비서가 깜짝 놀라 물었다.

"그러니까, 그럴 수도 있고 아닐 수도 있으니까 네가 알아보라는 거잖아."

뭘 생각하는지, 김 비서는 혼자 씩씩거리며 화를 참지 못했다.

"내 주변에 대해서 좀 알아봐."

"네!"

"이번엔 제발 제대로! 들키지 말고!"

"헉. 저 나연 씨한테 안 들켰습니다!"

놀라며 부정하는 김 비서에 따지고 드는 것도 번거로운 일이라는 생각이 들어서 윤재는 그냥 아무 말 없이 창밖으로 시선을 돌려버렸다.

또각또각. 일정한 속도를 유지하는 하이힐 소리가 로비를 가로질러 안내데스크에서 멈추었다.

"안녕하세요. 무슨 일로 오셨나요?"

"수고가 많으시네요. 전, 우윤재 이사님을 만나 뵈러 왔습니다."

상냥한 세희의 말에 여직원이 김 비서의 내선 전화로 막 인터폰을 누르려던 참이었다.

"임세희."

뒤에서 들려오는 누군가의 부름에 세희가 고개를 돌렸다가 금세 얼굴이 굳어져버렸다.

"여기까지 와서 윤재만 보고 가려고?"

남들이 들으면 더없이 다정하기만 한 윤호의 목소리에도 세희는 시큰둥한 반응만 보일 뿐이었다.

"잠깐 내 방에 가서 커피 한잔할까? 윤재 지금 팀에서 회의하느라 못 나오거든."

보는 눈이 많아 한껏 의식을 하며 세희가 윤호를 따라나섰다. 밀폐된 승강기에 올라탄 두 사람 사이엔 이렇다 할 대화가 없었다. 윤호의 집무실에 들어오고 나서야 세희는 무겁게 가라앉아 있던 입술을 떼어냈다.

"오빠가 저한테 차를 다 대접해주시고 의외네요."

"그게 왜 의외인지는 모르겠지만, 일단 앉아."

여전히 여유로운 미소를 장착하고 있는 윤호를 못마땅하게 바라보며 세희가 맞은편에 앉았다. 들어오면서 윤호가 부탁한 차를 준비한 직원이 들어왔다.

"고마워요."

부드러운 윤호의 말에 직원이 발그레한 얼굴을 한 채 돌아서 나갔다. 그런 모습을 세희가 실소를 터트리며 바라보았다.

"참, 오너답지 않게 친절하세요, 오빠는."

"칭찬 맞는 거지?"

두 사람은 어린 시절부터 잘 맞지 않았다. 특히, 나이가 째 든 윤호는 은근히 여우같이 구는 세희의 행동들을 다 파악할 수 있었다. 그러면서 든 경계에 윤재를 보호하는 차원에서 세희는 멀리하게 했고 그것을 알아차린 세희는 윤호를 마음에 들어 하지 않았다.

"마음에 들지도 않는 제게 웬일로 차 대접을 다 하세요?"

"윤재 대신 하는 거지."

"윤재 대신이라. 오빠는 절대 윤재 대신이 될 수 없어요. 저한테도 우석그룹에게도."

윤호는 여전히 여유로움을 놓치지 않고 있었다. 이렇게 속물인 어린 여자를 상대로 화낼 필요가 없었기 때문이었다.

"아시죠? 오빠 우석그룹 가질 수 없으신 거."

"한 번도 욕심낸 적 없어."

윤호는 그렇게 말했지만 세희는 절대 믿지 않는 눈치였다. 그게 답답했지만 굳이 변명을 하지 않았다. 우석그룹과 전혀 상관없는 여자에게 굳이 변명을 할 필요성을 느끼지 못했기 때문이었다.

"보면 모르겠어요? 오빠는 무려 6년 동안 이 회사에 몸을 담그고 애써서 얻어낸 이사 직급을 윤재는 단번에 얻어냈어요. 그것도 없는 팀까지 만들어서. 무슨 뜻인지 모르겠어요? 우 회장님은 자신의 자리를 처음부터 윤재로 생각해두셨다는 거예요."

"그래서 네가 윤재한테 다시 돌아온 거고?"

갑자기 명치라도 맞은 것처럼 세희가 말을 멈추고 표독한 눈동자로 윤호를 노려보았다.

"맞지? 그 아이 아플 때는 무섭다면서 도망갔던 네가 다시 돌아온 이유가 그거잖아."

윤호의 지적에 세희가 당황스러운 감정을 숨기지 못하고 얼굴에 그대로 드러냈다. 윤호는 그런 세희를 보며 나지막하게 한숨을 내쉬었다.

"난 너처럼 속물 같은 여자한테 우리 윤재 맡길 수 없어. 나한테 얼마나 소중한 동생인데."

"그땐, 나도 너무 어리고……!"

"넌 윤재 못 가져."

"뭐라고요?"

"내가 너 같은 애한테 윤재를 보낼 리도 없지만, 내가 볼 때 요즘 윤재는 마음에 들어 하는 여자가 생긴 것 같거든."

예상치도 못한 새로운 인물에 세희의 눈이 커다래졌다.

"여자라니요?"

윤재에게 여자는 자신밖에 없다고 단언했던 세희가 불안함에 눈동자가 미세하게 떨리기 시작했다.

"너도 놀랍지? 여자에 관심도 없는 윤재가, 내가 쉽게 알아차릴 정도로 여자한테 푹 빠져 있는 모습을 보이고 있다는 게 말이야."

윤호의 말에 세희가 자존심이 상해 아랫입술을 지그시 깨물었다. 윤호의 말을 부정할 순 없었다. 윤재는 자신을 좋아하고 있으면서도 언제나 때를 기다리는 맹수처럼, 그 자리에 머물러 오히려 세희의 애를 태우곤 했었다.

"누군데요? 대체, 그 여자가 누군데요? 어디 집안 애예요? 혹시, 여배우예요?"

"내가 그걸 알려줘서 너로부터 얻을 수 있는 건?"

세희가 여자와 윤재에게 무슨 짓을 할까 싶어, 윤호는 말을 아꼈다. 남들이 볼 때의 그녀는 천사지만 윤호는 그녀의 질투가 얼마나 무서운지를 잘 알고 있으니까. 여섯 살짜리 꼬마 여자아이가 자신이 좋아하는 윤재와 함께 짝꿍을 했다는 이유로 다른 여자아이의 얼굴을 장난감으로 긁어버리고도 태연하게 앉아 있던 그 모습을 윤호는 아직도 잊을 수가 없었다.

자신이 애정하는 동생, 윤재하고는 절대 어울리지 않는 여자였다.

"말해주고 싶지 않으면 마세요. 제가 직접 알아보는 거, 그다지 어려운 것도 아니니까요."

세희가 자리를 벅차고 일어났다.

"제가 윤재를 차지할 수 없을 거라고 하셨죠? 아니요. 전 윤재를 꼭 차지하고 말 거예요. 그리고 윤재의 자리를 그 누구에게도 빼앗기지 않게 수단과 방법을 다 동원할 거구요. 방해가 되는 장애물은 다 잘라버릴 거예요. 두고 보세요."

"마음대로 해. 난 속물인 너로부터 윤재, 끝까지 지킬 거니까."

세희가 문을 벅차고 나갔다. 윤호는 여전히 하얀 김이 올라오고 있는 뜨거운 찻잔을 멀거니 바라보며 낮게 한숨을 내쉬었다. 제발, 윤재가 저 속물뿐인 여자에게 두 번 다시는 빠지지 않길 바라며.

반면, 윤호의 집무실에서 나온 세희는 끓어오르는 짜증을 쉽게 감출 수가 없었다. 뭐라도 때려 부수고 싶은 화를 억지로 꾹꾹 눌러 담으며 승강기 쪽으로 걸음을 옮겼다.

"정 사원!"

복도를 꺾어 승강기 쪽으로 오던 세희는 반대쪽 사무실에서 들려오는 익숙한 윤재의 목소리에 몸을 돌렸다. 반가워 다가가려고 했는데, 윤재는 세희를 아예 못 보고 발걸음을 앞으로 더 나아갈 뿐이었다.

"정 사원!"

"아, 네, 이사님."

어딘가를 향해 바쁘게 걸어가던 여직원이 윤재에게로 재빠르게 달려와 앞에 멈춰 섰다.

"어?"

개나리색 원피스를 입은 여자. 저 여자도 개나리색도 백화점에서 봤던 기억이 뚜렷했다. 윤호가 말했던 여자가 저 여자인 것만 같은 강한 예감이 몰려왔다. 윤재는 타인의 일에 끼어드는 것은 물론 먼저 말을 거는 법도 거의 없었다. 하지만 그날 백화점에서도 그렇고 지금도 그렇고, 여자를 대하는 윤재의 태도가 묘하게 달라 보였다.

뭐라고 묻고 답을 하는 듯한데 잘 들리지 않았다. 더 가까이 다가가려는 찰나, 사무실에서 자신을 발견하고 두 눈이 휘둥그레진 김 비서가 나왔다. 윤호 다음으로 눈엣가시 같은 존재였다. 김 비서가 놀라서는 윤재의 어깨를 흔들려고 할 때, 세희가 얼른 눈웃음을 지으며 검지로 입술을 막았다. 자신이 온 것을 비밀로 해달라는 뜻이었다. 지금 당장 윤재를 보면 윤호 때문에 격해진 감정을 쉽게 내비칠 것만 같았기 때문이었다. 마침 승강기가 도착했고, 세희는 안으로 몸을 감추었다.

세희가 몸을 감추자 놀란 얼굴로 입을 쩍 벌리고 있던 김 비서가 입술을 꿈틀거렸다.

"방금 나한테 윙크한 거야? 소름 끼쳐……."

"아이씨. 야, 내가 더 소름 끼쳐. 안 떨어져?"

뒤에서 갑자기 들려오는 김 비서의 탄식에 윤재가 소스라치게 놀라며 성질을 냈다.

"아, 죄송합니다."

김 비서의 사과를 받는 둥 마는 둥 하며 윤재는 다시 나연에게 시선을 돌렸다.

"그러니까, 살 집을 구했냐고 안 구했냐고."

"저 오늘 새집 보러 가요."

'근데 왜 자꾸 나 살 집에 이렇게 집착을 하시는 거지?'

"이번 프로젝트, 굉장히 중요하고 잘 해내야 한다는 거 알고 있지?"

"네."

나연이 비장한 얼굴로 고개를 끄덕였다.

"주말과 회사, 집 상관하지 않고 모든 힘을 쏟아부어야 하는 거야. 그런데 그 찜질방엔 노트북이나 PC 같은 게 없잖아? 근처 PC방 같은 데서 할 생각은 하지 마. 혹시나 우리 아이디가 도용당하면 큰일 나니까."

"네. 걱정 마세요. 오늘 가서 확실히 집 계약할 생각이에요."

"그렇군. 알았으니까 볼일 봐."

"네에. 그럼."

나연이 가볍게 묵례를 하고 돌아섰다. 그러자마자 김 비서가 눈을 가늘게 뜨며 윤재의 바로 시야 앞으로 불쑥 다가왔다.

"뭐야? 그 표정은?"

"유난히 나연 씨한테 관심이 많으세요. 뭐 있으시죠?"

"있긴 뭐가 있어. 쓸데없는 거에 관심 둘 생각 하지 말고 내가 시키는 일이나 좀 제대로 해."

냉랭하게 말하고 미련도 없이 돌아선 윤재가 다시 제 집무실로 들어왔다. 오늘 회의에서 난 결과를 읽어보고 떠오르는 아이디어에 스케치를 하기 위해 아이디어북으로 손을 뻗은 순간이었다.

"아."

오른쪽 검지 손끝이 베인 것처럼 아릿한 기분이 들었다. 윤재는 가끔 이렇게 이유 없이 아플 때가 있다. 상처 하나 없는 멀쩡한 몸인데, 때로는 칼에 베인 것처럼, 때로는 아스팔트에서 심하게 넘어져 까진 것처럼 아플 때가 있다. 그리고 그 아픔이 사라지는 건 언제나 일정하지 않은 시간이었다. 때로는 일주일도 넘게 갔고 때로는 반나절이면 끝날 때도 있었다.

"또 시작이네……."

멀쩡한 손가락의 고통에 미간을 찌푸리며 커피 한잔이라도 마시려고 김 비서를 호출했다.

"어디 간 거야."

그러나 인터폰을 받지 않는 김 비서에 직접 집무실을 열고 나온 윤재의 시선이 자연스럽게 나연을 찾아 헤맸다. 그러다가 윤재의 눈동자가 또다시 혼란스러움이 빠져들고 말았다.

"……"

나연의 오른쪽 검지에 붙여져 있는 밴드.

"정나연 씨."

윤재가 급하게 내려와 나연을 부르자, 주변에 있던 사원들도 놀라서는 고개를 돌렸다.

"네, 이사님. 뭐 필요하신 거 있으세요?"

"손가락이……."

"아, 이거 종이에 베였어요."

밴드가 붙여져 있는 손가락을 감추며 나연이 싱글벙글한 얼굴로 말했다.

아니겠지, 설마 아니겠지.

확신을 부정하면서도 자꾸만 아려오는 위치가 같은 검지에 윤재의 마음은 착잡해져 왔다.

"그만한 가격에 이 정도 집이면 괜찮은 거야, 아가씨."

부동산 아주머니의 말에 나연은 낮게 고개를 끄덕였다. 보증금 1000만 원에 월세 38만 원. 이 동네에서 햇빛 들어오는 2층 원룸에 이 사이즈면 정말 잘 구한 건 확실했다.

"그럼, 이 집으로 할게요."

"그래요."

"이사는 언제 해야 돼요?"

"어차피 비어 있는 집이니까, 오늘 당장 해도 무리는 없지."

계약서까지 쓰고 사과를 한 봉지 사서 찜질방으로 돌아왔다. 사장님께 인사를 하기 위해 카운터 쪽으로 가던 나연의 걸음이 멈칫했다.

"그러니까, 그때 그 보기만 해도 훤칠한 남자가 와서 비싼 백화점 원피스를 나한테 건넸다니까. 나연이 주라면서. 나연이 걔 고아인 줄만 알았는데, 그런 엄청난 빽이 있었나 봐."

저게 무슨 소리지? 의아해하며 커튼을 거두었다.

"사장님."

화들짝 놀란 사장이 나연을 발견하고 자신의 주둥이를 연신 때렸다.

"아이고, 이놈의 주둥이가 문제야, 문제."

"아까 그게 무슨 말씀이세요?"

"아니, 그러니까 그게, 나연아……."

나연은 사장에게 모든 이야기를 전해 들었다.

"혹시 원래 알고 지내던 사이 아니야?"

사장님의 조심스러운 질문에 나연은 고개를 내저었다. 아무리 생각해도 본 적 없는 사람이었고, 자신이 그렇게 큰 회사의 오너 일가를 알 턱도 없었다.

"아니요. 전혀요. 그럼 저 올라가볼게요."

찜질방 자신의 공간으로 올라온 나연은 큰 가방에 짐을 싸다가 순간 멍해져서 벽에 몸을 기대어 앉았다.

"대체, 이사님이 내게 왜 선물을……."

윤재에 대한 궁금증으로 나연은 단 한숨도 편안하게 잘 수가 없었다.

아침을 먹고 출근 준비를 하기 위해 올라온 윤재는 아직도 시큰거리는 고통이 가시지 않은 검지를 지그시 내려다보았다. 그때, 방문이 열리고 김 비서가 모습을 드러냈다. 그는 서둘러야 할 자신의 상사가 침대 귀퉁이에 앉아서 손가락을 내려다보고 있는 것이 마음에 들지 않았는지, 대놓고 한숨을 내쉬었다.

"출근 안 하세요?"

"말투 봐라?"

"죄송합니다, 얼른 내려오세요. 시동 걸어놓을게요."

"알았어."

짤막하게 대답한 윤재는 아무래도 제 손에서 느껴지는 통증이 마음에 걸려 다시 김 비서를 불러 세웠다.

"지금 바로 출발하시지 않으면 지각이십니다."

여유 부릴 틈이 없는데, 자꾸만 느긋하게 구는 윤재에 저도 모르게 살짝 격앙된 제 목소리에 김 비서가 화들짝 놀랐다.

"오해 마세요. 화낸 건 아니고 친절하게 보이려고 하이톤으로 한 말입니다."

"정나연. 정나연에 대해서 알아본 건 없어?"

"네. 이사 갈 집을 구한 것 빼고는 아직은 딱히 없는데……. 고아여서 어디에 살았는지는 알고 계시죠?"

"넌 참 편하게 살아. 그 월급 받으면서 미안하지도 않냐?"

"오늘부터 본격적으로 알아보도록 하겠습니다. 근데 정말 서두르셔야 합니다."

재촉하는 김 비서와 함께 방을 나서 계단을 내려오던 길이었다. 비서실장과 함께 한 남자가 집 안으로 들어오고 있었다. 그는 여유로운 얼굴로 집 안을 지그시 살펴보다가 계단에서 내려오고 있는 윤재와 눈이 마주치자, 싱긋 웃어 보였다. 190센티미터는 족히 넘어 보이는 엄청난 체구에 탄력 있는 몸매, 나이를 측정할 수 없는 이목구비가 진한 외모와 묘한 분위기가 어딘지 낯이 익어 윤재의 눈빛이 경계로 물들어 갔다. 분명 낯이 익다. 어디서 봤지? 저 외모와 분위기.

"도련님, 출근하십니까."

윤재가 계단 끝까지 내려오자, 비서실장이 공손하게 허리를 굽혀 인사했다.

"이러지 마시라니까요."

비서실장의 허리를 얼른 펴주면서도 윤재의 시선은 뒤에 있는 남자를 향해 있었다. 윤재의 시선이 무엇을 의미하는지 단박에 알아차린 비서실장이 얼른 입술을 떼어냈다.

"아, 오늘부터 저희 집에서 함께 일하기로 하신 정원사 진룡 씨입니다."

'진룡?'

이름 한번 되게 독특하네, 하는 생각으로 남자를 다시 마주했다. 순간의 착각이었을까, 남자의 두 눈이 파란빛을 띠며 반짝였다. 윤재가 두 눈을 꼭 감았다가 뜨며 다시 그의 눈동자를 바라보았을 때는 보통의 사람과 같은 검정색이었다. 어제의 혼란에 잠을 못 자서 일어난 착시였다, 라고 생각할 수밖에 없었다.

"이렇게 만나게 되어서 반갑습니다. 앞으로 잘 부탁드립니다."

진룡이 손을 내밀어 악수를 청했다. 웬만한 남자들 사이에 있어도 체격적인 면에서 절대 뒤처진 적 없던 윤재였다. 그런데 지금, 진룡에게 내민 자신의 손이 너무 작게 느껴져서 살짝 당황스러웠다. 그러쥔 손에선 여태 살면서 한 번도 느껴보지 못한 묵직함이

너의
속삭임 133

느껴졌다. 일부러 힘을 준 것 같지도 않은데, 형언할 수 없는 이 엄청난 기운에 얼른 그에게서 손을 떼어냈다.

"조심히 다녀오십시오, 도련님."

그의 존재가 어쩐지, 신경 쓰였다.

햇살 하나 없는 찜질방에서 알람 소리에 깬 나연은 서둘러 출근 준비를 했다. 이제 이곳에서 출근 준비를 하는 것도 마지막이다. 오늘 역시, 어제보다는 더욱 알찬 하루를 보내겠노라, 찜질방 안에 있는 식당에서 파는 육개장에 밥을 말아 먹으며 결심했다. 든든하게 배를 채우고 사장님께 마지막 인사를 한 후 찜질방을 나섰다. 사람들로 득실거리는 버스 안에서 내리다가 가방이 문에 껴 한참 애를 먹어야 했다.

회사에 가장 먼저 도착했다. 사무실에 부족한 물건들을 체크한 나연은 비품실로 향했다. 필요한 물건들을 챙기다 보니 준비해 간 박스에 가득 차고도 넘쳤다.

"끙……."

무거웠지만, 악착같이 참아내며 야무지게 물건들을 챙겨서는 다시 사무실로 올라왔다. 문을 열 손이 없어서 몸으로 문을 밀려던 참에 뒤에서 불쑥, 팔이 나타나 대신 열어주었다. 돌아보니 윤재와 김 비서가 나란히 서 있었다.

"어? 이사님."

'원피스에 대해서 물어봐도 될까…….'

어제 찜질방 사장님이 해준 얘기가 내내 마음에 걸렸던 나연이 자신을 내려다보고 있는 윤재를 마주하며 극심한 갈등에 흔들렸다. 하지만 뭐라고 물어봐야 할지 몰라 잠시 망설이고 있는데, 윤재의 얼굴이 사납게 구겨졌다.

"들어가려면 들어가고 비키려면 비키고. 둘 중에 하나는 좀 해."

"아, 죄송합니다."

오늘따라 유난히도 그에게서 풍기는 분위기가 살벌하다는 것을 느낀 나연이 살짝 주눅 들어서는 물어보려던 질문을 삼키고 길을 비켜섰다. 그 옆을 지나가던 윤재가 갑자기 걸음을 멈추고 다시 그녀를 바라보았다. 그러더니 대뜸, 어깨 부근을 손가락으로 콕 찔렀다. 엉뚱한 그의 행동에 나연이 어리둥절해했다.

"왜 그러세요?"

잠시 무언가를 생각하는 듯이 고개를 갸웃하던 그가 허탈한 웃음을 터트렸다.

"아니야. 아무것도."

어깨 부근에서 손을 뗀 그가 김 비서와 함께 사무실 안으로 들어갔다.

"가끔 보면 절대 이해하지 못할 행동을 하신단 말이지……."

나연이 고개를 내저으며 비품 박스를 들고 걸음을 안으로 옮겼다. 비품을 정리하고 다시 업무를 보기 위해 자리로 돌아온 나연은 제 책상 귀퉁이에서 짤막하게 울리는 내선 전화를 얼른 받았다.

"여보세요. 모바일 커뮤니……."

-나 수지.

"어? 선배님."

-모닝커피 한잔하자. 옥상으로 올라와.

혹시 몰라 주변 선배들의 움직임과 분위기를 살폈다. 여전히 그들은 나연을 사무실의 먼지 같은 존재로 취급하고 있었다. 있으나 없으나 신경을 쓰지 않는다는 뜻이었다.

"네!"

빨리 한잔 마시고 오면 될 것 같다는 생각과 함께, 와중에도 평소 즐겨 먹는 캐러멜을 챙겨 옥상으로 향했다. 벤치에 앉아 있던 수지가 가볍게 손을 흔들어 나연을 알은체했다.

"선배님."

나연이 반갑게 수지에게로 달려갔다.

"그냥 언니라고 부르라니까. 자꾸 선배님이라고 하니까 뭔가 나이 많아 보여. 자."

수지가 카페에서 미리 사온 커피를 내밀었다.

"고마워요, 언니."

"아, 오늘 아침부터 너무 피곤해. 체력을 키우려면 이제 슬슬 운동이라도 좀 해야 하나?"

"운동이요? 운동 좋죠."

"같이 할래?"

"그럴까요?"

"너 동네가 어디야? 가까우면 그쪽으로 알아보고 아니면 회사 근처로 알아보게."

"저 원래는 신림 쪽에 살았는데, 오늘 신길 쪽으로 이사 가요."

"어? 나랑 가깝네. 나 바로 옆에 영등포시장에서 살거든. 근데 이사라니, 너 오늘 이사 가?"

수지의 질문에 나연이 가볍게 고개를 끄덕였다.

"집들이 언제 할 거야?"

"집들이요?"

예상치 못한 질문에 나연이 고민을 하고 있는데, 수지가 술 마시는 시늉을 하며 요염한 표정으로 윙크를 해 보였다.

"오늘 해, 오늘."

"그럴까요?"

"응. 그런 건 말 나온 김에 하는 거야."

"좋아요."

휑한 집에 첫날부터 혼자 있는 것이 외롭고 조금은 무서울 것 같았던 나연은 수지의 제안을 흔쾌히 받아들였다.

"뭐 필요한 거 있어?"

"음. 딱히, 아직은 생각이 잘 안 나요."

"그럼 오늘 백화점 상품권으로 준비할게."

"근데 너 주머니가 왜 이렇게 볼록해?"

이미 커피를 다 마신 수지가 불룩 튀어나온 나연의 치마를 주물럭거리며 말했다.

"아, 이거 캐러멜이요. 드실래요?"

"살찌려는지 자꾸만 입이 심심해서, 줘봐. 근데 저 남자는 뭔데 자꾸 여길 이렇게 흘끔거리니?"

수지가 나연에게 받은 캐러멜을 오물거리며 건물과 옥상에 연결되어 있는 유리관 통로를 보며 말했다. 나연이 자연스럽게 수지를 따라 그곳에 시선을 고정시켰다.

"어? 김 비서님이시네."

"김 비서?"

"네. 저희 팀 우윤재 이사님 비서세요."

"근데 왜 자꾸 우리를 쳐다봐?"

"네? 글쎄요……."

"캐러멜 먹고 싶어서 저러나?"

수지가 손에 들린 캐러멜을 만지작거리며 김 비서를 향해 걸어 갔다. 그 뒤를 나연이 바짝 쫓아갔다. 두 사람이 제게로 걸어오자 당황한 김 비서가 우왕좌왕하며 도망갈 구멍을 찾았지만 사방이 막혀서 타이밍을 놓쳐버리고 말았다.

"저기요."

수지의 부름에 김 비서가 잔뜩 얼어붙은 몸을 돌려세웠다. 그 순간, 김 비서의 동공이 크게 확장되었다. 화장기 하나 없는 얼굴 임에도 불구하고 이렇게 예쁘다, 라는 느낌을 받게 할 수 있던 여 자는 처음 봤다. 멀리서 보고 있을 때는 기둥에 가려져서 보지 못 했던 수지의 어여쁜 외모에 김 비서의 심장이 콩콩 뛰기 시작했다. 이것은 잘못을 저질러서 윤재에게 혼날 것을 걱정했을 때 뛰던 심 장하고는 전혀 다른 느낌이었다.

"왜 자꾸 쳐다봐요?"

"……너무 예쁘셔서요."

자신도 모르게 귀신에 홀린 사람처럼 진심을 말해버리고 말았 다. 옆에서 나연이 화들짝 놀라며 입을 틀어막았지만, 정작 그 말 을 들은 수지는 굉장히 익숙하다는 듯이 콧방귀를 뀌었다.

"그 예쁘다는 말 정말, 식상하고 지겨워. 차라리 캐러멜이 먹고 싶어서 그랬다고 하지."

찰랑거리는 긴 생머리를 여유롭게 넘기며 수지의 외모엔 아무 변화도 없이 여전히 고고하기만 했다. 그 와중에 나연은 '예쁘다'

라는 말을 지겹고 식상하게 여기는 수지의 절대적 외모를 부러워했다.

"너 절대 이 사람한테 내 번호 알려주면 안 된다?"

수지가 옆에 서 있는 나연의 옆구리를 쿡 찌르며 말했다.

"네? 네."

"번호 알려주시면 안 됩니까?"

김 비서는 지금 자신이 이 자리에 있는 이유조차 망각한 채로 수지에게 말했지만, 그녀는 거들떠도 보지 않았다.

"회사 이력서 같은 걸 통해서도 내 번호 알아낼 생각 하지 말아요. 뭐, 사실 알아내도 상관은 없어요. 스팸으로 당장 직행하는 게 괜찮다면. 난 내가 번호를 직접 준 사람들하고만 연락을 하니까."

먼저 내려가보겠다며 돌아서 가는 수지를 나연과 김 비서는 넋 놓고 멍하니 바라볼 뿐이었다. 그러다가 나연이 금세 정신을 차리고 김 비서를 바라보았다.

"김 비서님, 그 저희 동네의 애견숍에 계시는 여자분 좋다고 하지 않으셨어요?"

"그거 변명입니다."

김 비서는 여전히 수지가 사라진 곳을 바라보며 중얼거리듯 대답했다.

"네?"

"정말, 저렇게 도도하고 예쁜 여자는 처음 봅니다. 아무래도 저에게 봄이 온 것 같습니다."

딱히 봄이 왔다고 느껴지지 않았지만, 말해줄 틈도 없이 김 비서는 황홀한 얼굴을 하고서는 수지가 사라진 곳으로 달려가버렸다. 대체, 이게 전부 다 무슨 상황일까, 곰곰이 생각해봤지만 이렇다 할 완벽한 답변은 아무것도 없었다.

덩그러니 혼자 남겨진 나연이 몸을 돌려 사무실로 내려갈 승강기 안으로 몸을 실었다. 수지와 김 비서님의 상황을 떠올리며 도착한 승강기 밖으로 발을 내디뎠다.

"자, 생각해보자. 김 비서님은 오늘 수지 언니한테 반한 거고, 근데 그 전에 애견숍의 여자한테 반했다는 것은 변명이고. 변명? 그렇다면 그 변명을 나한테 하셨다는 건데, 왜? 내게 그런 변명을 할 이유가 뭐지?"

"주변에 누가 있어?"

사무실로 향하는 복도를 걸으며 혼잣말로 중얼거리던 나연은 뒤에서 들려오는, 이제는 너무나 익숙해진 윤재의 목소리에 고개를 돌렸다.

"이사님."

"내겐 안 보이는 뭔가가 막 보이고 그래?"

윤재가 의미심장한 얼굴로 주변을 살폈다. 그런 윤재를 못 말린다는 얼굴로 나연이 실없이 웃어 보였다.

"그냥 단순하게 혼잣말한 거예요."

"그렇다면 다행이고. 근데 회사 출근하자마자 농땡이를 치네?"

"그, 그런 거 아니에요!"

"그런 거 아니긴 뭐가 아니야? 그럼, 너 지금 어디 갔다 오는데."

"죄송해요."

자신이 한 행동이 상사 입장에서 보았을 때는 충분히 농땡이로 인식이 될 수도 있다는 사실을 인정할 수밖에 없었다.

"앞으로는 나 출근하기 전, 출근한 후에도 사무실에서 움직이지 마."

"아예 움직이지 말라는 뜻이시죠?"

"그래. 자리에 좀 있어. 내 시야에 항상 들어와 있으라고. 엉덩이에 뿔 난 망아지도 아니고, 안 돌아다니면 막 미칠 것 같고 그래?"

윤재의 억지에 나연이 뾰루퉁한 얼굴을 지어 보였다.

"집은 어떻게 됐어?"

'또 나에 대해서 신경 써주시네? 원피스도 그렇고, 이거 대체 물어봐야 돼, 말아야 돼? 하지만 여긴 회사고 사적인 말은 하지 않는 게 좋겠지…….'

"아, 저 오늘 이사하기로 했어요. 일 끝나고 바로 새집으로 들어갈 예정이에요."

"오늘? 그럼 일찍 퇴근해야 되겠네?"

"아니요, 그러지 않아도 돼요. 전 딱히 짐이 있는 것도 아니고, 어차피 물건들도 다 새로 사야 할 입장이라서요. 그냥 몸만 들어가면 돼요."

"그렇군."

"근데 무슨 볼일 있으시던 거 아니셨어요?"

"나? 김 비서 찾던 중이었어. 얘는 꼭 필요할 때는 없거든."

"아……."

낮게 고개를 끄덕이는 나연을 바라보며 윤재는 아, 는 무슨 아, 냐고 한마디 더 해주고 싶은 것을 꾹 참았다. 김 비서를 찾던 중이라는 것은 물론 변명이다. 여태 목소리가 들리지도 않고 보이지도 않는 나연을 찾아다녔다. 어떻게 생각해보면 그녀를 만나기 전, 목소리만 듣고 살 때보다 더 피곤해진 것 같기도 하다. 요즘 윤재의 모든 신경은 전부 나연을 향해 기울어 있다고 해도 과언이 아니니 말이다.

'김 비서님, 아까 나보다 훨씬 먼저 내려가셨는데. 헉! 혹시, 수지 언니 따라가신 건가? 정말 첫눈에 반하셨는가 보다…….'

들려오는 나연의 소리에 윤재는 너무 어이가 없어서 신중을 기울이지 않고 그대로 실소를 터트렸다. 이제는 하다 하다 근무 중 여자 뒤꽁무니나 쫓아다니는 비서라니, 윤재는 김 비서를 만나기만 하면 절대 가만두지 않으리라 굳게 다짐했다. 그때, 마침 김 비서가 승강기에서 내려서는 다급하게 사무실로 뛰어오다가 나연을 발견하고선 발걸음을 턴했다.

"어? 이사님, 왜 내려와 계세요?"

"너 어디 갔다 와?"

윤재가 나연의 앞에서 애써 화를 억누르며 김 비서에게 물었다.

"저, 옥상 좀 잠시 다녀왔습니다. 잠깐만요, 이사님. 제가 진짜 급한 게 있어서요. 나연 씨, 나랑 얘기 좀 해요."

얼굴에 쥐라도 난 사람처럼 윙크를 해대며 나연을 데리고 사라지는 김 비서를 보며, 윤재는 하도 기가 차서 할 말을 잃고 노려보았다. 몰래 알아보라고 그렇게 주의를 줬음에도 불구하고 나연 앞에서 대놓고 눈짓을 하는 김 비서에 윽박을 내지르고 싶은 것을 이성을 억세게 앞세우며 간신히 참아냈다. 나연을 구석으로 데려가더니 속삭이는 김 비서의 모습도 마음에 들지 않았지만 선뜻 두 사람 사이를 훼방하지 않고 그대로 돌아섰다.

퇴근을 하고 뒷좌석에 올라탄 윤재는 바로 가져온 서류를 향해 손을 뻗었다.

'김 비서님도 오시기로 했으니까 고기를 더욱 넉넉하게 넣어야겠다.'

뒷좌석에 앉아서 보완할 캐릭터와 레벨 업을 할 수 있는 게임 룰의 사안들이 적혀 있는 서류를 보고 있던 윤재의 손짓이 멈칫했다. 그러고선 아까부터 아주 작은 목소리로 흥얼거리며 운전을 하고 있는 김 비서의 뒤통수를 매섭게 바라보았다. 자신과 함께 집에 가고 있는 김 비서는 어디를 간다고 따로 말하지 않았다. 둘 사이에 또 다른 비밀과 약속이 잡혀 있다는 것이 윤재의 심기를 건드렸다.

"너 오늘 어디 가냐?"

"저요? 네, 개인적인 약속이 좀 있어서. 그런데 어떻게 아셨어요?"

아차, 충동이 밀어붙인 조급함 때문에 또 신중하질 못했다. 하지만 윤재에겐 이런 위기 상황쯤은 거뜬히 이겨낼 수 있을 선천적인 능력이 있다. 웬만하면 누구와 말을 하든, 절대 쉽게 꿀리지 않는 재치와 말발이었다.

"그냥, 평소랑은 다르게 기분이 꽤 좋아 보여서."

"그래 보여요?"

역시 단순한 김 비서는 윤재에게 아무 의심도 하지 않고 화제를 넘겼다.

"아무튼 우리 이사님 눈치 하나는 기똥차게 빨라요."

"뭘 차?"

"아닙니다. 그런 단어가 있어요. 끝내준다는, 세상 최강이라는 뜻을 지닌 말입니다."

"그래서 어딜 가는데."

"친구들이랑 약속 있습니다."

이게 거짓말을 하네? 언제부터 정나연이랑 그 수지라는 여자가 친구가 됐어?

"친구 누구?"

"아, 그러니까, 그게 말입니다……."

"네 친구들 중에 내가 모르는 애들 없잖아."

"그렇죠……."

"머리 돌아가는 소리 여기까지 들린다."

선뜻 나연의 집들이에 대해 이야기하지 않고 눈자위만 굴리며 백미러로 제 눈치를 살피는 김 비서를 향해 윤재가 경고했다.

"솔직하게 말해."

"사실, 지금 제가 나연 씨 집들이를 가는데 말이에요."

"네가 정나연 집들이를 왜 가?"

"제가 작전을 바꿨습니다. 아무래도 몰래 계속 쫓아다니는 것보다 나연 씨와 친해지면 자연스럽게 알지 않을까, 싶어서요."

"자꾸 머리 굴려라."

확신에 가득 찬 윤재의 말에 김 비서가 체념하듯이 한숨을 깊이 내쉬었다.

"다 알고 계시는 거죠?"

"당연한 거 아니야? 난 네 머리 위를 날아다녀."

김 비서가 볼에 바람을 불어 넣으며 잠시 불만을 표현했다가 있는 사실을 솔직하게 털어놓았다. 김 비서는 자신에게 절대 거짓말을 할 수 있는 사람이 아니다. 원래 사람 자체가 누군가를 속이는 것을 잘 하지 못하는 것도 있지만, 자신을 향한 충성심이 강한 마음으로 하지 못하는 것도 있다.

"하지만 정말, 제 작전은 진심입니다. 나연 씨 뒤를 쫓아다녀봤자 별로 얻는 것이 없어서요. 오히려 나연 씨와 친해져서 신뢰를 쌓은 후, 자연스럽게 물어보는 것이 훨씬 많은 것을 얻어낼 수 있을 것 같습니다. 그 사람에 대해서 알아보는 것이 영화나 드라마처럼 막 쉬운 일은 아니거든요. 이렇게 개인적으로 자주 만나고 놀다 보면 금방 친해지게 될 겁니다."

딱히 호응이 없는 윤재의 안색을 살피며 김 비서가 기어 들어가는 목소리로 말했다. 윤재의 눈빛이 일순간, 창밖으로 내던져지면서 아릿하게 바뀌었다.

신뢰를 쌓은 후, 자연스럽게 파악하는 것이라……. 왜 진작 그 생각은 하지 못했지?

친해지기만 한다면 굳이 찾으러 다니지 않아도 되고, 보러 갔다가 변명을 하느라 힘 뺄 필요 없이 시도 때도 없이 불러도 이상할 것이 없었다. 하다못해, 원피스 선물을 줘도 의심받을 것이 없었다. 김 비서 작전, 나쁘지 않다.

"차 돌려."

"네?"

"집들이 말이야. 나도 갈 거니까 차 돌리라고."

정나연이랑 친해지는 거 말이야. 그거 나도 할 거니까 차 돌리라고, 인마.

김 비서님이 들어올 때까지만 해도 나연은 반갑게 맞이했다. 그런데 활짝 열린 문으로 처음 보는 아저씨가 여러 개의 상자 박스를 내려놓고, 그 뒤에 이어 들어오는 윤재에 나연의 눈이 휘둥그레졌다.

"우 이사님도 오셨네?"

놀라는 나연과는 달리 함께 음식을 준비하고 있던 수지는 덤덤한 반응을 보이며 가볍게 인사를 건넸다.

"집들이 선물이 놀라울 정도로 화려하네. 이 자리에서 경품 이벤트 같은 거 해도 되겠다, 야."

수지가 층층이 쌓여 있는 박스를 바라보며 영혼 없는 목소리로 말했다. 나연의 시선이 상자로 향했다. 전자레인지부터 시작해서 커피포트, 스탠드 조명, 화분이 들어 있었다. 대부분 자신이 사야 할 것들로 정해놓은 품목들이었다.

"아니, 뭘 이리도 많이 사오셨어요?"

"뭘 필요로 할지 몰라서 이것저것 사와봤어. 필요 없는 것들은 반품시켜. 어차피 우리 매장이라 괜찮아."

말을 끝으로 윤재가 김 비서에게 눈짓을 해 보였다. 김 비서가 들고 있던 또 다른 상자를 나연에게 내밀었다.

"이건 뭐예요?"

확인을 해보니, 노트북이었다. 나연의 눈이 더욱 커다래졌다.

"왜? 초대도 안 한 내가 온 게 마음에 안 들어?"

너무 놀라 아무 말도 못 하고 서 있는 나연을 향해 윤재가 시큰둥하니 물었다. 나연이 얼른 고개를 내저으며 길을 비켜주었다.

"그럴 리가요. 들어오세요!"

왜 저 여자도, 심지어 김 비서도 초대해놓고 나는 초대하지 않앉느냐고 따져 묻고 싶었지만 노트북을 보며 좋아하는 나연의 기분을 깨고 싶지 않아 꾹 참았다. 그러다가 자신이 왜 이런 일에 이렇게 격한 서운함을 느끼고 있는지, 윤재는 의아해했다.

누구든 제 곁에 머무는 것은 지루하고 귀찮은 일이었다. 자신이 직접 이렇게 남의 일에 참견을 하며 피로한 몸을 끌고 기꺼이 왔다는 것에 대해서도 윤재는 다시 한번 생각해볼 문제라고 단언했다.

'노트북······! 아, 그런데 이런 선물, 내가 받아도 되는 걸까?'

"회사에서만 하는 일로는 도저히 진행 속도가 너무 느려. 이제부터 집에서도 빡세게 해."

'역시, 일 때문에 사주신 거구나. 노트북이 제일 좋다! 정말, 이렇게 감사한 마음을 어떻게 갚아야 하지?'

자신을 바라보는 나연의 눈동자가 평소보다 훨씬 더 유연해지고 반짝반짝 빛나고 있었다. 그래서 그 어느 때보다 훨씬 더 귀엽다고 느껴졌다.

"네! 일 진짜 빡세게 하겠습니다! 배 많이 고프시죠?"

노트북을 놓는 것을 아쉬워하면서도 간신히 손을 떼 침대 위에 내려놓고 안으로 들어와 둘러보고 있는 윤재를 향해 상냥하게 물었다.

"응."

"이쪽으로 오세요. 김 비서님두요."

나연을 따라 거실로 들어가니, 탁상 위에 음식들이 준비되어 있었다. 수지가 젓가락과 숟가락으로 세팅을 마무리 지었다.

"한 거 많으니까, 많이 드시고 맛없는 건 아예 드시지 마시고,

불만도 하지 마세요."

"네! 수지 씨!"

인간에게 꼬리가 있다면, 수지 앞에서 분명 줏대도 없이 하루 종일 살랑살랑 흔들었을 김 비서를 바라보며 윤재가 혀를 내찼다. 남자가 지조가 없다, 지조가.

"이사님, 많이 드세요."

나연이 은근슬쩍 제게 밀어주는 갈비찜을 향해 손을 뻗었다.

"음."

생각 이상으로 맛있고 부드러운 갈비찜에 윤재가 낮은 목소리로 감탄을 했다.

"입맛에 맞으세요?"

나연의 긴장 어린 질문에 윤재가 대답 대신 고개를 끄덕여주었다. 뭐가 그리 좋은지 나연이 다행이다, 라고 중얼거리며 환하게 웃었다.

"맥주 한잔씩 할까요?"

그리 물어보며 대답이 나오기도 전에 수지가 냉장고로 가서는 맥주 세 병에 소주 한 병을 꺼내 왔다.

"수지 씨는 소주 드시게요?"

김 비서가 얼른 자리에서 일어나 남의 집 살림살이를 멋대로 건드리며 컵들을 가져왔다.

"네. 전 맥주 안 취해서 안 마셔요."

"안 취해서요?"

이 공간에 딱 수지만 있다고 생각하는지, 김 비서는 이곳에 들어온 이후부터 윤재와 나연에겐 아예 신경조차 쓰지 않고 있었다.

그 모습을 윤재가 한심스럽게 바라보았다.

"이사님, 이것도 드셔보세요."

김 비서와 수지를 번갈아가며 쳐다보고 있던 윤재가 앞에서 들려오는 나연의 말에 신경을 돌렸다. 나연은 언제 다시 주방까지 갔다 왔는지, 새로 떠온 듯한 국그릇을 윤재 옆에 놓아주었다. 고기가 듬뿍 들어가 있는, 보기만 해도 얼큰해 보이는 돼지고기 김치찌개였다. 나연이 권해준 국의 김치를 집어 먹었다. 잘 익었고 맛있었다.

"생각해보세요, 김 비서님."

그 틈에 수지와 김 비서의 대화가 다시 이어졌다.

"뭐든 생각해보겠습니다. 수지 씨가 하라는 건요, 전부 다요. 저 이래 봬도 생각하는 거 좋아하는 남자거든요."

"술은 배 채우겠다고 먹는 건 아니잖아요. 취하려고 마시는 거지."

맥주컵에 맥주를 채우는 모양새가 지나치게 능숙해 보였다. 보기만 해도 딱 맛있어 보일 정도로 완벽하게 맥주를 채운 수지가 각자 세 명에게 돌려주고 자신의 잔에는 소주를 채웠다.

"네! 맞습니다! 수지 씨 말이 다 맞아요!"

김 비서는 열렬하게 박수까지 치며 공감하다가 옆에 앉아 있는 윤재의 팔을 건드려버리고 말았다. 그런데 하필이면 그게 윤재가 국을 떠먹고 있던 중이어서, 숟가락이 그대로 윤재의 앞니를 찍어버리고 붉은 국물들이 하얀 와이셔츠에 튀어 흘러버리고 말았다.

"야!"

"헉! 이사님!"

김 비서와 나연이 동시에 화들짝 놀라서는 일어났다. 그 와중에도 수지는 누가 보면 피라도 흘리는 줄 알겠다며, 대수롭지 않게 웃어넘기고 있었다. 김치찌개 국물이 하얀 셔츠에 사방으로 흉악하게도 튀었다. 너무나 찝찝하고 짜증스러운 감정이 윤재의 얼굴에 고스란히 드러나고 있었다.

"죄송합니다, 이사님. 제가 지금 나가서 당장 새 와이셔츠 하나 사오겠습니다!"

어쩔 줄 몰라 하며 집을 뛰쳐나가려는 김 비서를 나연이 불러 세웠다.

"이사님, 이거 입으세요!"

그녀는 방으로 들어가 남자 옷을 하나 들고 나왔다. 누가 봐도 큼직하고 여유가 있는 것이 남자 옷임이 확실했다. 혼자 사는 애 집에 웬 남자 옷?

"그거 무슨 옷이야? 남자 옷 아니야?"

윤재가 놀라서 물었다.

"아, 이거 제 오빠 옷이에요. 친오빠요. 오빠 옷을 여러 벌 가지고 있거든요."

남의 옷을 입는다는 것이 딱히 내키지 않았다.

'혹시 싫으신 건가? 이러고 보니, 우리 오빠랑 체격이 비슷하시네……. 깨끗하게 빨아놓은 거라 더럽진 않은데.'

더럽기 때문에 남의 옷을 입는 것을 꺼려하는 것이 아니다. 정확하게 어떤 느낌인지는 확언할 수 없지만 대충 말하자면, 그 옷을 입은 순간 그 사람의 시간 내지는 인생을 빼앗는 듯한, 대신 살아야 할 것만 같아서 싫다. 자신이 사라지고 그 옷의 주인으로 기억이 될 것 같은 느낌이 싫었다. 이상한 강박증이라는 것을 윤재도 알고 있었다.

"가서 사와."

윤재의 한마디에 자리에 앉아 있던 김 비서가 시무룩한 얼굴로 일어났다.

"이제 막 술판 벌어져서 분위기 좀 재미있어지려는데, 김 비서님 빠지면 분위기 망치지 않겠어요?"

수지가 술을 입술에 가볍게 적시며 말했다. 안 좋은 소문이 있을지라도 막상 대면을 했을 때는 상사인 자신에게 쩔쩔매며 친절로 가면을 쓰고 대하는 다른 직원들하고는 확실히 달랐다.

"그러게 왜 초대도 하지 않았는데 오셔가지고."

마치, 안에서나 상사지 밖에서도 네가 상사인 줄 아냐? 며 자신을 질책하는 듯하여 살짝 당황스럽기까지 했다. 윤재가 옆에 서 있는 나연을 바라보았다.

'그렇긴 하네. 나야 이사님이 오셔도 괜찮지만 수지 선배하고 김 비서님은 충분히 그러실 수 있겠네. 김 비서님 안쓰럽다. 일부러 저러신 것도 아니실 텐데.'

나연조차 그런 취급을 하는 것에, 결국 윤재는 손을 뻗어 티셔츠를 낚아챘다. 나연의 오빠 것이라는 티셔츠를 들고 자신의 신발장보다도 작은 욕실로 들어온 윤재는 거울에 비친 자신과 마주했다. 이 상황이 싫으면 평소처럼 벅차고 일어나서 집으로 가버리면 되잖아. 그럼 되잖아, 우윤재.

그러나 그건 싫었다. 분명 머리로는 지금 이 상황이 전부 자신이 싫어하는 분류에 속한다고 확정지으면서도 마음은 그걸 부정하고 있었다. 모두가 함께 있는 곳에 자신이 없다는 것. 그래서 결국 자신은 혼자 남겨질 것이라는 것. 혼자 남겨진 그 공간에서 즐거워할 그녀의 생각을 들으며 상상만 해야 하는 것. 이제 볼 수 있는데 보지 않는 것. 그냥, 그게 싫었을 뿐이었다.

붉은 김치찌개 자국이 묻어 있는 옷을 벗고 나연이 가져온 티셔츠를 입었다. 큰 흰색 박스티에 주황색으로 메이커 마크가 적혀 있는 무난한 티셔츠였다. 생각했던 것보다 나쁘지 않았다. 윤재가 옷을 갈아입고 나오자마자 본격적으로 술 파티가 시작되었다. 이런저런 대화와 윤재는 도통 알지 못하는 게임이 난무하는 술자리는 점점 무르익어가고 있었다.

"공!"

"공!"

정신없이 진행되는 게임에 도통 윤재는 정신을 차리지 못했다.

"칠! 빵! 어! 이사님 또 걸리셨다!"

환호성을 내지르며 벌주라고 만든 컵을 내미는 김 비서를 윤재가 소리 없이 노려보았다. 하지만 김 비서의 이성은 술로 인해 마비가 된 모양인지, 전혀 눈치를 보지 않고 괴상한 어깨춤을 추며 어서 마시라고 재촉하고 있었다. 하는 수 없이 윤재는 벌써 다섯 잔째인 벌주를 다시 한번 원샷해야 했다.

"이사님, 안주요!"

앞에 앉아 있던 나연이 냉큼, 안주로 딸기를 내밀었다. 당연히 괜찮다고 거절할 줄 알았던 윤재가 살포시 입을 벌려 딸기를 받아먹었다. 그 모습이 평소와 같지 않게 조금은 사랑스럽게 느껴졌다.

'이사님, 안주 받아드시는 거 뭔가 귀여워……'

불그스름해진 얼굴을 하고서는 자신을 똑바로 바라보며 속으로 중얼거리는 나연에 하마터면 먹던 딸기가 목구멍에 걸릴 뻔했다. 윤재는 끝까지 침착함을 잃지 않고 딸기를 씹어 먹었다. 귀엽다니, 세상에서 제일 듣기 싫고 자존심 상하는 말임이 분명한데, 왜 기분이 나쁘지 않지?

"술 떨어졌다, 술!"

또 다시 한번 벌주를 만들고 있던 수지의 외침에 김 비서가 자리에서 벌떡 일어났다.

"가서 제가 사오겠습니다!"

"아니에요, 김 비서님. 제가 사올게요!"

그러자 나연이 서둘러 일어나 카디건을 챙겼다.

"아닙니다, 나연 씨. 제가 사올게요. 밖도 너무 어둡고."

"이 동네 잘 모르시잖아요. 그리고 저희 집에 오신 손님이신데, 이런 거 시키는 건 예의가 아니죠. 금방 갔다 올게요!"

"아니, 나연 씨, 제가……! 악!"

서둘러 나가는 나연을 따라가던 김 비서가 제 발에 엉키면서 그대로 바닥으로 나자빠졌다. 우스꽝스러운 모습으로 낑낑거리는 김 비서를 윤재가 그대로 밟고서는 신발장으로 향했다.

"윽!"

김 비서의 신음 소리를 마지막으로 문을 닫고 나온 윤재는 발걸음을 재촉했다. 나온 지 얼마 되지도 않았는데, 눈으로 나연을 볼 수 없게 되자 윤재는 온 신경을 귀로 기울였다. 금세, 나연의 혼잣말이 바람에 실려 귓가에 닿았다.

'하필이면 이쪽엔 전봇대도 없어서 어두우니까 무섭긴 하다. 그

래도 이 골목만 지나면 바로 슈퍼 나오니까!'

서 있는 기준에서 양쪽을 살폈다. 한쪽엔 전봇대로 인해 꽤 환하게 골목을 비춰지고 있었고 다른 쪽은 어둠으로 자욱했다. 윤재는 곧장, 망설이지 않고 어둠을 향해 걸음을 옮겼다.

사위가 유난히도 어둡고 고요함에서 오는 두려움은 결의했던 것보다 훨씬 더 컸다. 나연은 금방이라도 귀신이나 강도가 튀어나오면 어쩌나 하며 어깨를 잔뜩 움츠리고 생각보다 먼 편의점을 향해 달려가려던 참이었다.

"뛰지 마, 넘어져."

뒤에서 들려오는 낯익은 목소리에 나연의 시선이 뒤로 향했다. 뒤에는 오빠의 티셔츠를 입고 있는 윤재가 바지주머니에 손을 집어넣고 무심한 얼굴로 서 있었다. 그런데 머리는 별로 무심해 보이지 않는다. 뛰어온 것이 확실했다. 머리가 엉망이었기 때문이었다. 그런 윤재의 모습을 보며 나연은 문득 초등학교 때의 일이 떠올랐다. 한참 악몽을 꾸고 어둠 속에서 일어나면 언제나 오빠가 곁에 와 있어주었다. 걱정스러운 얼굴로 땀에 젖은 제 얼굴을 닦아주는 오빠는 한없이 다정했다. 분명 같은 얼굴도, 같은 사람도 아닌데, 왜 나연은 지금 이 순간 윤재에게서 오빠의 향기를 맡은 걸까. 오래도록 그리워했던 오빠가 꼭 곁에 있는 것만 같았다.

"왜 나오셨어요? 안에 계시라니까……."

"바람도 좀 쐴 겸. 그리고 너 되게 중요한 거 두고 간 것 같아서."

"중요한 거요?"

154

윤재가 바지에서 카드를 꺼내 흔들었다.

"아."

김 비서보다 더 빨리 나가겠다는 사명감 하나 때문에 정말 중요한 것을 깜빡하고 나온 자신이 너무 한심스럽게 느껴졌다.

"잠시만 기다리세요. 제 카드 가져올게요."

돌아서 가려는 나연을 윤재가 가볍게 잡아 세웠다.

"기다리는 거 귀찮아."

집 쪽으로 발을 내딛지 못하고 그대로 윤재에게 끌려 편의점으로 향했다. 그리고 편의점에 들어와 술과 가벼운 안주를 고르고 계산하려던 참에 나연은 아까부터 뜨거운 제 팔을 내려다보았다.

"저, 이사님, 제 팔 좀⋯⋯."

"아, 맞다."

그때까지도 윤재에게 잡혀 있던 팔이 자유를 얻었다. 나연은 그가 세게 잡지도 않았는데, 뜨겁게 달아오른 것 같은 팔을 문질렀다. 윤재가 주머니에 넣어두었던 카드를 꺼내 계산을 했다.

"집에 가서 이 돈 꼭 드릴게요."

"됐어, 뭘."

"아니에요! 제가 사기로 한 거니까 꼭 드릴 거예요!"

버럭 제 목소리를 높이는 나연 때문에 윤재가 깜짝 놀랐다. 여기서 됐다고, 한마디 더 하면 때릴 기세로까지 보이는 나연에 윤재가 영수증을 버리며 고개를 끄덕였다.

"그러든지."

"그리고 같이 들어요. 무거우시잖아요."

"됐어, 별로 무겁지도 않⋯⋯."

하지만 말이 끝나기도 전에 나연이 봉지의 한쪽 손잡이를 낚아채 갔다. 무게는 훨씬 가벼워졌다. 순간, 나연이 자신의 상처를 나누어 멘 것 같은 이상한 느낌이 들었다. 약하고 여려 보이는 아이지만, 누구에게도 쉽게 기대지 않고 제 힘으로 서려고 발버둥을 치는 것처럼 보였다. 그래서 자신보다 훨씬 강한 아이처럼 보였다. 그냥, 이 찰나의 순간 그래 보였다.

'그래도 이사님이랑 있으니까 무섭지 않고 든든하네.'

그 목소리에 무의식중에 나연을 내려다본 윤재의 시선이 공중에서 그녀와 딱 맞부딪혔다. 겉모습은 남에게 피해를 주지 않으려, 기대지 않으려 강한 척해도 속마음만큼은 아직 여린 여자라는 것을 깨달았다. 그래서 더욱 신경 쓰였다. 더욱 마음이 기울었다. 혼자 아파하고 힘들어하는 것이 고스란히 느껴지는 탓에 외면할 수가 없었다.

대체, 넌 내게 누구일까, 누구기에 이렇게 내 모든 것을 송두리째 바꾸어버리는 것도 부족해서 곁을 서성거리게 만드는 걸까.

어디선가 산산하게 불어오는 바람에 어깨까지 내려오던 나연의 머리가 휘날리며 희고 가는 목선이 드러났다. 그리고 정신을 차렸을 때는 제 손이 나연의 고운 뺨을 어루만지고 있었다. 윤재가 놀라 급하게 손을 뗐지만, 휘둥그레진 나연의 눈엔 아무런 변화가 없었다.

"아니, 그, 너 볼에 뭐 묻어서."

윤재가 아무것도 묻지 않은 손바닥을 괜히 바지에 문질러 보였다. 그 순간 나연의 얼굴이 붉어지더니 얼른 시선을 피했다.

'아이씨, 뭐가 묻어 있어서 그랬던 거야? 대체 뭘 생각한 거냐, 정나연! 너무너무 창피해!'

금방이라도 울어버릴 것같이 울먹이는 나연의 목소리가 여기저기에서 정신없이 울리는 것 같았다. 그만큼 윤재도 당황한 것이다.

"가자, 얘네 기다리다가 목 빠지겠다."

"네."

어색하게 다시 걸음을 옮겼다. 그 침묵이 싫었는지 나연이 대뜸 색깔 보도블록을 밟고 까치발을 세웠다.

"예전에 집에 가면서 색깔 보도블록만 밟는 내기 하고는 했는데, 해보실래요?"

"유치하게 무슨, 난 빨간색."

"그럼 전 초록색이요!"

"지는 사람은?"

"음, 이긴 사람 소원 들어주기? 어때요?"

'꼭 져서 여태 이사님한테 받은 것들 갚아야겠어!'

속마음이 참 예쁘다. 계산적이지 않고 티끌 하나 없는 저 순수함.

"그럼 시작할게요!"

"그래."

"어머어엇!"

시작하자마자 보기 민망할 정도의 발 연기를 펼치며 꼬꾸라지는 나연 때문에 윤재가 웃음을 크게 터트렸다.

"제가 졌네요."

"미치겠다, 야, 너 넘어지는 모습 너무 웃겨. 다시 해봐."

"이렇게요?"

해보란다고 또 해본다. 이렇게 모든 것을 탁 터놓고 웃어본 적이 언제였지? 기억조차 가물가물하다.

"이제 그만하고 일어나."

"아, 너무 오버했나? 아무튼 제가 졌으니까 소원 말씀해보세요."

"소원이라……."

자리를 털고 일어나는 나연의 무릎에 묻은 먼지를 털어주려던 순간, 어디선가 부스럭거리는 소리가 들려왔다. 윤재와 나연이 동시에 소리가 나는 쪽으로 고개를 돌렸다.

"저게 뭐야?"

어둠 속에서 잘 보이지 않아 눈을 작게 뜨며 묻는 윤재가 갑작스런 반동으로 인해 끌려갔다. 함께 봉지를 나눠 들던 나연이 그곳으로 다급하게 걸음을 옮긴 것이었다. 두 사람은 자신들이 바라보고 있는 이 참담한 상황에 할 말을 잃었다. 그러다 이내, 나연의 훌쩍이는 소리가 들려왔다.

"어쩜 좋니……. 어떻게?"

죽어 있는 어미 옆에서 애타게 목 놓아 울고 있는 새끼 강아지를 나연이 품 안으로 끌어안았다. 엄마를 잃은 제 슬픔이 떠오른 모양인지, 나연은 속으로 엄마를 부르며 새끼 강아지와 함께 눈물을 적셨다. 혼자 남겨진 강아지의 외로움과 슬픔에 진심으로 아파하는 그녀를 보며 윤재의 심장도 아프게 조여왔다. 아프지 않았으면 좋겠다는 생각이 들었다. 그래서 윤재는 저도 모르게 울고 있는 나연을 그대로 그러안았다. 자신의 품이, 그녀에게 조금은 위안이 되길 바랐다.

죽은 어미 개를 봉지에 싸서 동물병원으로 향했다. 동물병원에서는 윤재의 부탁으로 개를 화장해주겠다고 말했고 새끼 강아지는 이런저런 예방접종을 하고 나왔다. 나연은 제 품서 새근새근 잠든 강아지를 내려다보다가 문득, 몇 분 전의 일을 떠올렸다. 어미를 잃은 강아지를 본 순간, 부모님이 돌아가셨을 때가 떠올랐다. 막상 장례식장에서는 정신이 없고 너무 어려 부모님이 돌아가셨다는 것에 크게 실감을 하지 못했다.

하지만 3일장을 치르고 집으로 돌아왔을 때, 저를 반겨주지 않는 엄마의 목소리가 들리지 않자 덜컥 겁이 났었다. 눈물이 터진 건 그때부터였다. 방문을 전부 열고 다니며 엄마를 불렀지만, 정말 엄마가 없었다. 가장 익숙하고 편안하고 행복했던 공간에 존재하던 사랑하는 사람의 영원한 부재는 그렇게 어린 나연의 슬픔을 건드렸다. 나연은 자리에 주저앉아 부모님을 애타게 부르며 목 놓아 울었다.

만약, 그때 뒤늦게 들어온 오빠가 나연을 끌어안아주지 않았다면 나연은 혼자 남겨진 두려움을 끝까지 지니고 살았을지도 몰랐다.

'오빠가 있잖아. 나연아, 오빠가 널 지켜줄게.'

윤재가 자신을 안아주었던 때, 오빠가 안아주던 그 느낌하고 비슷한 거 같지만 확실히 달랐다.

안정감과 설렘. 그 처음 느껴보는 낯선 감정에 나연은 마음이 이상했다. 더욱 단단하고 듬직한 것 같은, 코끝에 남겨져 있는 기분 좋은 스트러스 향까지 여전히 너무나 생생하게 느껴지는 탓에 얼굴이 금세 붉어졌다.

'왜 잘해주시는 걸까? 괜히 기대고 싶게……. 그러면 안 되는 거

알면서도 그러고 싶게⋯⋯.'

지치고 손에 든 물건이 무겁다며 윤재는 택시를 잡아탔고 기본 요금을 내기도 아까울 정도의 거리에서 내렸다.

"왜 이렇게 늦게 와요? 이사님! 무슨 일 생긴 줄 알았잖아요!"

집으로 들어서자마자 술이 다 깬 듯한 김 비서가 걱정스러운 얼굴로 윤재를 향해 달려들며 말했다. 그 뒤로 수지가 대뜸 나타나서는 나연의 어깨를 내려치려다가 품에 있는 강아지를 보고 물러섰다.

"그 강아지는 뭐니?"

이제 막 윤재의 거친 손길에 의해 나가떨어진 김 비서도 촉촉하게 젖은 눈으로 강아지를 바라보았다. 강아지는 모두의 이목에 늘어지게 하품을 했고, 그 자리에 있던 네 사람의 얼굴엔 순식간에 흐뭇한 미소가 서렸다가 사라졌다.

"술 사오라니까 동물병원 가서 개를 사온 거야?"

수지의 질문에 나연이 있었던 상황들을 천천히 설명했다.

"천벌 받을 것들. 말 못하는 짐승이라고 그렇게⋯⋯. 처음부터 개를 버리지 않았다면, 유기견 같은 게 생기지도 않았을 텐데. 나중에 지들도 꼭 누군가에게 버림당하길!"

수지는 속상한 마음을 연거푸 쏟아내며 지금 막 사온 술을 꺼내 들이마셨다. 나연은 동물병원에서 사온 방석을 구석에 깔고 강아지를 내려놓았다. 편안했는지, 금세 다시 잠이 들었다.

"그런데 그 강아지, 설마 네가 키울 생각은 아니지, 나연아?"

"네?"

"강아지는 천성적으로 외로움을 많이 타는 동물이야. 그래서 우리처럼 혼자 살고 매일 밖에 나가 있는 사람들이 키우면 안 돼."

"제 외로움 달래겠다고 이 아이를 외롭게 만들어서는 안 되겠죠?"

수지의 말을 공감하며 나연이 강아지의 머리를 쓰다듬었다. 꿈속에서 엄마라도 만난 걸까? 강아지가 잠결에 웃는다. 나연이 자리를 털고 일어나 모두가 앉아 있는 식탁으로 다시 돌아왔다.

"당연하지. 그러니까 강아지는 외롭지 않고 좀 더 풍요롭고 막 그런 데서 살아야 돼."

그러면서 수지의 시선이 바로 앞에 앉아 있는 윤재에게로 향했다.

"그렇긴 해요. 어미를 잃은 슬픔을 모두 잊을 수 있을 정도로 사랑도 받고……."

나연의 시선 또한 슬그머니 윤재에게로 향했다.

'이사님 집이라면 괜찮지 않을까? 집도 넓고, 밥도 잘 주실 것 같고, 왠지 무책임하게 버리지도 않을 것 같고. 그런데 이사님네 집에 가면 강아지를 자주 보러 갈 수가 없을 것 같은데. 아니야, 그래도 이런 부탁을 하는 건 예의가 아니야. 그럼 이제 저 강아지는 어쩌지?'

자주 보러 온다는 그 소리에 윤재가 충동적으로 그렇다면 강아지를 자신이 데리고 가겠다고 멋지게 말하려던 순간, 김 비서가 눈치 없이 불쑥 끼어들었다.

"그럼 그 강아지, 저희 집으로 데리고 가겠습니다."

"정말요?"

"얘네 집이 우리 집이야. 그러니까 내가 허락을 해야 하는 건데.

허락할게."

윤재가 얼른 다급하게 말을 덧붙였다.

"아, 두 분 같이 사세요?"

나연의 말간 질문에 윤재가 고개를 끄덕였다.

"재미겠다."

"전혀."

"전혀어? 이사님! 너무하십니다. 예전에 이사님 어렸을 적 그 유치한 로봇 역할 놀이를 해준 유일한 아이가 저인데요?"

윤재의 말에 발끈하는 김 비서를 보며 나연이 소리 없이 미소 지었다.

'그럼 식구들이 많으시겠구나, 강아지 보러 가는 건 정말 불가능하겠다. 그래, 강아지 맡기는 것도 염치없는 일인데 보러 간다고 들락거리기까지 하는 건 진상짓이지.'

윤재는 의자에 느긋하게 기대어서는 나연을 바라보았다.

무슨 소리야? 너 우리 집에 오게 하려고 강아지 키우겠다는 건데. 그 말을 차마 입 밖으로 꺼내지 못하는 윤재였다.

"귀찮을 때는 불러서 똥도 치우라고 하고 목욕도 시키라고 할 거야."

"네! 그래도 돼요! 언제든지 불러만 주세요!"

그렇게 새끼 강아지를 데리고 집으로 돌아오는 길, 차마 인지하지 못했던 것에 대해 떠올렸다. 그녀를 곁에 두려는 것은 단지, 맨 처음 제 귀에 들렸던 목소리가 정나연이니까, 그런 의무적인 이유일까? 아니면 다른 이유 때문인 걸까. 다른 이유라면…… 어떤 이유 때문인 걸까.

끼잉…….

꿈에 부대끼는 강아지의 머리를 조심스럽게 쓰다듬어주었다. 옆에서 곯아떨어진 김 비서의 머리가 어깨로 털썩 떨어졌다. 너무 무거워서 신경질적으로 거두어내며 창밖으로 시선을 돌렸다. 보도블록에서 넘어져 웃던 나연이 떠올랐다. 윤재의 입가는 어느새 짙은 미소를 띠고 있었다.

모두가 돌아가고 혼자 남겨진 공간. 나연은 식탁을 정리하다 무심결에 윤재가 앉아 있던 빈자리에 시선이 멈췄다. 쓴 술을 원샷하고 찌푸리던 모습부터 자신의 볼을 쓰다듬어주던 모습까지, 순식간에 모든 것이 떠올라 기억장치에 깊숙이 저장되고 새겨졌다. 그가 만졌던 볼을 쓰다듬어보았다. 분명 그는 눈앞에 없지만 함께하고 있는 것만 같았다. 이런 착각을 하고 있다는 자신이 우스웠지만, 기분이 묘했다. 그냥, 윤재를 생각하면 나연의 마음은 처음부터 그랬던 것 같았다. 윤재가 선물한 노트북을 켰다. 그리고 너무 늦은 밤이었지만 아랑곳하지 않고 일을 시작했다.

어느새 아침이 밝아왔다. 그것을 나연은 창문으로 비집고 들어오는 다사로운 햇살 때문에 알았다. 슬그머니 입가에 미소가 떠올랐다.

"아, 오랜만에 느껴보는 아침의 상쾌한 햇살!"

이사를 한 곳에서는 처음 출근을 하게 된 나연의 마음은 평소보다 훨씬 더 들떠 있었다. 확실히 어수선한 찜질방보다는 월세여도 내 집이 좋다는 생각이 저절로 나왔다. 문을 잘 잠갔나 확인하고 주택을 빠져나와 정류장으로 향하려고 골목을 가로질러 가던 나연의 걸음이 경찰과 사람들로 북적거리는 오피스텔 단지 앞에서 멈춰 섰다.

"이 동네 무서워 죽겠어. 이게 대체 몇 번째야?"

오피스텔 앞에 서 있던 아주머니들의 대화에 나연의 고운 미간이 확 구겨졌다.

"한 세 번째지? 그래?"

"그러니까, 혼자 사는 여자들만 노린다잖아."

"한 놈이 그랬겠지?"

"수법이 다 똑같아. 성폭행하고 돈 가져가고 살해하는 거."

아주머니의 말에 나연이 소름이 돋아서 한 걸음 뒤로 물러섰다. 그때, 들것에 하얀 덮개가 덮어진 시체로 추정되는 것이 실려 나왔다.

"천벌 받을 놈! 꼭 그놈 잡아야 할 텐데!"

"얼마나 무섭고 고통스러웠을꼬? 부디 좋은 데로 가요!"

아주머니들의 말대로 나연 또한 고통스럽게 죽었을 그녀를 위해 간절히 기도했다. 그리고 편치 않은 마음을 담고 회사로 향했다.

너의 속삭임 5.

평소보다 20여 분을 더 일찍 일어났다. 윤재는 일어나자마자 제 몸 위에 올라와 분홍 배를 내밀고 자고 있는 강아지를 편안하게 눕혀주었다. 그러고는 수의사가 말했던 것처럼 사료를 불려주기 위해 통을 들고 아래로 내려갔다. 새벽같이 일어나 아침을 준비하고 있던 유 여사가 윤재를 보고 반가워했다.

"잘 주무셨어요?"

"네. 여사님은요?"

"전 그이가 이날 이때까지 평생 코를 곯고 자서 제대로 잠을 자 본 적이 거의 없답니다. 하하, 타고난 체력 덕분에 생활하는 거지, 다른 여자들 같았으면 힘들었을 거예요."

유 여사의 장난 섞인 농담을 주고받으며 통에다가 사료를 부어 정수기 물을 받고 있을 때였다. 현관문 열리는 소리가 들리더니, 정원사 진룡이 들어왔다. 진룡은 저를 마주 보고 서 있는 윤재를 보며 인사 대신 작게 웃어 보였다. 윤재 또한 가볍게 묵례를 했지만, 얼굴 가득 경계심을 드러냈다.

"어머, 오셨어요? 요즘 왜 이렇게 나무들이 잘 자라는지……. 글쎄요 도련님, 분명 어제 깎고 정리한 나뭇잎들과 잔디들이요, 오늘 또 풍성하게 자라 있는 거 있죠? 어제 정말 예쁘게 깎아놓으셨던데."

유 여사가 휴대폰을 꺼내 찍어놓은 사진을 윤재에게 보여주었다. 정말, 이 대한민국에서 최고라도 해도 될 만큼 정원은 아름답게 꾸며져 있었다. 윤재의 시선이 이번엔 창밖으로 던져졌다. 어제 찍은 것이 아니라, 1년 전에 찍기라도 한 것처럼 정원은 다시 엉망이 되어 있었다.

"이게 어제 찍은 거라고요?"

믿을 수 없는 기이한 현상에 윤재가 의구심 가득한 눈빛으로 되물었다. 유 여사 역시 이해가 가지 않는다는 얼굴이었다.

"그러니까 말이에요. 참 별난 일이에요."

놀라는 자신과 유 여사와는 달리, 시종일관 여유가 있는 진룡을 윤재는 의심쩍게 바라보았다.

"그럼, 작업 시작하겠습니다."

그가 나가고, 윤재가 불린 사료를 들고 2층으로 향했다. 계단을 밟고 올라가는 동안, 정원에 있는 진룡이 보였다. 낮은 사다리를 타고 올라가 큰 가위로 지저분한 나무들을 깎고 있던 그가 윤재의 시선이 느껴졌는지, 고개를 돌렸다. 또 웃는다. 그 미소가, 지나치게 신경이 쓰였다. 거슬리는 마음을 안고 방으로 들어온 윤재는 어느새 일어나서 침대 위를 아장아장 걷고 있는 강아지를 안아 바닥에 놓아주었다.

"밥 먹자."

사료를 내주자, 배가 고팠던 모양인지 허겁지겁 먹는다. 그 모습을 보고 있으려니 방금 전까지 감돌던 불쾌함이 사라졌다. 하얀 솜사탕 같은 강아지의 등을 쓰다듬는 윤재의 손등은 한없이 다정하기만 했다. 그때, 문이 벌컥 열리고 늘어지게 하품을 하는 김 비서가 등장했다.

"이사님."

"노크 안 해?"

"죄송합니다."

"네 머리는 금붕어냐? 이게 대체 몇 년째냐?"

"죄송합니다. 앞으로 진짜 유의할게요. 강아지 밥 주고 계셨어요?"

김 비서가 안으로 들어와 쭈그려 앉아 밥을 먹고 있는 강아지를 들어 올렸다.

"야, 내버려둬. 애 밥 먹잖아."

"너무 귀여워서."

"귀엽다고 내가 막 너 밥 먹을 때 이렇게 하면 좋아?"

윤재가 김 비서의 겨드랑이 사이에 손을 끼고서는 들어 올리자, 김 비서가 자지러진다.

"간지러워요!"

"좋냐고."

"아니요. 아 참, 엄마가 내려와서 밥 먹으래요."

"그래."

강아지를 두고 김 비서와 함께 아래로 내려오던 윤재의 휴대폰이 짤막하게 울렸다. 문자가 온 것이었고, 발신자는 세희였다. 답장을 보내려는 찰나, 어둡고 커다란 그림자가 윤재의 길을 막아 세웠다. 윤재가 깜짝 놀라 위를 올려다보니, 진룡이 서 있었다. 경계 어린 눈빛으로 바라보는 윤재를 향해 진룡은 소리 없이 미소를 지었다. 전부터 계속 자신을 보며 짓는 그 미소의 의미가 어쩐지 신경이 쓰였던 윤재가 이유에 대해 물어보려 입술을 떼어낸 순간이었다.

탁. 방금 전까지만 해도 귀를 자극시키며 움직이던 시곗바늘 소리가 멈췄다. 놀랄 틈도 없이 갑자기 숨이 막히는 느낌. 그리고 주변의 모든 것들이 멈춘 것만 같은 무의식중의 진공상태. 윤재는 오롯이 저와 진룡만 존재하고 있는 듯한 공간에서 공포를 느꼈다. 하지만 그를 마주 보는 두 눈을 피하지 않았다. 공포로부터 굴복하지 않기 위해, 도망가지 않기 위해 더욱 악다구니를 썼다.

'생각보다 강하게 잘 컸구나. 너무 놀라지는 마. 그냥, 장난 한번 쳐본 거니까.'

움직이지 않는 입술이지만, 선명하게 들려오는 목소리. 자신이 잘못 본 것은 아닌가 싶어 두 눈을 꾹 감고 떴을 때는 현관문을 잡고 서 있는 김 비서만 보일 뿐이었다.

"안 나오세요?"

주변을 살폈다. 방금 전, 앞에 있던 진룡은 보이지 않았다. 어떻게 된 일이지? 잘못 들은 걸까? 마치, 꿈이라도 꾼 것처럼 혼란스럽고 몽롱한 기분이었다. 꿈……. 그래, 꿈이겠지. 윤재는 그렇게 생각할 수밖에 없었다.

"서두르지 않으시면 지각…… 웁, 이시라구요."

김 비서의 말에도 혼란스러운 숨을 헐떡였다. 간신히 발걸음을 내디뎌 밖으로 나오자, 나무를 다듬고 있는 진룡이 보였다. 그와 눈이 마주쳤다. 평소와 다를 바 없이 자신에게 짓는 그의 미소가 오늘따라 유난히도 신경이 거슬렸다.

[오늘은 좀 바빠서, 못 볼 것 같은데.]

한국에 들어온 윤재를, 맘만 먹으면 실컷 만날 수 있을 거라고 생각했다. 이전에 알고 지냈던 윤재는 임세희 일이라면 만사를 제쳐두고 달려와주던 아이였으니까. 하지만 10년이 지난 지금은 확실히 달라져 있었다. 세희는 제 눈앞에 적혀 있는 문자를 확인하고 신경질적으로 휴대폰을 집어 던졌다.

"매일 바쁘대, 매일."

꽤 잘나가는 화장품 중소기업의 딸인 세희는 부족한 것 없이 자란 일명, 금수저였다. 하지만 세희는 언제나 제 입장이 금수저이지 다이아몬드 수저가 아니라는 것에 대한 불만을 가졌다. 더 큰 날개를 달고 더 높게 날고 싶다.

그러기 위해서는 계열사만 50개 넘게 가지고 있는 대한민국 최고의 기업 우석그룹이 필요했다. 그럼 모두를 그 위에서 내려다볼 수 있을 것만 같았다. 사실, 세희는 윤재가 다시 돌아온다는 확정 기사가 나기 전까지만 해도 우석그룹 다음으로 큰 SL24그룹의 후계자와 연애를 하고 있었다.

하지만 이제 윤재가 돌아온 이상, 다른 기업은 필요 없다. 정신병자라는 타이틀을 달고는 절대 후계자가 될 수 없을 거라고 생각했던 윤재가 다시 한국으로 돌아왔으니, 세희는 다시 그를 제 것으로 만들어야 했다.

'내가 너 같은 애한테 윤재를 보낼 리도 없지만, 내가 볼 때 요즘 윤재는 마음에 들어 하는 여자가 생긴 것 같거든.'

그런데 여러모로 거슬리는 것들이 많다. 윤호에 김 비서도 부족해서, 그 보잘것없는 계집애까지. 뭐, 사실 윤호와 김 비서는 크게 걱정이 되는 사람은 아니다. 윤재의 성격상, 자신이 깊이 사랑만 하는 여자라면 그런 장애물쯤은 쉽게 건너뛸 수 있는 남자였다. 하지만 진짜 문제는 윤재가 깊이 사랑하게 될 '여자'였다. 그 여자가 자신이 아닌 나연이라면, 나연을 제외하고 모든 것들에 대해 무관심할 것이 분명했다. 그러기 전에 막아야 했다.

"정나연……."

하루 온종일 그 눈엣가시 같은 여자가 윤재와 붙어 있을 거라고 생각하니, 세희는 도저히 가만히 앉아 있을 수가 없었다.

나연은 출근길에 회사 바로 옆에 있는 편의점에 들러 숙취 음료를 세 개 구입했다.

"수지 언니 거랑 김 비서님 거, 그리고……."

순식간에 윤재가 자신의 팔을 잡고 있던 모습이 떠올랐다. 얼굴이 큰 불구덩이 앞에 있는 것처럼 화끈해졌다.

"아, 이상해. 정말 여름이 오려나 봐."

윤재의 이름을 꺼내는 목소리가 심하게 떨려와 말을 아끼고 계산을 한 후, 편의점에서 나왔다. 총총걸음으로 회사 건물까지 온 나연이, 막 익숙한 차가 멈춘 것을 확인했다. 운전석에선 윤재가 내렸고, 조수석에서 내린 김 비서가 안으로 미련 없이 들어가는 윤재를 따라 급히 뒤쫓고 있었다. 그런 두 사람의 뒷모습에 나연도 걸음을 재촉했다. 회사 로비로 들어간 나연은 이제 게이트를 지나가는 윤재를 발견했다. 속도를 더 높여 게이트를 통과하자, 윤재가 승강기 앞에 서 있었다.

"이사님."

나연의 부름에 전광판에 시선을 두고 있던 윤재가 시선을 내렸다.

"어제 잘 들어가셨어요?"

"응."

"아, 이거요."

나연이 비닐봉지에서 숙취 음료를 꺼내 건넸다. 그녀가 꺼낸 숙취 음료에 기분이 좋아 은근한 미소를 띠던 윤재가 옆에 있는 김 비서에게도 건네는 것을 보고 확 굳어졌다.

"돈이 남아도나 봐."

자신만 챙겨준 줄 알았는데, 그게 아닌 것에 기분이 확 상해버렸다.

"네?"

당황해서 묻는 나연에게 대답도 해주지 않고 윤재는 이제 막 뚜껑을 따서 입으로 가져가는 김 비서의 숙취 음료를 가볍게 빼앗았다.

"엥?"

그 바람에 제 손에 뽀뽀를 하게 된 김 비서가 당황해서는 윤재를 올려다보았다.

"너 이런 거 원래 안 마시잖아?"

"아, 그러긴 한데, 오늘은 마셔야 할 것 같아서요."

"안 먹던 거 먹으면 탈 나."

그리 말하면서 단숨에 숙취 음료를 마셔버렸다. 맛도 없는 것을 두 개째 원샷하려니 속이 느글거리는 것 같았다.

"그건 누구 거야?"

나연이 가지고 있는 다른 숙취 음료를 곁눈질하며 물었다.

"아, 이건 수지 선배님 거……."

그래, 여자는 뭐.

"빨리 가져다주고 와. 농땡이 피우지 말고."

"네!"

마침 도착한 승강기 안으로 윤재가 몸을 실었다. 뒤에서 씩씩거리며 자신을 노려보는 김 비서를 무시하고 반대편 일반 사원들이 타는 승강기로 달려가는 나연을 그는 지그시 바라보았다.

"김 비서, 정나연 씨 알아보는 거 그만해."

"네?"

"됐으니까, 그만 알아보라고."

"하지만……."

"네가 언제부터 그렇게 내 말을 잘 들었다고? 하지 말라면 하지 말고, 하라면 해."

"네. 알겠습니다."

그만 알아봐. 그만 쳐다보고. 그만 친해지라고.

어쩌면 진짜 하고 싶은 말은 이 말이었지만, 윤재는 차마 그것까지는 입 밖으로 내뱉을 수가 없었다.

　도착한 승강기에서 내린 윤재와 김 비서가 나란히 사무실로 올라갔다. 이사실로 향하는 윤재에게 가볍게 인사를 건넨 김 비서는 그가 완전히 들어가는 것을 확인한 후, 곧장 다시 아래로 내려갔다.

　"아, 속 쓰려 죽겠네."

　몸에 있는 모든 수분들이 다 알코올이라는 것에 빨려 들어간 것처럼 힘이 없었다. 거기다 숨만 쉬어도 올라올 것처럼 더부룩한 속 쓰림에 김 비서는 금방이라도 쓰러져버릴 것 같았다. 자신보다 훨씬 더 많이 마신 듯한 윤재가 더욱 멀쩡한 것이 신기하면서도 그나마 다행이었다. 그래서 오늘 부득이하게 운전을 윤재가 하게 되었고, 그 바람에 자신을 향한 그의 심기는 굉장히 예민해져 있는 상태였다. 숙취 음료를 빼앗아 먹을 정도라면 정말 많이 화가 나 있는 거였다.

　"오늘은 심기 불편하시지 않게 최선을 다해서 일을 해야겠어."

　마음은 그리 먹었지만 몸이 쉽게 따라주지 않았다.

　"우욱."

　또다시 올라오려는 속을 부여잡고 허겁지겁 화장실 안으로 정신없이 뛰어 들어갔을 때였다. 퍽, 소리와 함께 누군가와 어깨가 부딪쳤다.

　"김 비서, 눈을 어디다가 달고 다니는 거야?"

　비아냥거리는 말투가 딱 탁 비서였다. 윤호의 아버지인 현태의 비서였다.

　"죄송합니다."

"얼굴이 전혀 죄송한 얼굴이 아닌데?"

한층 비꼬는 탁 비서의 목소리에 확 상해버린 기분이 울렁거리던 속을 저만치 밀쳐낸 느낌이었다. 순간, 토사물을 탁 비서 낯짝에 해버리고 싶다는 충동도 들었지만, 그래 봤자 회사에서 얼굴을 못 들고 다닐 사람은 자신이라는 것을 깨닫고 참았다.

"죄송하다고 하면, 그냥 죄송한 대로 받아들이세요. 한번 꼬아서 생각하지 마시고."

"어린 게 참, 말대꾸를 잘해. 일도 못하는 게."

능력이 출중하지 않은 것에 대해서는 충분히 인정하는 바다. 탁 비서는 입사할 때부터 윤재와 우 회장의 신뢰로 뭉쳐져 있는 비서실장의 아들, 김 비서를 마땅치 않아 했다. 그래서 매일 이런 식으로 슬슬 속을 긁어왔던 작자였다. 상대할 가치도 없는 인간임을 알고 있기 때문에 김 비서가 무시하고 칸막이로 향하려고 했다. 적어도, 다음 말이 들려오기 전까지 말이다.

"우윤재 이사님이 성격이 좋으신 건지 아니면 좀 모자라신 건지, 김 비서를 계속 옆에 두고 있는 거 보면 별로 일을 잘하실 생각은 없으신가 봐. 뭐, 정신도 그러신데 능력은 뭐,"

자신을 마음에 들어 하지 않아 속을 긁으려고 작정한 사람처럼 말했다. 누가 뭐라 해도 윤재를 욕하는 것만큼은 용납할 수 없다. 자신에 대해선 실컷 폄하하고 무시를 해도 되지만, 윤재만큼은 안 되었다.

"지금 뭐라고 하셨습니까?"

손을 씻고 나가려던 탁 비서가 뒤에서 살벌하게 들려오는 김 비서의 목소리에 돌아보았다.

"혼잣말한 건데, 들렸어?"

"지금 저희 이사님께 모자란다고 말씀하신 겁니까?"

"혼잣말한 거라니까."

"죽고 싶어서 하신 말씀 아니십니까?"

"뭐?"

순식간이었다. 김 비서가 탁 비서에게 달려들어 가볍게 그를 벽으로 밀쳐낸 것은. 예상치 못했던 그의 공격에 탁 비서가 깜짝 놀라서는 어버버거렸다.

"지금 뭐, 뭐 하는 짓이야?"

워낙 약하고 평소에 하고 다니는 것이 어리바리해 보였기 때문에 만만하게만 봤던 탁 비서는 발버둥을 쳐보지만, 꼼짝도 하지 않는 김 비서의 강한 힘에 크게 당황해했다. 윤재가 늘 말했던 '넌 가끔 뜬금없는 능력이 나와. 그 능력이 몇 년에 한 번씩밖에 없다는 것이 아쉽지만.'이라는 말에 적합한 김 비서의 뜬금없는 힘과 분노가 치밀어 오른 거였다.

"이봐, 김 비서! 이, 이거 안 놔? 어, 어딜 감히 상사 멱살을⋯⋯!"

"잘 들어요. 우리 윤재 이사님을 욕하는 놈들은 내게 상사도, 어른 취급도 못 받을 겁니다. 가서 소문내세요. 내 앞에서든 뒤에서든, 윤재 이사님 욕하는 것이 들키기라도 한다면, 절대 가만두지 않을 거라고."

분노에 찬 그 눈빛이 무서워 탁 비서가 자신도 모르게 살짝 몸을 떨고 있을 때였다. 그들의 곁으로 검은 그림자 하나가 다가왔다.

"김 비서."

나지막한 윤재의 부름에 탁 비서가 급하게 눈을 굴렸다. 옆에서 있는 사람은 아무 감정도 읽을 수 없는 무표정을 한 윤재였다.

"김형광, 회사에서 뭐 하는 짓이야. 빨리 놔."

윤재의 낮은 한마디에 김 비서가 탁 비서를 놓아주었다. 탁 비서는 과도하게 캑캑대면서 윤재를 바라보았다. 현태를 등에 업고 자신이 뭐라도 되는 양 거만을 떨고 사는 탁 비서는 정신이 온전하지 않다는 윤재를 꽤나 무시하는 사람이었다. 아무래도 우석그룹을 손에 쥐는 것이 자신의 상사인 현태거나 윤호가 될 것이라고 강하게 믿고 있는 듯싶었다.

"네 손 더러워지게 뭐하러 상대해?"

윤재가 김 비서의 손을 끌어다가 먼지를 털어주는 것처럼 말했다. 그 말에 탁 비서의 얼굴이 붉으락푸르락해졌다.

"볼일 다 보셨으면 나가시죠? 능력 있으신 작은아버지 밑에서 일하시려면 하실 일이 무진장 많으실 텐데."

잔뜩 비꼬며 말하는 윤재에 탁 비서는 가볍게 묵례를 하고서는 수치심 가득한 얼굴을 안고 나갔다.

"소란을 일으켜 죄송합니다."

한두 번 보는 것도 아닌데, 그때마다 속상하다. 이렇게 자신의 일에 열 내고 기꺼이 몸을 던지는 김 비서 때문에. 일은 못해도 김 비서는 제게 소중한 사람이었다. 윤재는 그 '소중하다'는 단어가 생각났을 때, 왜인지는 알 수 없지만 불현듯 나연의 모습도 떠올랐다. 자신을 이렇게까지 끔찍하게 아껴주는 사람들을 위해서라도 윤재는 정신을 바짝 차려야겠다고 생각했다.

볼일을 보겠다는 김 비서를 두고 혼자 사무실로 올라왔다. 오늘

자 중국 뉴스를 틀어 사업에 관련된 것들을 보고 있을 때, 노크 소리가 들리더니 안으로 윤호가 들어왔다.

"어, 형."

윤호의 얼굴에 심란함이 잔뜩 깔려 있는 것을 보니, 소식을 듣고 온 것이 분명했다.

"조 비서한테 들었어. 탁 비서님이 그런 만행을 저질렀다고. 내가 아버지랑 탁 비서님 대신 사과할게."

윤호의 사과에 윤재의 굳어졌던 얼굴에 어색한 미소가 걸쳐졌다. 윤호는 항상 이래 왔다. 자신을 못마땅해하는 작은아버지 때문에 언제나 미안해했다.

"크게 신경 쓰지 마."

윤재의 말에도 윤호의 얼굴 가득 퍼진 근심은 사라지지 않았다.

"휴……. 우리 아버지, 아무리 달래봐도 소용이 없다. 정말 내가 다 속상해 죽겠어. 어차피 모두가 공평하게 받게 될 재산인데, 왜 자꾸 이러시는지."

작은아버지가 그러는 이유를 잘 알고 있다. 그건 자신의 아버지에 대한 질투에 눈이 먼 동생의 투기가 쌓이고 쌓여 고질적인 병으로 각인된 것이 분명했다. 할아버지로부터 어렸을 적부터 자신의 아버지와 항상 비교만 당하면서 살아왔다는 작은아버지. 그 질투가 이제는 자신의 아들과 조카 윤재를 비례로 두게 된 것이다.

"아 참, 윤재야, 소식 들었어?"

"무슨 소식?"

"이번에 우리 회사 영양사 말이야. 세희가 들어온다던데."

"세희가?"

외국에서 외식 관련된 대학을 졸업한 세희지만, 이날 이때까지 평생 단 한 번도 일을 하지 않고 무직으로 지내왔었다. 그런 애가 돌연 일을 한다는 것이, 그것도 하필이면 자신의 회사 영양사로 온다는 것이 윤재는 불편하기만 했다.

"그냥, 미리 알고 있는 게 덜 당황스러울 것 같아서. 그런데 내가 마음에 걸리는 건……."

윤재가 대답 대신 가만히 윤호를 바라보았다.

"사실, 며칠 전에 널 찾아왔었는데, 네가 마침 회의에 들어가서 내가 대접을 했었거든. 근데, 그때 내가 실수를 좀 했던 것 같아."

눈치를 살피는 윤호에게 윤재는 어서 말해보라고 재촉하지 않았다. 그저 가만히, 그가 잦은 한숨을 몰아쉬며 준비가 될 때까지 기다려주었다.

"너한테 또…… 상처를 줄 것만 같은 불안감에 내가 너 다른 여자 생겼다고 말했거든."

"다른 여자?"

윤재는 되물으며 순간, 나연을 떠올렸다.

"요즘 네가 자주 만나는 신입사원 있잖아. 정나연 씨."

윤호의 입장에선 충분히 그렇게 생각할 수도 있는 문제였다.

"아, 정나연 씨."

"아무 사이도 아니야?"

호기심이 잔뜩 서려 있는 윤호의 눈동자가 윤재를 꽉 붙잡고 놓아주지 않을 것처럼 집요해 보였다. 윤재는 저도 모르게 마른 입술을 지그시 깨물다가 고개를 내저었다.

"그런 거 아니야. 그냥, 우리 팀이고…… 또."

"또?"

평소답지 않게 집요하게 물어오는 윤호에 윤재는 그녀에 대한 변명을 억지로 쥐어짜내 말해야 했다.

"우리 회사에서 떠도는 소문을 유일하게 믿지 않고 나를 잘 따라서인지, 나도 자꾸만 마음이 가네. 그런데 단지 그거뿐이야. 그 이상은 아니고."

"정말이지? 너 그러다가 나중에 아니면 이 형 진짜 섭섭하다."

"걱정 마. 형 섭섭하게는 안 할게."

애써 그렇게 둘러대었다. 정확한 이유는 알 수 없었지만, 누군가가 나연에 대해서 알아보는 것이 싫었다. 자신과 얽혔다는 이유 하나만으로 그녀가 다른 사람에게 관심의 대상이 되는 것조차 싫었다. 특히, 남자들에게.

한창 업무에 집중을 하고 있던 나연이 곁에서 울리는 내선전화를 받았다. 점심을 같이 먹자는 수지의 전화였고, 그렇게 하겠다는 대답과 함께 전화를 끊었다. 사무실의 선배들이 하나둘씩 점심을 먹으러 나가고 나연도 수지를 만나기 위해 서둘러 일어났다. 그리고 무의식중에 윤재의 사무실을 올려다보았다. 점심을 먹으러 진작 나갔다는 걸 알고 있었지만, 그냥 자신도 모르게 한번 쳐다본 거였다.

그러다 다시 수지를 떠올린 나연은 수지와 만나 밥을 먹고 사내 카페를 향했다. 마시고 싶은 음료를 주문하고 마주 보고 앉은 자리.

"내가 볼 땐 말이야. 너희 팀 이사님 말이지. 너를 보면서 도파민이 막 흘러넘치는 것 같아."

갑작스러운 수지의 말에 나연이 하마터면 입에 머금고 있던 음료수를 그대로 내뿜을 뻔했다. 너무 심각한 수지의 표정 때문에 나연의 당황함은 더욱 커져갔다.

"그게 무슨 말씀이세요?"

"너한테 관심 있는 것 같다고. 확실해. 그 이성을 향한 낯 뜨거운 눈빛. 내가 잘 알아."

자신은 한 번도 느껴보지 못한 그의 낯 뜨거운 눈빛을 느꼈다는 수지에 나연이 손까지 내저으며 부정했다.

"에이, 설마요."

"왜 설마야? 안 그러면 굳이 김 비서님이 나가겠다는 걸 자기가 뛰쳐나가겠어?"

"그건 그냥, 단지 제가 걱정이 돼서⋯⋯."

"네가 너네 이사를 봤을 때, 막 남 걱정돼서 편안함을 포기할 사람처럼 생겼니?"

딱히 그래 보이진 않았다. 그저 앞만 보고 걸을 뿐, 주변을 살펴보는 일은 별로 없어 보였다. 함께 일을 하면서 팀 내 사람 누군가에게도 살갑게 말을 시키는 것도 잘 보지 못했다.

"거봐, 네가 봐도 그렇지 않은 사람처럼 느껴지지?"

도저히 수지의 말에 부정을 할 수가 없었다. 진지하게 생각하지 않고 대수롭게 생각하려고 늘 애썼다. 윤재의 행동 하나하나에 진지하게 생각하기 시작하면 괜히 티가 날 테고, 그럼 함께 일하는 데 어색함만 있을까 봐서 최대한 조심하고 또 조심했는데⋯⋯. 수지의 말을 듣고 나니 모든 감정들이 거센 파도를 만나 마구 흔들리는 것만 같았다.

"그건 그렇고 오늘은 이 인간 안 보이네? 드디어 나가떨어진 건가?"

가만히 윤재를 생각하고 있던 나연이 주변을 둘러보며 누군가를 찾는 수지를 보고선 슬그머니 미소 지었다.

"김 비서님 말씀하시는 거죠?"

나연의 말에 수지가 시큰둥한 얼굴로 음료수를 쭉쭉 빨아 마셨다.

"안 보이니까 보고 싶으세요?"

"어머. 넌 뭔 말을 그렇게 정확하게 하니?"

"네?"

"그냥, 원래 안 보이면 막 궁금한 건 당연한 사람의 심리잖아. 그렇다고 아쉬운 건 아니고. 그냥, 궁금하기만 한 거야."

수지가 말을 흐리며 음료를 한 모금 마셨다. 그러면서 힐끔, 주변을 다시 살핀다. 나연은 그런 수지의 행동이 귀여워 입술에 슬그머니 미소를 지어 보였다.

"이제 들어가봐야 할 것 같다."

"네."

서둘러 자리에서 일어나 사무실로 향했다. 양치를 하고 돌아와 자리에 앉으려 하자마자 이사실 문이 열리더니 윤재가 내려왔다.

"회의하죠."

윤재의 한마디에 선배들은 깍듯하게 대답을 하며 서둘러 회의 준비를 했다. 오늘은 다름 아닌 1차 점검을 위한 회의였다. 그리고 나연은 잔뜩 긴장한 얼굴을 하고서는 막내라는 이유로 제일 첫 번째로 발표를 하기 위해 빔 앞에 섰다.

"제 게임은……."

나연이 생각한 모바일 게임은 여행을 통해 미션을 하고 미션을 통해 얻은 캐시로 집을 꾸미고 생활을 하는 게임이었다. '여행'을 할 때는 각 나라 도시의 배경을 집어넣고 그 안에서 음식 빨리 먹기, 정해놓은 사진대로 찍기, 숨겨놓은 사람 찾기 등, 다양한 미션이 존재했다. 그리고 중국 배경의 경우 캐릭터를 상징하는 강시, 전통 의상인 치파오를 입힌 동물을 모티프로 한 귀여운 캐릭터들은 쉽게 따라 그릴 수 있으며 스티커나 각종 팬시품으로 나와도 될 만큼 사랑스러웠다. 별 기대 없었던 나연에게서 보이는 의외의 실력에 대충 앉아 있던 선배들의 허리가 점점 꼿꼿하게 서기 시작했다.

"저 같은 경우에는 이전에 동물 캐릭터에서는 쉽게 접하지 않았던 동물들로 정해보았는데요. 뱀과 하마, 고슴도치와 족제비, 천연기념물이라고 할 수 있는 다양한 동물들을……."

"어머, 저거 뱀이야? 너무 귀엽다. 나 뱀이 저렇게 귀여운 거 처음 봐."

"저건 참수리 아니야? 야, 저렇게 하니까 귀엽다."

선배들이 나연의 캐릭터를 가리키며 말했다. 밤을 새워 만든 것에 대한 뿌듯함이 한꺼번에 몰려왔다. 나연의 발표 이후, 마지막 사원의 발표가 끝나자 여태 그들의 기획안 중 보강할 만한 것과 아닌 것을 체크하고 있던 윤재의 입술이 떨어졌다.

"게임뿐만이 아니라, 각자 가장 애착이 가거나 괜찮다고 생각되는 캐릭터 하나씩 제출하세요. 그 게임 캐릭터를 사내 게시판에 올려서 가장 좋은 점수를 얻은 '캐릭터'가 '게임' 부분에 가장 높은 점수를 받은 사원의 서브 역할을 하게 될 겁니다."

모두가 서둘러 회의실을 빠져나가고, 윤재가 마지막으로 회의실에 덩그러니 단둘이 남게 된 나연을 불러 세웠다.

"네?"

"강아지 이름, 뭐라고 지을까? 아직 애가 이름이 없잖아."

"아, 맞다! 이름! 아직 이름을 안 정했죠?"

일어나 있던 나연이 윤재의 곁으로 가까이 다가와 앉았다. 일렁이는 바람으로 인해, 그녀의 몸에서부터 달콤한 과일 향 샴푸 냄새가 풍겨왔다. 이 싸구려 샴푸 냄새가 이렇게 좋게 느껴진 적은 처음이었다.

"음, 뭐가 좋을까요? 멍이? 몽이?"

"멍이? 몽이?"

"네, 멍멍이 아니면 좀 귀여운 척해서 몽몽이. 너무 유치한가요?"

그러면서 환하게 웃는 나연을 따라 윤재도 따라 웃었다. 처음이었다. 매일 그녀 앞에선 이상하게 웃음을 숨기던 그가 이렇게 대놓고 웃게 된 것은. 나연에게서 흘러나온 웃음 바이러스가 독한 놈인 것이 분명했다. 자신을 따라 웃는 윤재를 빤히 바라보던 나연이 갑자기 무언가 떠올랐는지, 손뼉까지 쳐 보였다.

"스마일 어때요?"

"스마일?"

"네. 강아지도, 강아지를 보는 사람도 항상 웃는 일만 있으라고."

"좋다. 마일이. 스마일아."

"유치하긴 한데, 그래도 강아지 이름은 유치하게 지어야 오래 산대요."

"알았어. 오늘부터 그렇게 불러줄게."

'나도 가서 불러보고 싶다……. 집에 가도 되냐고 물어나 볼까?'

"그러니까, 너는 와서 똥 좀 치우고 목욕이나 좀 시켜."

"그래도 돼요?"

회의 때 진행했던 서류들을 정리해서 일어나는 윤재를 향해 나연이 기쁜 목소리로 외쳤다.

"그래도 되니까, 내가 말을 하겠지?"

좋아하는 나연을 뒤로하고 회의실을 나왔다.

"안에서 뭐 좋은 일 있으셨어요?"

앞에서 대기하고 있던 김 비서가 윤재의 얼굴을 보고 물었다. 그 순간, 사무실에 있던 직원들의 시선이 고스란히 윤재를 향해 내리꽂혔다. 회의 내내 웃지 않고 있던 윤재가 나연과 단둘이 있던 회의실에서 빠져나오면서 웃음 짓고 있는 것에 대해 의심을 하는 듯했다. 윤재가 금방 정색을 하며 이 사태로 자신을 몰아넣은 눈치 없는 김 비서를 살벌하게 바라보았다.

"넌 그냥 사표 쓰는 게 좋겠다."

퇴근을 하고, 곧장 집으로 온 윤재가 현관문을 열고 들어서자마자 가장 먼저 보게 된 것은 강아지를 안고 있는 우 회장의 모습이었다.

"어이구, 예쁜 것. 예쁜 것."

우 회장은 혓바닥을 날름거리며 꼬리를 흔드는 강아지를 끌어
안고 귀여워 어쩔 줄 몰라 하고 있었다.

"도련님 오셨어요?"

가만히 서서 좋아하시는 할아버지를 흐뭇하게 바라보던 윤재
가 자신을 알은체하는 비서실장에 눈인사를 건넸다. 강아지에
정신이 팔려 있던 우 회장이 윤재를 발견하곤 인자한 미소를 지
었다.

"우리 윤재 왔어?"

"네. 다녀왔습니다, 할아버지."

"이 녀석 좀 봐. 가만히 있어도 애굣덩어리 그 자체야. 요즘 참
적적했는데, 녀석이 있어서 참 잘됐어."

우 회장은 품에 안은 강아지를 자식 자랑하듯이 윤재에게 보여
주었다. 할아버지께서 좋아하시니 이것보다 더 좋은 일은 없다고
생각이 들었다.

"이 녀석 이름이 뭐야?"

"스마일이요."

"스마일?"

불룩 튀어나와 있는 강아지의 배를 쓰다듬는 우 회장의 손길이
한없이 다정했다. 강아지도 기분이 좋은 모양인지, 입가에 옅은 미
소를 띠고 있는 것처럼 보였다.

"네. 그 아이로 하여금, 모두가 스마일 지을 수 있을 정도로 행
복하고, 녀석도 이름처럼 매일 스마일 할 수 있게 행복하라고……
누가 지어줬어요."

"그 좋은 뜻을 누가?"

"정나연 씨라고, 일도 아주 잘하는 저희 팀 사원이에요. 책임감도 꽤 있고 예의도 바르고, 무엇보다도 실력이 좋아서 앞으로의 기대치가 아주 큰 사원입니다."

"사원이 아주 마음에 들었나 보구나. 말하는 내내 네 얼굴에서 미소가 떠나질 않는 것을 보니 말이다."

우 회장의 말에 윤재가 살짝 당황해서는 시선을 돌리다 뒤편에 서 있는 비서실장과 눈이 마주쳤다. 비서실장이 가만히 미소를 지었다.

"녀석, 몇 개월인고?"

"병원에 가봤더니 5개월 정도 되었다고 하더라고요."

"불린 사료를 먹였다기에 더 어린 줄 알았는데."

"그때는 몸 상태가 안 좋아서 불린 사료를 줬는데, 이젠 안 그래도 되나 봐요."

할아버지와 이런저런 대화를 하고 올라가려던 윤재가 비서실장을 불렀다.

"아저씨, 드릴 말씀이 있어서요."

공동으로 사용하고 있는 서재로 온 윤재는 그동안 신경 쓰였던 진룡에 대한 질문을 물었다.

"진룡 씨요? 이력서를 가지고 있는데, 보여드릴까요?"

"네. 제가 확인을 좀 할 게 있어서요."

"올라가 계시면 바로 가지고 가도록 하겠습니다."

"감사합니다."

서재를 나와 자신의 방으로 올라간 윤재가 안에 딸린 욕조에서 샤워를 하고 나오자, 책상 위에 이전에는 없던 종이가 놓여 있었다. 비서실장이 두고 간 진룡의 이력서임을 확신하며 윤재가 천천히 다가가 이력서를 살폈다.

"진룡. 1982년생. 전남 중학교, 고등학교……."

딱히 특별할 거 없어 보이는 평범한 이력서. 그럼에도 그에게서 느낄 수 없었던 평범함. 윤재가 손에 들린 이력서를 구기며 침대로 다가가 털썩 주저앉았다. 신경이 많이 예민해진 건가……. 괜히 골치가 아픈 것 같아 손으로 지그시 관자놀이를 문지르며 그대로 침대로 몸을 눕혔다.

가만히 눈을 감았다. 나연의 목소리가 들리지 않는다.

뭘 하고 있기에 아무 소리도 안 들리지? 잠든 건가? 저녁밥은 제대로 먹었나? 동네가 좀 외진 것 같던데, 잘 들어가긴 들어간 건가?

이런저런 뒤엉킨 생각을 하다가 별안간 윤재가 벌떡 일어나 잠옷 가운으로 갈아입고 급하게 아래로 내려갔다. 아래에서는 여전히 우 회장이 스마일의 재롱에 반쯤 홀려 있었다. 윤재가 휴대폰을 들어 그런 우 회장과 스마일의 동영상을 찍었다. 아장아장 걷는 화면 속의 스마일을 보며 윤재는 덩달아 기분이 좋아졌다. 스마일이 윤재의 발밑으로 와서는 낑낑거린다. 동영상을 찍던 걸 멈추고 안아 올려 가볍게 입을 맞춰주었다.

"오늘은 이 할애비가 데리고 자도 되니?"

할아버지가 이렇게까지 좋아하실 줄은 몰랐다.

"네, 그러세요. 안녕히 주무세요."

스마일을 할아버지에게 건네고 다시 자신의 방을 향해 올라온 윤재가 별안간 문을 열고 고개를 빼꼼히 내미는 김 비서와 마주쳤다.

"속은 좀 괜찮아?"

"네? 네. 이제 좀 살 거 같아요."

"한 번만 더 그렇게 마셔서 일에 지장 주기만 해봐. 너 진짜 얄 짤 없어."

"오늘 하루 종일 이해해주셔서 감사합니다. 근데 진짜 무슨 일 생긴 거 아니시죠?"

"어. 아니야. 나 들어간다."

방으로 다시 돌아온 윤재가 휴대폰을 열어 나연의 번호를 찍은 후, 아까 촬영한 동영상을 찾아 전송 버튼을 눌렀다. 그러고는 화면을 뚫어져라 바라보았다. 나연이 확인했다는 의미로 표시가 사라졌다. 스스로가 인식하지 못하는 사이 윤재는 어울리지도 않게 다리를 떨었다.

"읽고 왜 답장도 안 보내지, 애는?"

누군가의 답장을 이토록 기다려본 적이 있던가? 급기야 오지 않는 답장에 나연의 번호를 꾹 눌러 통화를 시도했다. 신호는 얼마 가지 않아, 나연의 말간 목소리로 바뀌었다.

-이사님!

"왜 문자 읽어놓고 답장도 안 해?"

-아니, 지금 동영상 보느라……. 2분도 안 지났는데…….

나연의 말에 살짝 당황한 윤재는 누가 보지도 않는데, 괜히 낯이 뜨거워지는 것 같아 눈을 굴렸다.

"그래서 봤어, 안 봤어?"

-스마일이요? 봤어요! 너무 귀여워요!

좋아하는 듯한 나연의 말간 목소리에 윤재의 입가에 주책없는 미소가 마구 피어올랐다. 그 웃음 때문에 말도 제대로 안 나오려 해서 윤재는 애써 미소를 거두어내고 목소리를 가볍게 큼, 하고 다듬은 후 말을 이었다.

"그래서 직접 보고 싶다는 거야, 안 보고 싶다는 거야?"

-직접 보고 싶죠!

"그럼 내일 놀러 오겠다는 거야?"

-네?

"내일. 주말이잖아. 놀러 오겠다는 거냐고."

- 아……. 그럴까요?

"근데 우리 집에 회장님 계셔. 그건 알지? 너도 알다시피, 우리 회장님 꽤 위엄이 있으신 분인 건 알지?"

-아, 네…….

"부담스러우면 차라리 내일 한강을 가든가. 스마일이 바람도 좀 쐬어주고."

그냥, 이유는 모르겠지만 나연과 함께 한강을 가고 싶어 넌지시 던져본 말이다. 그 말에 행여나 거절의 대답이 돌아올까, 은근한 초조함이 윤재의 주변을 맴돌았다.

-아, 한강이요? 좋아요.

하지만 다행히도 나연의 목소리는 꽤 밝았고, 윤재의 입술이 시무룩해지는 일은 일어나지 않았다.

평소와 똑같이 울리는 알람에 나연이 두 눈을 번쩍 떴다. 포근한 이불의 감촉도 좋았지만, 눈을 뜨자마자 제 머릿속에 맴도는 그의 목소리에, 어쩐지 기분이 더욱 좋아지는 것만 같았다.

'그래, 그럼 내일 10시까지 집 앞으로 데리러 갈 테니까 후딱 나와 있어. 안 나와 있으면 그냥 가버릴 거야.'

어제 전화 통화를 할 때 했던 윤재의 마지막 말을 되새기면서 나연은 시간을 체크했다. 아침 7시. 충분히 여유가 있다고 생각했다. 차도 태워주시고, 전에 사준 것에 대한 보답으로 도시락을 준비하기로 했다. 밥이 될 때까지 야채들을 정성껏 썰었다. 그러고는 쌀페이퍼를 적셔서 그 안에 썬 야채들을 채웠다. 완성한 월남쌈을 도시락 통에 넣고 구석에 땅콩 소스도 준비했다. 다음엔 다 된 밥을 식혀서 유부초밥을 만들었다. 그리고 싱싱한 과일들을 닦아 마지막 도시락 통에 넣고는 다시 시간을 확인했다.

"허억! 9시야!"

별로 한 것도 없는 것 같은데, 순식간에 지나가버린 시간에 놀라며 허둥지둥 준비를 했다. 씻고 나와 머리를 말리고 옷이 얼마 걸려 있지도 않은 행거 앞에 서서 옷을 골랐다.

"한강 나들이 옷, 나들이 옷……"

그중에서 가장 어울려 보이는 건, 윤재가 사준 개나리색 원피스밖에 없었다. 그것을 향해 손을 뻗던 나연이 불현듯 다시 손을 거두었다. 윤재는 아닌데, 자신만 너무 들뜬 것은 아닌가 하는 생각 때문이었다. 사실, 어제 윤재가 한강으로 가든가, 라고 무심한 목소리로 말했음에도 나연의 심장이 걷잡을 수 없을 만큼 두근거렸다. 윤재는 분명 스마일 때문에 가는 한강인데, 마치 자신에게 데이트 신청이라도 한 것 같은 기분을 떨쳐낼 수가 없었다.

'너한테 관심 있는 것 같다고. 확실해. 그 이성을 향한 낯 뜨거운 눈빛. 내가 잘 알아.'

더군다나 수지가 해놓은 말 때문에 더욱 신경이 쓰였다. 그러다 고개를 크게 내저었다.

"휴……. 정나연, 괜히 혼자 착각의 늪에 빠져놓고 상처받지 말자."

단지 자신의 처지가 안타까워 보이는 단순한 호의일 뿐일지도 모른다. 나연은 애써 윤재의 행동을 그렇게 단정 지으며 개나리색 원피스가 아닌 다른 옷을 꺼내 입었다. 그러고는 그가 오기로 한 시간보다 10분 일찍 도시락 통을 들고 집을 빠져나왔다.

"어?"

나연은 자신의 집 앞에 당당하게 차를 세워두고 천장에 팔을 올려 턱을 괴고선 삐딱한 자세로 자신의 현관문을 뚫어져라 바라보고 있는 윤재와 덜컥 눈이 마주쳤다.

"언제 오셨어요?"

"좀 전에."

"그런데 왜 연락 안 하시고."

"약속한 시간이 10시까지니까."

"아……."

"그건 뭐야?"

윤재의 눈동자가 나연이 들고 있는 도시락 통으로 향했다.

"아, 이거 도시락이요! 한강에서 점심 같이 먹으려고."

"뭐 쌌는데?"

윤재의 입가가 저도 모르게 씰룩거렸다. 자신을 위해 기꺼이 도시락까지 싼 나연의 모습이 너무 예쁘고 귀여워서 자꾸만 웃음이 새어 나오려 했다.

"별거 안 쌌어요."

"왜 별거 안 쌌어? 날 위해서라면 아주 맛있는 걸 싸야지. 완전 정성 들어가고."

"아, 정성은 많이 넣는다고 넣었는데……."

"그래서 뭐 있다고?"

"아! 월남쌈이랑요. 검은깨와 참기름을 아낌없이 넣어 만든! 유부초밥! 그리고 깍두기를 씻어서 넣었어요. 아삭아삭한 게 정말 맛있거든요. 그리고 씽씽한 과일이요. 청포도랑 딸기, 그리고 배요!"

한층 들떠서 말하는 나연의 모습을 지그시 바라보았다. 아무리 봐도 병아리 같다. 귀엽고 또 여려 보여, 지켜줘야 할 것만 같은 병아리. 잠깐 보이지 않아도 바람에 날아갈까, 누구에게 밟힐까, 늘 노심초사할 수밖에 없는 그 병아리. 그래서 자꾸만 눈길이 간다. 그래서 자꾸만 신경이 쓰인다. 누군가를 신경 쓰고, 누군가를 계속 바라보는 건 귀찮은 일인 줄만 생각했다. 하지만 아닌 모양이다. 이렇게 나연을 바라보고 신경 쓰고 있는 자신의 알 수 없는 묘한 설렘이 이전에 지니고 있던 생각들을 전부 부정하고 있었다.

한편, 나연은 자신의 말이 다 끝났는데도 턱을 괴고 자신을 바라보고만 서 있는 윤재에 고개를 갸웃했다.

"싫어하시는 음식이라도 있으신 거예요?"

"아니. 맛이 없을 수 없는 메뉴들이네."

"그, 그렇죠?"

"그런데 맛없으면, 넌 진짜 요리에서 손 떼야 돼. 그래도 계속하면 양심 없는 거야."

윤재의 말에 행여나, 음식이 맛없을까 봐 걱정이 된다. 그 바람에 얼굴이 금세 시무룩해졌다.

"그 표정은 짓지 마라."

"네?"

"너무 못생겼어."

예상치도 못한 윤재의 말에 깜짝 놀란 나연이 얼른 얼굴을 고쳤다.

"그러니까, 그런 표정 절대 짓지 마."

"네에……."

"얼른 타."

조수석에 막 올라탄 나연이 강아지 전용 가방 안에 들어가 있는 스마일을 꺼냈다.

"스마일이다아!"

그러고선 가볍게 볼을 비비며 환하게 웃었다. 스마일이 작은 혓바닥을 내밀며 꼬리를 세차게 흔들었다.

"절 알아보나 봐요, 막 꼬리를 흔들어요."

"한강은 가봤어?"

"가본 적은 없고 지나가다가 본 적은 있어요."

"넌 나한테 많이 고마워해야겠다."

"네, 안 그래도 늘 고마워하고 있어요."

대답하는 목소리 속에 즐거움이 잔뜩 서려 있는 듯했다. 그런 나연을 바라보며 윤재가 천천히 차를 출발시켰다.

"할아버지, 저 왔어요."

윤호가 안으로 들어서며 인사를 했지만, 거실엔 유 집사만 있을
뿐이었다.

"윤호 도련님 오셨어요?"

유 집사가 반갑게 윤호를 맞이했다.

"잘 지내셨어요?"

"네, 전 잘 지냈습니다."

"아, 그리고 이거요."

손에 들고 있던 비싼 홍삼과 한우를 건넸다.

"홍삼은 할아버지 거구요, 한우는 식구들 모두 나눠 드시라고
사왔습니다."

"윤호 도련님 덕분에 제 입이 다 호강을 합니다. 회장님께서는
지금 서재에 계십니다. 잠시만 앉아 계세요."

주말을 맞이하여 할아버지를 뵈러 왔다.

소파에 앉아 잠시 기다리니 서재에 있던 우 회장이 걸어 나왔
다.

"왔느냐?"

친절하지 않은 말투와 얼굴. 순간, 윤재에게도 저런 얼굴로 대하
실까? 하는 궁금증이 몰려왔다. 그럴 리가 없다. 그것이 아무래도
자신의 아버지 때문인 것만 같아서 윤호는 속상하기만 했다.

"시간 내서 찾아왔어요. 할아버지 뵙고 싶어서요."

"그랬구나."

"어디 아프신 곳은 없으시죠?"

살갑게 물어오는 윤호를 우 회장이 가만히 바라보았다. 그러다
가 무겁게 입술을 떼어냈다.

"그래. 내 몸은 괜찮다."

"다행이네요."

마침 유 집사가 차 두 잔을 내왔다. 윤호가 큰집을 방문할 때면 언제나 즐겨 마시던 유자차였다.

"윤호 도련님은 항상 드시던 유자차 준비했어요."

"감사합니다, 여사님."

두 손으로 공손히 받으며 환하게 웃는 윤호를 마주하며 유 집사 역시 환하게 웃었다.

"우리 윤호 도련님은 언제쯤 장가가시나? 주변 여자들 너무 애간장 태우시는 거 아니세요?"

"애간장 타는 여자들도 없어요."

"너무 겸손하시네요. 회장님은 좋으시겠어요. 이렇게 든든한 손주가 두 분이나 계시니 말이에요."

유 집사의 말에도 우 회장은 그저 묵묵부답이었다. 그때, 윤호의 휴대폰이 울렸다.

"어? 윤재네요."

윤호가 앞에 있는 우 회장에게 양해의 눈짓을 보낸 뒤 전화를 받았다.

"어, 윤재야. 네 방에? 지금? 그래. 알았어."

윤호가 전화를 끊자, 옆에서 기다렸던 우 회장이 궁금증을 참지 못하고 물어왔다.

"무슨 일이냐?"

"아, 사실 제가 오늘 큰집에 온 김에 윤재한테 게임기를 좀 빌려 달라고 그랬거든요. 방에 있으니 가져가라고 연락 왔네요."

"그렇구나. 그럼 게임기 가지고 돌아가거라. 나는 피곤해서 좀 쉬어야겠구나."

"할아버지랑 더 놀고 싶은데, 안 되겠죠? 그렇게 하겠습니다, 할아버지."

일어서던 우 회장이 뒤에서 들려오는 윤호의 말에 잠시 행동을 멈추고 그를 가만히 내려다보았다. 무슨 생각을 하는지 알 수 없었지만, 낯빛은 꽤나 쓸쓸해 보였다. 하지만 그는 끝내 아무 말도 하지 않고 일어나 자신의 방으로 들어가버렸다. 그런 할아버지를 먹먹한 얼굴로 보고 있던 윤호도 자리에서 일어나 윤재의 방으로 향했다.

주말과 함께 한껏 화창한 날씨를 맞이한 한강엔 많은 사람들로 북적거렸다. 윤재는 무거운 도시락통과 스마일이 들어가 있는 강아지 가방을, 나연은 옆구리에 돗자리를 끼고 한참을 돌아다니고서야 간신히 자리를 잡을 수 있었다. 자리를 잡자마자 나연은 강아지 가방에서 스마일을 꺼냈다. 어느새 스마일은 새근새근 잠이 들어 있었다. 가지고 온 손수건을 돌돌 말아서 베개를 만들어 눕혀주었다.

"귀엽다."

윤재가 조용히 말했다. 그런 윤재의 말에 공감하듯 나연이 스마일의 머리를 살살 문질러주자, 자는 도중에도 미세하게 웃어 보였다. 순간, 햇살이 강하게 내리쬐었다. 나연이 얼른 스마일의 얼굴을 햇볕으로부터 가려주었다.

"선크림 바르셨어요?"

나연이 자신들을 쏘아대는 햇볕에 미간을 구기며 물었다. 역시나, 햇볕에 미간을 잔뜩 구기고 있던 윤재가 고개를 내저었다.

"난 그런 거 안 발라도 돼."

"아니에요! 꼭 바르셔야 돼요. 혹시 몰라 챙겨 오길 잘했다."

나연이 제 가방에서 선크림과 손거울을 꺼내 윤재에게 건넸다.

"귀찮은데."

낮게 중얼거리며 윤재가 선크림과 손거울을 받았다. 그러고선 손바닥에 선크림을 짜서는 비비더니 얼굴에 착착 소리가 나게 발랐다. 마치, 스킨을 바르는 것처럼. 나연의 표정은 충격의 도가니가 되어 입이 쩍 벌어졌다.

"표정이 왜 그래?"

"누가 선크림을 그렇게……."

"어쨌든 바르면 됐잖아."

"그러긴 하죠. 아, 여기 덜 발렸다."

나연이 손을 뻗어 덜 발린 윤재의 얼굴에서 선크림을 살살 문질러주었다. 그러다 순간, 제 손끝에서 느껴지는 보드라움과 따뜻함에 깜짝 놀라 손을 떼어냈다. 자신만큼이나 휘둥그레진 윤재의 눈동자와 마주했다.

"야, 넌 왜 사람 얼굴을 그렇게 말도 없이, 막."

"죄, 죄송해요. 저도 모르게."

"너도 모르게? 그게 본능이란 말이야? 그럼 이 앞에 내가 아니고 다른 남자였어도 막 손이 저절로 뻗어져서 매만지고 그랬을 거라는 거네?"

"매만지다니요? 매만진 건 아니에요. 그냥, 선크림을 풀어준 거

뿐이에요."

"그게 그거지 뭐야?"

왜 그게 그거냐고 따져 물어보려던 나연의 입술이 별안간 꾹 다물어졌다. 왜 자신들이 이런 일로 말다툼을 하고 있는지에 대해 이해가 가지 않았기 때문이었다. 나연의 침묵이 의미하는 것을 윤재 또한 깨달았는지, 더는 아무 말도 하지 않고 한강 쪽으로 시선을 돌려버렸다. 옅은 바람에 물결을 그리며 잔잔히 흘러가는 한강을 두 사람은 한동안 말없이 바라보았다.

"난 물이 싫어."

불현듯, 봄바람에 실려와 귓가에 닿는 그의 목소리가 쓸쓸하게 느껴졌다.

"정말요?"

"응. 이렇게 바라만 보고 있어도 무서워."

"그런데 왜……."

"무섭다고 매일 숨을 순 없으니까. 매일 도망칠 순 없으니까."

그의 위치가 그렇게 말해주고 있는 것 같았다. 나연은 속으로 생각했다. 회사 내에 떠도는 소문을 그가 모를 리 없을 거라고.

사람들이 잘 알지도 못하는 일에 대해서 말을 부풀리고 수군거릴 때마다 그는 무슨 생각을 할까? 그가 혼자 겪고 받았을 상처를 생각하니 마음이 괜스레 아파왔다. 그가 불쌍해서 갖는 동정 따위가 아니다. 그냥 자신이 그럴 수 있다면, 조금 보듬어주고 싶었다. 그의 상처를.

한강을 바라보고 있던 그의 시선이 천천히 옮겨져 나연에게로 닿았다. 투명할 정도로 밝은 다갈색 눈동자가 그녀를 바라보며 물결을 따라 흐르는 한강처럼 살며시 요동쳤다. 기분 탓인지 모르겠지만, 그래도 되는 거냐고 재차 묻고 있는 듯했다.

그냥, 그렇게 눈빛으로 묻고 있는 듯 보였다.

"무서운 건 숨어도 돼요. 무서우면 도망쳐도 돼요. 스스로가 스스로에게까지 상처를 줄 필요는 없잖아요. 그것 말고도 살다 보면 받을 상처 많은데."

나연의 말에도 그는 아무 말이 없었다. 그를 마주하고 있는 지금 이 순간, 세상의 모든 시간들이 마치 멈춘 듯했다. 주변에서 떠들던 사람들의 소리도, 요란하게 지나쳐 가던 지하철 소리도, 하늘을 자유롭게 날아다니며 지저귀던 새들의 소리도. 이 공간 안에 오롯이 자신과 윤재만 남아 있는 것 같았다. 한동안 자신을 바라보던 윤재가 입술을 달싹인 건, 그로부터 한참이 지난 후였다. 옅은 한숨과 함께 입술을 떼어낸 그가 심각한 얼굴을 하고 말했다.

"나 배고파."

"네?"

"나 배고프다고. 도시락 먹자."

"아, 아! 아, 네."

무슨 진지한 말이라도 할 줄 알았던 그의 입에서 엉뚱한 말이 나오자 나연이 살짝 당황하며 서둘러 도시락 통을 열었다. 냄새 때문이었는지, 소리 때문이었는지, 자던 스마일이 갑자기 벌떡 일어나 두꺼운 쌍꺼풀을 한 것처럼 잠이 덜 깬 얼굴로 도시락 통으로 달려들었다.

"안 돼애."

윤재가 그런 스마일을 제지하며 들어 올려서는 가볍게 입을 맞추고 챙겨 온 사료를 꺼내 들었다. 손바닥에 사료를 덜어 먹이면서, 윤재의 시선이 나연에게로 향했다. 부지런히 도시락 통을 열고 나무젓가락을 찾아 신중한 얼굴로 가르고 있는 나연을 바라보는 그의 입가엔 어느새, 옅은 미소가 함께하고 있었다.

나연을 데려다주고 집으로 들어오자마자 소파에 앉아 있던 우회장이 윤재를 반갑게 맞이했다.

"왔느냐?"

"네, 할아버지. 식사는 하셨죠?"

"그럼. 스마일은?"

"잠들었어요."

"그럼 내일 놀아야겠구나."

"네."

"오늘 처음으로 '동물을 농장에서'를 봤는데, 신기하게 동물과 대화를 하는 여자가 있더구나."

"정말요?"

"응. 동물의 마음의 소리를 듣고 소통을 하는 게야. 너무 신기하더구나. 다음에 시간 나면 같이 한번 보자. 피곤할 텐데 얼른 들어가서 쉬어."

"네, 할아버지. 안녕히 주무세요."

2층으로 올라온 윤재는 방문이 열리고 이때까지 잔 흔적이 역력한 김 비서를 발견했다.

"어디 갔다 오세요. 여어아아하암."

"아휴, 추해."

질문을 하며 늘어지게 하품까지 하는 김 비서를 보며 윤재가 고개를 내저었다.

"죄송합니다. 근데 진짜 어디 다녀오세요?"

"여자와 남자가 단둘이서, 한강 갔다 오는 걸 뭐라고 생각해?"

뜬금없이 물어오는 윤재의 말에 김 비서는 그의 얼굴부터 살폈다. 그다음은 목소리. 절대 비꼬거나, 화가 난 말투와 표정이 아니었다. 오히려 자신이 잘못 보기라도 한 것처럼 그의 얼굴엔 슬그머니 봄의 기운, 설렘이 깔려 있었다.

"그, 그건 데이트 아닙니까?"

"그래. 나 그거 하고 오는 길이야."

"데이트요? 누구랑요? 설마, 임세희 아가씨랑요?"

방으로 들어가려고 등을 보이던 윤재가 뒤에서 버럭 내지른 자신의 목소리에 동작을 멈춘 것을 발견한 김 비서가 슬그머니 한 발자국 물러섰다. 감히 짐작해보는 건데, 그의 행동을 봤을 때에 어떤 폭탄이 날아올지 몰랐다. 하지만 윤재는 아무 말도 하지 않고 그대로 문고리를 돌려 안으로 들어갔다. 김 비서가 저도 모르게 안도의 한숨을 후우, 하고 내쉬다가 주둥이를 때렸다.

"이놈의 주둥이가 문…… 잠깐, 그럼 임세희 아가씨가 아니면 누구랑 데이트를 했다는 거지? 설, 설마!"

김 비서가 굳게 닫혀 있는 문을 바라보며 두 눈을 부릅떴다.

"수지 씨는 아니겠지?"

밖에서 들려오는 김 비서의 중얼거림에 윤재가 나지막하게 미친놈…… 이라고 중얼거렸다. 그러다 손에 든 강아지 가방 안에 잠들어 있던 스마일을 꺼내 푹신한 쿠션 위에 올려주었다. 김 비서 때문에 잡쳐버린 기분으로 축 늘어지는 발걸음을 하곤 침대까지 걸어가 풀썩, 드러누웠다.

아무것도 그려지지 않은 천장을 바라보는 그의 눈빛이 착잡하다.

임세희……. 참, 이상하지. 듣기만 해도 제 기분을 쓸쓸하게 만들었던 그 이름에 이제 더는 쉽게 감정이 흔들리지 않는다. 언제부터 이렇게 된 걸까? 정확한 기억이 없다.

"임세희. 임세희. 임세희……."

그 이름을 아무리 되새겨봐도 아무 감흥이 느껴지지 않는다. 얼굴을 떠올려도 심장은 별 반응을 보이지 않는다.

"정나연……."

그러다 불현듯 불러본 이름.

요동친다. 북 위에 뿌려놓고 북채로 마구 두드렸을 때, 그 위에서 요동치는 모래알들처럼. 심장이 그렇게 걷잡을 수 없게 요동쳤다.

"정나연……."

다시 한번 그 이름을 불러본다. 한번 떠오른 그녀의 생각은 그 누구로도 대신할 수 없었고, 그 무엇으로도 멈출 수가 없게 되었다. 언제부터 이렇게 된 걸까? 확신할 수 있는 기억은 아무것도 없었다.

월요일 아침. 욕조에서 다 씻은 후, 거울을 바라보며 기초화장을 하던 나연이 갑자기 얼굴을 발그레하게 붉히며 실없이 웃었다. 그러다 자신도 모르게 무의식중으로 떠올린 윤재 생각에 웃어버렸다는 것을 깨닫고 얼른 고개를 내저었다.

"휴우."

그를 남몰래 생각하는 것 자체가 꼭 해서는 안 될 불법적인 일처럼 느껴졌다. 어쩐지 요즘 그를 자주 떠올리고, 그것도 부족해서 그를 떠올릴 때마다 제멋대로 날뛰는 감정에 나연은 살짝 난감하기까지 했다.

"스마일 때문이잖아. 스마일 때문에……."

애써 스스로를 그렇게 다독이며 마저 출근 준비를 끝내고 나왔다. 제대로 숨도 쉬지 못할 만큼 사람들로 꽉 차 있는 지옥 같은 지하철에 몸을 싣고 가는 동안 나연은 머릿속으로 보완해야 할 캐릭터들을 생각했다.

'오늘은 색깔도 좀 바꾸고, 표정도 여러 가지 형태로 다듬어봐야겠다.'

역에 도착해 부지런히 회사를 향해 걸어갔다. 시야로 회사가 보이고 또 마침, 윤재가 차에서 내려 안으로 들어가는 게 보였다. 뒤통수만 봐도 반가운 그의 모습에 나연이 걸음에 속도를 높여 뛰었다. 그리고 윤재를 부르려던 나연의 입술이 그대로 멈춰버린 건,

뒤에서 들려오는 여자의 목소리 때문이었다.

"윤재야!"

누군가가 재빠르게 제 곁을 지나쳐 앞에 있는 윤재에게로 뛰어 갔다. 게이트에 카드를 찍고 윤재를 보위하던 김 비서가 먼저 고개를 돌려 여자를 확인하고선 경악스러운 표정을 지어 보였다. 세희 였다. 세희는 급하게 달려와 아무렇지도 않게 윤재에게 팔짱을 끼 웠다. 그 순간, 멀찍이 서 있던 나연과 윤재의 시선이 공중에서 맞 부딪혔다. 나연이 가볍게 묵례를 했고 윤재는 살짝 당황한 눈빛으 로 나연의 시선을 피했다.

"윤재야. 소식 들어서 알고 있지? 나 오늘부터 출근하기로 한 거."

"어? 어. 보는 눈이 많다."

윤재가 자신에게 팔짱을 끼고 있는 세희의 팔을 뿌리치려고 했 지만, 세희가 더욱 완강하게 매달렸다. 점점 다가오고 있는 나연에 윤재의 속이 더욱 타들어 갔다.

"여기는 회사니까 공사 구분 정도는 했으면 싶은데."

그래서 이번엔 더욱 힘을 주어 완강하게 세희의 팔을 뿌리쳤다.

"어? 어…….. 미안. 내가 순간 망각했다. 화난 건 아니지?"

세희가 물어오는 동안, 어느새 게이트 앞까지 온 나연이 카드를 찍고 안으로 들어갔다. 윤재의 시선이 자석의 N극와 S극처럼 자 연스럽게 나연에게로 향했다.

"어. 화난 건 아니야. 그럼 수고해. 나 들어간다."

제대로 된 눈길조차 주지 않고 황급하게 나연에게로 향하는 윤 재의 모습을 보며 순간, 세희의 눈이 무섭게 돌변했다. 그러다 아차 싶었다. 아직 자신을 바라보고 있는 김 비서의 시선이 거두어지지 않았다는 것을 깨달았기 때문이었다. 흠칫, 하고 놀라다가 서둘러 얼굴에 순한 미소를 깔며 김 비서를 바라보았다.

"김 비서님?"

마치 진화하는 벌레를 바라보듯 자신을 보고 있는 김 비서에 세희가 크게 당황했다.

"아, 아닙니다. 아닙니다."

뭐가 아니라는 건지……. 문득, 그렇게 이상한 말만 늘어놓은 김 비서가 허겁지겁 나연의 옆에 붙어 있는 윤재에게로 향했다. 세희가 윤재의 양쪽에 있는 나연과 김 비서를 바라보았다.

신경 쓰여. 너무 신경 쓰여. 곱고 붉은색으로 칠해져 있는 세희의 입술이 사정없이 일그러졌다.

한편, 나연은 직원들 전용 승강기 앞에 서 있는 자신을 기어코 돌려세워 임원 승강기를 태우려는 윤재 때문에 난감하기가 그지 없었다.

"자꾸 이런 거 기다린다는 핑계로 땡땡이치려고 그러는 거지?"

사람들의 시선이 노골적으로 느껴져 부담스러워하자, 윤재가 대뜸 들으라는 듯이 언성을 높여 말하고선 막 도착한 임원 승강기로 나연의 등을 밀어 태웠다. 그래도 문이 닫히는 순간까지 제게 노골적인 시선들을 보내는 직원들의 시선은 거두어지지 않았다. 다시는 임원 전용 승강기에 태우지 말아달라고 말을 하기 위해 나연이 뒤를 돌아 윤재를 올려다보았다.

"이사님."

"이제 친구야. 어렸을 적엔 엄청 친했거든."

윤재가 대뜸 하는 말에 그에게 향해 있던 나연의 시선이 슬그머니 내려갔다. 아까 망설임 없이 그의 이름을 부르던 여자를 이야기하는 듯했다. 이유 모르게 꽁해 있던 마음이 살며시 풀어지는 기분이었다. 하지만 '이제 친구야.'가 가지고 있는 의미는 무엇일까? 그럼 이전에는 친구가 아니었다는 걸까?

대수롭지 않게 넘어가야 할 일들에 왜 이렇게 감정이 요동치는지 스스로의 감정을 이해할 수가 없었다.

"네? 네. 그러셨구나."

"나만 친한 거 아니야. 우윤호 이사님하고도 친했고, 여기 있는 김 비서하고도……."

"전 임세희 아가씨하고 전혀 친하지 않습니다! 그런 오해 어디 가서든 하지 마세요! 불쾌합니다!"

발작이라도 난 것처럼, 심하게 몸부림치며 부정하는 김 비서에 윤재가 발끈하려다 나연이 있는 것을 각성하며 화를 죽였다. 윤재는 답답했다. 방금 전, 나연이 속으로 한 혼잣말이 계속 마음에 걸렸고 제대로 해명할 수 없는 이 난감한 상황이 갑갑했다.

"나 보러 온 것도 아니야. 오늘부터 직원 식당 영양사로 취직했거든."

덧붙인 말에 앞만 보고 있던 나연이 슬그머니 뒤를 돌아 윤재를 마주 보았다. 전엔 쉽게 볼 수 없던 차게 식은 눈동자에 윤재의 심장이 쿵, 하고 절벽 아래로 내동댕이쳐지는 기분이었다. 이상할 정도로 불안하고 싫었다. 뭔가 실망한 듯한 저런 눈빛으로 자신을 바라보는 것이.

"저 별로 신경 안 써요. 그래서 이사님이 왜 제게 그런 말씀을 계속하시는지 잘 모르겠어요."

'이사님이랑 나, 아무 사이도 아니니까……. 그러니까 난 신경 쓸 자격도, 쓸 필요도 없어…….'

마침 승강기가 멈추고, 나연이 쓸쓸한 표정을 하며 옆으로 물러서 윤재가 지나갈 길을 만들어주었다. 나연의 몇 마디가 차갑고 뾰족한 얼음조각처럼 심장을 찌르듯 느껴졌다. 머리가 멍해졌다. 꼭 예상치 못한 이별이라도 당한 사람처럼.

속으로 중얼거리는 '아무 사이도 아니니까.'라는 말이 이렇게 윤재를 허망하게 만들 줄은 몰랐다. 힘없는 발걸음으로 승강기에서 내리자, 그 뒤를 나연이 조용히 따랐다. 함께 사무실에 들어와 2층으로 향하는 동안, 윤재는 제 자리로 가서 가방을 내려놓고 선배들에게 인사를 하고 있는 나연을 바라보았다.

'아무 사이도 아니니까.'

내 허락도 없이, 너와 내 사이를 그렇게 단정 짓지 마.

윤재는 그렇게 하고 싶은 말을 마음속으로 되새겼다. 한동안, 나연을 바라보며.

윤재와 함께 점심을 먹던 윤호는 그의 주변에서 느껴지는 우울한 아우라에 큼, 하고 헛기침을 해보았다. 그럼에도 윤재는 넋이 나가서는 초밥을 억지로 입에 가져다 대고 있었다.

"윤재야."

참다못한 윤호가 그런 윤재에게 손을 뻗어 어깨를 잡고 흔들었다. 그제야 윤재가 정신을 차리고 응? 하고 되물어왔다.

"왜 그래? 너. 무슨 일이라도 있는 거야?"

"아니야. 아무것도."

"세희 때문에 그래?"

"어? 아니."

세희의 '세' 자도 생각하지 못하고 있던 터라, 윤재의 대답은 즉각적으로 흘러나왔다.

"스마일 말이야. 많이 귀엽더라. 아침에 낑낑거리면서 자고 있는 네 침대 위로 올라가기도 하고."

"그렇지? 귀엽······."

동조하던 윤재의 말이 잠시 끊겨지고 주변의 온도가 갑자기 침체되었다.

"근데 그걸 형이 어떻게 알아?"

"어? 할아버지가 그러시던데."

"아······. 맞아. 귀여워. 아주 귀엽지."

윤재가 작은 머리를 희미하게 끄덕이며 대답했다. 그런 윤재의 모습을 보다가 윤호가 가장 맛있어 보이는 초밥을 집어, 막 윤재의 앞에 놓아주었을 때였다.

"아, 뜨거!"

갑자기 윤재가 뒤로 몸을 빼며 고함을 질렀고 윤호가 화들짝 놀랐다.

"윤재야."

숨을 쉬는 것조차도 멈춘 듯 보이던 윤재가 혼란스러운 얼굴을 하고서는 그대로 자리에서 일어나 가게를 빠져나갔다.

"윤재야!"

전면이 유리창인 가게 밖으로 정신없이 달려가는 윤재의 뒷모습을 바라보며 윤호가 비워져 있는 윤재의 자리를 바라보았다.

"뜨겁다니……?"

단 한 번도 손대지 않은 장국, 단 한 번도 마시지 않은 물이 그대로인 채, 아주 깨끗한 자리만이 윤호의 시야로 들어올 뿐이었다. 혹시, 윤재에게 또다시 다른 변수가 생긴 건 아닐까 싶은 마음에 윤호의 걱정이 깊어졌다. 도저히 식사를 끝까지 이어 갈 수 없던 윤호도 급하게 회사로 돌아가 조 비서에게 윤재에 대한 상황을 좀 알아보라고 지시했다.

얼마 있지 않아 조 비서가 들어왔다.

"이사님."

"그래. 어떻게 된 일이야? 윤재는 괜찮아?"

조 비서가 보안실로 가서 모든 CCTV를 되돌려 확인한 결과, 윤재는 급하게 회사 로비로 달려와 곧장 직원 식당으로 향했다고 한다. 마치 처음부터 자신의 목적지를 알던 사람처럼 말이다.

그렇게 다시 확인한 직원 식당에서 나연에게 재킷을 벗어주고 세희와 대화를 하더니 나가버리는 것까지 CCTV에 잡혔다고 했다. 조 비서는 주변에 있던 사람들과 식당 직원들을 찾아가 상황을 물었고 비로소 정황을 완벽하게 알게 되었다.

영양사의 실수로 뜨거운 국이 여직원의 옷에 쏟아지는 사고가 있었다는 것을. 그리고 그 여직원이 윤재가 관심을 보이던 정나연이라는 사실을.

"어떻게 안 거지?"

그런데 아무리 생각해봐도 이상하다. 그 멀리에 있던 윤재가 어떻게 알게 되었을까? 김 비서에게 연락을 받은 것도 아닌데…….

그리고 더 이상한 건, 윤재의 행동이었다.

'아, 뜨거!'

윤호는 초밥집을 뛰어나가기 직전 윤재의 행동을 떠올렸다. 뜨거운 그 어떤 것도 윤재의 몸에 닿지 않았었다.

'여직원 옷에 뜨거운 국이…….'

동시에 조 비서가 제게 전하던 말이 겹쳐 떠올랐고 윤호의 얼굴이 심각하게 굳어졌다.

"설마."

잠시 생각을 했다가 윤호가 허탈하게 웃었다.

"아니, 그런 일이 세상에 존재할 리 없잖아."

방금 한 상상이 우스꽝스러운 것이라 여기면서도 윤호의 머릿속에는 여전히 '그래도……'라는 가정만이 잔상처럼 맴돌았다.

"아, 뜨거!"

플라스틱 쟁반을 든 나연이 아련한 비명을 내질렀다. 국이 담겨져 있는 그릇을 놓아주던 영양사의 손이 미끄러졌는지, 내려놓다가 그대로 엎어트리는 바람에 나연의 옷이 다 젖어버리고 말았다. 그것도 뜨거운 미소 된장국에.

"어머, 괜찮으세요?"

미안해서 어쩔 줄 몰라 하는 영양사는 오늘 아침에 로비에서 마주친 여자였다. 윤재의 곁에 찰싹 달라붙어 있던 그 여자. 나연은 난감한 얼굴을 하고서는 젖은 자신의 옷을 내려다보았다. 미역 건더기가 붙어 있는 옷은 생각보다 많이 젖어서, 안에 있는 속옷까지 비치고 있었다.

"휴우……."

속상한 마음에 한숨이 절로 다 터져 나왔다.

"미안해서 어떡해요? 새 옷이라도 사줄게요."

주방에서 나온 영양사가 눈물까지 글썽이며 말했다. 괜찮아요,
라는 말이 나오질 않았다. 도저히 일을 할 수가 없을 정도로 찝찝
한 상태였기 때문이었다. 더군다나 국이 꽤 뜨거웠는지 살이 꽤 따
끔거리기도 했다.

"여기서 잠깐 기다려요. 내가 화상 연고랑 지갑을 좀 들고 나올
게요."

영양사가 사무실 안으로 들어가고 나연이 멀뚱히 직원 식당 출
구 앞에 서 있었다. 지나다니면서 힐끔힐끔, 자신을 쳐다보는 사람
들의 시선에 그다지 좋은 감정이 실려 있는 것 같지 않아서 창피
하기만 했다. 비치는 속옷을 가리는 것이 더 이상해 보일까 싶어
몸을 구석 쪽으로 돌렸을 때였다.

"……!"

어깨가 갑자기 무거워지면서 온몸에 따뜻한 기운이 서렸다. 제
어깨에 걸쳐진 재킷을 본 나연이 깜짝 놀라 돌아섰다.

"무슨 일이야?"

이사님이었다.

어정쩡하게 서 있는 나연을 아예 자신 쪽으로 돌려세운 윤재가
재킷을 직접 잠가주었다. 그 모습은 지나가던 사람들의 이목을 끌
기에 충분했고 나연을 당황하게 만들기에도 충분한 행동이었다.

"다친 곳은 없고?"

"아, 살짝 데이긴 했는데, 괜찮아요."

212

"뭐가 괜찮다는 거지? 그럼, 일단 병원 먼저 가자."

그의 손이 아래로 내려와 그녀의 얇은 손목을 움켜잡았다. 아프거나 강압적인 손길은 아니었다. 제 손목을 잡은 윤재의 손은 분명, 부드럽고 든든했다.

"윤재야."

돌아서 출구를 나가려던 윤재의 강건한 발걸음이 멈춘 건, 뒤에서 들려오는 세희의 목소리 때문이었다. 한 손엔 지갑과 다른 한 손엔 연고를 들고 있는 세희의 눈동자가 나연의 손목을 잡고 있는 윤재의 손으로 내려갔다. 하지만 윤재는 놓고 싶지 않았다.

"급한 일이 있어서, 나중에 얘기하자."

"잠깐만. 윤재야."

돌아서려는 윤재를 세희가 기필코 막아 세웠다. 금방이라도 울어버릴 것만 같은 그녀의 얼굴에도 윤재는 이상할 정도로 아무 감흥이 없었다.

"실수로 그런 거야. 내가 직접 병원 데리고 가고 옷도 사줘야 죄책감을 덜 수 있을 것 같아."

세희와 나연만 보내면 마음이 불편할 것 같았다. 그렇다고 셋이서 가게 된다면 그 사이에서 나연이 마음이 불편할 것 같았다. 결론은 하나였다. 지금 당장, 나연을 데리고 나갈 사람은 자신뿐이어야 한다고.

"넌 지금 일하는 중 아니야?"

"어?"

"자리 비우면 안 되잖아. 그리고 지금 이렇게 잡다한 대화 나눌 시간 없어. 이 사람, 빨리 가서 치료받아야 돼. 그러니까 비켜."

'급하게 치료를 받을 정도로 다치진 않았는데……'

뒤에서 들려오는 나연의 난감한 목소리에도 윤재는 아랑곳하지 않았다. 자신이 한 말에 충격을 받았는지, 망부석이 되어 서 있는 세희를 윤재는 비켜 지나갔다.

회사에서 나오자마자 치료까지는 받지 않아도 된다고 버텼지만 윤재는 끝까지 응급실로 갈 것에 고집을 꺾지 않았고, 결국 나연은 응급실로 향해야 했다. 응급실에선 고작 이런 걸로 왔냐는 듯한 간호사의 눈총을 받으며 치료를 받고 나왔다.

"괜찮아?"

"네."

그의 행동이 조금 요란스럽다고 느껴지기도 하지만, 한편으로는 이렇게 자신을 챙겨주고 있다는 것이 고맙게도 느껴졌다. 언제부터였는지 기억도 희미하다. 누군가가 나를 이렇게 애타게 챙겨주는 것이. 작은 상처에도 어쩔 줄 몰라 하고 같이 걱정해주는 것이. 그런데, 왜? 가족도 아니고 남자친구도 아닌…….

여기까지 생각에 미친 나연이 눈을 찔끔 감고 얼른 고개를 내저었다. 눈을 떴을 때, 그런 자신을 가만히 바라보고 있는 윤재와 눈이 마주쳤다. 마치, 속마음을 들켜버린 것 같아 당황해서 시선을 피하다가 불현듯 의아함이 지적으로 다가왔다.

"그런데 어떻게 아셨어요?"

"뭐가?"

"저 다친 거 말이에요."

자신의 질문에 아무 대답도 하지 않고 살며시 입술을 깨무는 윤재의 행동이 나연의 궁금증을 더욱 증폭시켰다. 그의 대답이 흘러 나올 입술을 나연은 집요하게 바라보았다.

"김 비서한테 들었어."

"김 비서님한테요? 김 비서님은 식당에 계셨……."

"옷 사려면 서둘러야 할 것 같은데? 점심시간 다 지나가고 있잖아."

넓은 보폭으로 도로로 나서 택시를 잡는 윤재를 바라보는 나연의 눈엔 혼란스러움이 가득 배어 있었다. 아무것도 이해가 되는 것은 없었다. 그 주변에서 찾아볼 수 없었던 김 비서님의 행방과 갑작스럽게 나타난 그.

"내가 잘못 본 건가?"

그러다 금세 생각을 돌렸다. 나연은 자신이 김 비서님을 못 봤을 확률이 높다고 단정 지었다. 그렇지 않고서는 지금 이 모든 상황들이 쉽게 설명이 되지 않기 때문이었다.

얼마 있으면 진행하게 될 최종발표에서 꼭 자신의 것이 채택되길 바라는 마음으로 나연은 오늘도 자신의 모든 열정을 쏟아부으리라 다짐했다. 그래서 퇴근시간이 되자마자 서둘러 일어나는 선배들에게 인사를 하고 이제 막 아래로 내려오고 있는 윤재에게도 인사를 건넸다.

"수고하셨습니다, 이사님. 내일 뵙겠습니다."

"그래."

"그리고 오늘도 여러모로 너무 감사드렸습니다. 전 항상 이사님께 피해만 끼치고 도움만 받으면서 사는 것 같아요."

"그럼 잘해."

"네?"

"그럼 나한테 잘하라고."

"아, 네."

윤재다운 대답이라고 생각하며 나연이 싱긋 웃었다. 아니라고, 신경 쓰지 말라고 말을 했다면 오히려 더 큰 부담을 가졌을 터였다. 그렇게 생각하며 나연은 아직도 제 앞에서 거두어지지 않은 그림자를 올려다보았다.

"안 가세요?"

"가야지. 오늘은 막차 끊길 때까지 일하지 말고."

"아, 네!"

"그럼, 나 간다."

"네! 조심히 들어가세요!"

찡긋하며 눈으로 대신 인사를 건네는 김 비서님과 함께 사무실을 가로저으며 멀어지던 윤재가 돌연 다시 돌아서 다가오고 있었다. 나연이 고개를 갸웃하며 바라보았다.

"근데 생각해봤는데, 나한테 언제부터 잘할 생각이야?"

"네?"

"언제부터 잘할 생각이냐고."

"아, 그……."

"나 배고파."

"네?"

"집까지 갈 힘이 없어. 배고파서. 그러니까, 밥을 사주든 아니면 뭘 좀 사오든."

"이사님 배고프십니까? 그럼 제가 저희 회사 바로 앞에 중국집으로 예약을 하겠습니다!"

윤재의 말을 끊은 건, 앞에 서 있는 나연이 아닌 뒤에 서 있는 김 비서였다. 그런 김 비서를 윤재가 날카로운 눈빛으로 내려다보았다.

"너 아직도 퇴근 안 했냐?"

"네?"

"하라고. 퇴근."

"아니, 그래도 이사님이 여기 계시는데."

"네가 언제부터 날 그렇게 생각했다고. 해, 빨리. 퇴근. 혼자. 얼른. 안 가?"

뒷부분은 나연에게 들릴 듯 말 듯한 목소리로 한 말이었지만, 그것을 전달하는 표정이 워낙 살벌한 탓에 김 비서는 하는 수 없이 혼자 뒷걸음질을 쳐야 했다.

"그럼, 집에서 뵙겠습니다."

돌아서 가는 김 비서에게 눈길조차 주지 않고 윤재는 어느새, 나연만 바라보고 서 있었다.

"나한테 잘한다며. 그러니까, 밥 사달라고."

"아, 그 말씀이구나. 뭐 드시고 싶으세요? 어차피 저도 야근하려면 저녁 먹어야 해서 나가려고 그랬거든요. 같이 먹으러 가요."

"나가는 건 귀찮고, 가서 사와. 그 앞에 포장마차 있던데? 거기서 어묵이랑 떡볶이랑 그때 먹었던 그 검은색 잡채 있는 거."

"순대요?"

"어, 그래. 그거."

"그럼 잠시만 기다리세요. 금방 사올게요."

윤재가 가만히 입술을 다물었다. 그녀가 속으로 무슨 말을 할지, 궁금하기 때문이었다. 말을 하지 않는 건가? 들리지 않았다.

"사서 휴게실로 와."

씩씩하게 대답을 하고 돌아서는 나연을 바라보는 윤재의 입술이 웃음을 참느라 실룩거렸다. 함께 밥은 먹고 싶은데, 애 돈은 많이 쓰게 하고 싶지 않고, 저녁을 서서 먹이게 하고 싶지도 않아서 내린 최선의 방법이었다. 휴게실로 간 윤재는 음료수 자판기 앞에 서서 나연이 뭘 좋아할지 몰라 만 원짜리를 놓고 하나씩, 하나씩 버튼을 눌러 뽑았다.

'어묵을 한 스무 개 정도 사야 하나? 그때 좋아하셨던 것 같은데…… 그래도 다행이다. 내가 사드릴 수 있는 것들을 좋아해주셔서. 앞으로도 많이 사드려야지.'

나연의 목소리가 들린다. 마음속으로 생각하는 것이 너무 예뻐서 윤재가 저도 모르게 또 미소를 흘려보냈다. 윤재가 자판기에 있는 12개 정도 되는 음료수를 죄다 뽑아 테이블 위로 옮기고 있던 그때였다. 재킷 주머니에 두었던 휴대폰이 요란스럽게 울렸다. 아마 자신을 매몰차게 내친 윤재에게 섭섭해서 하소연을 하려는 김 비서일 거라고 생각했다. 하지만 화면 액정에 찍힌 이름은 세희였다. 받을까 말까, 망설이다가 피하는 것은 어쩐지 찌질한 짓 같아서 받았다.

"여보세요."

-윤재야, 나야아.

온전치 못한 발음을 보아 알코올이라는 성분을 만나 제압당한 것이 분명하다고 단언했다. 그녀는 지금 술에 취한 거였다.

"어. 알아."

-말투가 왜 그렇게 차가워? 너 나한테 안 그랬잖아.

서운해하며 투정 부리는 그녀의 존재가 어쩐지, 성가시게 느껴졌다. 그래서 윤재는 스스로를 간사하다고 느꼈다. 예전엔 아련하기만 했던 세희와의 전화 통화가 왜 이렇게 다르게 느껴지는 것인지. 하지만 그러면서도 멀찍이 밀어두었던 기억들을 소환하자면 그다지 좋다, 라고 말할 수 있는 것도 없었다.

세희는 언제나 이런 식이었다.

자신이 외로울 때, 술을 마시고 혼자 가지 못할 것 같을 때, 누군가에게 자신이 더 잘났다는 것을 과시하고 싶을 때, 그럴 때만 윤재를 찾았다. 그러나 막상 자신이 그런 감정으로 힘들어하고 있을 때, 그녀는 도망갔다. 그것도 아주 멀리멀리.

그 마음을 이해 못 하는 것은 아니다. 자신조차도 이유 모를 여자의 목소리가 들렸을 때, 도망가고 싶었으니까. 자신조차도 스스로가 끔찍한 존재였으니까. 하지만 그럼에도 있어주길 바랐다.

지금의 나연처럼. 회사 내에서 떠도는 그 소문에도 아랑곳하지 않고 제 곁에 있어주는 나연이처럼. 다른 사람처럼 미친 사람 취급하지 않고 그냥 사람처럼 대해주는 나연처럼.

"너 많이 취한 것 같다. 그만 집에 들어가."

-나 혼자서 집에 못 갈 것 같아. 너무 취했나 봐. 세상이 어지러워. 나 집에 좀 데려다주라, 윤재야. 응?

세희의 부탁에 대답을 하려던 윤재의 시선이 막 휴게실 문을 열고 들어오는 나연과 마주쳤다. 윤재는 나연을 바라보며 입술을 떼어냈다.

"……알았어. 조금만 기다려."

전화를 끊고 테이블 위에 올려져 있는 음료들에 놀라는 나연을 보며 윤재는 자리에서 일어났다.

"어디 가세요?"

"잠깐 나갔다 올게. 먼저 먹고 있어."

심상치 않아 보이는 그의 얼굴에 나연의 얼굴도 금세 시무룩해졌다. 하지만 그 시무룩한 얼굴을 얼른 거두어내며 그 자리에 옅은 웃음을 흘렸다.

"네. 다녀오세요."

조금만 기다리라는 윤재의 대답이 흡족해 세희의 입술이 만족스러운 미소를 띠었다. 전화를 끊고 자신이 있는 위치를 문자로 보낸 세희는 앞에 놓인 유리잔을 집어 들어 단숨에 양주를 털어 마셨다.

"이렇게 올 거면서, 오늘 낮에는 내 속을 왜 그렇게 속상하게 만든 거니, 우윤재."

오늘 낮에 그 보잘것없는 여자에게 했던 윤재의 행동만 떠오르면 속이 부글부글 끓어올랐다. 그래도 데리러 오겠다는 윤재의 말에 살짝 위로가 되었다.

술을 다 마신 세희가 파우치를 꺼내 얼굴을 정리했다. 그리고 머리카락을 살짝 흩트려놓았다. 자신이 어디에 있든, 언제든지 데리러 오는 윤재의 모습을 그 여자에게 꼭 보여주고 싶다는 욕심에 뭐 보여줄 방법 없나, 하고 고민하고 있을 때였다.

"임세희 씨가 어느 분이시죠?"

멀찍이서 들려오는 목소리에 세희가 깜짝 놀라 돌아보았다. 난생처음 보는 남자가 주변을 두리번거리고 있었다.

"임세희 씨?"

"제가 임세희인데요?"

세희의 대답에 남자가 성큼성큼 달려왔다.

"아, 우윤재 씨가 보내서 왔습니다. 대리운전인데요. 가시죠."

"네?"

"대리운전이라고요. 직접 차 키 주시면서 이 주소 알려주셨는데. 임세희 씨 댁까지 모셔다드리고 다시 차를 회사까지 몰고 오는 조건으로 세 배 이상 쳐주신다고 하셔서 왔습니다."

대리운전사의 말에 세희는 뒤통수라도 가격당한 것처럼 넋을 놓고 말았다. 너무 어이가 없어서 숨도 제대로 쉬어지지 않았다.

우윤재, 너 자꾸만 이렇게 삐딱선 탄다 이거지?

자존심이 뭉개진 세희의 얼굴이 날카롭게 구겨졌다.

잠시 전화 통화를 하고 다시 돌아온 윤재가 나연의 맞은편에 앉았다. 나연이 나무젓가락을 뜯어서 윤재의 앞에 살포시 놓아주었다.

"그런데 이 음료는 다 뭐예요?"

"네가 뭘 마신다고 할지 몰라서."

"그럼 제가 오고 나서 뽑아 오셔도 될 걸……. 돈 아깝게."

"다 마시면 되지."

"언제 다 마셔요, 이걸."

"오늘 다 못 마시면 내일 마시면 되잖아."

"아, 그런 방법이."

큰 깨달음을 얻었다는 나연의 반응에 윤재가 입가에 미소를 살짝 머금고는 고개를 절레절레 내저었다.

"빨리 먹자. 식겠다."

"네에."

배가 고팠는지, 꽤 허겁지겁 먹는 나연을 바라보며 윤재가 걱정스러운 얼굴로 휴지를 내밀었다.

"천천히 먹어. 내가 덜 먹을게."

"아니에요! 이사님 더 많이 드세요! 근데, 정말 너무 맛있어요!"

입술 옆에 붉은 소스를 묻히고선 맛있다며 환하게 웃는 나연을 마주한 순간, 윤재의 심장이 걷잡을 수 없이 뛰었다. 해변 어딘가에 꽂아놓은 풍향계처럼, 마구잡이로 흔들렸다. 복숭앗빛처럼 달아오른 볼과 창문으로 들어오는 노을빛 햇살을 받아 반짝이는 금빛 색깔의 솜털. 반달처럼 휘어지는 눈과 앙증맞은 콧방울.

그 모든 것들이 윤재의 심장을 움직이게 만드는 것 같았다.

이상하다. 모든 것이 이상하다. 이상하지 않은 것이 없을 정도로 이상하다.

"이상해."

무언가에 홀린 듯, 그렇게 말해버리고 말았다. 두 눈에 그녀의 모든 것을 꽉 담은 채로.

"네? 저요?"

"아니. 너 말고."

"……."

"나."

고요하게 눈을 감았다가 뜨며 자신을 바라보는 나연을 향해 윤재는 이해할 수 없을 정도로 난동을 피우는 감정을 어찌해야 할지, 막막해져 왔다. 하지만 그 난동을 피우는 감정 속에서 선명하게 자신을 드러내는 감정이 하나 있었다.

지켜주고 싶다. 나는 네가 아프지 않게 지켜주고 싶다.

지켜주고 싶다. 그 말간 웃음을, 영원히 네 곁을 차지하고 앉아 지켜주고 싶다.

나연과 든든하게 저녁을 해결하고 들어온 윤재는 소파에 앉아 스마일과 놀다가 저를 반기는 우 회장에게 다가갔다.

"다녀왔습니다, 할아버지."

"요즘 자주 늦는구나. 일을 꽤 열심히 하는 모양이야."

일도 일이지만, 오늘 같은 경우에는 나연과 밥을 먹겠다고 늦은 터라 윤재는 살짝 드는 머쓱함을 떨쳐낼 수가 없었다. 그래서 어색하게 웃고 있는데, 우 회장의 다음 말이 날아왔다.

"그런데 김 비서는?"

"아직 안 들어왔어요?"

우 회장이 낮게 고개를 끄덕였다. 분명 자신보다 훨씬 먼저 퇴근했는데, 아직 오지 않은 김 비서의 행방이 은근히 걱정되었다.

"제가 전화 한번 해볼게요."

"그래. 올라가서 쉬도록 해라."

"네."

곧장 윤재에게서 스마일로 관심을 돌린 우 회장을 두고 자신의 방으로 올라온 윤재가 침대에 걸터앉아 김 비서에게 전화를 걸었다. 이전엔 단 한 번도 없었던 일이라, 괜한 오지랖은 아닌가 싶다가도 하게 되었다. 신호는 얼마 가지 않아 달칵, 하고 바뀌었고 주변에선 도로 위를 달리는 차 소리들이 들려왔다.

"집에 왜 안 들어와."

-저 혼자 술 마시고 있습니다.

"왜 안 하던 짓을 해? 뒤늦게 사춘기라도 찾아온 거야, 뭐야?"

-이사님!

갑자기 자신을 꽥, 하고 부르는 김 비서에 윤재가 깜짝 놀라 귀에서 수화기를 떼어냈다.

"야."

-윤재 형!

그의 목소리가 예사롭지 않게 느껴진 탓에 윤재는 더는 장난식으로 넘어갈 수가 없었다.

"너 어디야, 지금."

김 비서에게 전해들은 위치대로 나가보니, 그는 의자에 앉은 채 태아처럼 몸을 구부리고서는 마지막 정신줄을 잡으려고 아등거리고 있었다. 이리저리 갈대처럼 흔들리는 김 비서의 뒷모습을 바라보다, 계산을 먼저 하고 그의 맞은편에 가 앉았다.

"김형광."

나지막하게 부르자, 잔뜩 구부려져 있던 그의 상체가 천천히 들렸다. 붉은 눈은 술에 취해서인지, 피곤해서 그런지, 울어서 그런지, 알 수 없었다. 윤재는 소주 빈 잔을 제 앞에 놓고 술을 채워 쭉 들이켰다.

"제가 오늘요, 오늘부터요. 다이어트를 하려고 했는데요."

김 비서가 제 가슴을 퍽퍽 치며 말을 이어나갔다.

"그래서요. 오늘 저한테 먼저 가라고 하셨잖아요? 그래서 제가 비상구 계단으로 내려왔거든요. 근데, 근데……."

얼굴 가득 퍼져 있는 서글픈 웃음 또한 취해서 나오는 건지, 아니면 슬픔을 가리기 위해 억지로 내보내는 건지, 윤재는 가만히 김 비서를 바라보았다. 여전히 적응이 되지 않는다. 절대 담담할 수 없었다. 누군가가 아파하는 모습을 지켜보는 것이. 김 비서는 확실히 아파하고 괴로워하고 있었다. 그것도 자신 때문에.

"거기서 조 비서랑 탁 비서가 하는 얘기를 듣게 되었어요. 비서라는 사람들이 왜 그렇게 조심성도 없이 막 입을 나불거리는지. 이사님, 오늘 정나연 씨한테 달려갔다면서요? 그것도 우윤호 이사님이랑 식사하다가 도중에, 갑자기."

허공에 대고 손을 흐느적거리며 설명하던 김 비서가 갑자기 허탈한 웃음을 지으며 제 머리를 쓸어 넘겼다.

"그 찜질방을 찾아갔을 때부터 이상했어요."

윤재는 깨달았다. 나연과 연결되어 있는 이 설명할 수 없는 관계에 대해 김 비서가 다 알게 되었다는 것을. 다 들켜버린 것 같다.

"이렇게 눈치가 빠른 녀석이 왜 다른 업무는 제대로 못할까."

김 비서에게 건네는 윤재의 목소리에 얼핏 서러움에 스며들어 있었다.

"아니요. 저 눈치 둔해요. 그러니까, 이제 와서 알게 된 거죠."

멍청한 자신이라며 주먹으로 머리를 내려치는 김 비서를 윤재는 굳이 말리지 않았다.

"왜 안 말리세요?"

"그냥. 나도 평소 하고 싶었던 거라."

윤재의 대답에 김 비서의 얼굴이 샐쭉해졌다. 그러다 다시 깊은 한숨을 내리쉬며 심각해졌다. 초마다 수시로 변하는 그의 감정을 윤재는 충분히 이해해주고 있었다.

"제가 생각하는 거 맞아요?"

"무슨 생각을 하고 있는데."

"첫눈에 반하신 거. 맞죠?"

예기치 못한 대답이다. 윤재는 믿은 도끼에 발등이 찍힌 것처럼, 넋이 나가 있었다.

"나연 씨 좋아하는 거잖아요. 그래서 그렇게 시도 때도 없이 달려가시는 거잖아요. 그렇죠? 좋아하니까, 매일 뭘 하는지 궁금해하시고. 그래서 가서 보시고. 그런데 왜 저한테 그 말씀 안 하셨어요? 저희 둘, 비밀 같은 거 없는 사이 아니었어요? 전, 수지 씨 좋아해요. 맞아요, 그래서 지금 막, 잘해보고 싶은데 생각처럼 안 되고 그래서 속상해요."

"그러니까, 고작 말 안 했다는 그 이유 때문에 이러고 있다는 거야?"

"당연하죠! 우리 둘 사이에 비밀 같은 건 없어야 해요!"

억울해하며 술을 따라 마시려는 김 비서를 윤재는 허탈하게 바라보았다. 머릿속에 아무 말도 떠오르지 않을 정도로 허망했다.

"왜 아무 말씀 안 하세요?"

"뭘 어떻게 말해야 할지 모르겠어."

"앞으로 절대 그런 비밀, 만들지 마세요."

새끼손가락을 내미는 김 비서에 윤재는 팔짱을 끼고 아무 행동도 취하지 않았다.

"아, 약속해요. 어서요."

하지만 가만히 있을 김 비서가 아니었다. 기어코 윤재의 팔을 끌어다가 새끼손가락을 걸어 약속을 한 김 비서는 이제야 마음이 편하다는 말을 끝으로 그대로 식탁에 머리를 박았다.

"김 비서?"

코까지 골며 곯아떨어져버린 김 비서를 보며 윤재는 허탈해서 미친 사람처럼 계속 웃었다. 그러다 그의 웃음이 멈춘 것은 김 비서가 했던 말이 불현듯, 머릿속에서 퍼져나갔을 때였다.

'나연 씨 좋아하는 거잖아요. 그래서 그렇게 시도 때도 없이 달려가시는 거잖아요. 그렇죠? 좋아하니까, 매일 뭘 하는지 궁금해하시고. 그래서 가서 보시고.'

날이 밝아 온 아침, 한숨도 자지 못한 윤재가 침대에서 힘겹게 일어나 욕실로 들어가 샤워를 했다. 젖은 머리를 말리며 나와 드레스룸을 열었을 때, 대충 노크 소리가 들리더니 김 비서가 안으로 허겁지겁 들어왔다.

"이사님! 잘못했습니다! 제가 그렇게까지 술을 처마시는 게 아니었는데!"

자책하며 제 머리를 마구 후려치는 김 비서를 윤재는 굳이 말리지 않고 방관했다. 김 비서는 어제 취했다는 이유로 자신의 이름을 마구 부르는 것도 부족해서 떠오르기조차 끔찍하게 볼에 뽀뽀를 하는 일까지 저질렀다. 거기까지 떠오른 윤재는 술도 먹지 않은 속이 느글거리는 것 같았다.

"비켜."

드레스룸 앞에서 무릎을 꿇고 사죄하는 김 비서를 윤재가 가볍게 밀쳐내고 안으로 들어갔다. 김 비서가 용수철처럼 튕겨 올랐다가 다시 무릎을 꿇고 앉았다.

"다시는 그런 일 없게 조심, 또 조심하도록 하겠습니다!"

"듣기 싫어. 당장 나가."

"이사님!"

"양치라도 하고 오든가! 술 냄새 배기 전에 꺼지라고!"

확 높아지는 윤재의 목소리에 놀란 김 비서가 허둥지둥 일어나 드레스룸을 빠져나갔다.

"저 골칫덩어리."

'나연 씨 좋아하는 거잖아요. 그래서 그렇게 시도 때도 없이…….'

어제 밤새도록 몸을 뒤척이며 했던 고민들. 그리고 그 고민들을 해결할 수 있는 수많은 답안들. 그리고 윤재는 알고 있었다. 자신의 답은 단 한 가지뿐이라는 거…….

그래서 김 비서가 한 말들을 인정할 수밖에 없다는 것을.

로비에 배치되어 있는 의자에 앉아서 밖을 바라보고 있던 세희가 벌떡 일어났다. 그러고는 막 수동문을 통해 안으로 들어오는 윤재에게로 달려갔다.

"윤재야, 잠깐 나랑 얘기 좀 해."

윤재가 옆에 있던 김 비서에게 눈짓을 했고 김 비서가 물러섰다. 주변에 지나다니며 바라보는 눈들이 많아 불편함을 느낀 세희가 로비 안에 있는 카페를 가리켰다.

"저기서 얘기하자."

"아니, 그냥 여기서 해. 바로 올라가봐야 돼."

이제 작은 시간조차도 제게 줄 수 없다는 듯한 윤재의 냉담한 반응에 세희는 어깨가 다 들썩일 정도로 깊은 한숨을 내쉬었다. 어제 윤재가 보낸 대리운전사를 돌려보내고 혼자 집으로 가던 세희의 휴대폰으로 발신번호도 없이 사진 한 장이 날아왔다.

휴게실에서 윤재와 나연. 단둘이 마주 보고 앉아서 웃으면서 저녁을 먹고 있는 사진. 그 사진을 본 순간, 세희는 아무것도 할 수가 없었다. 너무 해맑게 웃는 윤재를 보며 어쩌면 나연에게 모든 것을 다 빼앗길 수도 있을 거라는 조급함이 끝까지 지키고 싶었던 이성을 앞서버린 거였다.

"너 정말 너무해. 나한테 너무한다고. 나 다시 돌아왔잖아. 나 너한테 다시 돌아온 거야, 윤재야."

자신을 바라보는 윤재의 눈동자가 미세하게 흔들렸다. 그것을 본 세희가 손을 뻗어 윤재를 만지려는 순간, 그가 뒤로 한 발자국 물러섰다.

"돌아오라고 한 적 없는데."

"뭐?"

"내가 너한테 다시 돌아와달라고 한 적 없잖아. 네가 오고 싶어서 왔는데 나보고 뭐 어쩌라고."

귀찮아하는 감정이 역력한 눈동자였다. 질린다는 그 얼굴을 제게 보이고 있는 윤재에 세희는 큰 충격을 받았다. 뭐지? 어디서부터 잘못된 거지?

"어? 정 사원."

혼란스러워하는 세희의 귓전으로 윤재의 목소리가 들렸다. 방금 전, 자신에게 했던 것과는 확연히 다른 밝은 목소리였다. 그 소리를 따라가 보니, 자동문 안에서 아직 로비로 들어오지도 않은 나연이 보였다. 윤재는 그 모습만으로도 반가워 어쩔 줄 몰라 하고 있었다.

"윤재야, 너 지금 나하고 말하고 있잖아."

세희의 말에 윤재가 다시 그녀와 마주 보았다. 그 잠깐 사이에 또다시 확 변한 표정에 세희는 억울하기까지 했다.

"세희야."

"응, 윤재야."

"너는 이런 일로 이렇게 공사 구분 못 하고 나 붙잡는 일 없었으면 좋겠다."

"……."

"여긴 직장이고 난 엄연히 네 상사야. 위치에 맞게 행동을 좀 해줬으면 해. 네가 하고 싶은 일이라며 들어온 직장이잖아. 알았지?"

대답을 강요하는 차갑게 식은 눈동자에 세희는 그저 대답을 할 수밖에 없었다.

"알았어."

세희의 대답이 끝나자마자 옆으로 지나가는 나연을 따라 윤재가 걸음을 옮겼다. 세희가 천천히 뒤를 돌아 윤재를 바라보았다. 인사를 건네는 나연을 향해, 무뚝뚝하게 받아치는 것 같으면서도 그의 입술에 걸쳐진 옅은 미소가 눈에 띄었다. 자신도 모르게 주먹이 꽉 쥐어졌다.

고작 저거한테 우석그룹의 우윤재를 빼앗길 수는 없어!

[수지 씨, 오늘 점심 같이 드실래요?]

출근하자마자 자리에 앉아 수지에게 문자를 넣은 김 비서는 오늘도 분명 답장이 퇴근 후에나 올 것이라 생각하며 쓸쓸한 표정을 지었다. 휴대폰을 옆으로 밀어내고 이번 주말에 갔다 온 나연의 어린 시절 보육원으로부터 온 메일을 확인하기 위해 컴퓨터를 켰다.

나연에 대한 과거를 정확하게 알지 못한다는 원장에게 좀 알아봐달라고 사정사정을 했지만 그는 함구했다. 하는 수 없이 미리 알아보았던 보육원 운영 체제에 대해서 살짝 협박을 하자 원장은 불같이 화를 내며 결국 알아봐주겠다고 말을 했다. 협박으로 얻어낸 결과물이기 때문에 김 비서는 별로 많은 것을 기대하지는 않았다. 메일을 켜고 한눈에 들어오는 짤막한 문장에 김 비서가 실망을 감추며 천천히 읽어 나갔다.

"재혼?"

읽다가 눈에 띄는 단어를 중얼거렸다. 단숨에 문장을 다 읽어내린 김 비서가 깊은 한숨과 함께 의자 등받이에 몸을 기대어 누웠다. 나연은 재혼 가정이었지만, 혼인신고를 하러 가는 길에 부모님들이 안타까운 사고를 당해 돌아가셨다. 그 바람에 나연과 의붓 남매인 오빠하고는 법적으론 남으로 지내야 했다. 하지만 동네에서 말하기를 보통의 남매들보다 더욱 애틋하고 잘 지낸다는 것이었다.

"그럼 이 오빠하고 아직도 연락을 하고 지내는 건가? 아니지. 그랬다면 가족 사항에 오빠라도 적었…… 아니, 법적으로는 남이니까 적지 않은 건가?"

혼잣말을 하며 풀리지 않는 문제에 골머리를 아파하고 있을 때였다. 곁에 두었던 휴대폰이 짤막하게 몸을 털며 울렸다. 별생각 없이 손을 더듬거리며 무심히 보던 김 비서가 자리에서 벌떡 일어나며 환호성을 내질렀다. 문자는 수지에게서 온 것이었다.

[그래요. 하도 집착하고 매달리니까, 한번 해주죠. 하지만 내일 또 바라진 말아요.]

신이 나서 방방 뛰다가 기쁜 마음을 안고 자신이 알고 있는 사실을 윤재에게 알려주려 비서실을 나갔다. 이사실 문을 노크하고 안으로 들어간 김 비서는 자신이 이메일로 봤던 이야기에 대해서 전부 꺼내놓았다. 그의 말을 가만히 듣고 있던 윤재가 잠시 말을 멈추라는 듯이 손을 공중으로 들어 올렸다.

"오빠가 있다고?"

곧장 달려와 모든 것을 전달한 김 비서의 말 중 이해되지 않는 부분에 대해 다시 되물었다.

"네. 제가 알아본 바로는 오빠가 있습니다."

"오빠가 있는 애가, 그럼 왜 혼자 찜질방에서 지냈어?"

"아, 저도 그게 조금 의문인데요. 그 부분에 대해서는 좀 더 알아보도록 하겠습니다."

곤란해하는 얼굴로 고개를 내젓는 김 비서에 윤재가 나지막하니 한숨을 내쉬었다. 이력서 가족 사항에 아무것도 쓰여 있지 않고 비워져 있는 것도 마음에 걸렸다.

"알았어. 나가봐."

"네."

김 비서가 나가고 윤재는 이번 중국시장을 겨냥해서 진행 중인 게임 프로젝트 중에서 가장 마음에 드는 기획안 몇 개를 뽑아, 캐릭터를 직접 만드는 작업에 집중하려고 했다.

　　"휴우……."

　　하지만 도통 집중이 되질 않는다. 이상하게 자꾸만 나연의 오빠라는 사람에 대한 궁금증이 이유를 알 수 없을 정도로 매우 신경이 쓰였다. 윤재가 커다란 손으로 마른 얼굴을 문질렀다. 달라지는 건 아무것도 없었다.

너의 속삭임 7.

　　나연은 오늘 김 비서와 약속이 있다는 수지의 말에 혼자 점심을
먹기 위해 직원 식당으로 내려왔다. 즐비하게 늘어서 있는 줄에 자
리를 잡고 서 있는데, 곁으로 누군가가 다가왔다.

　　"나연 씨, 안녕하세요."

　　곁으로 다가와 상냥하게 인사를 건네는 사람은 다름 아닌 세희
였다.

　　"아, 네. 안녕하세요."

　　"어제 다친 곳은 좀 괜찮아요? 내가 조심했어야 했는데, 너무 미
안해요."

　　"아니요. 별로 다치지도 않았어요. 괜찮아요."

　　"그래도 다치게 한 사람 마음은 그렇지 않거든요. 어제 제가 같
이 병원에 갔어야 했는데, 윤재가 대신 가서 그런지 마음에 더 걸

리고……. 그래서 그러는데, 오늘 제가 저녁 대접해도 될까요?"

"저녁이요?"

"거절할 생각은 말아줘요. 그럼 나 정말, 더 미안해질 것 같으니까요."

머뭇거리고 있는 것이 긍정으로 받아들여졌는지, 앞에서 너무 미안한 표정을 짓고 있는 세희가 싱긋 웃으며 시간을 정하고 돌아섰다.

오늘 야근도 해야 하고, 무엇보다도 잘 알지 못하는 세희와 단둘이 저녁을 먹는다는 것이 너무 불편한데…….

돌아서 주방으로 들어가는 세희를 보다가 나연이 길게 늘어져 있는 줄의 끝에 섰다. 우석그룹의 직원 식당은 하루에 세 가지 종류로 식사가 나온다. 한식, 때로는 중식, 일식이 번갈아 나오고, 또 하나는 건강식이라고 해서 조미료와 자극적인 음식을 전부 뺀 도시락 형태의 식사였다.

나연은 한식 줄에 서 있었는데, 반대편에 있는 중식 줄에서 누군가의 시선이 적나라하게 느껴졌다. 나연이 살며시 고개를 돌리자, 나연을 바라보고 서 있던 여자들이 시선을 피하며 자신들끼리 중얼거렸다. 뭐라고 하는지 들리지 않아, 내심 신경을 쓰던 차에 이번엔 뒤쪽에서 수군덕거리는 소리가 들려오기 시작했다.

"어제 그 여자가 저 여자 맞지?"

"어! 우윤재 이사가 재킷 덮어주던 그 여자."

"맞네, 맞아. 누군데? 누군데, 우윤재 이사가 한 번도 내려온 적 없는 직원 식당까지 직접 내려와서 그런 거야?"

"몰라. 전문대 졸업에다가 고아라면서?"

"고아, 고아래?"

"그래. 고아래. 딱 느낌 오지 않니?"

"혹시 두 사람, 막 그렇고 그런 사이 아니야?"

"그렇고 그런 사이가 뭔데?"

"그 있잖아……."

사람들의 이야기가 이상하게 빠져가고 있다는 것을 느낀 나연이 크게 몰아닥치는 수치심에 얼굴이 하얗게 변해갔다. 더는 이곳에 있을 수가 없다고 생각했다. 두 주먹을 불끈 쥐고 듣지 않으려고 바동거려도 들려왔다. '고아'라는 이유 하나만으로 당해왔던 무시와 수치가 또다시 반복되는 것만 같아서 억울하고 분했다.

학급 내에 돈이 사라진 이유도, 그저 어른들에게 친절하게 대하고 순수한 마음으로 따라도, 사람들은 이상한 색안경을 쓰고 나연을 바라봤다. 아무리 노력해도 세상이 만들어놓은 불쾌한 편견에서 벗어날 수 없었다. 곧, 눈물이 터져 나올 것만 같아서 직원 식당을 벗어나기 위해 그대로 줄에서 이탈을 한 순간이었다.

"그렇고 그런 사이가 뭔데? 안 들리니까, 좀 크게 말해봐."

자신을 향해 숙덕거리던 직원들의 얼굴이 저승사자라도 본 것처럼 기겁해져 있었다. 커다란 그림자를 드리우며 제 앞에 서 있는 존재 때문이었다.

윤재. 윤재가 서 있었다. 그것도 나연이 처음 보는, 매우 화가 나 있는 얼굴을 하고서.

"말귀를 못 알아먹나? 방금 전까지만 해도 잘도 지껄이던 그 주둥이 왜 다물고 있어? 당사자가 직접 들어준다는데."

살벌하다 못해, 자신들을 옭아매어 꼼짝도 하지 못하게 만드는 무거운 위압에 직원들은 벌벌 떨었다. 금방이라도 그의 검은 그림자가 자신들을 집어삼킬 것만 같았다.

"당장 말하지 않으면 다들 사표 내야 할 거야. 물론, 말을 했을 때 터무니없는 말을 지껄였어도 사표를 내야 할 거고. 사표 하나로만 끝낼 줄 알지? 명예훼손으로 고소까지 당할 줄 알아. 그러니까 말해, 당장."

윤재의 경고에도 직원들은 입술 하나 달싹이지 못했다.

"말하라고!"

붉게 물든 그의 눈동자가 지금 얼마나 분노에 치솟아 있는지를 적나라하게 보여주고 있었다. 윤재의 분개 서린 고함에 직원 식당의 모든 것들이 멈추었다. 달그락거리던 식기들의 소리도, 주변에 있던 직원들의 숨소리마저도…….

"내 말 안 들려? 내가 지금 말하잖아."

급기야 반쯤 이성을 잃고 직원의 어깨를 손으로 꾹꾹 눌러대며 치는 윤재의 팔을 누군가가 붙잡았다. 강한 힘도 아니었다. 그래서 윤재의 마음이 더욱 아파왔다.

"그만하세요, 이사님."

'무서워요. 그러니까 제발 그만하세요, 이사님. 이사님도 무섭고, 지금 나를 쳐다보는 이 사람들의 모든 시선도 무섭고……. 그냥, 너무 무서워요.'

가느다랗게 떨려오는 나연의 목소리에 윤재의 심장이 찢겨 나가는 것만 같았다.

잘못한 것이 하나도 없는 네가 왜 항상 이렇게 울어야 할까. 잘못한 거 하나 없는 네가 왜 이렇게 항상 아파해야만 하는 걸까! 그리고 난, 왜 이렇게 아픈 걸까. 네가 우는 게 왜 이렇게 괴로운 걸까. 네가 아파하는 게.

토해내지 못한 울분을 속으로 뱉어내며 윤재는 직원들을 향해 포악하게 말했다.

"똑똑히 알아둬. 너네들이 지금 감히, 누굴 건드렸는지."

직원에게 뻗었던 손을 내린 윤재가 그대로 나연의 손목을 꽉 쥐어 식당을 빠져나왔다. 나연은 그를 따라 순순히 걸음을 옮겼다. 식당에서 빠져나와 곧장, 옥상으로 향했다. 임원들만 따로 이용할 수 있는 옥상이었는데, 다행히 그곳엔 아무도 없었다.

물론, 누군가가 있었으면 쫓아내버릴 생각이었지만.

옥상 문을 닫고 비로소 완벽하게 단둘이 남자, 윤재가 나연의 손을 놓아주었다. 윤재는 아직도 그 흥분과 분노가 완전히 잠재워지지 않아 숨이 거칠었다. 그 거친 숨소리의 사이사이마다 나연의 작은 울음소리가 간헐적으로 채워졌다. 나연이 우는 모습을 볼 자신이 없어서 차마 등을 돌릴 수가 없었다. 적어도 나연의 다음 말이 들려오기 전까지.

"죄송해요, 이사님. 괜히 저 때문에, 이사님만 그런 오해당하고⋯⋯."

"잘못한 거 하나도 없는 네가 사과를 왜 해?"

또다시 치밀어 오르는 분노에 저도 모르게 언성을 높이고 말았다. 그러다 금세 후회가 몰려왔다. 윤재는 짜증이 잔뜩 배어 있는 손으로 뜨거운 이마를 짚다가 천천히 몸을 돌려 나연을 바라보았다.

"고개 들어. 잘못한 것도 없는 애가 고개는 왜 숙이고 있어!"

속상한 마음이 자꾸만 엇나간다.

"너한테 화난 거 아니야. 소리 질러서 미안해."

윤재의 사과에 서러움이 북받쳐 올랐는지, 나연의 눈동자에서 후드득 투명한 눈물이 떨어졌다. 간신히 고개를 들어 올린 나연의 얼굴은 눈물로 범벅이 되어 있었다. 그 모습이 너무 안쓰러워서 윤재의 눈시울마저 촉촉하게 적시고 있었다.

"맞아요. 이사님 말씀대로 저 잘못한 거 하나도 없어요."

얼굴만큼이나 눈물이 푹 적셔져 있는 목소리였다.

"저요, 진짜 열심히 살았어요. 진짜 착하게 살았어요. 남들 미워해본 적도 없고, 거짓말 같은 것도 해본 적 없어요. 가진 것이 없다고 사람들이 무시해도 그래도 씩씩하게 잘 버텨냈어요. 그런데, 왜 다들 나한테만 그러는지 모르겠어요. 내가 뭘 그렇게 잘못했다고, 내가 뭘 그렇게 잘못했다고……."

여태 쌓아두었던 서러움이 폭발해버린 나연에게 남은 건 눈물뿐이었다. 큰 소리로 울지도 못하는 나연의 모습이 더욱 안타까웠다.

"크게 울어. 그래야 속 시원해져."

윤재의 말이 자극제라도 되었는지 어깨만 심하게 들썩이던 나연이 천천히 입을 벌렸다. 그러고선 어린아이처럼 와앙, 하는 소리와 함께 눈물을 터트렸다. 그녀의 고달픔과 서러움, 고통과 아픔이 전부 울음소리와 함께 흘러가길 바랐다.

윤재는 가만히 손을 뻗어 자신의 품으로 나연을 끌어안아 등을 다독여주었다. 다친 곳은 없다. 나연 또한 다친 곳 하나 없었다. 하지만 여전히 마음 전체가 칼에 난도질을 당하기라도 한 것처럼 쓰라리고 아파왔다.

"큼."

승강기 안에서 퍼지는 어색한 기류를 버티지 못하고 윤재가 헛기침을 했다. 앞에 서 있던 나연이 슬그머니 윤재를 올려다보았다 시선이 제게 돌려지려고 하자 얼른 고개를 떨어뜨렸다. 나연이 울고, 그런 나연을 달래겠다고 안아주는 것까지는 좋았다. 하지만 나연이 슬픔과 눈물을 다 쏟아낼 무렵 두 사람은 서로가 서로를 꼭 끌어안고 있다는 사실에 아주 많이 당황해했다. 그리고 그 당황함과 후끈함은 서로를 놓아준 뒤에도 계속되고 있었다.

어색함에 얼굴만 붉히고 서로의 시선을 애써 외면하기를 한참. 윤재가 먼저 입술을 떼어냈다.

"배 안 고파?"

"네?"

"실컷 울었으니까 배고플 것 같은데."

"아……. 이사님도 점심 안 드셨죠?"

"응. 시간도 없는데, 회사 앞에서 간단하게 뭐 먹을까?"

"네. 좋아요."

뒤쪽에 있던 윤재가 1층 버튼을 누르기 위해 앞으로 온 순간, 나연이 숨을 후읍 하고 들이쉬더니 그대로 멈췄다.

"뭐 해?"

"후아. 네? 아니에요, 아무것도."

말은 그렇게 하면서도 나연은 자꾸만 간질간질거리고, 뒤에서 들려오는 그의 작은 숨소리에도 긴장이 되는 마음을 어쩔 줄 몰라 했다. 그와 있는 동안은 주변을 맴도는 어색한 기운마저도 싫지가 않았다. 그것이 이해 가지 않으면서도 이상하게 자꾸만 좋아서…… 나연의 입가엔 자신도 모르게 옅은 미소가 떠올라 있었다.

점심시간이 얼마 지나지 않아, 윤호가 웬일로 흥분한 얼굴로 윤재를 찾아왔다. 좀처럼 화를 잘 내지 않고 감정 기복도 심하지 않은 윤호는 마치 자신의 일처럼 무척이나 기분이 상해 있었다.

"예전부터 불쾌했어. 감히 우리 우석그룹의 명예를 실추시키는 일에 대해서 언제 한번 단단히 조치를 취해야겠다고 생각은 했는데. 이번 일로 하여금 아마 많은 사원들에게 본보기가 되었을 거야."

윤호의 말에 윤재가 가만히 고개를 끄덕였다. 윤호는 오늘 직원 식당에서 있었던 일에 대해 바로 강력하게 조치를 취했다. 헛소문을 퍼트려 명예를 실추한 대가로 소송을 걸 것이라 말했다. 그것이 싫다면 조용히 사표를 내라 했고 그들은 대기업을 상대로 소송이 어려울 것이라 판단하여 사표를 냈다.

"앞으로도 이런 일이 발생한다면 가만히 있지 않을 생각이야."

일사천리로 일을 해결해준 윤호에 윤재는 고맙다는 말을 덧붙였다.

"그런데 윤재야."

"응?"

"형한테는 이유를 좀 말해주면 안 될까?"

윤호가 말하는 이유에 누구의 이야기를 담아야 하는지 알고 있다. 그래서 말하고 싶지 않았다.

"참고 참다가 터진 거지, 뭐."

윤재의 대답에 윤호는 무언가를 말하려고 입술을 달싹이다 말았다. 그러고는 그 입술에 작은 미소를 띠었다.

"정말 그 이유야?"

"응. 진짜, 다른 이유는 특별히 없어."

"나중에라도 생기면 꼭 알려줘."

윤재가 대답 대신 낮게 고개를 끄덕였다.

"그럼 수고해."

윤호가 나가고 윤재는 버거운 한숨을 내쉬며 몸을 소파 깊숙이 기대었다. 분명, 이 소식은 우 회장인 할아버지 귀에도 들어갈 터였다.

많이 속상해하실 텐데…….

할아버지가 받아들이며 갖게 될 상처를 걱정하다가도 윤재는 왜 자신의 이성이 그렇게 망나니처럼 끊어졌는지에 대해 생각했다. 확실한 건, 그 이유는 자신 때문이 아니었다. 자신에 대해 둘러싸여 있는 소문들에 이렇게까지 화가 나본 적은 없었다. 하지만 그 불쾌한 소문에 나연이 연관되어 들리는 순간, 아무것도 눈에 보이지 않았다.

뒷감당 같은 것은 생각할 겨를도 없었다. 반쯤 미친 정도가 아니라, 뇌가 완전히 미쳐서 돌아가버린 거였다. 나연이 무섭다고 했다. 그 말이 더욱, 윤재의 마음에 신경이 쓰였다. 나연에게 무서운 사람이 되길 원하지는 않는데…….

그 걱정을 끌어안고 업무를 보던 윤재는 퇴근 시간이 되고 나서야, 자리에서 일어났다. 못다 한 것을 집에 가서 할 생각에 USB를 챙겨 사무실로 나왔다. 오늘 있었던 일들이 팀 내에도 퍼졌는지, 직원들이 그의 눈치를 보며 웬일로 예의 바르게 인사까지 하고 퇴근했다. 윤재는 여전히 혼자 퇴근 준비에 바쁜 나연의 곁으로 다가갔다.

"수고했어."

"네. 이사님도 수고하셨습니다."

나연의 대답에 둘 사이에 또 다른 어색한 침묵이 흘렀다. 오늘 옥상에서 있었던 그 일들을 생각하는지, 두 사람은 어색하게 눈빛을 주고받았다.

"그래. 내일 봐."

"네. 내일 뵙겠습니다!"

사무실을 먼저 나선 윤재는 이제 막 열린 승강기 문에서 걸어 나오는 세희와 마주쳤다.

"윤재야."

이제 '윤재야.'라고 부르는 목소리보다 '이사님.' 하고 부르는 그 목소리가 훨씬 더 듣기 좋았다.

"나 밀린 업무가 좀 많아서 시간 없는데."

"아, 오늘은 너 만나러 온 거 아니야."

"그래? 다행이네. 그럼 볼일 보고 가."

하지만 얼굴엔 전혀 드러내지 않고 무뚝뚝하게 말했다. 여유롭게 미소까지 지으며 대답을 한 세희를 지나치던 윤재의 발걸음이 다음으로 날아오는 혼잣말에 다시 멈춰야 했다.

"나연 씨는 다 끝났겠지?"

"잠깐."

윤재의 부름에 세희가 '응?' 하고 돌아섰다. 살짝, 예쁜 척을 한 것 같아서 지적을 하려고 했지만 딱히 필요 없는 말인 것 같아 참았다.

"나연 씨라니? 네가 이 시간에 우리 정 사원을 왜 찾아?"

"오늘 같이 저녁 먹기로 했거든. 내가 신세 진 거 있잖아."

세희가 나연에게 무슨 말을 어떻게 할지 걱정이 되었다. 자신을 예전에 좋아했다, 뭐했다, 하면서 지난 과거에 대해 이제는 아예 쥐뿔도 없는 마음을 마치 지금도 진행 중인 것처럼 말을 하면 어쩌나 하는 걱정.

윤재는 주머니에 넣어둔 휴대폰을 꺼내 지금 주차장에서 대기를 하고 있을 김 비서에게 문자를 보냈다. 볼일이 생겨, 먼저 가라는 말이었다. 나연을 향해 사무실로 들어가려는 세희를 불러 세웠다.

"같이 저녁을 먹는다고? 뭐 먹을 건데?"

"응?"

"뭐 먹을 거냐고."

"이탈리아 코스 요리 먹을 거야. 거기로 예약했거든."

"내가 좋아하는 거네. 세 명으로 늘었다고 전화해."

"네가 이탈리아 요리를 좋아한다고?"

"어. 무지 좋아해. 그러니까, 지금 가게에 전화해서 세 명이라고 말해."

"너 오늘 바쁘다며."

"아니, 생각해보니까 내일 해도 될 것 같아서. 그리고 여기 있어. 내가 정 사원 데리고 올게."

말릴 틈도 없이 안으로 들어가는 윤재를 바라보던 세희의 낯빛이, 순간 뚱해졌다가 풀어졌다. 기가 막혀서 헛웃음만 나왔다. 이젠 인정을 하지 않으려야 않을 수가 없는 현실에 직면하게 된 거였다. 세희는 장담했다. 우윤재가 단순히 이사라는 직급으로 막내 사원인 정나연을 아끼는 것이 아니라, 남자 우윤재가 여자 정나연을 좋아하고 있다는 것을.

심술이 났다. 자신이 가질 수 없는 거라면 절대 남도 가질 수 없다. 세희는 속으로 그렇게 이를 갈았다.

대체, 이게 무슨 상황일까.

나연은 나이프로 스테이크를 썰면서 제 양쪽에 앉아 있는 윤재와 세희를 번갈아 쳐다보았다. 한 번도 생각해본 적 없는 그림에 이질적인 기분마저 들었다. 말 한마디 쉽게 나오지 않을 정도로 어색하기만 한 자리에 나연은 스테이크가 입으로 들어가는지 코로 들어가는지도 몰랐다.

그 침묵을 가장 먼저 깬 것은 세희였다.

"두 사람은 언제부터 그렇게 친해졌어?"

세희의 질문에 윤재와 나연이 서로를 마주 보았다. 나연은 자신의 위치보다 훨씬 상사인 윤재와 '친하다.'라는 조금 가볍다고 할 수 있는 단어로 정의할 수 있는지를 고민했다. 두 사람 사이는 친하기보다는 그저, 윤재가 잘해주는 그런 입장이라고 말하는 것이 맞을지도 몰랐다. 그저, 마음속 깊은 곳 어디선가 자신을 잘 챙겨주는 윤재에 대한 고마운 마음을 넘어선 무언가가 더욱 있다는 것을 알고 있었지만, 나연은 애써 그 감정을 무시하고 있었다.

"그게 왜 궁금한데?"

난감해하는 나연의 귓전으로 무미건조한 윤재의 목소리가 들려왔다.

"궁금해하면 안 돼?"

"응. 궁금해하지 않아줬으면 좋겠어."

"왜?"

"네 일이 아니니까. 남의 일이잖아."

"네가 남이라고 하니까 서운하다, 윤재야. 너랑 나 사이에 남이라니."

"피 한 방울 섞이지 않은 게 남이지, 뭐야?"

따지고 드는 목소리는 아니었지만, 나연은 세희가 분명 상처를 받았을 거라고 생각했다. 아니나 다를까, 세희의 낯빛이 금세 어두워졌고, 나연의 입장은 더욱 곤란해졌다.

"나연 씨, 우리 싸우는 거 아니에요."

곤란해하는 나연의 얼굴을 읽었는지 세희가 다정하게 말했다. 나연은 네, 하고 미소 띤 얼굴로 대답을 하고선 스테이크를 큼직하게 썰어 먹었다. 그런 나연을 가만히 바라보던 윤재가 스테이크를 반 정도 썰었다.

"맛있어?"

"네."

"그럼 이거 더 먹어."

반 정도 썬 스테이크를 나연의 접시에 덜어주었다.

"아니, 저 괜찮은데. 이사님 드세요!"

"난 너 먹는 거 보면 굳이 안 먹어도 배불러."

무심결에 본심을 담아 흘러나온 말에 세희와 나연이 동시에 그를 바라보았다. 말을 흘려버리고선 다시 아무렇지 않게 고기를 썰던 윤재의 손이 그 시선들로 인해 멈칫했다.

"왜?"

애써 잡아떼며 두 사람에게 물었다. 두 사람이 동시에 멋쩍은 얼굴을 하고선 아무것도 아니라며 고개를 내저었다. 윤재는 끝까지 아무 일도 없었다는 듯이 뻔뻔한 얼굴로 식사를 했다. 식사를 다 끝내고 아쉽다며 세희는 가벼운 샐러드와 와인 한 병을 먹고 가자고 제안했다. 윤재는 딱히 당기지 않았지만 쉽게 거절하지 못하는 나연을 따라 함께 있어야 했다. 세희가 술을 마시고 헛소리를 할 확률이 높으니.

레드와인이 채워진 투명한 잔이 공중에서 말간 소리와 함께 부딪쳤다.

"음. 달달하니 맛있다."

나연이 한 모금 들이마신 와인에 반했다는 듯이 눈을 동그랗게 뜨고 감탄했다. 그 모습이 마냥 귀엽다. 와인을 반쯤 마셨을 때, 나연이 화장실을 갔다 오겠다며 자리에서 일어났다. 세희와 단둘이 남아 있는 자리가 전과는 또 다른 이유로 불편하게 느껴졌다.

"윤재야."

바라보는 걸로 대답을 대신했다.

"너 정말 나연 씨를 좋아하기라도 하는 거니?"

조심성 없이 물어오는 그 말에, 조심성도 없이 심장이 두근거렸다. 윤재는 어떤 긍정도 부정도 하지 않았다. 그런 윤재의 모습을 세희는 이해 가지 않는다는 얼굴로 부정하듯 고개를 내저었다.

"아니야. 윤재 네가 좋아하는 사람은 나잖아. 윤재야, 나야, 나. 임세희."

세희가 손바닥으로 자신을 다독이며 말했다. 윤재의 눈동자가 아무 감흥 없이 그녀를 바라보았다.

"나한테 아직도 화난 거야? 그래서 괜히 이렇게 투정 같은 거 부리는 거지, 너. 너한테 너무 늦게 와서 미안해. 나도 미안해하고 있어. 미안한 만큼, 앞으로 너한테 잘할게. 그러니까……."

"필요 없어."

"뭐?"

"네 감정 이제 나한테 필요 없는 것 같다고."

최대한 좋은 목소리로 말했다. 그러면서도 헷갈리지 않게, 미련 같은 거 두지 않게 확실히 말해두는 것이 좋을 것 같아 세게 말했다. 자존심이 굉장히 센 여자라는 것을 알고 있다. 세희가 자신의 마지막 말에 몸을 파르르 떨며 입술을 지그시 깨무는 것을 발견했다. 잠시 머뭇거리던 세희의 눈동자가 좀 전과는 달리 날카로워졌다.

"나연 씨도 알고는 있니?"

무슨 말을 하려는지 대충 짐작이 갔다. 윤재는 세희의 이런 몰상식한 행동이 충동적인 것인지, 아니면 고질적인 것인지 잠시 고민했다.

"네 병에 대해서 알고 있냐고."

"왜? 모르면 가서 말이라도 해주려고?"

마치 못할 것도 없지 않냐는 듯한 실룩거리는 그녀의 표정에 윤재는 허탈한 웃음마저 나왔다. 내가 알고 있던 그 임세희 맞나? 자신이 병을 앓아 무서워서 도망친 것까지는 이해하지만, 이렇게까지 유치하고 비열한 아이였나?

대체, 무엇 때문에? 그것이 적어도 자신을 향한 '사랑' 때문은 아니라 여겼다. 사랑이라면, 절대 자신을 떠나지 않았을 테니까. 어떠한 일이 있어도 함께 있어주는 것이 사랑이니까. 그게, 사랑이니까.

"이미 다 알고 있는데. 그래도 도망 같은 건 안 치더라. 누구처럼."

"윤재야."

"너 나 좋아하지도 않잖아."

"아니야. 나 너 좋아해."

뻔뻔하다고 느낄 정도로 자신의 심정을 호소하듯 말하는 세희에 윤재는 헛웃음이 나왔다.

"네가 날 좋아한다고?"

다시 한번 묻는 윤재의 대답에 세희가 눈물까지 글썽이며 고개를 끄덕였다.

"아니. 넌 나 사랑 안 해. 사랑하면 상대방이 아파도 못 떠나. 왜냐하면, 떠나는 순간 알게 되거든. 떠나지 않고 곁에 있는 것보다 떠나 있는 시간이 더 아프다는 걸. 그래서 절대 못 견디고 돌아오게 되어 있거든. 하지만 넌 아니잖아."

이상하다. 분명, 세희를 좋아했을 때도 사랑이라고 생각했는데…… 자신 또한 세희에게서 피하고 도망쳤었다. 하지만 나연에겐 그렇지 않다. 나연에게도 아직 말하지 못한 비밀이, 그저 남들처럼 정신병자나 귀신에 씐 사람처럼 보일 텐데 그런 것 따위 신경 쓰이지 않다. 그저 곁에 있고 싶고 항상 보고 싶고, 떠나지 못하게 만든다.

"윤재야."

"정말이야? 단순히 그날 일이 미안해서 나연이에게 밥을 사주려고 했어?"

"당연하지. 넌 무슨 생각을 한 거야?"

"오해를 한 거면 미안하지만, 만약 아니었다면 그러지 마. 얻는 거 아무것도 없을 거야."

화장실에 갔던 나연이 돌아왔다. 아까와 다른 분위기를 감지했는지, 나연이 윤재와 세희의 눈치를 살피며 자리에 엉거주춤 앉았다.

"다 먹은 것 같은데, 이제 그만 일어나지."

윤재가 허벅지 위에 올려놓았던 디너 냅킨을 거두며 일어섰다. 일어선 윤재와 여전히 앉아 있는 세희를 번갈아가며 살펴보던 나연이 누군가의 힘에 의해 벌떡 일어나졌다.

"집에 가자고."

"네? 네……."

나연이 일어나자, 윤재가 주머니에 넣어두었던 휴대폰을 꺼냈다.

"내 대리 운전 부르는 김에, 세희 네 대리 운전도 불러줄게."

"됐어. 필요 없어. 내가 알아서 불러."

"그래. 그럼 가자, 우리는."

두 사람 사이에서 눈치를 살피던 나연은 결국 윤재를 택해야 했다. 세희에게 잘 먹었다는 말을 하고서 앞장서 가는 윤재를 따라나섰다. 자신이 화장실을 다녀오고 나서 내내 좋지 않았던 분위기가 지금 이 밀폐된 차 안에서까지 연장이 되어가고 있었다. 나연은 묵묵히 창밖을 바라보고 있는 윤재를 힐끔 쳐다보았다.

"왜."

창문에 비친 모양인지, 윤재가 물어왔다.

"네? 아니에요, 아무것도."

"표정은 아무것도 아닌 게 아닌데."

창밖에 두었던 그의 시선이 정확히 나연에게로 옮겨와 맞부딪쳤다. 여전히 그의 얼굴은 좋지 않아 자꾸만 마음에 걸렸다.

"화나셨어요?"

"화 안 났어."

"그럼 다행이구요."

대답은 그렇게 하면서도 여전히 심정이 무겁다. 그것이 혹시나 자신 때문은 아닐까, 하는 조바심마저 들었다.

"회사에서 떠도는 소문, 헛소문 아니야."

나연이 대답 대신 윤재를 가만히 바라보았다.

"난 정말, 다른 사람의 목소리가 들려. 사람들은 그걸 보고 정신병자라고 하기도 했고 귀신이 씌었다고 하기도 해."

덤덤하게 말을 이어나가는 윤재의 모습에 나연의 얼굴이 씁쓸함으로 물들어갔다. 그녀는 무슨 말을 어떻게 건네야 할지 몰라 고민하고 있는 눈치였다.

"무섭지?"

"정신병자 아니시잖아요."

모든 걸 알면서도 누구도 이렇게 물어봐준 적 없다.

"귀신 보이시는 것도 아니시잖아요."

다 알면서도 누구도 이렇게 따뜻하게 바라봐준 적이 없다. 다들 도망가기에 바빴지, 이렇게 계속 곁에 머물러 있어준 적이 없다. 그래서일까, 윤재는 마음속 귀퉁이에서 무언가가 울컥하고 치밀어 올랐다. 파열을 일으킨 그 감정이 곧, 걷잡을 수도 없을 만큼 틈을 높이며 갈라져가고 있었다.

"뭐, 엄청나게 많이 알고 지낸 건 아니지만, 전 알 수 있어요. 이 사님이 누구보다도 따뜻한 사람이라는 거. 가끔 성질머리…… 아, 그러니까 그냥 그건 성격인 거죠. 다혈질 같은 성격. 다혈질이라고 그게 정신병자고 귀신 쓰인 건 아니니까. 그래도 다른 사람들보다는 그렇게 크게 다혈질인 것도 아니에요."

한 번만 안아보고 싶다. 그럼, 이 따뜻한 아이에게 자신이 여태 받았던 모든 상처들이 위로가 될 것만 같았다. 이제 괜찮다고 다독여주는 듯한 그 손길에 지난날의 두려움들을 기꺼이 떨어트릴 수 있을 것 같았다. 그녀가 필요했다. 그녀의 위로가 절실하게 필요했다. 그녀가 아니면 그 누구에게도 위로를 받고 싶지 않았고, 그 누구도 위로를 해주지 못할 거라 단언했다.

"못 참겠다."

그래서 더는 이성을 눌러 담을 수가 없었다. 위로받고 싶은 극심한 충동이 그를 떠밀며 재촉했다.

"네?"

"너 안고 싶어, 지금."

당황해하며 휘둥그레진 나연의 눈을 그대로 마주했다.

"안아도 돼?"

넌지시 물어오는 그의 말에 나연은 마른침을 꼴깍 삼켜버리고 말았다.

'안아도 돼?'

방금 들은 말인데, 머릿속에서 메아리처럼 그것이 반복적으로 울렸다. 나연은 금방이라도 살결을 찢고 나올 것처럼 심장이 뛰었다. 행여나 그 소리를 들킬까 봐서 쉽사리 결정을 내리지 못하고 망설였다. 안아도 되냐는 그의 말이 왜 이렇게도 애틋하면서 달콤하게 들려올까. 이러지도 저러지도 못하고 앉아 있는 나연을 보며 윤재가 낮게 웃었다.

어색한 기류가 흐르는 차가 곧 나연의 집 앞에 도착했다. 괜찮다고 말을 했지만, 윤재는 기어코 나연을 배웅하겠다고 함께 내렸다.

"들어가볼게요. 오늘 데려다주셔서 감사합니다. 조심히 들어가세요."

"응."

윤재의 시야 속에서 등을 돌려 안으로 들어가려던 나연이 불현듯 걸음을 멈추었다. 지금 당장 물어보지 않으면 그 궁금증에 잠도 제대로 자지 못할 것만 같았다. 아무리 그래도 평소 같았으면 참았을 것이다. 하지만 나연은 왜 갑자기 이렇게 충동적으로 돌아섰는지, 스스로도 알 수가 없었다.

마치 좋아하지도 않는 매운 것이 어느 날 갑자기 미친 듯이 당길 때가 있는 것처럼, 미친 듯이 궁금해서 견딜 수가 없었다. 턱 밑에서 여전히 좀 전의 일을 생생히 느끼고 있듯 심하게 뛰는 심장 때문일지도 몰랐다. 그냥, 이런저런 핑계가 필요했다.

"이사님."

여전히 자신을 바라보고 서 있는 윤재를 보며 나연은 무언가를 결심한 듯 입술을 떼어냈다.

그가 대답 대신, 지그시 그녀를 바라보았다.

"술 한잔, 하실래요?"

동네에서 가장 가까운 술집으로 들어온 두 사람은 서로를 마주보고 앉았다. 술을 시키고 안주가 나오는 동안 두 사람 사이에 오고 가는 건 침묵뿐이었다. 안주와 술이 나와 서로의 잔을 채우고 마셨다. 그렇게 술이 한두 잔 들어갔을 무렵, 나연이 먼저 입술을 떼어냈다.

"갑자기 술 마시자고 해서 당황하셨죠?"

"아니. 별로."

그의 담담한 얼굴이 괜히 하는 말은 아닌 듯 보였다. 나연은 다행이라 생각했다.

"그냥, 들어가기 좀 아쉬워서……."

"술 때문에? 아니면……."

자신의 빈 잔에 술을 채우기 위해 소주를 든 윤재가 말끝을 희미하게 흐렸다.

"아니야."

"뭐예요? 왜 말씀을 하다가 마세요. 사람 궁금해지게."

살짝 웃음을 머금고 있는 나연의 입술이 살며시 떨려왔다. 괜한 것을 물어봤나, 은근한 후회가 몰려올 때쯤 아무 대답 없이 자신을 바라보고 있던 윤재의 목소리가 들려왔다.

"나 때문이야?"

"네?"

"그냥 들어가기는 좀 아쉬운 이유가 나랑 헤어지는 거 때문이었 냐고."

대답하기가 너무 곤란한 질문이었다. 글쎄, 무엇 때문이었을까? 그저, 자신을 왜 안고 싶어 하는지에 대해 궁금했고, 그것을 왜 궁금해하는지 자신의 마음조차 제대로 헤아릴 수가 없었다.

그래서 답답했다. 하지만 가장 풀리지 않는 의문은 그녀를 안고 싶다고 했던 그의 말에 정말 안아주고 싶었던 자신의 진짜 속마음 이었다.

"왜 제가 갑자기 안고 싶으신 거예요?"

자신이 말하고도 깜짝 놀랐다. 술기운 때문일까? 생각이라는 것 이 입 밖으로 나올 때, 왜 신중하지 못하나 아찔해져왔다. 하지만 나연은 굳이 번복하지 않았다. 듣고 싶어졌다. 예전부터 듣고 싶었 다. 그는 자신에게 왜 이렇게도 잘해주는 것인지. 어떤 연분도 없 는 이 남자가 왜 이렇게 제게 따뜻한 정을 주는 것인지.

"맞아. 아니야."

기다려온 대답은 아니었다. 하지만 나연은 그의 다음 말을 가만 히 기다렸다.

"네 말이 전부 맞아. 난 귀신에 씐 것도, 정신병자도 아니야. 하 지만 아무도 그 말을 들어주지 않았어. 아무도 괜찮다고 말해주지 않았어. 전부 날 무서워하거나 불쌍하게 보면서 떠나가버렸지."

그의 입꼬리가 쓸쓸함 속에서 천연하게 웃는다. 그 모습이 더욱 나연을 안타깝게 만들었다. 고른 숨을 몰아쉬던 그가 나연에게 천 천히 다가와 거리를 좁혔다.

"하지만 넌 아니었잖아. 그래도 넌 내 곁에 있어줬잖아. 처음엔 그 이유였던 것 같아. 날 피하지 않으니까 계속 다가가고, 곁에 있어도 되는구나 생각 들고."

덤덤한 그의 목소리가 고요한 주변으로 조용히 스며드는 것 같았다.

"그런데 이제 아니야. 그 이유에서가 아니야. 내가 아니라, 너한 테도 그런 사람이 되고 싶어졌어. 계속 다가가고 싶고, 계속 곁에 있고 싶은 그런 남자가 되고 싶어. 이유 같은 거 물어보지 마. 나도 잘 몰라. 언제부터 그랬냐고도 물어보지 마. 그것도 잘 몰라."

그가 아무 의미 없이 술잔을 매만지며 말을 이어나갔다.

"나도 몰라. 너무 이상해. 네가 계속 보고 싶고, 곁에 있고 싶고……. 곁에 있으면 웃게 해주고 싶고, 안고 싶고 그래."

"있잖아요. 지금 이사님이 하시는 말씀 들어보면요, 그건요……."

'너한테 관심 있는 것 같다고. 확실해. 그 이성을 향한 낯 뜨거운 눈빛. 내가 잘 알아.'

나연의 말을 머뭇거리게 만든 것은 불현듯 떠오른 수지의 말 때 문이었다. 관심과 이성. 이성 간의 관심.

이 말을 밖으로 꺼냈을 때, 행여나 그것이 아니라서 윤재가 비 웃거나 경악을 하게 될까 봐 걱정되었다. 그래서 자신의 주둥이를 힘차게 내려치고 싶을 만큼, 방금 한 말에 대한 후회가 몰려왔다.

"그럴지도 몰라."

"네?"

"네가 생각하는 거. 그거일지도 모른다고."

혼란스럽다. 지금 이 상황을 어떻게 받아들여야 할지 몰라 나연 은 짓궂은 아랫입술만 질겅질겅 깨물었다. 그런 나연을 마주 보며 윤재는 여전히 속을 알 수 없는 무표정한 얼굴로 말해주었다.

"시간을 좀 줄 수 있어? 이 마음이 무슨 마음인지, 정확한 답을 내가 찾아올게."

"……."

"오래 기다리게 하지 않을게."

그가 찾아올 답이 무엇일지, 너무 궁금했다.

그의 배웅을 받으며 집으로 돌아온 나연은 욕실로 들어가 미적 지근한 물로 씻으며 오늘 윤재와 있었던 일들을 떠올렸다.

'다른 사람의 목소리가 들려.'

그것이 결코 무서운 건 아니었다. 하지만 정말 의외의 말이었고 신기하기도 했다. 그게 정말 가능한 일인가?

"이명 같은 건가?"

하지만 그 궁금증을 누구에게도 선뜻 꺼내 물을 수 없었다. 오래도록 고통받았던 그의 아픔을 다시 헤집는 것만 같아 마음이 불편했다. 씻고 나온 나연은 인터넷을 켜서 윤재가 겪고 있는 증세에 대해서 알아보았다. 충격적인 일로 인해, 정신이 나태해지면서 일시적으로 그런 일들이 일어날 수도 있다는 내용이 있었다.

또는 정신분열증 환자들에게 일어나는 증상이라는 글들도 있었다. 나연은 그대로 노트북을 덮고 침대로 올라가 누웠다.

"정신분열증이랑은 또 다른 건가?"

아무것도 그려지지 않은 천장을 바라보며 중얼거리던 나연은 피로함에 몰려 어느새, 까무룩 잠이 들어버렸다.

나연을 집에 데려다주고 혼자 차를 타고 오는 길. 윤재는 몸을 의자 깊숙이 기대고 앉아서는 눅눅한 시선으로 창밖을 바라보았다. 또 한 번 고민하게 된다. 어떤 말을 어떻게 꺼내야 좋을지, 꺼냈을 때 나연이 모든 것을 이해해줄 수는 있는지, 자신의 마음속 목소리가 들린다는 윤재를 받아줄 수는 있을지…….

받아주지 않는다면 자신은 어떻게 해야 하는지, 상상조차 하기 싫은 최악의 결론들만이 윤재의 머릿속을 어지럽게 유영했다.

"도착하였습니다."

한참을 고민하고 있었는지, 차는 금세 도착해 있었다.

"수고하셨습니다."

돈을 지불하고 차에서 내려 커다란 대문의 비밀번호 숫자를 누르고 들어간 윤재는 하마터면 크게 고함을 내지를 뻔했다. 바로 앞에 예상치도 못했던 진룡이 제 몸만 한 가위를 들고 서 있었기 때문이었다. 고등학교 때 봤던 살인자에 관련된 공포 영화가 순식간에 스치고 지나가는 바람에 온몸에 소름까지 돋아나 있었다.

"놀랐어?"

대뜸 물어오며 입가에 옅은 미소를 짓는 진룡의 모습에 더욱 소름이 끼치는 것 같았다.

"이제 퇴근하시는 거예요?"

"아니. 퇴근은 진작 했지. 너 보러 온 거야."

"그 가위를 들고요?"

윤재는 진룡이 자신을 이 시간에 무엇 때문에 보러 왔는지에 대한 의문보다 일단, 눈에 보이는 크기 자체가 살벌한 가위부터 치워줬으면 하는 바람이 있었다.

"아. 이건 너 기다리다가 지루해서 좀 깎고 있었어. 사정이 생겨서 정원사 일은 그만두게 되었거든."

그의 손에서부터 무기로 여겨졌던 가위가 바닥으로 내동댕이쳐졌다. 그제야 윤재의 머릿속에 의문들이 둥둥 떠올랐다.

"이 시간에 저를 왜⋯⋯."

반사적으로 경계를 한 탓에 윤재의 눈이 날카로워져 있었다.

"더는 못 참겠어서. 우리는 대화가 좀 필요한 사이거든."

대화가 필요한 사이? 언제 봤다고. 윤재가 속으로 비웃듯 그렇게 생각했다.

"기억 안 나? 이거 원, 섭섭한걸?"

입 밖으로 꺼내지 않은 제 말에 마치 대답이라도 하는 듯한 진룡에 윤재가 그를 경계심 가득한 눈빛으로 올려다보았다.

설마, 지금 내 마음을 읽은 건 아니겠지? 그냥, 표정이 그래 보였던 거겠지?

"아니. 네 마음을 읽고 한 소리야."

휘둥그레진 윤재의 눈동자가 경계로 인해, 붉은 핏줄이 살며시 흰 눈동자에 스며들었다. 믿기 버거운 일들이 눈앞에서 선명하게 펼쳐지고 있었다.

"당신 누구야."

단박에 제 마음속 말을 읽어버린 진룡에 윤재가 피가 거꾸로 쏠리는 기분으로 물었다.

"그래. 넌 나에 대해 궁금해하고 있었지. 줄곧. 그래서 그걸 알려주기 위해 온 거야. 난 진룡이야. 사람들은 흔히, 나를 용신이라고 부르지."

"신?"

어떤 과학적으로도 증명되지 않는 미신 같은, 믿을 수도 없는 존재에 윤재가 다시 되물었다.

"응, 신. 12지신 중에 용의 신, 진룡. 너의 운명을 담당하는 신이기도 하지. 1988년 용띠. 우윤재."

믿을 수 없었다. 아니, 이런 존재가 있다는 것을 믿고 싶지 않았다. 힘든 시간을 보냈을 때, 그렇게 간절하게 빌었던 제 소원을 외면해버린 존재를 전혀 믿고 싶지 않았다.

"당신이 신인 걸 내가 어떻게 믿어?"

"……이러면 믿을 수 있겠어?"

진룡이 손을 뻗어 그의 머리에 살며시 올려놓았다. 순식간에 모든 것들이 빠르게 스쳐 지나갔다. 부모님과 함께 즐겁게 차에 올라타는 모습, 차 안에서 신나게 대화를 나누다가 불행하게 차에 치인 모습, 그 차가 전복되어 그대로 호수에 빠지고 자신의 정신이 점점 잃어가고 있는 모습, 그리고…….

"하아……."

자신을 구하러 와주던 그 빛. 몇 번이고 꿈에서 보았지만, 자세히 볼 수 없었던 그 남자의 얼굴이 아주 선명하게 윤재의 눈앞까지 왔다 사라졌다. 진룡이 그의 머리에서 손을 떼어낸 것이다. 감당하기 어려웠던 상처를 다시 직면한 윤재가 아무 힘도 없이 그 자리에 주저앉아버리고 말았다. 머리가 찢어지는 것처럼 아파왔다.

"난 신이야. 절대, 거짓말을 할 수 없지. 네가 원한다면 궁금한 걸 물어봐도 좋아."

제 앞에 쭈그리고 앉아 시야를 맞추며 인자한 얼굴로 말하는 진룡에 윤재는 격한 분노를 느꼈다.

"갑자기 왜…… 갑자기 왜 나타난 건데. 필요하다고 간절하게 원할 때는 코빼기도 안 보이던 그 개 같은 신이! 왜 이제야 내 눈앞에 나타난 건데!"

"오고 싶어도 못 왔어. 난 12지신으로, 12년에 한 번 내려올 수 있다고."

전혀 이해가 가지 않는다. 그냥, 자신이 꿈을 꾸고 있거나, 정말 미쳐버렸거나 둘 중 하나임이 분명하다고 윤재는 생각했다.

"넌 꿈을 꾸는 것도, 미친 것도 아니야."

하지만 자신의 앞에서 단호하게 그렇게 말하는 진룡에 윤재는 방금 머릿속에 펼쳐진 일들을 다시 떠올렸다. 그리고 그 일들은 믿고 싶지 않은 괴로운 것들뿐이었다. 고통이 역류해오려는 마음을 꾹 눌러 담느라, 고른 목선에 퍼런 핏줄이 선명하게 도드라졌다. 자신을 살려주러 다가온 남자의 얼굴이 선명하게 머릿속에 박혀진 지금 윤재는 아무것도 견뎌 낼 수가 없었다.

호흡이 가빠지고 머리가 어지러웠다. 고통을 호소하며 윤재가 바닥으로 쓰러졌다.

"그러니, 우리의 이야기는 다음에 다시 하도록 하지."

하얀 연기가 되어 진룡이 사라져갔다. 그와 동시에 현관문이 벌컥 열리고 밖으로 달려 나오는 식구들의 소리가 희미하게 들려왔다. 여전히 물에 빠진 것처럼, 커다란 동굴에 갇힌 것처럼, 세상이 느릿하고 모든 소리가 멎은 것 같다. 자신을 끌어안고 또다시 울부짖는 할아버지를 마지막으로 윤재는 그대로 정신을 놓고 말았다.

'나도 몰라. 너무 이상해. 네가 계속 보고 싶고, 곁에 있고 싶고…….

곁에 있으면 웃게 해주고 싶고, 안고 싶고 그래.'

그날 말을 전할 때의 그의 표정, 목소리, 그리고 심지어는 뜨뜻
하기만 했던 주변의 온도까지. 모든 것이 단박에 떠올라버린 나연
이 몰려오는 화끈거림에 자신도 모르게 입에 있던 것을 꼴깍, 삼켜
버리고 말았다.

"캑캑."

그러다가 그것이 치약이라는 것을 깨닫고 급하게 물로 헹구어
냈다. 나연은 불현듯 고등학교 1학년 때 함께 미술학원을 다니던
남자아이를 떠올렸다. 그때, 그 애가 이런 비슷한 이야기를 했었
다. 집에 혼자 있으면 네가 아른아른거려서 못 살겠다고 말했고 계
속 같이 있고 싶다고 말했다. 그리고 그 끝말에 이런 단어로 모든
것을 일축시켰다.

'이거 고백이야, 고백.'

"고백…… 하신 거지?"

욕실 거울에 비친 제 얼굴이 순식간에 달아오르고 있음을 느꼈
다.

"어, 어쩌지?"

오늘부터 왠지 그를 전처럼 대하지 못할 것만 같은 강한 예감이
몰려왔다. 그 조마조마한 예감을 안고 집 밖으로 나온 나연이 앞집
에서 서성거리고 있는 남자를 발견했다. 남자는 나연의 등장에 쓰
고 있던 모자를 푹 뒤집어쓰고 앞집 초인종을 눌렀다. 별 대수롭지
않게 생각하며 나연은 제 머릿속을 헤집고 돌아다니는 윤재를 안
고 서둘러 골목어귀를 빠져나와 버스 정류장으로 향했다.

지옥 같은 버스에서 내린 나연이 헝클어진 옷매무새를 가다듬

고 걸음을 옮기려다 핸드백에서 파우치를 꺼냈다. 거울을 들여다보며 얼굴 상태도 한번 점검한 나연은 떨려오는 심장을 다독이며 걸음을 옮겼다. 그와 마주쳤을 때를 대비하여 애써 웃는 연습도 했다. 사무실로 먼저 올라와 이것저것 필요한 것들을 체크하고 업무를 보기 위해 컴퓨터를 켤 때쯤, 선배들이 하나둘씩 출근했다.

"안녕하십니까, 선배님."

들어오는 선배들에게 인사를 하며 나연은 임원 전용 승강기를 가만히 살폈다. 이쯤 되면 출근했어야 할 윤재가 보이지 않아 걱정이 되었다. 기웃거리던 시선을 옮기게 된 이유는 뒤에서 들려오는 박수 소리 때문이었다. 박수를 쳐서 이목을 주목시킨 사람은 다름 아닌 박 팀장이었다.

"자, 방금 김 비서님께 연락이 왔는데, 오늘 이사님이 부득이한 사정으로 회사를 못 나온다고 하시네. 그래서 오늘 하기로 한 회의도 다 미루어졌으니, 그리 알도록 해."

말을 다 끝낸 박 팀장이 자리에 앉고, 나연의 시선이 윤재의 사무실로 향했다. 부득이한 사정? 그 사정이 어쩐지 좋은 일은 아닐 것만 같은 예감에 나연의 마음이 편치 않았다. 혹시 김 비서님이 수지에게 따로 연락을 한 것은 없을까, 싶어 수지에게 문자를 보냈다.

[수지 언니, 오늘 저희 이사님이 부득이한 사정으로 결근을 하셨는데요. 김 비서님께 따로 들은 말씀 없으세요?]

답장을 보내고 돌아오지 않는 시간 동안, 나연은 윤재에게 문자를 보낼까 말까 수없이 망설였다. 혹시 자신에게 고백을 하고 나서 너무 부끄러운 나머지, 회사를 못 나오시는 건 아니겠지? 엉뚱한 데까지 미친 자신의 상상에 나연이 고개를 내저었다. 그렇게까지 공사 구분을 하지 못할 분은 아니었다.

그렇다면 대체, 무엇 때문에?

[안 알려주려는 거, 간신히 알아냈어. 아프시다는데?]

"아프시다고?"

문자를 확인하고 자신도 모르게 화들짝 놀라 머릿속으로 해야 할 말이 입 밖으로 크게 터져 나오고 말았다. 모두의 싸늘한 눈동자가 나연을 향해 날카롭게 내리꽂혔다. 금세, 자신이 무슨 실수를 했는지 깨달은 나연이 허리를 굽혔다.

"죄송합니다. 죄송합니다."

자신을 향해 혀를 내차며 시선을 돌리는 선배들을 뒤로하고, 나연은 휴대폰을 들고 사무실 밖으로 나왔다. 아프다는 이야기를 전해들은 이상, 모른 척할 수는 없다고 생각하여 윤재의 번호를 꾹 눌렀다. 그가 제발 많이 아프지 않았으면 하는 바람이 들었다. 신호는 얼마 가지 않아 바뀌었지만 윤재의 목소리는 들리지 않았다.

"여보세요?"

나연의 귓가를 맴도는 건, 여전한 침묵뿐이었다.

"여보세요?"

다시 한번 조심스럽게 윤재의 목소리를 듣기 위해 물었다.

-응.

신음 소리와 비슷한 대답이었다.

"이사님 아프시다면서요. 많이 아프세요?"

-응. 나 많이 아파.

감기에 걸린 것처럼 확 잠긴 그의 목소리는 평소보다 훨씬 더 낮았다.

"어디가 얼마나 아프신 거예요."

-내 걱정…… 하는 건가?

"회사 못 나오실 정도로 아프신 거니까, 당연히 걱정이 되죠."

-걱정은…… 말로만 하는 게 아니야. 행동으로 보여줘야지…….

수분이 완전히 빠진 것 같은 힘없는 그의 목소리가 귓가에 나지막하게 들려왔다. 행동으로 보여달라는 그의 대답에 나연은 어떻게 보여줘야 하나, 하며 진지하게 고민했다. 그 순간, 그의 대답이 다시 들려왔다.

-죽 사서 병문안 와.

"네?"

-걱정된다며……. 그러니까, 죽 사서 병문안 오라고.

"알았어요. 그럼, 제가 퇴근 시간에 맞춰……."

-아니. 지금.

"지금이요? 저 지금 회사예요! 지금 막 출근했……."

-전복죽으로. 주소는 김 비서가 보내줄 거야.

"여보세요? 여보세요?"

자기가 할 말만 하고 끊어버린 윤재에 당황스러워 다시 전화를 걸어보았지만, 받지 않았다. 나연은 일단 사무실 안으로 들어갔다. 그 누구도 나연에게 눈길조차 주지 않았다. 순간, 나연은 자신도 모르게 입가에 작은 조소를 지었다. 자신이 지금 잠깐 회사를 빠져나가 죽을 사들고 윤재의 집에 다녀온다고 해도 그 누구도 자신의 부재를 알아차리진 못할 거였다.

그래도 혹시 몰라, 박 팀장에게로 다가가 사정을 이야기했다. 그는 나연에게 눈길조차 주지 않고 업무를 보며 '상사의 지시이니, 그렇게 하도록 해.'라는 단 한마디로 나연의 일말의 고민을 일축시켰다. 그대로 회사를 빠져나온 나연은 김 비서님이 보내주신 주소를 확인하고, 회사 근처에서 최고 비싼 전복죽을 사서 택시에 올라탔다.

　나연에게 걸려온 전화를 끊자마자 윤재는 침대에서 벌떡 일어나 쏜살같이 욕실로 달려가 씻고 머리를 말렸다. 어제 밤새 열에 시달리느라 땀에 흠뻑 젖은 옷을 새것으로 갈아입었다. 여전히 몸은 한기가 드는 것처럼 춥고 머리가 찢어질 것처럼 아파왔지만, 나연이 올 생각을 하니 자꾸만 주책없이 웃음이 새어 나오려고 했다.
　밤새 온몸이 뒤틀릴 정도의 고통을 받으면서도 계속 나연이 떠올랐다. 그 와중에도 그녀가 자꾸만 보고 싶은 제 감정을 감당하지 못해 더욱 몸부림을 쳐야 했다. 그리고 몸 상태가 조금 호전되었을 때 그녀의 목소리를 들으니 모든 것이 금세 다 나아질 것만 같은 기분이 들었다. 어디까지 왔는지 연락을 하기 위해 침대에서 휴대폰을 집는 순간, 밑에서 아주 희미하게 초인종 소리가 들려왔다. 윤재가 재빠르게 방을 뛰쳐나가 계단을 뛰어 내려오다가 그 소리에 깜짝 놀라 돌아보는 유 집사에 걸음을 늦추었다.
　"도련님, 몸은 괜찮으세요?"
　"네? 네에. 좀 괜찮아졌어요……. 누구예요?"
　"모르겠어요. 처음 보는 아가씨인데."
　정나연이 분명했다!

유 집사가 보고 있는 인터폰을 확인해 보니, 나연이 머쓱한 얼굴을 하고서 주변을 둘러보고 있었다.

"저희 팀 사원이네요."

윤재가 문을 열어주는 버튼을 꾹 누르고 입술에선 태연한 척 미소를 꾹 눌렀다.

"아, 그러세요?"

"네."

유 집사가 흐뭇한 눈동자를 하고서는 윤재를 빤히 바라보았다. 윤재가 괜히 눈치를 살피다가 급하게 덧붙였다.

"오늘 회사를 못 나가서, 봐야 할 업무를 좀 가져오라고 했습니다."

"그러셨겠지요."

뭔가를 아는 듯한 눈으로 답하는 유 집사에 윤재는 어색한 미소를 지었다.

"죄송하지만, 따뜻한 차 한잔 부탁드릴게요."

"죄송하다니요. 제가 하는 일인걸요. 간단한 다과를 올려다드리겠습니다, 도련님."

유 집사가 주방으로 들어가려 몸을 돌린 순간, 윤재는 어제 정원에서 만났던 진룡이 떠올라 다시 그녀를 불러 세웠다.

"아차, 유 집사님."

"네. 뭐 필요하신 거라도 있으세요?"

"진룡 씨는 언제 옵니까?"

"진룡 씨요?"

되묻는 유 집사에 윤재가 고개를 작게 끄덕였다. 그러자 그녀가 고개를 갸웃거리며 알 수 없는 행동을 취했다.

"도련님, 아무리 생각해봐도 진룡 씨가 누구인질 모르겠는데……. 제가 아시는 분인가요?"

예상하지 못한 유 집사의 대답에 윤재의 두 눈이 휘둥그레졌다.

"진룡 씨 아시잖아요. 저희 정원 일 봐주시던 분이요."

"정원 일을…… 여태 김성태 아저씨가 봐주고 계신데, 도련님께서 뭔가 착각을 하신 거 같으세요."

그럴 리가 없다. 하지만 유 집사님이 그런 이유로 거짓말을 할 이유도 없었다.

"도련님?"

가만히 서서 깊은 사념에 잠겨 있는 윤재를 향해, 유 집사가 걱정스러운 어투로 불렀다. 여기서 더 깊이 파고들면 분명, 이 이야기가 회장님의 귀에 들어갈 것이다. 그러면 또다시 하나밖에 없는 손자의 걱정에 할아버지의 한숨과 주름이 더욱 깊어질 것이란 걸 알기에 윤재는 그만 멈춰야 했다.

"제가 착각을 했나 봐요. 신경 쓰지 마세요."

"그럼, 전 차를 준비하도록 하겠습니다."

유 집사님이 다시 주방 안으로 들어가시고 얼마 지나지 않아 현관문이 열리고, 죽 로고가 선명하게 박힌 쇼핑백을 든 나연이 안으로 들어왔다. 유 집사가 주었던 혼란스러운 대답을 잠시 뒤로 미루고 윤재는 크리스털로 만든 신발장 미닫이문을 열어주었다.

"콜록콜록. 왔어?"

"이사님, 아직도 많이 아프신 거예요?"

"어? 어, 좀 뭐, 어지럽고 좀 그래."

기침을 하며 몸을 살짝 비틀거리자, 나연이 얼른 그의 곁으로 와 부축했다.

"내 방은 2층이야. 계단이 좀 많고 높지?"

윤재가 계속 기침을 하며 자신의 방이 위치한 계단을 손으로 가리켰다. 나연의 시선이 계단의 앞부분부터 쭈욱 끝까지 올라가더니 쉽게 인정했다.

"네. 그러네요."

"아, 어지러워. 저길 어떻게 이렇게 어지러운 상태로 올라가지?"

윤재가 짐짓 관자놀이를 문지르며 심란하게 말하자, 옆에 있던 나연이 가방을 고쳐 멨다.

"저한테 좀 기대세요."

나연이 윤재의 팔을 들어 어깨에 걸치자, 윤재는 터질 듯이 뛰는 심장에 미칠 것만 같았다. 자신이 의도했던 스킨십을 완벽하게 이행하고 있다는 사실에 아픈 것도 잊고 팔짝팔짝 뛰고 싶었다. 왜 이러는지는 스스로도 이해하지 못할 정도로 우스워 보였다. 그녀가 손목을 꼭 잡아주었다.

"그래. 그럼 부축 좀 받을게."

그녀의 작은 어깨를 꽉 감싸며 천천히 2층으로 향해 올라갔다. 뒤에서 슬그머니 드리우는 세 개의 그림자를 눈치채지 못한 채, 윤재는 그대로 나연과 함께 방 안으로 들어갔다.

윤재는 나연의 부축을 받으며 방으로 들어오자, 기침을 하며 침대에 걸터앉았다.

"몸 많이 안 좋으신 거 같은데, 병원은 다녀오셨어요?"

"아니. 자주 이래서 내가 알아. 오늘 하루 푹 쉬면 괜찮아져."

별생각 없이 한 대답인데, 앞에 서 있는 나연의 얼굴이 너무 심각해지는 바람에 윤재는 자신이 뭘 잘못했나, 다시 말을 되새겨보았다. 그러다 문득, 나연이 무슨 생각을 하고 있는 듯싶은데, 어쩐 일인지 그녀의 생각이 들리지 않아 의아했다. 아무 생각을 안 하고 있는 건가?

"표정이 왜 그래?"

도저히 궁금해서 기다릴 수가 없어 물었다.

"자주 이러신다고요? 자주 아픈 건, 정말 좋지 않은데."

"내 걱정 해주는 거지?"

"누구라도 그랬을 거예요……."

"그래. 우리 정 사원은 정이 많은 정 사원이니까."

"설마, 개그하신 건 아니시죠?"

평소엔 쉽게 볼 수도 없는 정색하는 얼굴로 물어오는 나연에 윤재가 괜히 머쓱해져서는 눈길로 죽을 가리켰다.

"그거 나 주려고 사온 거 아니야?"

"아, 맞아요."

다행히도 단순한 나연에게 화젯거리를 돌리는 건, 무엇보다도 쉬운 일이었다. 나연이 윤재의 방 한가운데 있는 테이블로 가서 쇼핑백에 있는 죽을 꺼냈다. 죽과 반찬 뚜껑을 일일이 전부 열어준 나연이 여전히 침대에서 자신을 바라보고 있는 윤재에게 손짓했다.

"식기 전에 와서 드세요."

침대에서 일어나 테이블로 온 윤재는 슬쩍 의자를 빼주는 나연을 향해 환하게 미소 지었다.

"고맙다."

"별말씀을요."

"너도 좀 먹어."

"전 괜찮아요. 아침 밥 많이 먹어서 배불러요."

나연의 시선을 받으며 뜨거운 죽을 먹는 것이 낯설 정도로 행복했다. '뜨거우니까 이거랑 같이 드세요.' 하며 동치미 국물을 슬쩍 내미는 나연의 손끝을 따라 시선을 올려 그녀를 마주 보았다. 당연히 자신을 보고 있을 줄 알았던 나연이 주변을 두리번거리며 뭔가를 찾는 듯싶었다.

"뭐 찾아?"

"그런데 스마일은요?"

"아, 할아버지 방에 있을 거야."

"아……."

"보고 싶어? 데리고 올까?"

윤재가 자리에서 일어서자 나연이 얼른 그를 말려 앉혔다.

"다 드시고요. 다 드시고 데려와요."

시선이 자신의 팔목을 붙잡고 있는 나연의 손으로 향했다. 그녀의 시선도 자신을 따라 붙잡고 있는 손으로 향하고 있다는 것을 느꼈다. 순간, 불에 덴 사람처럼 나연이 화들짝, 놀라 제 손을 떼어 냈다.

"죄송해요!"

"뭐가?"

"네?"

"뭐가 죄송하냐고, 바보야."

자신도 딱히 뭐가 죄송한지 몰라 고민을 하듯, 눈을 굴리는 나연을 마주 보며 윤재가 뜨거운 죽을 식히던 손짓을 멈추었다. 자신의 숨소리가 귓가에 선명하게 들릴 정도로 주변이 고요했다. 모든 소리들이 그녀에게 해줄 목소리를 위해 멈춘 것 같았다. 윤재가 제 앞에 있는 나연을 가만히 바라보았다.

"언제부터인지는 모르겠는데, 너랑 이렇게 같이 있는 시간이 참 좋아. 내가 어제 말했지? 시간을 좀 달라고. 그런데, 어제 생각해 보니까, 그 시간이라는 거 말이야."

참 아깝다는 생각이 들었다. 밤새 시달리며 든 생각은 그뿐이었다. 그녀와 함께했던 모든 순간들이 필름처럼 스쳐 지나갔다. 처음 수영장에서 만나고, 그 뒤로 그녀를 찾아가고, 회사에서 함께 일하고, 집들이를 하며 웃고 떠들던 순간……

그리고 깨달았다. 그녀를 사랑하지 않는 시간들이 너무 아깝게 느껴져서, 자신이 다시 깨어나면 그녀를 기필코 옆에 둘 것이라고, 그렇지 않으면 또 후회라는 감정밖에 남지 않을 것이라고.

"네가 궁금해. 뭘 좋아하고, 내가 없는 곳에서는 무엇 때문에 웃는지, 내가 곁에 없을 때는 뭘 하고, 또 너도 나만큼 내가 보고 싶은지…… 욕심이 생기기도 해. 너도 나와 똑같이 그랬으면 하는."

차분하게 가라앉은 그의 눈동자엔 자신을 향한 감정에 대한 확신만이 차 있었다. 마주하고 있는 나연은 어제만큼 당황스러워하지는 않았지만, 여전히 미세하게 떨고 있는 것처럼 보였다.

"사람들은 흔히 이걸…… 고백이라고 하지."

윤재는 그 떨림이 부디, 부정적인 의미를 갖고 있지 않기를 바랐다. 고백을 하고 나니 오히려 한층 가벼워진 마음이 재촉하듯, 잠시 다물어져 있던 그의 입술을 다시 떼어내게 만들었다.

"고백하는 거야. 내가 지금 너를 좋아한다고, 그래서 너랑 연애하고 싶다고."

너의 속삭임 8.

"고백하는 거야. 내가 지금 너를 좋아한다고, 그래서 너랑 연애
하고 싶다고."

돌아가는 법을 모르는 사람처럼, 저를 똑바로 마주하고 고백해
오는 윤재에 나연 또한 피할 곳이 없다고 단언했다. 사실 잠재적으
로 피하고 싶지 않다는 생각을 했을지도 모른다. 윤재와 있으면 제
법 즐겁다. 자신을 지켜주는 것 같은 그의 품은 따뜻하기도 했고,
그래서 그 품에서 벗어나고 싶지 않다는 생각을 할 때도 많았다.
혼자 있을 때면 그가 생각이 나고 아주 가끔은 뭘 하고 있는지 궁
금하기도 했다. 다른 사람에게선 느껴보지 못한 생소한 것이라, 무
엇인지 몰랐는데…….

앞에서 자신과 똑같은 감정에 대해서 이야기를 하고 있는 윤재
의 말을 듣고 나니, 그 감정이 확실히 무엇인지 알게 되었다. 좋아

하는 거였다. 자신도 윤재를 좋아하고 있는 거였다.

"듣고 있지?"

자신의 감정을 헤아리느라, 잠시 넋을 놓고 있던 나연의 시선 앞으로 윤재의 손이 휘적거렸다.

"놀랐어?"

"그런 줄 알았는데, 생각해보니까 그렇게 크게 놀란 거 같지도 않아요."

"그래서 대답은?"

"조금만 더 생각할 시간을 달라고 하면요?"

"이 방에서 못 나가는 거지, 뭐. 생각 끝날 때까지."

사실 생각할 시간이 주어진다고 해도 크게 달라질 결과는 없을 거였다. 그를 향한 감정을 참고 아닌 척할 수 없다는 건, 스스로가 더 잘 알고 있는 일이었다. 하지만 어쩐지 지금 당장 면전에 대놓고 말하는 것이 아주 많이 쑥스러웠다.

"오늘 집에 가서 대답해드릴게요."

"그냥 이 자리에서 대답하면 안 되나?"

"배려해주세요."

자신의 말에 잠시 망설이는 듯한 윤재가 곧 체념 어린 얼굴을 하고선 고개를 끄덕였다.

"알았어. 대신, 오늘 퇴근하고 집에 가자마자 바로 말해줘야 돼."

"네. 알았어요."

마저 죽을 먹은 윤재가 아래로 내려가 스마일을 데리고 올라왔다. 스마일은 금색 방울이 달려 있는 붉은색 목줄을 차고 있었다.

"와, 우리 스마일이 예쁜 목걸이 했네. 금 목걸이!"

"금인 거 어떻게 알았어?"

그냥 한 말인데, 놀라서 묻는 윤재에 나연이 더 놀랐다.

"네? 이, 이게 진짜 금이에요?"

"응."

"와……."

스케일 자체가 다른 것 같은 느낌에 괜히 이질감마저 들었다. 자신은 한 번도 해본 적 없는 금 목걸이를 차고 있는 스마일이 살짝 부럽다가, 그 감정이 조금 어이가 없어져 피식, 웃어버리고 말았다. 스마일과 20여 분 정도 놀다가 그만 회사에 들어가봐야겠다고 생각해 일어섰다.

"잠깐 기다려."

윤재가 자신의 맞은편 방문으로 가서 노크를 하자, 안에서 김 비서가 나왔다. 나연이 그에게 얼른 인사를 건넸다.

"안녕하세요, 김 비서님!"

"어? 나연 씨 왔네요? 언제 왔어요?"

"저 한, 한 시간쯤?"

"아……. 그런데 무슨 일이세요, 이사님?"

김 비서의 물음에 윤재가 나연의 어깨를 부드럽게 감싸 앞에 세웠다.

"회사까지 좀 데려다줘."

"저 괜찮습니다!"

"오는 길에 오늘 올린 결재 서류들도 좀 가져오고."

손까지 내저으며 거절을 표하는 나연의 말을 가볍게 씹은 윤재에 김 비서가 그렇게 하겠다는 말을 남기고 제 방으로 다시 들어갔다.

"저 정말 괜찮은데."

"어차피 서류도 가져와야 돼. 내려가서 기다리자."

"네."

그때, 윤재와 함께 내려오는 길에 어디선가 자신을 바라보는 시선이 느껴져 주변을 두리번거리던 나연은 밑에 서 있던 우 회장과 덜컥 눈이 마주쳤다. 그 자리에 돌하르방처럼 멈춰 섰다 이내 허리를 깊숙이 수그려 얼른 인사를 했다.

"안녕하십니까! 회장님!"

"우리 회사, 윤재네 팀 사원이라고 들었어. 맞는가?"

"네! 전 모바일 커뮤니케이션 2팀 사원 정! 나! 연! 이라고 합니다!"

완전 바싹 군기가 들어서 집이 떠내려가라 큰 목소리로 자신을 소개하는 나연에 윤재가 옆에서 푸흡, 하고 웃음을 참아냈다. 하지만 나연은 그것을 신경 쓸 겨를도 없이 잔뜩 긴장한 모습으로 우 회장과의 거리를 단박에 좁혔다.

"회장님을 이렇게 가까이서 뵙게 되어 영광입니다!"

그런 나연을 우 회장이 귀여운 손녀를 보듯 바라보았다. 윤재 역시 나연의 옆에 서서 그녀의 잔뜩 긴장한 얼굴을 사랑스럽게 바라보았다.

"그런데 우리 어디서 본 적이 있는가? 얼굴이 굉장히 낯익은 거 같은데."

"글쎄요. 제가 회장님을 뵌 적은 있어도 회장님께서 절 본 적은 아마 없으실 겁니다."

"날 봤는가?"

"사진으로 혼자 뵈었거든요. 유명하시잖아요."

나연의 친절한 대답에 우 회장이 이해했다는 듯 작게 고개를 끄덕였다. 그사이 옷을 다 갈아입은 김 비서가 내려왔다.

"출발하시죠."

"그럼, 다음에 또 뵙겠습니다, 회장님!"

"배웅해주고 올게요."

마지막까지 싹싹하게 인사를 하는 나연이 윤재, 김 비서와 함께 집을 빠져나갔다. 주차장까지 꽤 되는 거리를 세 사람이 나란히 걸었다.

"오늘 밤에 답장 기대할게."

김 비서가 먼저 차에 들어가 시동을 걸고 빼오는 동안, 나란히 서 있던 윤재가 단단히 말했다.

"네. 몸 관리 잘하고 계세요."

"네가 부정적인 대답을 준다면, 난 더 아플 것 같아."

윤재가 관자놀이를 어루만지며 심각하게 말하자, 나연도 무언가를 크게 결심한 눈동자로 힘차게 고개를 끄덕인 후, 조수석에 올라탔다. 사이드미러로 통해 보이는 윤재는 점점 작은 점이 되더니 곧, 시야에서 완전히 사라지고 말았다. 그때, 나연이 드는 생각은 단 하나뿐이었다. 아쉬움. 아쉬움이었다.

한편, 나연을 배웅하고 집으로 다시 들어온 윤재는 곧장 제 방으로 들어와 이전에 실장에게 받았던 이력서를 찾았다.

"분명 여기다가 뒀는데."

침대 옆에 있는 서랍장 두 번째에 놓아두었던 이력서가 사라졌다. 정신이 팔려 다른 곳에 두었나 싶어 온 서랍을 다 뒤져보았지만 이력서가 감쪽같이 사라져 있었다. 허탈함에 더뎌진 발걸음으로 걸어가 침대 귀퉁이에 털썩, 주저앉았다.

"어떻게 된 거야? 정말, 인간이 아니라는 거야?"

분명 다시 만나야 할 존재였다. 윤재는 모두의 기억 속에서 사라져버린 그의 행방을 어떻게 찾아야 할지 막막해졌다.

"대체 어디로 사라진 거야!"

답답함이 목울대 밖으로 울분이 되어 터져 나왔다. 그 순간, 뒷덜미에 싸늘한 기운이 감도는 것 같았다. 황급히 돌아본 그곳에 진룡이 서 있었다.

"네가 날 너무 애타게 찾는 거 같아서 직접 왔어."

무언가 말하려던 순간, 침대를 사이에 두고 서 있던 진룡이 갑자기 다시 사라졌다. 아직 해야 할 이야기가 쌓여 있는데 사라져버린 그로 인해 윤재가 황망하게 주변을 살폈다. 이번엔 그 싸늘한 기운이 뒤에서 느껴졌다. 돌아보니, 그가 자신의 곁으로 바짝 다가와 있었다.

"생각보다 빨리 회복했네. 태어나기를 워낙 강한 체력을 가지고 태어났으니, 그 모든 것들을 버텼겠지만."

"뭐 좀 물어보자."

"물어봐."

"신은 거짓말을 할 수 없다고 했지?"

"응. 그랬지."

"왜 나한테 그런……."

머릿속에서 생각하는 그 단어가 입 속에서 맴돌기만 할 뿐, 쉽게 나오지 않았다.

"저주를 걸었냐고?"

이상하게 '저주'라는 단어가 거슬렸다. 저주. 그건 분명, 정상적인 한 인간의 삶을 송두리째 망가트린 저주가 확실했다. 윤재는 그 목소리로 가족과 떨어져 지내야 했고 많은 사람들에게 비웃음의 대상이 되어 상처라는 굴레에 갇혀 혼자 지내왔다. 그래서 그것은 분명 저주임이 맞는데, 쉽게 나오지 않는 그 단어를 곧바로 인정할 수도 없었다.

"그건, 네가 나연이를 사랑하게 되었기 때문이지."

"남의 마음의 소리 멋대로 듣지 마."

"그건 신의 능력이라 어쩔 수 없어. 듣고 싶지 않아도 들려."

달리 다른 방법이 없다며 어깨까지 으쓱이는 진룡에 윤재는 딱히 대응하지 않았다. 진룡의 한숨이 예사롭지 않았다.

"왜 저주를 걸었냐고 물었지? 난 거짓말을 못해. 그러니까 너한테 진실을 이야기해줄 건데, 이 진실을 알게 되면 현재의 너로서는 감당하기 어려운 아주 힘든 일들이 일어날 텐데, 괜찮겠어?"

아무리 감당하기 어려운 힘든 일이 펼쳐진다고 해도 정확한 진실은 알아야 했다. 다른 누구도 아닌 나연과 연관되어 있는 일이라는 것을 확신하기 때문에 윤재는 그냥 단순하게 대충 넘어갈 수 없었다.

"말해."

"……."

"감당을 하든 못하든, 그건 내가 판단하는 일이니까. 전부 사실대로 말해. 지금 당장."

'오늘 밤에 답장 기대할게.'

그의 목소리가 깊은 동굴에서 지른 메아리처럼 반복적으로 나연의 근처를 맴돌았다. 오늘 밤, 자신의 문자로 그와의 관계가 달라진다. 그렇게 생각하니, 살짝 짜릿한 거 같기도 하고 부담스러운 것 같기도 했다. 업무 사항을 어찌 진행하는지도 모를 만큼 윤재의 생각에 푹 잠겨 있다 퇴근 시간이 다가왔다. 오늘따라 유난히도 시간이 빨리 간다고 느끼며 서둘러 퇴근을 했다. 집에 가는 동안에도 대답을 하면서 많이 부끄러워할 자신을 떠올리며 얼굴을 붉혔다.

집에 먹을 것이 없어 동네 마트에 가서 이것저것 장을 보고 집으로 향했다. 가방에서 열쇠를 찾아 현관문을 열고 안으로 들어섰다. 양손에 물건을 들고 있는 바람에 불도 켜지 못하고 더듬거리며 주방으로 달려가 냉장고 문을 활짝 열었다.

"얼른 정리하고 씻어야지, 그리고 답장해야지……. 배도 고픈데, 차라리 밥을 먹고 씻어야 하나?"

냉장고 문에서 새어 나오는 붉은 빛을 의지하며 사온 음식들을 안에 차곡차곡 넣고 있던 나연이 순간 멈칫했다. 뒤에서 느껴지는 서늘한 기운 때문이었다. 냉장고에서 흘러나오는 서늘한 기운과는 확연히 다른 그 소름 끼치는 주변 온도에 나연은 심장이 얼어붙어버린 것 같았다. 숨을 내쉬지 못할 정도의 극한 공포에 나연이 천천히 뒤를 돌려던 순간이었다.

"우읍……!"

뒤에서 검은 손이 나연의 입을 억세게 틀어막았다. 타인에 의해 막혀버린 숨과 자신을 이끄는 강압적인 힘에 나연이 버둥거려봤지만 아무 소용이 없었다. 단단하고 두꺼운 쇠사슬로 묶여 바다에 빠지기라도 한 것처럼 아무것도 할 수가 없었다. 순간, 동네에서 돌았던 흉흉한 소문들이 머릿속에 스쳐 지나갔다. 혼자 사는 여자들만 노린다는 그 살인범. 발버둥을 치는 나연의 눈이 금세 공포에 질려 눈물로 차올랐다.

'살려줘, 누, 누가 나를 좀 살려줘!'

마음속으로 울부짖고 또 울부짖었다. 이상하게 무서운 이 와중에도 그가 생각났다. 아니, 이렇게 무서워지니까, 그가 생각난 것 같았다. 그밖에 생각나는 사람이 없었다. 자신의 앞에서 환하게 웃던 윤재의 모습이 떠올라 눈물이 나왔다. 보고 싶다. 지금 그가 너무 보고 싶다.

모든 이야기를 전해들은 후, 윤재는 한동안 침대에 넋을 놓고 앉아 있다 급격하게 몰려오는 갈증을 해소하기 위해 주방으로 내려왔다.

"뭐 드릴까요?"

"아니요. 물이나 한 잔 마시겠습니다."

빈 컵에 물을 채우고 주방에서 나오던 윤재는 갑작스러운 고통에 화들짝 놀랐다.

쨍그랑-

들고 있던 컵을 그대로 바닥에 놓치고 말았다. 바닥으로 내동댕이쳐져 깨진 컵의 파편들이 사방으로 튀고 안에 들어 있던 물이 근처를 흥건히 적셨다. 윤재는 목에서 느껴지는 극심한 고통과 공포에 비틀거렸다.

"도련님, 괜찮으세요!"

곁에 있던 비서실장이 격하게 놀라며 윤재를 부축했다.

"나연이…… 나연이가 위험해."

반쯤 잃어버린 이성에 자신을 부축하는 비서실장을 챙길 새도 없이 윤재는 무작정 집을 뛰쳐나갔다. 그녀에게 가야 했다. 지금 위험에 빠진 그녀에게. 밖으로 나와 지나가는 택시를 잡아탔다. 미리 외워두었던 나연의 집 주소를 외쳤다.

"빨리요. 제발 빨리 가주세요!"

다급해 보이는 윤재의 모습에 택시 기사 아저씨도 무작정 페달을 밟았다. 제발, 아무 일도 일어나지 않기를. 기도를 하느라 맞댄 손에 힘을 주는 바람에 퍼런 힘줄들이 선명하게 모습을 드러냈고 색이 창백하게 변해갔다. 꽉 깨문 입술이 찢어진 모양인지, 입 안에 피비린내가 진동을 했다. 자꾸만 머릿속에 감돌려는 불길한 상상을 지우려고 고개를 내젓고, 주먹을 쥐어 제 머리를 세게 후려치기도 했다. 시간은 빠르게 지나가는 것 같은데, 자신은 너무 더디게 움직이는 것만 같았다. 윤재는 머릿속으로 진룡을 떠올리며 빌었다.

제발, 그녀에게 아무 일도 일어나지 않게 도와줘. 제발.

누구든 그녀의 몸에 작은 상처 하나라도 낸다면 절대, 용서하지 않을 것이다.

도착지에서 멈추는 택시에서 정신없이 뛰어나갔다.

"총각! 총각!"

요금을 받으려고 같이 나왔던 택시 기사 아저씨가 예사롭지 않은 분위기에 다시 택시 안으로 올라타 휴대폰을 들었다.

택시에서 급박하게 내린 윤재가 단숨에 나연의 집까지 올라가 꽉 쥔 주먹으로 현관문을 두드리려다가 멈추었다. 행여나, 안에서 정말 불행한 일이 일어나고 있다면 자신의 이런 등장이 강도에게 극심한 불안감을 안겨줄 것이고, 그랬다가 우발적으로 더욱 나쁜 짓을 할지도 몰랐다. 윤재는 한 발자국 뒤로 물러서 다시 집을 빠져나왔다. 2층 높이긴 하지만 오래된 주택 빌라 같은 형태의 집이라 그리 높은 길이가 아니었다. 윤재는 힘차게 점프를 해 나연의 베란다를 붙잡는 데 성공했다. 반동을 이용하여 다리를 걸쳐 안정적인 자세가 되었을 때, 손을 뻗어 베란다 문을 잡았다.

제발, 열리기를 간절히 바라며 힘을 주었다. 베란다 문이 아무 저항도 없이 열렸다. 나연이 잘못되었을지도 모른다는 생각이 극한 공포로 다가왔다. 등줄기에 흘러내리는 땀을 뒤로하며 윤재가 조심스럽게 발을 내디뎠다.

암흑으로 완전히 물든 집의 기운이 예사롭지 않았다. 보이지 않는 곳에서 누군가가 함께하고 있다는 소름 끼치는 직감에 윤재의 눈이 날카롭게 어둠을 헤치며 주변을 살폈다. 잘 보이지 않던 시야들이 점점 뚜렷해지려던 그 순간, 나연의 목소리가 들려왔다.

'아, 안 돼! 이사님! 안 돼요!'

입 밖으로 내미는 목소리는 아니었다. 분명, 마음속으로 내뱉는 말이었고 그 말로 하여금 윤재는 그녀가 자신을 지켜보고 있다는 것을 느꼈다. 그리고 동시에 누군가가 자신을 공격하려고 뒤에 서 있다는 사실도.

오른쪽에서 느껴지는 심한 인기척에 윤재가 몸을 비틀어 피했다. 날카로운 칼날이 그대로 바닥을 찍었다. 예상하지 못했는지, 윤재를 공격하려던 강도가 낑낑거리며 칼을 빼려다가 몸을 일으켜 두 발자국 물러 공격 태세를 취했다. 검은 모자와 마스크로 무장한 강도의 얼굴은 여자인지, 남자인지도 구별하기 어려울 정도로 보이지 않았다.

공격 태세를 취하는 강도를 마주하다 윤재는 주변에 있을 나연의 흔적을 찾았다. 나연의 상태를 먼저 살펴보고 싶었다. 나연은 작은 소파와 벽 사이의 공간에 밧줄로 묶이고 테이프로 입을 포박당해 있는 상태였다. 얼핏 새어 들어오는 달빛에 비친 반짝거림이 그녀의 눈물임을 깨달았다.

"나연아!"

'위험해요!'

나연의 외침에 윤재가 뒤를 돌았다. 반사적으로 두 팔을 올려 방어 태세를 취했지만, 강도의 발길질에 윤재가 나가떨어졌다. 곁으로 다가오는 강도를 향해 윤재가 발을 뻗어 걸자, 강도가 그대로 앞으로 꼬꾸라져 넘어졌다. 윤재가 그 위를 덮쳐 주먹을 쥐고 마구잡이로 강도를 내려쳤다. 하지만 얼마 가지 않아, 힘을 주어 빠져나온 강도가 주변에 보이는 의자를 집어 들어 윤재에게 던졌다. 막는다고 막았지만, 머리 어느 쪽에 잘못 맞았는지 윤재가 잠시 비틀거리던 그때, 오른쪽 배로 차갑고 날카로운 무언가가 푹 찔려 들어왔다. 이루 말할 수 없는 아픔에 정신이 다 아득해져왔다. 숨을 쉴 수도, 눈을 깜빡일 수도 없을 정도의 극심한 고통이 뜨거운 피와 함께 윤재의 몸 구석구석을 파고들었다.

한 번 몸을 찌른 칼날은 밖으로 빠져나와 다시 한번 그의 몸 깊숙이 들어왔다. 여태 겪었던 고통들을 모두 비웃듯, 생소하기까지 한 아픔과 괴로움이 결국 윤재를 무너트리고 말았다. 칼에 찔린 곳을 틀어막는 윤재의 손가락 사이사이로 뜨겁고 끈적거리는 피가 새어 나왔다.

"하…… 아."

'아, 아, 안 돼, 안 돼! 이사님! 안 돼!'

그 와중에도 울부짖고 있는 나연의 목소리가 마음에 걸려서 악착같이 정신을 붙잡아 세웠다. 목소리가 제대로 나오지 않았다. 일어나려고 비틀거리는 윤재의 몸이 안쓰러워 보일 정도로 위태했다. 그리고 마지막으로 강도가 다시 한번 칼을 공중으로 치켜들었을 때였다.

"이 새끼가!"

누군가가 베란다를 뛰어넘어 들어오더니, 돌려차기로 강도의 손목을 내리쳤고 들고 있던 칼이 저만치로 날아갔다. 강도가 반격을 하기도 전에 그 그림자는 다시 한번 돌려차기로 그를 간단하게 제압했다. 동시에 요란한 사이렌 소리가 울리고 경찰로 추정되는 사람들이 문을 따고 들어왔다.

"이사님! 이사님!"

베란다를 타고 방으로 진입한 사람은 다름 아닌 김 비서였다. 김 비서는 다 쓰러져가는 윤재를 품에 안고 울분을 토해냈다.

"정신 차리세요, 이사님!"

"나…… 연이……. 나연…… 이는?"

경찰의 도움으로 포박당했던 끈과 테이프에서 자유가 된 나연이 놀라 엉금엉금 기어 윤재의 곁으로 다가왔다. 윤재의 상처에서 흘러나온 피만큼이나 그녀의 얼굴은 눈물로 범벅이 되어 있었다.

"이사님."

가느다랗게 떨려오는 목소리가 여전히 두려움에서 완전히 벗어나지 못한 듯 들렸다.

"괜찮…… 아?"

거친 숨을 몰아쉬며 버겁게 물어오는 윤재에 나연이 고개를 마구 끄덕였다. 그때마다 그녀의 눈에서 눈물이 후드득 떨어져 사방으로 떨어졌다. 피 묻은 윤재의 손이 조심스럽게 공중으로 올라와 그녀의 뺨을 어루만졌다.

"너 괜찮…… 아서 다행이다……. 다행이야."

"죄송해요, 이사님. 저 때문에, 저 때문에."

"그게 왜 너 때문이야……."

나연을 안심시키려고 윤재는 최선을 다해서 미소 지었다. 너무 아파서 진짜 고함이라도 질러버리고 싶은데, 그럴 힘도 앞에 나연이 있어서도 참아야 했다. 나연이 제 뺨을 어루만지는 윤재의 손을 꽉 잡았다. 마치 놓치지 않겠다는 듯이, 그렇게 손깍지까지 껴서 잡았다, 그녀의 뜨거운 눈물이 손안을 적셨다.

윤재는 크게 다쳐 보이는 곳이 없는 나연을 보며 정말 다행이라고 생각했다.

"대답…… 들어야 하는데."

정신이 점점 혼미해진다. 선명했던 사람들의 웅성거림이 이명처럼 멀어져갔고 눈앞에 있는 나연과 김 비서의 모습이 안개 속에 갇힌 것처럼 희미해져갔다.

"오늘 그 대답…… 꼭 듣고 싶었는데."

두 사람이 자신을 애타게 불렀다. 뭐라도 대답해주고 싶은 마음이 절실했다. 그럼에도 윤재는 아무 대답도 할 수가 없었다. 세상이 또다시 지겨운 암흑으로 변했다.

"이사님, 이사님!"

아무리 불러도 대답 없는 윤재가 간이침대에 뉘어 급박하게 응급실 안으로 옮겨졌다. 그의 하얀 티셔츠와 침대 옆으로 축 처져 늘어진 손에는 피가 잔뜩 묻어 굳어져 있었다. 나연은 그 손을 절망스럽게 바라보며 터져 나오려는 눈물을 힘겹게 참아냈다. 몇 가지 바쁘게 체크를 한 의사는 한시라도 빨리 응급수술을 해야 한다며 보호자를 찾았다. 나연만큼이나 놀라고 절박한 김 비서가 간호사를 따라갔다. 나연은 윤재의 곁에서 한 발자국도 옮길 수가 없었다.

"선생님, 수술만 하면 살 수 있는 거죠? 우리 이사님, 살 수 있는 거죠?"

눈물로 호소하는 질문에도 돌아오지 않는 대답이 불안하다.

"선생님, 제발, 제발, 살릴 수 있다고 말씀해주세요. 제발요."

손이 차갑게 식은 것만 같아 꼭 붙잡아주었다. 어디로 가버릴지도 모른다는 생각에 가지 못하게 더욱 꽉 잡았다. 이렇게 잡고 있으면 가던 길도 멈춰서 다시 돌아와줄 것만 같았다. 상상하니까, 두렵다. 윤재가 없는 세상이 두려워진다. 그래서 그가 자신을 이곳에 혼자 두고 떠나지 못하게 나연은 두 손으로 윤재의 손을 꼭 붙잡고 서 있었다.

곧 수술 동의서를 쓰고 온 김 비서에 병원 관계자들이 윤재의 침대를 수술실로 옮겼다. 급하게 뛰어가는 그들을 따라 뛰는 나연의 다리가 한없이 후들거렸다. 금방이라도 주저앉을 뻔한 것에 악착같이 힘을 주어 달렸다.

수술실 문이 닫히고 나서야, 나연은 뜀박질을 멈추었다. 하지만 여전히 멈추지 못한 눈물이 그녀의 얼굴을 흠뻑 적시고 있었다.

"괜찮을 거예요. 괜찮을 거예요."

김 비서가 옆에서 실성한 사람처럼 중얼거렸다. 자신을 달래려는 건지 나연을 달래려는 건지 알 수조차 없었다.

"우리 이사님, 몇 번이고 죽음 넘겨보신 분이에요. 쉽게 가실 그런 분 아니니까, 아무 걱정 하지 말아요, 나연 씨."

하지만 말과는 달리 김 비서는 하나도 진정이 되지 않는 모습이었다. 급기야, 그는 굳게 닫힌 수술실 벽을 붙잡고 심하게 어깨를 들썩이며 흐느끼기 시작했다. 그러다 자책을 하듯 제 머리를 주먹으로 마구 후려치기도 했다.

"좀 더 일찍 왔어야 했는데. 내가 조금만 더 일찍 왔어야 했는데, 이 등신 같은 놈. 이 등신 같은 놈!"

나연이 그러지 말라고 말리던 사이, 복도 끝에서 소란스러운 소리가 들리더니 곧, 회장님과 비서실장, 그리고 유 집사가 정신없이 달려왔다. 금방 실신이라도 할 것처럼 하얗게 질린 세 사람은 응급실 벽을 잡고 무너지는 김 비서 앞에 주저앉았다.

"어떻게 된 거야, 형광아. 도, 도련님 어떻게 되신 거냐고!"

유 집사가 눈물범벅이 된 목소리로 물었지만, 김 비서는 제 자책만 할 뿐 아무 대답도 하지 못했다.

"제 잘못이에요. 제가 지켜드리기로 했는데, 이번에도 지켜드리지 못했어요."

김 비서를 말리던 나연이 고개를 힘차게 내저으며 제 주먹으로 미어지는 가슴을 마구 쳤다. 아무리 치고 또 쳐도 윤재를 생각하면 찢어질 것만 같은 마음보단 아프지 않았다.

"아니에요. 제 잘못이에요. 이사님은 절 구하시다가…… 구해주시다가……."

"아이고, 내 새끼. 아이고, 우리 윤재."

자책하는 나연을 보며 우 회장이 그대로 기절하듯 병원의 차가운 바닥에 쓰러졌다. 비서실장과 유 집사가 놀라서 우 회장을 끌어안듯 부축했다.

"회장님!"

"회장님! 의사, 의사 좀 불러줘! 의사!"

나연이 응급실로 급하게 달려가 의사를 불렀고 관계자들이 달려와 우 회장을 간이침대에 옮겨 다시 응급실로 향했다. 실장님과 유 집사가 회장님을 따라 응급실로 달려갔고 나연은 여전히 벽에 기대어 울부짖고 있는 김 비서의 옆에 앉았다.

'나 지금 너무 무서워요. 너무 무서워요, 이사님. 이사님을 잃을까 봐, 너무 두려워요. 그러니까 제발 다시 돌아와줘요. 제발요…….'

생각만 하면 눈물 나게 만드는 사람으로 남지 않기를, 제발 그가 다시 제 앞에서 환하게 미소 지어주기를, 자신의 대답을 꼭 들어주기를 간절히 바라며, 나연은 숨죽여 울고 또 울었다.

얼마 지나지 않아 경찰이 찾아왔다. 수사에 대한 협조를 부탁하는 경찰을 따라서 경찰서로 가 조사를 받았다. 있는 사실을 전부 이야기했고, 경찰은 운이 좋았다고 얘기해주었다. 윤재가 저렇게 다쳤는데, 제게 무슨 운이 좋았다는 것인지 알 수가 없어서 또 눈물이 쏟아졌다. 한동안 동네를 흉흉하게 만들고 무고한 여성의 소중한 생명을 앗아간 살인범은 그렇게 잡혔다.

기자들이 몰렸고, 나연은 그곳을 간신히 빠져나올 수 있었다. 초저녁의 밤은 어느새, 완전히 깊은 밤이 되어 있었다. 경찰차를 타고 다시 병원으로 향했다. 윤재는 여전히 응급실에서 나오지 않았고 그들의 식구와 함께 앞을 지켰다. 무거운 침묵만이 그곳을 떠돌았다. 얼마간의 시간이 더 흘렀을까.

초저녁에 들어갔던 윤재는 새벽이 되어서야 나왔다. 다행스럽게도 집도를 한 의사의 얼굴은 평온했고 그 앞에 서 있던 모두는 그나마 한시름 놓고 안도의 한숨을 내쉴 수 있었다. 오늘 상태를 지켜봐야 한다며 윤재는 중환자실로 옮겨졌고 아무도 면회를 할 수 없었다. 전면이 유리로 되어 있는 중환자실 앞에 모두가 모여 윤재를 바라보았다, 그때, 비서실장이 나연을 조용히 불렀다.

비서실장을 따라 병원 귀퉁이로 향하며 나연은 어쩐지 좋은 소리를 듣지 못할 것만 같은 예감이 들었다.

"많이 놀랐죠? 나연 씨."

"죄송해요. 저 때문에."

죄인처럼 고개를 푹 숙이고 사과하는 나연을 비서실장은 안타깝게 바라보다 힘겹게 입술을 떼어냈다,

"상처받지 말고 들어요. 사실, 지금 회장님께서 나연 씨 보기를 많이 힘들어하고 계세요."

자신을 향해 말하는 비서실장의 목소리에 망설이고 조심스러운 기색이 역력하여 나연은 더욱 미안해졌다.

"음, 그래서 나연 씨가 병원엘 오는 건, 좀 자제해줬으면 싶어요. 나중에 이사님이 회복이 되시면 그때 만나 뵙는 게 좋을 것 같아요."

이해한다. 자신 때문에 사랑하는 손자가 저렇게 다쳤는데, 자신을 보는 것이 힘드실 거라는 거, 충분히 이해하고 있다. 그래서 아무 대꾸도 없이 그렇게 하겠다고 대답했다. 반쯤 나가 있던 정신을 간신히 추스른 김 비서가 데려다주겠다고 했지만, 나연은 거절하고 혼자 병원을 나섰다. 곧 여름이 다가오고 있는데도 새벽의 공기가 여전히 시리다. 사실, 새벽의 공기가 시린 건지 제 마음이 시린 건지 구분이 제대로 가지 않았다.

"휴우……."

깊은 한숨이 터져 나온다. 그리고 메말라버렸을 거라고 장담했던 눈물이 또다시 터져 나왔다. 나연이 손바닥으로 제 얼굴을 거칠게 문질러 눈물을 닦았다. 그래도 한번 터진 눈물은 쉽게 마르지 않았다. 그 사달이 난 집으로 돌아갈 수가 없어서 전에 머물던 찜질방으로 향했다.

"나연아."

카운터에서 꾸벅꾸벅 졸고 있던 사장님이 나연을 보며 놀란 눈으로 알은체를 했다. 그것도 그럴 것이 하도 울어 눈이 팅팅 부어 있었기 때문이었다.

"잘 지내셨어요?"

"난 잘 지냈지."

"저 오늘 여기서 오랜만에 찜질하고 가려고요."

뭔가 물어보고 싶은 말이 많아 보였지만, 사장은 그 모든 것을 뒤로하고 찜질방 옷과 세면도구를 챙겨주었다.

"저 사장님, 죄송한데, 제가 내일 와서 돈 내도 될까요?"

회사에서 퇴근하면서 현금 2만 원 정도를 바지 주머니에 넣어놓았지만 방금 타고 내린 택시비로 다 써서 돈이 남아 있지 않았다.

"오랜만에 와서 돈은 무슨 돈. 너랑 내가 남도 아니고, 신경 쓰지 말고 올라가서 푹 쉬어."

"네에……. 감사합니다, 사장님."

손에 든 찜질방 옷을 구겼다. 남 앞에서 눈물을 보이고 싶지 않아서였다. 찜질방으로 올라온 나연이 옷을 다 벗고 목욕탕 안으로 들어갔다. 새벽이라 그런지 목욕탕 안엔 아무도 없었고, 나연은 가볍게 샤워를 하고 따뜻한 탕 안에서 몸을 녹였다.

"……"

그러다 돌연, 나연이 물 안으로 머리까지 푹 다 담갔다. 숨을 쉴 수 없을 만큼의 고통이 몰려왔지만 탕에서 나오지 않았다. 쏟아지는 뜨거운 눈물들이 따뜻한 탕의 물들과 뒤섞였다. 아무도 보고 있지 않지만, 아무에게도 눈물을 들키지 않아 다행이라는 멍청한 생각을 했다.

미안하고 서러워 눈물이 나왔다. 아니, 솔직하게 말해서 그가 너무 보고 싶어 눈물이 나왔다. 한참 후에야 목욕탕에서 나와 잠자리에 누웠지만, 잠이 올 리 없었다. 온몸은 피곤해서 금방이라도 녹아 사라질 것만 같은데, 윤재 생각에 잠이 오질 않았다. 한참을 뒤척이다 아침을 맞이했고, 나연은 다시 찜질방을 나섰다. 집으로 돌아와 옷을 갈아입고 일찌감치 회사로 출근했다. 사무실로 올라온 나연이 제 자리에 가방을 놓고 윤재의 사무실을 올려다보았다. 그가 금방이라도 그 계단을 밟고 올라가며 뜬금없이 '정 사원!' 하고 부를 것만 같았다. 정신을 차렸을 때, 나연은 그의 집무실을 열고 안으로 들어와 있는 상태였다.

'이사 우윤재'라고 써져 있는 아크릴 명패가 주인도 없이 혼자 그 자리를 지키고 있었다. 나연이 손끝으로 그 명패를 어루만졌다. 한시라도 빨리 그가 다시 이 자리에 있어주길 바라면서.

다시 자리로 돌아와 컴퓨터를 켰지만 작업을 할 정신이 없어서 넋을 놓고 있었다.

"전화 좀 받지?"

옆에서 제 어깨를 툭 치며 들려오는 불투명한 목소리에 화들짝 놀란 나연은 시간이 꽤 흘렀음을 감지했다. 사무실은 어느새, 바쁘게 돌아가고 있었고 자신의 책상 위에 있는 내선 전화기는 요란스럽게 울리고 있었다.

"시끄러우니까 전화 좀 받으라고, 정 사원."

옆에서 다시 한번 신경질적으로 말하는 선배의 목소리에 나연이 죄송하다는 말을 하고 전화를 받았다.

-나. 수지.

"네."

-너, 하나도 안 괜찮구나.

수지의 말에 괜히 서러워 또다시 눈물이 터지려는 것을 나연은 간신히 참았다.

-오늘 완전 위로해주고 싶은데, 엄마 생신이라 그러지도 못하고…….

"신경 써주셔서 감사드려요."

-뭘. 지금 잠깐 옥상으로 올라올래?

"……."

그러고 싶었지만, 거기까지 올라갈 힘이 없었다.

-그래, 그냥 있는 게 낫겠다. 힘없으면 힘없는 대로 살아도 돼. 힘없는데, 굳이 억지로 힘낼 필요 없어. 짜증만 나. 커피 마시고 싶으면 전화해.

"네."

수지다운 위로라고 생각하며 전화를 끊었다.

"누구는 좋겠다. 회사를 그냥 거저로 다녀서."

한 번도 제게 관심 같은 걸 가진 적 없던 옆 선배의 비아냥스러운 말에 나연이 시선을 돌렸다. 그녀는 잔뜩 비꼬는 눈길로 나연을 흘겼다.

"매일 전화로 수다 떨고 근무 도중에 나가고, 이제 하다하다 자리에 앉아서 멍이나 때리고 있는 우리 신입사원 정나연 씨. 회사 돈 받아가는 게 미안하지도 않으세요?"

"죄송합니다."

지금은 다른 것에 신경 쓸 겨를이 없었다. 나연은 힘겹게 펜을 들었다. 그리고 작업창을 띄워 캐릭터 수정을 시작했다. 자신이 뭘 하고 있나, 할 정도로 여전히 아무 정신이 없었다.

어떻게 흘러갔는지도 모를 시간이 그렇게 흘러갔다. 퇴근을 하고는 곧장, 윤재가 있는 병원으로 향했다. 어제 있었던 중환자실엔 윤재가 아닌 다른 환자가 누워 있어 주변 간호사를 붙잡고 그의 행방에 대해 물었다.

"아, 그 환자분 깨어나셔서요, 일반 병실로 가셨습니다."

병실 호수를 물어 알아낸 후, 그를 만나러 갔다. 문에 붙어 있는 작은 창문으로 안을 기웃거렸다. 깨어나 있을 줄 알았는데, 그는 여전히 침대에 누워 잠들어 있었다. 그 옆에서 회장님과 김 비서가 심란한 얼굴로 그를 지켜보고 있었다. 그사이에 살이 조금 빠진 것 같기도 하다. 얼굴에 난 상처들을 보니 마음이 불편해졌다. 손을 뻗어 창문 너머의 그를 만져보았다. 손끝에 감도는 차갑고 딱딱함만이 느껴졌지만 그래도 나연은 계속 그를 어루만졌다. 한참을 그렇게 몰래 지켜보고 있는데, 뒤에서 인기척이 느껴졌다. 돌아보니 비서실장이 서 있었다.

"죄송해요."

한동안 오지 말아 달라고 한 그의 말을 지키지 못한 잘못에 나연이 얼른 사과를 먼저 했다. 하지만 비서실장은 아무 말 없이 그녀를 바라보았다.

"식사는 하셨습니까? 안색이 많이 안 좋아 보이네요."

"전 괜찮아요."

"이사님도 많이 호전되셨습니다. 한 3일 정도 더 입원을 해서 치료를 받으면 퇴원해도 된다는 의사 선생님의 말씀이 있어요."

친절하게 말해주는 비서실장에 나연은 참 다행이라는 생각이 들었다.

"가보겠습니다."

"김 비서 시켜서 모셔다 드리겠습니다."

"아닙니다. 그리고 말씀 낮추세요. 나이도 제가 훨씬 어린 데다, 전 그저 신입사원일 뿐인걸요."

"도련님께서 나연 씨에게 가셨다는 건, 특별한 이유가 있었기 때문이라고 생각합니다. 도련님께 특별한 분이시기 때문에 저도 쉽게 말을 놓지는 못하겠습니다."

특별한 사람이라…….

비서실장에게 인사를 건네고 집으로 향하는 동안, 나연은 그 말을 옹알이처럼 되새김질했다.

특별한 사람……. 과연 자신이 윤재에게 그런 대접을 받을 수 있는 자격이 있는 사람일까? 아니, 그럴 자격 없다. 집에 도착한 나연은 여전히 무섭기만 한 기분에 짐을 싸서 다시 찜질방으로 향했다.

"정말 아무 일도 없는 거지? 나연아."

걱정스럽게 물어오는 사장님에게 억지로 미소를 지으며 어제 드리지 못한 돈을 드리고 하루 더 머물렀다. 씻고 나와 어제 누웠던 그곳에 또 누웠다. 잠이 들긴 했지만, 중간중간 몰아닥치는 악몽으로 온몸이 땀으로 흠뻑 젖어 깨어나기를 몇 번이고 반복했다. 결국, 다음 날도 최악의 상태로 회사에 출근했고 전날과 별반 다르지 않은 하루를 보냈다.

모두가 퇴근하고 혼자 남은 사무실. 나연 또한 퇴근을 해야 했지만, 모든 것이 귀찮고 무의미하다고 느껴졌다. 나 홀로 스탠드가 켜져 있는 제자리에서 나연은 그대로 책상에 머리를 눕혔다. 여전히 소란스럽기만 한 제 세상에서 잠시 도망가고 싶어 눈을 감았다.

이틀 내내 제대로 잠을 자지 못해서인지 나연은 저도 모르게 까무룩 잠이 들어버렸다. 한참을 그렇게 잠들던 나연은 누군가가 자신의 머리를 쓰다듬는다는 느낌을 받으며 감겨 있던 눈을 천천히 떴다. 거짓말처럼 제 눈앞에 똑같이 책상에 머리를 기대고 있는 윤재가 보였다. 자신을 바라보며 희미한 미소를 짓는 그와 함께하는 이 시간은 꿈일 거라 확신했다. 병원에 있어야 할 그가 지금 이곳에 함께 있는 것은 불가능하기에, 그리움에 그가 꿈에서까지 보이는 거라고 생각했다.

"보고…… 싶었어요……."

꿈이라고 생각하며 말했다. 차오르는 눈물을 참아내며 어렵게 입술을 떼어내 겨우 말했다. 제 곁에서 들이쉬고 내쉬는 그의 숨소리가 들려오고 느껴졌다. 걷잡을 수 없이 눈물이 차올랐다.

"보고 싶어요, 정말 많이 보고 싶어요."

"지금 보고 있잖아. 그리고."

"……."

"보고 싶었다면서 한 번을 보러 안 와?"

서운한 기색이 역력한 그의 입술 끝에 살며시 미소가 지어졌다. 그의 손이 다시 나연에게로 뻗어져 머리를 부드럽게 쓰다듬어주었다. 흐릿할 줄 알았던 그 느낌이 아주 생생하게 느껴졌다. 그때야 비로소 나연은 이것이 꿈이 아닐지도 모른다는 생각이 들었다.

"꿈…… 아니에요?"

"왜, 꿈이었으면 좋겠어?"

나연이 벌떡 일어나자, 함께 엎드려 있던 윤재가 깜짝 놀라 일어났다. 나연이 그대로 윤재를 꽉 끌어안았다. 그의 품에 안기자마자 왈칵, 눈물이 쏟아졌다.

"아니요! 꿈 아니었으면 좋겠어요. 정말 꿈 아니었으면 좋겠어요! 만약에 이게 꿈이라면요. 깨어나지 않을래요. 안 깨어나고 싶어요."

왈칵 쏟아지는 눈물을 펑펑 쏟아내며 울부짖었다. 그런 나연의 등을 윤재는 한동안 가만히 쓸어주었다.

중환자실에서 깨어났을 때는 기억조차 제대로 나지 않았다. 그리고 일반병실에서 깨어났을 때, 가장 먼저 보고 싶은 사람은 그자리에 없던 나연이었다. 야위어지고 엉망이 된 우 회장과 김 비서의 식구들을 보면서도, 여전히 신음 소리가 절로 나올 정도로 쓰라린 상처에 고통을 받으면서도 윤재는 수없이 나연을 떠올렸다. 그리고 모두가 자리를 비운 틈을 타 그녀를 만나기 위해 밖으로 나왔다. 집으로 가봤지만 없어서 아직 퇴근을 하지 않았구나, 생각하고 사무실로 와보았다.

그리고 혼자 외로이 자신의 자리에서 울며 잠들어 있는 나연을 발견했다. 울리고 싶지 않은 사람이었는데, 결국 울려버리고 말았다. 나연이 앉은 옆으로 다가가 앉은 윤재가 손끝으로 그녀의 눈물을 닦아주며 옆으로 스르륵 책상 위에 누워 그녀와 마주 보았다. 잠시였지만, 혼수상태에 빠져 있을 때 그녀의 목소리를 들었다.

자신을 잃을까 봐 너무 무섭다고. 그러니까, 제발 돌아와달라고…….

자신을 부른 사람. 언제나 자신을 불러왔던 사람.

아무것도 보이지 않는 그곳에서 오롯이 나연의 목소리만을 되새기며 돌아가고 싶어 발버둥 쳤다. 그리고 지금, 나연과 함께 있다.

제 품에 안겨 한참을 울던 나연이 갑자기 눈물을 멈추더니 허겁지겁 품에서 벗어났다. 그녀는 황급히 눈물을 훔쳐내고 자신을 빤히 바라보았다.

"그런데 병원에서 막 이렇게 나오셔도 되는 거예요?"

"당연히 안 되지. 그런데 어떡해? 네가 안 오는데."

또다시 죄책감에 우울해지려는 나연의 모습에 윤재가 얼른 입술을 떼어냈다.

"사실 곧 퇴원이야. 그런데 병원이 좀 답답해서 그냥, 집으로 갈까 해."

그녀의 근심 가득한 눈동자가 그래도 돼요? 하고 묻고 있었다.

"주치의 따로 부르면 돼."

"죄송해요. 여러모로."

"네가 죄송할 게 뭔데? 내가 원해서 한 일인데, 왜 네가 죄송하냐고."

또다시 아무 말 못 하고 앉아 있는 나연의 머리카락을 부드럽게 쓰다듬어주었다. 그녀를 향한 자신의 진심 어린 위로가 닿길 바라며.

"이제 집에 가자, 나연아."

'집'이라는 말에 그녀의 눈빛이 불안하게 흔들렸다. 역시, 얼핏 들었던 나연의 목소리 중에 집이 무섭다는 것은 잘못 들은 것이 아니었던 모양이다. 자신이 생각해도 나연이 그 집을 두려워하고 무서워하는 건 당연하다 여겼다. 그곳에서 나연은 어쩌면 목숨의 위협을 받을 정도의 극한 공포를 느꼈을 거였다. 그곳에 있는 것만으로 계속 생각나고, 소름이 끼칠 정도로 최악의 장소가 되었을 거였다.

그래서 윤재는 망설이지 않고 말했다.

"우리 집. 우리 집으로 가자."

자신의 선택이 어쩌면 잘못된 것일지도 모른다고 깨달은 건, 윤재의 거대한 집 앞에 도착해서였다. 나연은 들어가기조차 싫어지는 제집에 들러 가방에 필요한 짐들을 쌀 때까지만 해도 아무 생각이 없었다. 그저, 윤재가 곁에 있어서 다행이라는 생각뿐이었던 것 같다. 그런데 이렇게 윤재의 집 앞에 서 있으니 망설여졌다.

"저, 이사님……."

"응?"

"못, 들어갈 것 같아요. 아니요. 제가 들어가면 안 되는 곳이에요, 여기."

자신을 보는 것을 껄끄러워할 회장님과 나연의 존재를 불편해할 나머지 가족분들. 그리고 무엇보다도 여긴 직장 상사이자, 남자인 윤재의 집이다. 나연이 주춤하며 물러서려 했지만, 윤재가 그녀의 허리를 손으로 꼭 끌어안아 막았다.

"너 여기 있어도 돼. 그럴 자격 충분히 있어."

"그럴 자격이요? 아니요. 저 아무 자격 없어요."

"사랑하는 여자를 위험한 곳에서 지키려는 건, 남자들의 의무이자 책임이야."

"아무리 그래도 여긴…… 네?"

대답을 하다 말고 윤재의 말뜻을 잘 헤아리던 나연이 깜짝 놀라 되물었다. 분명 '사랑하는 여자'라는 단어가 너무나 선명하게 들렸다. 다시 되묻는 나연에게 윤재는 그녀의 손을 잡는 걸로 대답을 대신했다.

"들어가자."

"아, 아니! 저, 저, 이사님, 잠시만!"

하지만 말릴 틈도 없이 그는 나연을 이끌고 안으로 들어섰고 그의 등상에 모든 가족들이 현관문을 열고 정원으로 달려 나왔다. 우 회장을 포함하여 비서실장, 유 집사, 김 비서까지 모두 토끼눈이되어 윤재와 나연을 번갈아 쳐다보았다. 지금 펼쳐지고 있는 이 상황을 이해할 수 있을 만한 충분한 설명을 요구하는 눈빛들이었다.

"할아버지, 제가 사랑하는 여자입니다. 지금 살고 있는 집이 여의치가 않아, 한동안 이곳에서 지내야 할 것 같습니다."

아무도 대답을 하지 못하고 그저 눈만 끔뻑이며 윤재와 나연을 바라보았다. 나연은 제게 쏟아지는 그들의 시선에 미안하면서도 부담스러워 고개를 푹 숙이고 말았다.

"불안해서 혼자 내버려둘 수가 없습니다. 제가 데리고 있겠습니다."

하지만 그런 나연의 반응과는 달리 윤재는 여전히 강건한 목소리로 가족들에게 쐐기를 박았다. 당연히 안 된다고 하실 줄 알았던 우 회장이 잠시 헛기침을 하며 의외의 대답을 꺼내놓았다.

"그래. 그렇게 해라."

놀란 건 나연뿐이었다. 이상할 정도로 우 회장의 대답에 별 반응이 없는 가족들을 의아해하며 나연은 윤재가 이끄는 대로 다시 걸음을 옮겼다. 윤재가 나연을 데리고 간 방은 2층에 위치한 자신의 방 바로 옆쪽이었다.

"여긴 손님방으로 쓰던 곳인데, 여기서 머물도록 해. 필요한 가구들은 내일 바로 넣어줄게."

"그러실 필요 없어요. 전, 여기서 머무는 것도 너무 죄송스럽고……."

"아차, 나 너한테 들을 말이 있지?"

열려 있던 문을 닫으며 윤재가 나연과의 거리를 좁혀왔다. 단박에 좁혀온 거리에 당황한 나연이 잔뜩 긴장한 얼굴로 윤재를 올려다보았다.

"질문을 까먹은 건 아니지?"

"네? 그, 그걸 어떻게 까먹어요."

"그럼 빨리 대답해줄래? 나 현기증 나려고 하는데."

"아……. 아, 그러니까……."

뭘 어떻게 대답을 해줘야 할지 모르겠다. 밀폐된 이 공간에 단둘이 있어서인지, 주변 공기가 지나치게 오묘했다. 바싹바싹 말라오는 입술을 이로 지근거리며 망설이던 나연은, 순간 그를 잠시나마 잃었을 때를 떠올렸다.

그가 있다면 꼭 말해주고 싶었다. '나도 당신을 많이 좋아하고 있다고.' 그걸 말할 수 있는 기회가 찾아오길 간절히 바라기도 했었다. 그리고 그 기회가 다행스럽게도 제 앞에 와 있었다. 망설일 이유는 없었다.

"좋아해요. 나도 이사님을 많이 좋아해요. 그러니까……."

나연이 손을 뻗어 윤재의 옷자락을 꽉 움켜잡고 용기 내어 말했다.

"떠나지 말고, 아무 데도 가지 말고 내 옆에 이렇게 항상 있어주세요."

그가 옷자락을 쥐고 있는 손을 떼어내 허리 뒤로 옮겨 자신을 끌어안게 했다. 나연은 망설이지 않고 윤재를 있는 힘껏 끌어안았다.

"그래. 아무 데도 가지 않고 이렇게 네 옆에 항상 있어줄게. 아무 걱정도 하지 마, 나연아."

그의 품은 어느 누구에게도 양보하고 싶지 않을 만큼 따뜻했고 자신의 등을 어루만져주는 그의 손길은 영원히 이대로 멈춰도 좋을 만큼 너무 부드러웠다. 한참을 그렇게 서로의 숨결과 심장 소리를 들으며 끌어안고 있던 두 사람은 밖에서 노크를 하며 부르는 김 비서의 목소리에 떨어졌다.

"왜."

윤재가 문을 열어 물었고 김 비서가 그런 윤재의 어깨 너머로 서 있는 나연을 향해 말했다.

"회장님께서 두 분 다 잠시 내려오시라고 하십니다."

나연이 잔뜩 긴장한 얼굴로 윤재와 함께 아래로 내려갔다. 소파에 앉아 있는 우 회장의 맞은편에 앉자, 이제 막 주방에서 나온 유 집사가 먼저 입술을 떼어냈다.

"차 한 잔 준비해드리겠습니다."

유 집사가 나연의 앞에 따뜻한 차 한 잔을 내려놓았다.

"스트레스에 좋은 연잎차입니다."

차를 내려놓은 유 집사와 곁에 서 있던 비서실장이 물러서자, 우 회장이 나연을 지그시 바라보았다.

"사실, 처음엔 정나연 씨 때문에 우리 애가 이렇게 되었다고 생각하며 많이 원망하고 힘들어하고 그랬어."

그때의 일들이 떠오르는지, 우 회장의 목소리와 얼굴은 참담해 졌다.

"하지만 그 생각은 아주 짧았다네. 내 손주가 목숨까지 바쳐 지 켜낼 만큼 사랑하는 여자이니, 이제 우리에게도 정나연 씨는 소중 한 사람이 될 거야."

우 회장의 말에 나연이 또다시 고개를 떨어트렸다. 그녀의 허벅 지 위에 움켜쥐고 있던 손등 위로 투명한 눈물이 후드득 떨어졌다. 작고 가녀린 그 손을 윤재가 꼭 잡아주었다.

"내 집이다, 생각하고 편안하게 지내도록 해."

"죄송하고 감사합니다, 회장님. 정말, 죄송하고 감사합니다, 회 장님."

반복되는 말에 섞인 그녀의 눈물을 윤재와 우 회장은 그저 가만 히 지켜봐줄 뿐이었다.

한참 후에, 겨우 눈물을 멈추고 나란히 올라온 윤재와 나연은 각자의 방을 사이에 두고 잡고 있던 손을 놓았다.

"잘 자."

"네. 이사님도요."

방으로 들어와 문을 닫은 순간, 모든 것들이 확 와 닿았다. 지금 이 지붕 아래, 남자친구가 함께 있다는 것과 자신이 오늘 남자친구 가 생겼고, 그리고 그 남자친구가 윤재라는 사실을!

"흐읍!"

터져 나오려는 고함을 손으로 간신히 틀어막은 나연이 종종걸 음으로 방 안쪽까지 뛰어 들어왔다. 기분이 이상하다. 너무 이상하다. 아주 높은 고층 건물에서 끈 하나만 매고 땅으로 뛰어내리는 기분 같기도 하고 부드러운 깃털로 제 몸을 살살 간질이는 것 같기도 했다. 분명 자신은 어제와 다를 거 없는 정나연인데, 다른 정나연이 된 것만 같은 이질적인 느낌마저 들었다.

하지만 그 기분이 썩 나쁘지는 않아 나연은 입가에 옅은 미소를 지어 보였다.

너의 속삭임 9.

빠져 있던 잠에서 깨어난 윤재가 진득하게 달라붙은 눈을 떴다. 분명 똑같은 천장, 똑같은 공간인데도 불구하고 집 안의 공기가 확 달라진 느낌이다. 서둘러 일어나 씻고 편안한 옷차림으로 갈아입었다. 방에서 빠져나온 윤재가 아침에 잠겨 있는 목을 가볍게 풀고 나연의 방문을 노크했다.

"나연아."

안에서 말갛게 대답을 해야 할 나연의 목소리가 들려오지 않았다. 아직도 자고 있다고 확신한 윤재의 입꼬리가 반달 모양으로 휘어졌다. 곤히, 마치 요정처럼 자고 있을 것만 같은 나연을 볼 수 있다는 생각에 심장이 미세하게 떨려오기까지 했다.

"나 들어간다? 분명히 말했……."

문을 열고 들어갔을 때, 방은 텅 비워져 있었다. 방에 따로 딸린 욕실도 조용했다. 벌써 출근을 했나? 싶다가도 벽에 걸린 시계를 보니 출근하기엔 너무 이른 시간이라 생각했다. 그때, 멀찍이서 희미하게 나연의 웃음소리가 들려왔다. 그 소리를 따라 걸음을 옮겨 도착한 곳은 주방이었다. 나연은 유 집사님을 도와 아침을 차리고 있었다.

"회사 가려면 피곤할 텐데, 이렇게 도와줘서 고마워."

"아닙니다! 제가 이 집에서 머물면서 당연히 해야 할 일입니다. 앞으로 뭐 시키시고 싶으신 거 있으시면 시키세요! 저 뭐든 잘해요."

유 집사님이 건네는 반찬을 들고 식탁으로 오던 나연이 앞에 서 있는 윤재를 발견하고 반갑게 미소 지었다.

"어? 일어나셨어요?"

"일찍 일어났네."

"네. 그래도 간만에 푹 잤어요. 어서 앉으세요. 식사 준비 끝나가요."

윤재는 자리에 앉아 서둘러 식사 준비를 하는 나연을 가만히 바라보았다. 기분이 좋다. 눈을 뜨자마자 그녀를 볼 수 있어서, 기분이 너무 좋았다. 얼마 지나지 않아, 식사 준비가 끝나고 가족들이 다 같이 식탁에 모였다.

"나연이와는 처음 하는 아침 식사구나. 맛있게 많이 먹으려무나."

우 회장의 인자한 모습에 나연이 환하게 웃으며 응답했다.

"네. 맛있게 잘 먹겠습니다! 식사 맛있게 하세요."

활달하고 명쾌한 나연의 말과 함께 모두가 이제 막 식사를 시작하려던 찰나였다. 거실 가득 초인종 소리가 울렸다. 유 집사가 일어나 인터폰을 확인하고 돌아와 윤호 도련님이 왔다고 전했다. 현관문이 열리고 윤호가 급하게 뛰어 들어와 식탁에 앉아 있는 윤재에게로 다가왔다.

"다쳤다면서, 괜찮아?"

하얗게 질린 윤호의 얼굴은 누가 보아도 윤재의 부상을 걱정스러워하는 형의 모습처럼 보였다. 윤재는 지나치게 놀란 윤호를 달랬다.

"응. 많이 괜찮아졌어."

"대체, 이게 다 무슨 일이야. 어쩌다가 네가……."

말을 하던 윤호의 시선이 식탁 가운데 앉아 있는 나연에게서 멈췄다. 이른 아침부터 본가에 나연이 있다는 것을 의아해하는 듯 보였다. 윤호의 시선을 느낀 나연이 어찌할 바를 모르며 그의 눈치를 살피는 것이 느껴졌다. 다른 사람이 말을 하기도 전에 윤재가 먼저 입술을 떼어냈다.

"사정이 좀 있어서, 어제부터 우리 집에서 같이 지내기로 했어."

"무슨……."

"윤호 너는 아침은 먹었고?"

윤재를 향한 윤호의 질문이 우 회장의 질문으로 막혔다. 윤호는 윤재에게 두었던 관심을 금세 거두고 우 회장에게 돌렸다.

"아니요. 급하게 나오느라 아침은 못 먹고 나왔습니다, 할아버지."

"그럼 같이 한술 뜨자구나."

"네, 할아버지."

유 집사가 추가로 챙겨준 식사를 하면서도 윤호의 시선이 자꾸만 자신과 나연에게로 향해 있다는 것에 윤재는 어쩐지 마음이 불편했다.

식사를 하고 올라온 나연은 서둘러 출근 준비를 했다. 욕실에 들어가 샤워를 하고, 자신이 벗은 속옷을 직접 빨아서 방구석에 널었다. 아무리 마음 편하게 있으라 해도, 눈치껏 지내는 것이 나연의 본능이라면 본능이었다. 이곳에서 함께 살면서 최대한 피해를 주지 않겠다고 다짐하며 출근 준비를 끝내고 방에서 나왔다. 방문을 닫자마자, 벽을 두고 살짝 앞에 있는 윤재의 방문이 열렸다.

"나가면 김 비서 있을 거야. 그 차 타고 같이 출근해."

윤재는 상처가 아물 때까지 병가를 낸 상태였다.

"네? 네. 그럼 이사님, 편하게 쉬세요."

아래로 내려가려던 나연을 윤재가 가볍게 잡아 세웠다. 할 말이 많아 보이는데, 윤재는 선뜻 입술을 열지 못하고 무언가를 잔뜩 망설이는 기색이었다. 나연이 고개를 갸웃했다.

"뭐 하실 말씀이라도 있으신 거예요?"

나연의 질문에 윤재의 시선이 그녀에게로 향했다. 그러다 이내 상체를 깊숙이 수그렸다. 촉촉하고 부드러운 무언가가 제 볼에 잠시 닿았다 재빠르게 사라졌다. 순식간에 벌어진 윤재의 볼 뽀뽀에 나연이 그대로 얼음 조각처럼 얼어버렸다.

"야근 같은 거 하지 말고 일찍 들어와서 나랑 놀아줘."

"네? 네에……."

"얼른 가."

윤재가 등을 떠밀어주지 않았다면 나연은 꼼짝 없이 그 자리에서 계속 얼어붙어 있었을 거였다. 천천히 계단을 밟고 내려오면서 나연이 뒤를 돌아 그 자리에 서 있는 윤재를 바라보았다. 윤재가 가볍게 손을 흔들자, 나연도 손을 흔들었다. 얼굴이 화끈하게 달아오르고 있다는 것이 느껴졌고 어떤 표정을 지어야 할지 근육이 전부 마비된 느낌이었다. 나연이 윤재에게서 등을 돌려 계단을 내려왔다.

쿵쾅쿵쾅.

멀찍이 떨어졌음에도 불구하고 자신의 심장이 윤재에게 들릴세라, 나연은 걸음을 재촉할 수밖에 없었다. 현관문을 열고 정원으로 빠져나온 나연이 참았던 숨을 뱉어내며 작은 주먹으로 제 심장 부근을 문질렀다.

"진정해. 진정하라구."

하지만 아무리 달래도 심장이 도통 말을 듣지 않았다. 그래서 김 비서와 함께 회사로 향하는 동안에도 나연은 한참을 곤란함에 빠져 허우적거려야 했다. 회사에 도착하여 주차를 하고 가겠다는 김 비서의 말에 나연이 먼저 차에서 내렸다. 로비를 지나 승강기를 기다리고 있을 때, 누군가가 제 곁으로 다가왔다.

"나연 씨."

"어? 우윤호 이사님."

오늘 아침 집에서 마주했던 윤호였다. 윤호는 세상 부드러운 미소를 장착한 얼굴을 하고선 나연을 향해 정중하게 말했다.

"잠깐 나랑 얘기 좀 할 수 있을까요?"

윤호를 따라 모바일 커뮤니케이션 1팀의 사무실로 향했다. 이른 시간이라 1팀 사무실도 출근한 직원 하나 없이 텅 비워져 있었다. 윤호의 집무실로 들어온 나연이 소파에 그와 마주 보고 앉았다. 윤호와 단둘이 이렇게 있었던 적은 처음이라 극심한 긴장감이 몰려왔다. 예전에 윤재와 단둘이 있을 때 감지했던 그 긴장감하곤 확연히 다른 느낌이었다.

뭐랄까, 윤재와 함께 있을 때는 첫눈을 바라보고 있는 듯한 설렘이 느껴진다면 윤호와 함께 있을 땐 폭설이 내리는 것을 바라보는 심란함 같은 느낌이었다. 같은 눈이지만, 다른 느낌. 나연에게 윤재와 윤호의 차이는 그랬다.

"갑자기 이렇게 불러내서 미안해요."

"아닙니다."

"예의가 아니라는 걸 알면서도 내가 나연 씨를 부른 건, 아무래도 오늘 아침에 있었던 일이 자꾸 마음에 걸려서요. 나연 씨가 왜, 그 집에 있었는지 말해줄 수 있어요? 아차, 윤재가 다친 얘기는 나도 대충 알고 있어요. 나연 씨 집에 강도가 들었는데, 그걸 제압하다가 다친 거. 맞죠?"

그때 일을 떠올리면 아직도 온몸에 공포라는 감정이 돋아난다. 그래서 세포 하나하나가 마비되는 것처럼 꼼짝을 할 수가 없게 된다. 나연의 불안한 눈빛이 정처 없이 떠돌아다니는 먼지들처럼, 공중에서 사정없이 흔들렸다. 칼을 맞아 피를 흘리며 쓰러지는 윤재의 모습이 아직도 선연하다. 빈혈이 도는 것처럼 눈앞이 캄캄해지더니, 심장이 걷잡을 수 없이 마구 뛰며 초조해져 왔다.

"나연 씨."

"죄송해요. 머리가 좀 아파서요."

"아니요. 오히려 내가 미안해요. 힘든 사람 붙잡고 괜한 걸 물어본 것 같네요. 몸이 좀 괜찮아지면 그때 대답해줘요."

그렇게 하겠다고 대답을 할 수가 없었다. 그날을 생각하면 괜찮아질 날이 언제 올지 까마득했기 때문이었다. 윤재가 칼을 맞고 정신을 잃어가는 와중에도 놀란 자신을 달래려고 뻗었던 그 손길은 다시는 느끼고 싶지 않을 정도로 나연에겐 아픔이 되었다.

"이 자리가 불편해졌을 것 같은데, 이만 가보는 게 좋을 것 같네요."

윤호의 제안에 나연도 공감을 하며 옆에 두었던 가방을 들고 일어섰을 때였다.

"아차, 나연 씨."

"네?"

"그런데 그날, 윤재가 나연 씨 집에 가게 된 거 말이에요."

윤호가 심각한 얼굴을 하고서는 나연을 바라보았다.

"원래 나연 씨 집에 가기로 약속이라도 해놓은 건가요?"

그런 약속을 한 적이 없다. 그때는 너무 경황이 없어서 생각하지도 못했던 것들에 대한 궁금증이 순식간에 나연의 머릿속으로 퍼져갔다.

"그게 아니면 뭐, 윤재가 나연 씨 보고 싶어서 잠깐 들렀다가 안에서 심상치 않은 소란스러움을 들었나 봐요."

"네에. 그랬나 봐요."

대답은 그렇게 하고 나와 사무실로 들어왔지만, 나연의 마음 한 구석이 석연치 않은 의문으로 채워졌다. 정말, 윤재는 그날 나연을 보러 왔다가 우연치 않게 강도가 들었다는 사실을 알게 된 걸까?

하지만 그날, 나연은 소리 한 번 지르지 못했다. 강도 또한 나연을 포박하는데, 아무 소리도 내지 않을 정도로 은밀했다. 윤재에게 걸려온 전화도 없었고 집 밖에서 움직이는 어떠한 인기척도 느낀 적이 없다. 물론, 정신이 없어서 그것을 느끼지 못했다고 하더라도 윤재의 등장은 너무나 갑작스러웠다는 예감이 들었다.

그날, 나연이 소리를 지를 수 있었던 건 마음뿐이었다. 살려달라고, 누구라도 좋으니 자신을 좀 구해달라고 마음속으로 외칠 뿐이었다.

마음속의 울부짖음……. 설마, 윤재가 그걸 듣고…….

하지만 곧, 나연은 비소를 터트렸다.

"말이 되는 상상을 해라, 정나연……."

영화나 소설 같은 곳에서나 일어날 수 있는 비현실적인 이야기였다. 자신의 얕은 상상력을 비웃으며 나연은 윤재의 집무실에서 시선을 떼고 자신의 자리에 앉았다. 컴퓨터를 켜고 부팅이 되는 동안, 나연은 어느새 자신도 모르게 다시 윤재의 집무실을 올려다보고 있었다.

기분이 묘하다. 그저, 뭐라 형언할 수 없을 정도로 기분이 묘해졌다.

점심시간을 10여 분 남겨놓고 수지가 올라왔다. 다른 부서인데도 불구하고 수지는 아주 당당한 발걸음으로 사무실로 걸어 들어와 주변을 살피며 누군가를 찾는 듯싶었다. 나연은 수지의 등장이 내심 반가워 그녀의 곁으로 다가갔다.

"언니."

"아, 나연이 너 마음 괜찮아? 심정 괜찮아?"

보통은 몸이 괜찮냐고 물어보지만, 수지는 조금 다른 질문을 해 왔다. 어쩐지 그녀다워서 나연이 낮게 고개를 끄덕였다.

"네. 괜찮아요."

"몸은?"

"전 괜찮아요."

"저는? 그럼, 누군? 누군 안 괜찮고?"

그녀의 반응이 평소답지 않게 잔뜩 긴장한 모습이었다.

"이사님이 저 때문에 많이 다치셨어요."

"아…… 이사님이."

수지의 안타까움에서 미세한 안도의 한숨이 터져 나왔다. 동시에 나연은 그것이 무엇을 의미하는지 단박에 알 것만 같았다. 아마, 수지는 김 비서를 걱정하고 있었음이 분명했다. 지금 이 찰나의 순간에도 수지의 시선이 자꾸만 김 비서의 사무실로 향해 있었다. 나연이 슬쩍 웃자, 수지가 의아해했다.

"왜 웃어?"

"김 비서님 보고 싶으셔서 오신 거죠?"

"소름 끼쳐. 꼭 내 마음속을 훤히 들여다보고 읽은 사람처럼, 아주 정확해."

"그럼 오늘 점심은 김 비서님이랑 같이 하세요."

"넌?"

"전 따로 혼자 먹을게요. 할 일도 있고요."

"그래도……."

말은 그렇게 하면서도 수지는 막 아래로 내려와 자신을 보고 반가워하는 김 비서 쪽으로 걸음을 옮겨갔다.

"수지 씨가 여긴 무슨 일이에요?"

"일은 무슨 일이겠어요? 같이 점심이나 먹으려고 왔으니까, 잔말 말고 따라와요."

"저, 저랑요? 수, 수지 씨 지금 저한테 데이트 신청하시는 거예요?"

"데이트까지는 아니고요."

"와, 그래도 너무 좋아요! 수지 씨, 뭐 드시고 싶으세요? 제가 뭐든 다 사드리겠습니다!"

두 사람이 대화를 하며 나가고 나연도 지갑과 휴대폰을 챙겨 뒤늦게 사무실을 나섰다. 직원 식당에서 먹을까, 하다가 세희를 마주치는 것이 불편하게 느껴져 아예 회사 밖으로 나왔다. 회사 뒤편에 즐비하게 늘어져 있는 식당가로 간 나연은 점심 인파가 꽉꽉 차 있는 식당에 밀려, 결국 패스트푸드점으로 향했다. 햄버거 세트를 시켜 창가에 있는 자리에 혼자 앉아 막 한 입 먹으려던 그때, 짤막하게 울리는 휴대폰을 눈으로 확인했다. 윤재였다.

[점심 먹고 있어?]

나연이 양손으로 들고 있던 햄버거를 내려놓고 휴대폰을 향해 손을 뻗었다.

'네. 지금 점'까지 쳤는데, 전화가 걸려왔다. 윤재로부터, 그것도 영상 통화로! 나연이 얼른 창가에 비친 자신의 모습을 살피며 매무새를 가다듬었다. 그리고 조심스럽게 통화 버튼을 눌렀다. 검은 화면이 윤재의 잘난 얼굴로 바뀌었다.

-답장 왜 안 해?

"지금 막 쓰고 있었어요."

-그래? 점심은 먹고 있어?

화면 속에서 물어오는 윤재의 얼굴이 평소보다 훨씬 더 잘생겨 보여 나연은 한없이 빠져들려는 정신을 가까스로 잡아 세웠다. 내려놓았던 햄버거를 집어 들었다.

"네. 햄버거요."

-그걸로 밥이 돼?

"오랜만에 너무 먹고 싶어서 먹는 거예요."

먹고 싶었던 한식당은 죄다 문을 닫았고 직원 식당은 세희와 마주칠 것 같아서 가지 않았다고 대답하면 윤재가 마음에 걸려할까 싶어, 나연은 애써 둘러말했다.

-수지 씨랑 같이 있는 거야?

"아니요. 지금 혼자 있어요. 이사님이랑 전화 통화하고 싶어서 제가 혼자 먹는다고 그랬어요."

거짓말은 아니었다. 아까, 수지에게 '할 일도 있고요.'라고 말했던 건, 윤재에게 연락을 하기 위해서였다.

-나 출근하면 그때부터는 매일 점심 같이 먹자.

"그래도 돼요?"

-왜 안 돼? 연인 사인데.

나연이 윤재의 대답에 흠칫, 놀랐다. 그와 매일 점심을 먹는다는 건, 생각만 해도 좋은 일이었다. 이렇게 화상 전화로 얼굴을 보며 소소한 대화를 나누는 지금 이 순간조차도 세상에서 자신이 누렸던 행복 중에 가장 큰 행복이라고 여겨질 만큼 좋았다. 하지만 나연은 선뜻 대답을 하지 못했다. 걸리는 것이 있었기 때문이었다.

회사 내에서는 가뜩이나 자신을 전문대 졸업 출신이라며 사람들이 무시를 하고, 몇몇 사람들은 전문대 출신이 어떻게 회사에 들어왔는지 의문을 갖는 사람들도 있었다. 그런 와중에 윤재와 사귀는 것이 소문이라도 나면, 사람들은 이 맞지 않는 퍼즐 조각을 전부 엉망으로 끼워 맞출 것이 분명했다.

연인이니까, 이사가 뒤에서 힘을 써줬다, 하는……

가뜩이나 자신 때문에 윤재가 이상한 소문에 휘말리는 것을 몇 번 보았던 터라, 나연은 그러고 싶지 않았다. 그리고 정말 자신의 실력으로 성과를 거두게 된다고 하더라도 사람들은 그리 생각 안 할 것이 분명했다.

거기까지 생각이 미친 나연은 아직 윤재와 자신의 관계를 밝히는 것이 섣부른 행동이라 단정 지었다. 전화로 할 얘기는 아니고 마주 보고 하는 것이 나을 것 같아 나연은 일단 화젯거리를 돌렸다.

"이사님은요? 식사하셨어요?"

-아니. 아직. 스마일 간식 사러 마트 갔다가 지금 막 들어왔어.

윤재의 말이 끝나기가 무섭게 누군가가 방으로 노크를 해왔고 윤재의 고개가 방 쪽으로 향했다.

-도련님, 식사하세요.

유 집사님의 상냥한 목소리가 들려왔다.

-네. 알겠습니다.

"밥 맛있게 드세요."

-집에 오면 내가 떡볶이랑 어묵탕 끓여줄게.

"정말요?"

-응. 마트 가서 사왔어. 너 해주려고.

"하실 줄 아세요?"

-뭐, 기본이지.

거들먹거리는 듯한 그의 모습이 상상되어 새삼 귀엽게 느껴졌다.

"퇴근하고 바로 갈게요."

-응. 나 너무 보고 싶다고 급하게 서두르진 말고 조심히 와.

"네."

전화를 끊은 후에 나연은 그제야 잠시 내려놓았던 햄버거를 다시 집어 들어 크게 한입 베어 먹었다. 분명히 배가 고플 만도 한데, 윤재를 떠올리면 배가 고픈지도 모르겠다. 그냥 계속 헤픈 웃음이 새어 나온다. 별거 아닌 것에도 자꾸만 웃게 된다. 그냥, 그를 생각하면 기분이 하늘을 날아다니는 것처럼 마냥 신이 나고 설레었다. 갈 수 있는 곳이 있어서, 자신을 기다리는 누군가가 있어서, 그리고 그 누군가가 윤재라서, 나연은 행복했다. 이 행복이 영원히 제 곁에서 떠나지 않고 머물러주기를 간절히 바랐다.

15분 안에 도착할 예정이라는 나연의 문자를 받은 윤재가 침대에서 일어나 아래로 내려갔다. 그리고 아침에 할아버지와 함께 간 마트에서 사온 재료들을 싱크대 위에 꺼내 놓았다.

"정말 안 도와드려도 되겠어요, 도련님?"

유 집사가 곁으로 다가와 넌지시 물었다. 윤재가 손가락으로 원을 그리며 여유롭게 웃었다.

"네. 안 도와주셔도 됩니다, 유 집사님."

나연을 위해 직접 요리를 해주고 싶었다. 물론 떡볶이와 어묵탕은 요리가 아닌 조리에 더 비슷한 음식들이지만, 그래도 제 손으로 직접 해먹이고 싶었다. 휴대폰을 검색하여 나온 레시피를 봐가며 순서대로 요리를 했다. 참치를 넣은 주먹밥도 추가로 만들었다.

음식들이 반쯤 완성될 즈음, 거실에 초인종이 울리고 유 집사가 나연 씨 왔다는 소식을 전해주었다. 손을 깨끗이 닦고 주방에서 나온 윤재가 현관문을 열어주었다. 정원을 통해 안쪽으로 걸어오는 나연을 보며 환하게 미소 지었다.

"힘들었지?"

"아니요. 전 회사 생활 재미있어요."

"거짓말하지 마. 나 안 보여서 힘들었잖아."

"아, 아. 맞아요. 생각해보니까, 오늘 무지 힘들었네요."

능청맞게 대답하고 고른 이를 보이며 웃는 나연의 모습이 예뻐 윤재는 저도 모르게 다시 상체를 수그려 그녀의 입술로 가까이 다가갔다. 과일 향이 날 것만 같은 나연의 촉촉한 입술에 막 제 입술이 닿으려는 찰나, 뒤에서 느껴지는 시선에 깜짝 놀라 몸을 일으켰다. 우 회장과 비서실장이 나란히 서서 윤재와 나연을 바라보고 있었다.

"아니, 여기 뭐가 묻은 거 같아서."

당황한 윤재가 뒤늦은 변명을 하며 나연의 입술 주변을 보며 손으로 털어주었다.

"잘못 본 거구나. 들어가자."

윤재만큼이나 당황한 나연이 어색하게 고개를 끄덕이며 제게 내민 윤재의 손을 꼭 붙잡고 현관문까지 향했다.

"저희 먼저 들어갈게요, 할아버지."

"다녀왔습니다, 회장님, 유 집사님."

나연이 뒤에서 멋쩍은 목소리로 인사했다. 집으로 들어온 윤재는 꼭 잡고 있던 나연의 손을 놓아주었다.

"방에 올라가 있어. 음식 가지고 올라갈게."

"식구분들이랑 다 같이 먹는 거 아니었어요?"

"응. 아니었어. 너랑 나랑 단둘이 먹을 거야."

오늘 할아버지와 마트에 가서 이미 그렇게 하겠다고 넌지시 말을 해놓은 상태였다. 살짝 눈치를 살피던 나연이 어서 올라가라는 윤재의 재촉에 천천히 계단을 밟고 올라갔다. 윤재는 그녀가 방으로 들어간 것을 확인한 뒤 주방으로 향했다. 안에선 유 집사가 미리 예쁜 접시에 음식들을 담아주고 있었다.

"제가 해도 되는데."

"별거 아닌걸요. 그런데 도련님, 오늘 도련님 덕분에 제가 식사를 따로 안 차려도 될 것 같아요."

윤재가 무슨 의미인지 잘 몰라 하자 유 집사가 부드럽게 미소 지으며 말했다.

"이 떡볶이 양 말이에요. 못해도 5인분은 될 것 같은데요? 어묵탕은 못해도 10인분은 되겠고요. 순대도 이거 뜯어서 다 삶으신 거죠? 원래는 조금만 잘라서 삶으셨어야 하는데."

그렇다. 요리라는 것을 처음 해보는 윤재는 양 조절을 하는 데 실패했다. 오늘 사온 모든 요리들을 남기지 않고 전부 털어 했으니, 유 집사가 말하는 10인분 정도의 양은 결코 부풀린 말이 아니었다.

"우리 손주가 직접 요리한 걸 내가 다 먹어보고, 기분이 좋구나!"

뒤늦게 들어온 우 회장의 호탕한 말에 윤재가 염치없는 미소를 지었다. 생각해보니, 할아버지를 위해서 요리를 해본 적은 단 한 번도 없었기 때문이었다.

"죄송해요. 할아버지를 위한 요리를 먼저 챙겨드렸어야 하는데."

"그 소리 들으려고 한 말은 절대 아니다. 그저 나는……."

웃고 있던 우 회장의 얼굴에 순식간에 씁쓸함이 번졌다 사라졌다. 아무래도 지난날, 혼자 고통을 받으며 살아갔던 윤재를 떠올리며 안타까워한 듯싶었다.

"윤재 지금 네 모습이 너무 보기가 좋아서, 그래서 한 소리야. 우리 손자가 이렇게 환하게 웃었던 적이 언제였나, 마음이 참 벅차."

"할아버지……."

"내가 또 이런다. 또 이래."

할아버지가 황급하게 눈을 훔쳤다.

"식겠다. 얼른 올라가서 먹도록 해."

"저 앞으로 쉽게 무너지지 않을게요. 더는 아프지도 않고 할아버지 걱정시켜드리는 일도 만들지 않을게요."

윤재의 달램에 우 회장이 여전히 눈물에 흠뻑 젖은 눈을 하고선 고개를 끄덕였다. 식사 맛있게 하시라는 말을 마지막으로 윤재는 음식을 들고 나연의 방까지 올라왔다. 원목 트레이를 한쪽으로 옮기고 다른 한쪽 손으로 노크를 했다. 문이 곧바로 열렸다.

"떡볶이 먹자."

"네."

안으로 들어가 탁자 위에 원목 트레이를 내려놓았다. 편안한 옷차림으로 갈아입은 나연이 윤재를 마주 보고 앉았다.

"완전 맛있는 냄새. 이거 정말 이사님이 직접 하신 거예요?"

"그럼."

포크와 숟가락을 챙겨주며 윤재가 당당하게 대답했다.

"마침, 떡볶이랑 순대 진짜 먹고 싶었는데."

"얼른 먹어."

"네."

나연이 순대 하나를 콕 찍어 떡볶이 소스에 담가 먹었다.

"음! 떡볶이 소스 너무 맛있어요. 그렇게 맵지도 달지도 않고. 장사하셔도 되겠어요."

"그 맛있는 거 혼자 먹을 거야?"

그러고 보니, 숟가락은 두 개인데 어찌 된 게 포크가 하나다. 앞에서 윤재가 꿍꿍이속이 잔뜩 보일 듯한 미소를 지었다. 그러더니 살포시 입술을 벌렸다.

"나도 줘."

"진짜 못 말리겠네요……."

나연이 고개를 내저으면서도 딱히 싫지 않아, 떡볶이 하나를 집어 입에 넣어주었다. 만족스러움이 떡을 씹고 있는지, 웃음을 씹고 있는지 제대로 구별조차 하기가 어려웠다.

"와, 내가 했지만 정말 맛있긴 하다."

그때, 나연이 윤재를 가만히 쳐다보더니 손을 뻗어 입술 근처에 묻어 있는 소스를 닦아주었다. 윤재가 주변에 있던 휴지를 빼서 나연의 손끝에 묻은 소스를 닦아주었다. 그 손길이 더없이 따뜻해서 모든 긴장이 스르르 녹아내렸다. 혼자 살던 세상에 대한 긴장감이.

"있잖아요. 떡볶이를 먹는 게, 이렇게 행복한 건지 몰랐어요."

"나도."

눈만 마주쳐도 웃음이 나온다. 나연은 그렇게 소소한 대화를 나누며 윤재와 식사를 끝냈다. 윤재가 쉬라는 말을 하고 나간 후, 나연이 욕실로 들어가 씻고 나왔다. 젖은 머리를 말리고 있는데, 노크 소리가 들려왔다. 한 시간 전에 이 방에서 나갔던 윤재였다.

"데이트하자."

"네? 지금이요?"

"응. 이리 와."

윤재가 손을 내밀었고 나연이 그 손을 덥석 잡았다. 윤재가 이끈 곳은 옥상이었다. 올라오자, 널찍한 옥상 한가운데 언제 준비를 해놓은 건지, 빛나는 조명을 두른 천막 아래 푹신한 이불과 베개가 놓여 있었다. 앞에는 지지대로 설치를 한 큰 스크린에 팝콘과 음료수도 놓여 있었다.

"좋다. 너무 좋아요."

시원한 바람과 한눈에 내려다보이는 전경, 짙은 하늘에 흩뿌려 놓은 것만 같이 반짝이는 별들, 고소한 팝콘과 달콤한 음료, 재밌을 것만 같은 영화, 그리고 자신의 옆에 있는 윤재……. 모든 것이 완벽했다. 주변의 모든 것들이 나연에게 행복해지라고 등을 떠밀고 속삭이는 것만 같았다.

"이리 와."

푹신한 이불이 깔려 있는 침대에 반쯤 기대어 앉은 윤재가 나연에게로 손을 뻗었다. 곁으로 다가가 손을 잡고 앉았다.

"기대도 돼."

윤재가 자신의 어깨를 다독였고 나연이 아무 행동도 취하지 않고 그저 웃었다. 그러자 윤재가 그녀의 얼굴을 부드럽게 감싸 기어코 자신의 어깨에 머리를 기대게 했다. 생각보다 훨씬 편안한 자세라 좋았지만, 행여나 윤재가 무겁게 생각하진 않을까 걱정되었다.

"안 무거워요?"

"응. 안 무거워. 그러니까 계속 이러고 있자."

"네."

영화가 시작되었다. 하지만 나연은 영화에 집중을 할 수가 없었다. 작게 들려오는 그의 숨소리와 심장 소리. 그것이 나연의 신경과 관심을 더욱 세게 끌어당기고 있기 때문이었다.

데이트. 그와의 첫 데이트는 완벽한 듯 보였다. 그러니까, 머릿속으로 오늘 낮에 윤호가 던졌던 그 의문스러운 일이 다시 떠오르기 전까지만 해도.

나연이 기대고 있던 윤재의 어깨에서 몸을 일으켰다. 그가 물음 대신 눈빛으로 왜? 하고 묻는 듯 바라보았다. 그런 마법 같은 일이 일어날 리가 절대 없다는 것을 알고 있다. 그러면서도 무엇 때문이었는지 나연은 성급하게 입술을 떼어냈다.

"어떻게 알고 오셨어요? 저희 집에 강도 들었을 때요."

짐짓 그의 얼굴이 굳어졌다고 느끼는 건, 단순한 기분 탓인 걸까? 나연은 순간이었지만 그가 분명 자신이 한 질문에 흔들렸다는 것을 감지했다. 무엇에 흔들렸는지는 알 수 없어 나연의 궁금증을 더욱 증폭시켰다.

"그때, 정말 알고 오신 거예요?"

"그럴 리가 있겠어?"

그가 말도 안 되는 소리라는 듯이 웃으며 대답했다.

"너 보고 싶어서 갔다가 봤어. 인영으로."

"인영으로요?"

"응. 한 번도 본 적 없는 남자의 인영이랑 너로 추측되는 인영이 잔뜩 뒤엉켜 있는 거."

그날, 강도에게 입이 틀어 막히는 바람에 고함을 지르지는 못했다. 그래서 만일, 그가 고함 소리를 듣고 알아차렸다고 했다면 믿지 못했을 이야기였는데, 인영이라고 하니 상황이 또 달라졌다. 높이가 낮은 창문을 통해 보았을 수도 있었다. 나연은 그제야 자신이 여태 했던 상상들이 정말 어이없는 상상일 뿐이라고 여겨 헛웃음이 다 흘러나왔다.

"사실, 저 진짜 웃긴 상상했어요."

"무슨 상상?"

"이사님이 제 마음속 목소리라도 듣고 도와주신 줄 알았어요."

"……상상력 좋네."

"다른 사람한테는 말하지 말아요. 조금 민망하니까요."

기대고 있던 윤재의 어깨에 나연이 다시 머리를 기대었다. 배도 부르고 밤도 깊어져서 그런지, 슬슬 잠이 몰려왔다. 나연이 살며시 눈을 감고 얼마 되지 않아, 까무룩 잠들었다.

어깨에 기대고 있던 나연의 얼굴이 밑으로 툭, 하고 떨어뜨리어졌다. 윤재가 자신도 모르게 반사적으로 손을 뻗어 그녀의 머리를 받쳤다.

'사실, 저 진짜 웃긴 상상했어요. 이사님이 제 마음속 목소리라도 듣고 도와주신 줄 알았어요.'

나연에게 그 말을 들었을 때, 솔직하게 말하지 않았다. 강도가 들어 심신이 약해졌을 그녀에게, 여태 윤재가 쥐고 있던 비밀의 폭탄까지 전해줄 수는 없었다. 분명 충격을 받고 혼란스러워할 것이기 때문이었다. 아직 마음에 준비가 되지 않은 건, 나연이 아니라 자신일지도 몰랐다. 그녀가 혼란스러워하는 것을 지켜보는 것도, 자신을 어떻게 대할지도 몰라 겁이 났다. 준비가 필요한 건, 자신이었다.

잠든 나연을 조심스럽게 안아서 베란다를 빠져나왔다. 행여나 깰까 싶어 행동 하나하나에 신중을 가했다. 문을 열고 침대에 눕혀주자, 포근한지 몸을 움츠리며 살며시 미소를 짓는다. 그 옆에 걸터앉은 윤재가 손을 뻗어 그녀의 머리를 부드럽게 쓰다듬었다. 손에서부터 느껴지는 그녀에 대한 감촉이 온몸의 세포로 퍼져가, 곧 행복이라는 감정을 심어놓았다.

행복하다. 그녀를 보고 있으면, 그녀를 떠올리면, 그녀와 함께 있으면.

윤재가 상체를 수그려 그녀의 이마에 살며시 입술을 맞추었다. 그 누구도 그녀에게 상처를 줄 순 없다. 그리고 그중에서 그녀에게 가장 상처를 줄 수 없는 사람은 자신이었다. 상처. 언젠가는 그녀가 알게 될지도 모를 자신의 비밀에 제발 상처를 받지 않길 바라는 이기적인 바람을 속으로 조용히 빌어본다. 윤재는 한참 동안 그 자리에 앉아 그녀를 바라보았다.

윤재는 출근하는 나연을 배웅하고 퇴근하는 나연을 기다렸다.

나연이 올 시간이 되면 항상 대문 앞에 나가 한없이 서성거리며 그녀가 올 길을 기웃거렸다. 그러다 그녀가 오면 함께 저녁을 먹고 찻잔을 들고 베란다로 나가 별을 구경하기도 하며 도란도란 대화를 나누었다. 그러다 업무를 봐야 한다며 방으로 들어가는 그녀를 굳이 따라 들어가 옆에 가만히 앉아 바라보았다.

"부, 부담스러워요."

그녀가 몸을 덜덜 떠는 장난을 하며 말을 해도 윤재는 아랑곳하지 않았다. 아예 턱을 괴고서는 그녀를 바라보는 것에만 집중을 했다. 바라만 보아도 엔도르핀이 돌고 아픈 몸이 싹 낫는 기분이었다. 물론, 그만 바라보는 그녀에게도 언제나 그 핑계였다.

"아, 아파."

그가 상처가 난 곳을 만지며 앓는 소리를 내면 그녀가 걱정스레 묻는다.

"근데 널 보면 좀 덜 아픈 것 같아서 그래."

"으이고……."

못 말린다는 반응을 보이며 나연이 한껏 미소를 지으며 업무에 집중한다. 그럼 윤재도 그녀를 바라보는 것에 집중한다.

"저 보고 있는 거 안 질리세요?"

"말 되게 섭섭하게 하네, 정나연이."

윤재가 책상에 팔을 기대고 그 위에 얼굴을 포개었다. 물론 그의 눈빛은 여전히 나연에게로 향해 있었다.

"널 바라보고 있는 게 어떻게 지루한 일이 돼. 가장 즐거운 일이지. 넌 나 쳐다보고 있는 거 지겨워?"

윤재의 말에 나연이 얼른 고개를 내저었다.

"그럴 리가 있겠어요?"

그렇게 한 3일을 지냈다. 주치의가 '신기하다'라고 할 정도로 윤재의 회복은 빨랐다. 하다못해 커터 칼에 베인 상처도 일주일은 가는데, 깊게 베인 윤재의 상처가 일주일도 되지 않아 입원을 했던 것이 무색할 정도로 거의 다 아물었다. 그래서 출근하는 데 이제 아무 타격이 없었다.

오랜만에 하는 출근길이 윤재는 좋았다. 물론, 그 좋다는 감정에 가장 많이 차지하고 있는 이유는 바로 옆에 있는 나연 때문이었다. 그녀만 출근해 있던 시간엔 집에서 업무를 봐도 쉽게 집중이 되지 않고 지루함의 연속이었는데, 이젠 한 곳에서 더 오래도록 함께할 수 있다고 생각하니 벌써부터 괜히 들떴다.

"전, 여기서 내릴게요!"

옆에 앉아 있던 나연이 회사를 코앞에 두고 사거리 편의점 앞에서 소리쳤다. 김 비서가 귀퉁이로 차를 몰아세우고 나가는 나연을 따라 윤재도 내렸다.

"왜 여기서 내리세요?"

나연이 깜짝 놀라 윤재에게 물었지만, 그는 시종일관 덤덤했다.

"나도 걸어가려고."

"아니, 누가 보면 어쩌려고요?"

"내가 내 발로 걸어가겠다는데, 누가 뭐라 해?"

"아니, 제 뜻은 그게 아니지만……."

딱히 할 말을 찾지 못해 입술을 삐죽이는 나연의 모습이 귀엽다. 나연이 앞장서고 그 뒤를 윤재가 따랐다.

"같이 가."

"아니에요. 저 먼저 갈게요."

"오버하지 마. 우리 같이 일하는 사람들이야. 나란히 걸어가는 건, 아무도 의심 안 해."

머뭇거리는 나연에 윤재가 팔을 뻗어 작은 손을 꼭 잡았다.

"이 정도는 의심할 수도 있겠다."

"아!"

깜짝 놀란 나연이 얼른 윤재의 손을 뿌리치고는 빠르게 달려갔다. 그 모습이 살짝 섭섭해지려다가 더 멀어질까 싶어 윤재가 빠르게 걸음을 옮겼다.

중국시장 진출을 목적으로 둔 프로젝트가 코앞에 다가와 있었다. 사내 게시판과 테스트를 통해 직원들의 호응 순위가 발표되었다. 윤재도 자신이 준비하고 있던 게임을 낸 상태였기 때문에 그 발표에 긴장을 하지 않을 수가 없었다. 윤재가 준비하고 있는 게임은 액션 무협과 판타지 MMORPG 게임으로, 유니티 3D로 제작되었다. 부디, 자신의 것이 사람들의 호응을 얻어 진출할 수 있는 게임이 되길 바라며 확정 발표 공지가 뜬다는 오전 11시를 기다렸다.

그리고 마침내, 10시 59분. 윤재가 침착하게 마우스를 클릭했다. '게임' 부분과 '캐릭터' 부분의 공지를 확인한 윤재가 자리에서 일어나 집무실을 나와 내려왔다.

"긴급회의 들어가죠."

"네, 이사님."

윤재의 한마디에 사무실에 있던 모든 직원들이 서둘러 일어나 회의실로 향했다. 나연도 자리에서 일어나며 방금 전 봤던 공지사항을 다시 한번 살펴보았다. 71퍼센트의 압도적인 선택을 받은 게임. 'A great war'였다. 모바일 2팀이라면 그 게임이 누구 것인지 알고 있었다.

이사님. 윤재의 게임이었다. 마치 자신이 우승이라도 한 것처럼 나연의 입가에 흡족한 미소가 떠올랐다. 뒤늦게 들어온 회의실에서 회의가 시작되었다. 빔이 쏘아지고 그 화면 속에는 사내 게시판이 띄워져 있었다. 나연은 아직 확인을 하지 않은 '캐릭터' 부분 게시판이었다. 직원들의 눈빛이 제발 이곳에서만큼은 자신의 캐릭터가 높은 점수를 받았기를 간절히 원하듯이 반짝였다.

하지만 해당 글에 클릭해서 들어간 순간, 모두의 얼굴이 병해져서는 한쪽으로 시선이 옮겨졌다. 방패와 삼지창을 들고 있는 귀여운 뱀 캐릭터가 누구의 것인지, 모두가 알고 있었다. 사람들의 시선을 차지하고 있는 사람은 나연이었다.

"이 캐릭터 평을 들어보면 '캐릭터에 적합하지 않다고 생각하여 쉽게 다가갈 수 없었던 동물들을 다양하고 귀엽게 표현하여 보기 좋았다'가 가장 많은 의견이었습니다. 그뿐만이 아니라, 저의 개인적인 의견은 뜸부기, 큰고니 등 사람들에겐 많이 알려지지 않은 천연기념물을 캐릭터로 내세우며 다른 캐릭터들에 비해 독보적인 신선함이 가미되었다고 생각합니다. 높은 점수를 받기에 충분한 캐릭터들이었습니다."

윤재의 말에 직원들이 아쉬움 속에서 공감했다. 윤재가 나연을 바라보았다.

"수고했어요, 정나연 씨."

그가 직접 손을 들어 짤막하게나마 박수를 치자, 머뭇거리고 있던 직원들도 하나둘씩 박수를 쳐주기 시작했다. 나연은 마음 한구석에서 무언가가 울컥하고 치솟았다. 지난날, 제대로 정착한 곳 없이 지내면서도 한 번도 놓지 않고 그렸던 캐릭터 디자인이 이렇게 빛을 봤다는 생각에 눈물이 다 나올 정도로 감격했다.

"지난번에 말했던 것처럼, 높은 점수를 받은 캐릭터 디자이너는 가장 높은 점수를 받은 게임자를 서브로 도와 이번 프로젝트를 진행하게 될 것입니다. 다른 분들 역시, 캐릭터와 게임 보안에 신경 써주시길 바라겠습니다."

자신의 캐릭터가 세상 밖으로 나와 사람들을 만날 생각을 하니, 나연의 심장이 벌써부터 기대감에 설레어 왔다.

퇴근을 하고 돌아온 나연은 식구들과 다 같이 저녁을 먹고 씻은 뒤 곧바로 책상 위에 앉았다. 그리고 노트북을 켜 회사에서 다 끝내지 못한 업무 프로그램을 틀었다. 자신의 첫 캐릭터이니만큼, 최선을 다해 만들고 싶었다. 캐릭터들의 밝기와 색, 메인으로 하게 될 표정 등을 지우고 또 그리고 몇 번을 반복하고 있던 와중, 노크 소리가 들려왔다.

"나연아."

누구세요? 하고 묻기도 전에 들려오는 윤재의 목소리에 나연이 자리에서 일어나 단박에 문까지 달려갔다. 문을 열자, 그가 노트북을 들고 서 있었다.

"나 여기서 일하려고."

"네?"

"자꾸 네가 보고 싶어서, 못 참겠어."

윤재가 문고리를 잡고 있는 나연의 팔을 살며시 들어 올리곤 그대로 안까지 들어왔다. 그러고는 나연의 옆모습을 볼 수 있는 공간으로 굳이, 무거운 테이블을 옮겨 앉았다. 그런 윤재의 모습에 나연이 싫지 않아 피식 웃어버렸다.

"꼭 굳이 이렇게까지 해야 해요?"

"그래도 같이 사니까 좋다. 보고 싶을 때, 이렇게 바로 볼 수 있어서."

"저한테 푹 빠지셨어요."

"빠져나오기 싫어. 아니, 절대 안 빠져나올 거야."

하마터면 만족스러움에 목젖까지 드러내며 입을 벌려 하하 웃을 뻔했다. 웬만하면 예쁜 모습만 보여주고 싶어 그 본능을 억지로 억눌렀다.

"저 커피 한잔 마실 생각인데, 타다 드릴까요?"

"같이 가자."

일어서서 다가오는 윤재를 나연이 냉큼 막았다.

"저 혼자 그냥 후딱 갔다 올게요. 어제 일 때문에 둘이 붙어 다니는 거, 회장님 마주치기 민망해요."

지금 생각해도 민망하기만 하다. 뽀뽀를 하려다가 우 회장님과 비서실장님에게 딱 들킨 사건! 여전히 얼굴이 후끈거려왔다. 그 순간, 윤재가 상체를 숙여 그녀의 입술에 가볍게 입을 맞추었다.

"빨리 갔다 와. 더 좋은 거 하자."

어쩐지 엄청난 뜻이 가미되어 있을 것 같은 윤재의 말에 당황한 나연이 얼떨결에 고개를 끄덕였다. 그러다 흠칫 놀라서는 고개를 내저었다.

"몰라요, 몰라."

황급히 방에서 빠져나와 계단을 밟고 내려오던 나연의 걸음이 그대로 얼어붙어버린 건, 신발장을 통해 막 안으로 들어온 인물 때문이었다. 문을 열어주었던 유 집사님마저도 당황스럽게 만들었던 그 인물은⋯⋯.

"나연 씨."

이곳에 있는 자신을 결코 반가워하지 않을 사람. 세희였다.

너의 속삭임 10.

　금방 올라올 줄 알았던 나연이 올라오지 않자, 윤재가 참지 못하고 자리에서 일어났을 때였다.

　"대체, 이사님은 어딜 가신 거야? 혹시, 여기 계시나? 이사님!"

　밖에서 소란을 피우던 김 비서가 나연의 방문을 벌컥 열고 들어섰다. 윤재는 순간, 김 비서가 평소에도 이렇게 나연의 방문을 벌컥벌컥 여는 것은 아닌가 싶어, 쓴소리 한마디를 하려고 했다.

　"임세희 아가씨가 오셨어요. 지금! 밑에 계세요!"

　하지만 다음으로 들려오는 김 비서의 말에 윤재는 아무 말도 하지 못하고 그대로 방을 빠져나왔다. 계단 난간에서부터 보이는 세희와 나연의 뒷모습에 윤재의 발걸음이 더욱 빨라졌다. 윤재가 곁으로 다가오자, 나연을 마주 보고 있던 세희의 시선이 그에게로 옮겨졌다.

"윤재야."

"네가 우리 집엘 왜 왔어?"

세희의 등장이 여러 가지의 이유로 반갑지 않았다. 그중 가장 반갑지 않은 것은 그녀의 등장으로 나연이 불편함을 느끼고 있다는 것이었다.

"내가 못 올 곳을 온 것도 아니고……."

"그래, 왜 왔는데?"

"윤재야."

"그냥 지나가는 길에 들른 거라면 할아버지께 인사드리고 바로 가봐. 우린 할 일이 좀 많아서."

나연이 이곳에서 살게 된 일에 대해서 굳이 이야기할 필요가 없었다. 그래서 윤재는 나연의 손을 꼭 붙잡고 주방으로 걸음을 옮겼다. 그 앞을 세희가 막아 세웠다.

"나연 씨가 왜 여기에 있어?"

세희의 물음에 윤재는 굳이 숨길 필요가 없다고 생각했다.

"같이 살고 있어."

"아니, 어떻게……."

"너한테 일일이 설명할 이유 없을 것 같은데. 네가 딱히 참견할 만한 일도 아니고."

더는 대화하고 싶지 않다고 노골적으로 싫은 티를 냈음에도 불구하고 세희는 물러설 기미를 보이지 않았다. 하는 수 없이 윤재는 나연의 손을 놓아주었다.

"먼저 올라가 있어. 금방 올라갈게."

이 상황을 숨 막히게 불편해하고 있을 나연을 먼저 올려 보내고 윤재는 주머니에 깊숙이 손을 찔러 넣었다.

"나가서 얘기하자."

나가려던 윤재의 걸음을 다시 돌려세운 건, 안방에서 나온 우 회장이었다. 우 회장은 품에 스마일을 끌어안고 나왔다.

"세희 왔구나."

"할아버지, 잘 지내셨어요?"

세희가 상냥하고 예의 바르게 인사를 건넸다. 우 회장이 낮게 고개를 끄덕이다가 슬쩍 나연의 방을 올려다보았다. 윤재는 할아버지 역시 세희의 등장으로 인해 나연을 신경 쓰고 있다는 것을 절실히 느낄 수 있었다.

"그래. 윤재와 할 이야기가 있어서 왔겠지?"

우 회장의 말에 세희가 낮게 고개를 끄덕였다. 그 말에 둘이 대화를 나누라며 우 회장이 서재로 향했다.

"따라 나와."

우 회장의 서재가 문이 닫히자, 윤재가 건조한 목소리로 말하고선 앞장서서 정원으로 나갔다. 그 뒤를 세희가 따라나섰다. 앞서 가던 윤재가 걸음을 멈추고 돌아서 세희를 마주 봤다.

"둘이 왜 같이 살고 있는 거야?"

"그걸 꼭 너한테 말해야 돼?"

"당연히 말을 해줘야지! 내가 당연히 알고 있어야지!"

"무슨 자격으로?"

"우리 친구로도 못 지내?"

"네 감정은 친구의 범위를 훨씬 넘은 것처럼 보이니까 하는 소리잖아."

윤재의 지적에 세희가 아무 말도 하지 못하고 다홍색 입술을 지그시 깨물었다. 그러다 눈시울을 잔뜩 붉히며 원망스럽게 윤재를 올려다보았다.

"너 나한테 왜 이렇게 잔인하니?"

드라마 같은 오글거리는 대사에, 그리고 감정을 포장하여 진실처럼 보이려고 애쓰는 세희의 모습에 윤재는 짜증이 치솟아 올랐다.

"내 사랑을 지키려면 어쩔 수 없어."

"윤재야."

"나연이 지내고 있는 거 알았으니까, 이제 이런 식으로 멋대로 우리 집 찾아오지 마. 애 신경 쓰는 거 싫으니까."

냉랭한 기운으로 세희를 지나쳐 가던 윤재가 다시 걸음을 멈췄다.

"그리고 경고하는데."

윤재의 서문에 등을 보이고 서 있던 세희가 고개를 돌렸다.

"친구로 지내고 싶다면, 친구라는 적정선 제대로 지켜."

돌아오는 좋지 않은 말에 세희가 또다시 깊은 한숨을 내쉬었다.

"조심히 들어가."

"우윤재!"

윤재는 부르는 대답에도 멈추지 않고 곧장 집으로 들어가버렸다. 따라 들어올 줄 알았던 세희는 다행스럽게도 정원에 서서 잠깐 씩씩거리다가 사라졌다. 윤재는 원래 나연이 타오기로 했던 차를 두 개 타서 그녀의 방으로 향했다. 책상에 가만히 앉아 있던 나연이 방문 열리는 소리에 반사적으로 돌아섰다. 표정이 짐짓 굳어 있는 것을 보니, 여태 세희의 존재에 대해서 신경을 쓴 것이 분명했다. 괜히 마음이 미안해져 왔다.

"차 마셔."

윤재가 그녀의 책상 위에 컵을 놔주고 그 앞에 마주 보고 앉았다.

"갔어요?"

"응. 갔어."

물어보고 싶은 것이 분명히 있는데, 망설이는 눈치다. 그때 윤재는 이상한 기운을 느꼈다. 그녀의 눈동자를 보면 분명, 무언가 골똘히 생각하고 있는 것 같은데, 딱히 들려오는 목소리가 없었다. 그저 기분 탓인가, 아무 생각도 하고 있지 않은데 혼자 넘겨짚은 착각일 뿐인 건가? 그녀는 컵을 입에 가져다 대고 살포시 한 모금 입술을 적시고 내려놓았다.

"그나저나 저 너무 기뻐요. 이번에 제 캐릭터가 가장 높은 점수를 받은 거뿐만 아니라, 이사님의 게임에 제 캐릭터가 실리게 된다는 사실이 꿈만 같아요."

그러고는 여전히 여운이 남는 얼굴로 애써 다른 이야기를 시작했다.

"제게 이런 기회가 온 것이……."

"나연아."

"네?"

"하고 싶은 말을 해. 그냥."

자신의 속내를 들킨 것처럼 나연이 잠시 머뭇거리다가 어렵게 말을 꺼내놓았다.

"원래 저렇게 자주 왔었어요? 이사님을 보러 집에…… 그냥, 그게 궁금해서."

"아니. 자주 안 왔어. 그래서 나도 좀 놀랐어."

나연은 더는 세희에 대해서 말하지 않았고 그래서 윤재도 굳이 세희의 존재에 대해 더는 꺼내지 않았다. 몇 번의 경고를 했는데도 계속 저런 식으로 나온다면 특단의 조치를 취할 수밖에 없다고 생각하며 업무를 보는 나연의 뒤에서 윤재 또한 업무를 시작했다. 그러다 저도 모르게 한숨을 내쉬다 깜짝 놀라 제 눈치를 살피며 입술을 다무는 나연에 윤재도 괜히 마음이 불편해졌다. 자신의 뒷모습을 바라보고 있는 윤재의 시선을 느꼈는지, 나연이 얼른 변명을 덧붙였다.

"이게 잘 안 돼서……."

"좀 도와줄까?"

윤재가 나연의 곁으로 다가갔다.

"이 부분을 좀 더 부드럽게 그리고 싶은데, 잘 안 돼요."

나연이 캐릭터의 옆얼굴 라인을 가리키며 말했다. 윤재가 마우스를 쥐고 있는 나연의 손 위로 제 손을 포개었다. 작은 손이 자신의 손에 완전히 쥐어지듯 포개졌다. 그러고선 나연의 어깨 뒤로 팔을 뻗어 키보드 단축키를 눌렀다. 나연이 품 안으로 들어왔다. 긴장을 했는지, 몸을 움츠리는 것이 고스란히 느껴져 귀여움에 미소가 머금어졌다.

"투명도를 좀 낮추고 지우개를 부드러운 브러시로 설정한 후, 이렇게 다듬으면 좀 부드러운 느낌이 생겨."

"아…… 네."

대충 듣는 둥 마는 둥, 대답도 하는 둥 마는 둥 하는 나연의 심정을 이해했다. 자신만큼 이 작은 스킨십에도 긴장을 하고 터질 것 같은 심장에 어찌할 바를 모르고 있는 것이 분명했다. 그 모습에 어느새, 불편했던 감정들이 눈 녹듯 사라져버렸다. 이제 오롯이 그녀와 시간을 공유하고 있는 듯한 설렘만이 윤재의 주변을 맴돌 뿐이었다.

"아, 그…… 저 내려가서 과일이라도!"

부끄러움을 이길 수 없었던지, 느닷없이 과일 타령을 하며 제 품에서 벗어나려는 나연의 허리를 팔로 부드럽게 감싸 막았다.

"으음!"

나연이 스스로가 느껴도 낯선 신음 소리를 내며 그의 품에 안겼다. 어찌할 바를 모르고 몸을 잔뜩 움츠린 채 당황해하는 나연을 윤재는 더욱 꽉 끌어안았다.

"좀만 이러고 있자."

윤재의 달콤한 제안을 뿌리칠 이유가 없었다. 나연이 움츠리느라 제 앞에 가지런히 놓고 있던 두 팔을 슬그머니 풀어 그의 허리를 꼭 끌어안았다. 그러자 비로소 두 사람의 몸이 완전히 밀착되었다. 한참을 그렇게 아무 말 없이 서로를 향해 뛰는 심장을 느끼고, 함께하고 있다는 것을 느끼게 하는 숨소리를 들었다.

"서 있는 게 좀 불편하지 않아?"

"네?"

"같이 좀 누워 있을까? 이렇게 꼭 안고?"

"아, 아니요! 일해야죠!"

말은 그렇게 하면서 저를 끌어안고 천천히 밀어 침대로 향하는 윤재를 뿌리치지 않았다. 그러다 결국, 나연은 침대에 몸이 걸려 벌러덩 자빠지듯이 침대에 드러눕고 말았다. 윤재로 하여금 반강제적으로 침대에 눕혀진 나연의 얼굴을 부드럽게 쓰다듬은 윤재의 손끝이 그녀의 입술로 향했다. 그의 손가락이 마치 말랑거리는 젤리를 만지듯이 천천히 움직였다. 그 움직임이 지극히 자극적이라 나연의 신경을 예민하게 만들었다.

"그만요. 그만."

도저히 참을 수 없는 그 매만짐에 나연이 고개를 돌려 윤재의 손가락으로부터 입술을 탈출시켰다. 아니, 적어도 그런 것으로 착각했다. 고개를 돌리는 순간, 그에게 입술을 잡혔던 그 손으로 턱을 잡혀 그대로 그의 입술로 포개졌다. 촉촉하고 말랑한 것이 닿았을 때, 가장 먼저 들었던 생각은 세상 어디에도 없는 달콤한 젤리를 먹는 것만 같았다. 안으로 들어온 그가 구석구석 정성스럽게 파고들었다. 간지럽기도 하고 은밀하기도 한 감촉에 나연은 잇새로 옅은 신음을 내뱉었다.

한쪽 손으로 자신의 얼굴을 감싸는 윤재를 향해 나연이 팔을 뻗어 그의 목을 끌어안았다. 몸을 밀착시키며 제게 더욱 깊숙이 들어오는 윤재에 나연은 제 몸이 황홀함에 하늘을 나는 기분이었다. 윤재가 제 안에 있는 것들을 전부 빨아들이고 흡수시켰다. 처음이라 낯설고 생소한 기분이었지만, 싫지 않았다.

그에게서 계속 느끼고 싶을 만큼, 몇 번이고 더 해달라고 조르고 싶을 만큼.

세희의 전화에 윤호는 강남에 위치한 5성급 호텔, 스카이라운지로 유명한 바 안으로 들어갔다. 그곳에서 술에 취해 테이블에 너부러져 있는 세희를 금방 찾을 수 있었다. 윤호는 세희의 옆으로 천천히 다가갔다.

"세희야."

그가 취한 세희의 어깨를 살며시 흔들었다. 그러자 잠들어 있던 그녀가 천천히 잠에서 깨어났다. 그러다 앞에 서 있는 윤호를 발견한 세희의 눈이 금세 표독해졌다.

"그걸 저한테 굳이 말한 이유가 뭐예요?"

세희가 윤재의 집에서 여자가 살고 있다는 사실은 윤호를 통해 알게 되었다. 윤호는 큰댁에 갔다가 신발장에서 젊은 여자의 구두를 봤다고 굳이, 직원 식당까지 내려와 흘리듯이 이야기했었고 세희는 그것을 확인하러 갔었다. 그리고 그곳에서 직접 윤재를 통해 나연과의 동거 사실을 알게 된 거였다.

"굳이 너한테 말한 거 아닌데. 그냥 한 말인데, 그걸 네가 들은 것뿐이야."

착한 미소를 지으며 대답하는 윤호가 세희는 마음에 들지 않았다. 자신의 속은 뒤집어져서 분노로 차 있는데, 그의 여유 있는 모습이 마땅치 않았던 거였다.

"웃지 마세요. 지금 웃음이 나와요?"

세희의 표독한 말에 윤호가 갑자기 정색을 하며 그녀를 바라보았다. 세희는 순간, 흠칫했다. 윤호가 상체를 깊숙이 수그려 세희의 얼굴에 제 얼굴을 가까이 가져다 댔다.

"윤, 윤호 오빠?"

금세 겁을 먹고 자신을 바라보는 세희를 마주하며 윤호는 생각했다. 더는 참고 싶은 이성 같은 것이 없었다. 어차피, 세희와의 관계는 어떻게 어그러지든 아무 상관이 없었다. 자신보다 훨씬 아래에 있는, 이제 윤재에겐 별로 영향력도 없는 여자일 뿐이었다. 처음부터 마음에 들지 않았지만, 그래도 윤재와 연관되어 혹시 모를 일을 대비하여 어느 정도는 숨겼던 본색을 윤호는 이제 더는 숨겨야 할 이유가 없다고 생각했다.

"오빠한테 싸가지 없게."

"방금 뭐라고 했어요?"

"싸가지 없다고 했어. 왜."

자신을 싫어하는 줄은 알았지만, 이렇게 극단적인 단어를 선택하여 자신을 대한 적은 없었기 때문에 세희는 놀라지 않을 수가 없었다. 그러다 이내, 세희가 헛웃음을 지었다. 어쩐지 그의 행동이 엄청나게 충격적이진 않았다.

"이제야 본색이 나오시는군요?"

"본색이라? 글쎄, 그것보다도 난 네가 싫어서. 그저 윤재 때문에 참아준 것뿐이지."

맞은편에 앉은 윤호가 손을 뻗어 직원을 불렀다. 그리고 평소 즐겨 마시는 양주를 시켰고 그것이 나올 때까지 세희와 서로를 매서운 눈으로 노려보았다. 먼저 시선을 돌린 건, 세희였다.

"굳이 나한테 그 말을 한 이유가 뭐예요?"

"뭐겠어? 머리가 멍청한 거야, 아니면 알면서도 그냥 한번 심심해서 물어보는 거야?"

"정확한 이유를 알고 싶어서죠."

"정확한 이유."

윤호가 한층 비꼬는 목소리로 되풀이하며 손에 쥐고 있는 컵을 돌렸다. 안에 들어 있는 얼음 부딪히는 소리들이 살벌하게 들려오는 듯했다.

"세희야."

윤호의 부름에도 세희는 아무 대답도 하지 않고 그를 표독스럽게 노려보는 걸로 대신했다.

"내가 왜 그랬겠어? 당연히 윤재한테서 너를 떨어트리려고 한 말이겠지. 그게 아니면 무슨 이유로 내가 그러겠어?"

"왜 그렇게까지 윤재한테 집착하는 거예요?"

"윤재는 내 친동생과 같은 아이야. 그런 애가 속물인 여자한테 속아서 결혼이라도 하면 안 되잖아?"

"누가 들으면, 오빠가 윤재 되게 사랑하는 줄 알겠어요."

"왜? 넌 그렇게 생각 안 해?"

시종일관 대화를 하는 내내, 그의 입가엔 미소가 깊숙이 패어 있었다.

"정말 뻔뻔하네요. 윤재를 정신병자로 만든 건 오빠잖아요."

"무슨 근거로 그런 소리를 해?"

"윤재 치료하고 나왔을 때, 다니던 학교에 소문 낸 거 오빠잖아요."

세희의 대답에, 여태 생글생글 웃고 있던 윤호의 표정이 무서울 정도로 확 굳어졌다. 세희는 제 몸에 소름이 돋아, 저도 모르게 몸을 뒤로 움찔했다. 그것을 포착한 윤호가 다시 입가에 미소를 지어 보였다. 그 모습이 지독할 정도로 섬뜩했다.

"내가? 내가 그랬다고?"

윤호의 질문에 세희는 아무 말도 하지 못하고 입술만 벙긋거렸다. 어쩌면 자신이 알고 있는 것보다 훨씬 무서운 사람일지도 모른다는 불길한 예감이 야속하게도 이제야 들었기 때문이었다.

"제, 제가 오해를 한 것 같네요."

두려움에 비겁한 변명을 하고 말았다. 분명 자존심이 상했지만, 그것보다 찰나였지만 그의 살기에 가까운 눈빛을 세희는 잊을 수가 없었다.

"아, 오해……."

윤호가 낮게 고개를 끄덕이며 손에 들고 있던 유리잔을 들어 마셨다.

"네. 오해요."

아주 작은 목소리로 말을 덧붙이던 세희의 시야로 그가 다 마신 유리잔을 아주 거칠게 테이블 위에 컵을 내려놓았다. 내려놓기보다는 내려쳤기 때문에 쨍그랑, 소리와 함께 유리가 테이블 위에서 깨졌다. 주변의 소리가 모두 멈추고 이목이 집중되었다. 하지만 세희는 아무것도 신경 쓰지 못하고 오롯이 제 앞에서 저를 옭아매듯 바라보고 있는 윤호만을 꼼짝 없이 바라보아야 했다.

"세희야."

"네."

"그런데 사실 그거 오해 아니야."

세희의 눈동자가 휘둥그레졌다. 윤호가 손바닥으로 입을 가리고 아주 작은 목소리로 덧붙였다.

"그거 내가 소문낸 거 맞아. 더 대단한 거 말해줄까?"

"……."

"우리 회사에 소문낸 사람도 나야."

그의 말이 끝남과 동시에 직원이 다가왔다. 괜찮냐고 묻는 직원을 향해, 윤호는 세상 매너 좋은 사람처럼 상냥하게 소란을 피워 죄송하다고 말했다.

"변상해드리겠습니다."

"아닙니다. 괜찮으시면 제가 금방 치워드리도록 하겠습니다."

이리저리 오고 가는 윤호와 직원의 말에도 세희는 한동안 벙하게 앉아 있었다. 곧 직원이 돌아와 자리를 치워주었다. 윤호는 새 컵에 양주를 다시 따라 손에 쥐고 흔들며 세희를 삐딱하게 바라보았다.

"말은 했어? 정나연이랑 윤재가 같이 산다는 걸, 말해준 사람이 나라는 거."

세희의 눈동자가 심하게 흔들렸다.

"말했더니 뭐래? 날 이해 못 해? 가서 윤재한테 말해. 어차피, 윤재가 믿어줄지는 모르겠지만."

세희는 알고 있다. 자신이 말을 해도 윤재가 믿어주지 않을 것이란 걸, 윤호가 알고 있다는 것을. 그래서 그가 저렇게 제 앞에서 당당하다는 것을,

"믿어줄 수도 있어. 그래도 한때 지가 좋아하던 여자니까."

자신도 모르게 터져 나온 한숨이 윤호에게 모든 이야기를 말해주고 있었다. 갑자기 윤호가 큭큭, 웃으며 참을 수 없다는 듯이 끝내 웃음을 터트렸다. 그 모습이 세희에겐 정말 미친놈을 보는 것만 같았다.

"안 믿어? 와, 그렇게 좋다고 난리 칠 때는 언제고, 안 믿는구나. 안 믿어. 안 믿네?"

시간이 지날수록 경악스러운 감정만 반복될 뿐이었다. 세희는 더는 윤호와 마주 보고 앉아 있고 싶지 않았다.

"세희야."

인사도 하지 않고 가방을 챙겨 들어 나가려는 세희가 그의 나지막한 부름에 걸음을 멈춰 세웠다. 뒤를 돌아보니, 윤호는 자신을 보지도 않고 술잔을 기울이고 있었다.

"네가 내 비밀을 알잖아. 그러니까 오빠가 경고하는데."

위에서 내려다보는 그의 얼굴이 얼핏 웃는 거 같기도 하고 굳어 있는 것 같기도 했다. 세희는 순간, 어쩌면 진짜 정신병자는 윤재가 아니라, 지금 제 눈앞에 있는 윤호일지도 모른다는 생각이 스쳤다.

"살고 싶으면 도망쳐."

그의 고개가 천천히 세희에게로 돌아가 마침내, 그 사나운 눈빛과 마주했다.

"도망치라고, 살고 싶으면. 윤재 옆에도, 내 앞에도 알짱거리지 말고 멀리 꺼지라고."

자리에서 일어선 그가 세희의 어깨를 가볍게 두들겼다. 그 예기치 못한 움직임에 세희의 몸이 얼음처럼 굳어졌다.

"마지막으로 그간의 정을 생각해서 오빠가 말해주는 거니까, 무시하지 말고."

귓가를 스치는 그의 마지막 입김이 찬 듯했다. 아주 소름이 끼칠 정도로.

아침 밥상이 평소보다 훨씬 더 화려했다. 그중에 나연의 눈길을 끈 것은 한가운데 놓여 있는 전복회였다. 한두 개도 아니고 거의 성인 남자 허벅지만 한 그릇에 꽉 차 있는 전복회에 나연의 입이 쩍 벌어졌다.

"와, 아침부터 웬 전복회예요?"

흔한 일이 아닌 모양인지, 김 비서가 옆에서 덩달아 놀랐다.

"회장님께서 윤재 도련님이 이번에 가장 큰 점수를 얻어 중국 진출할 기회를 가지셨다며 더욱 힘내라는 차원에서 준비하라고 하셔서 해봤어."

유 집사가 부지런히 다른 음식들을 식탁 위에 나르며 말했다. 김 비서는 윤재 덕분에 자신이 몸보신하게 생겼다면서 신난 목소리로 의자에 앉으려 했다.

"야, 야, 거기 내가 앉을 거야. 비켜."

하지만 가장 뒤늦게 일어난 윤재가 재빠르게 김 비서를 밀쳐내고 의자를 빼서 앉았다. 김 비서가 앉으려고 했던 자리는 나연의 옆자리였다. 평소의 윤재답지 않은 행동에 유 집사가 살짝 놀라서는 웃음을 짓자, 윤재가 머쓱해했다.

"이해해요, 도련님. 지금 한창 좋으실 때잖아요."

유 집사가 민망해할 필요 없다는 듯이 콧잔등이 찡긋하며 편들어주었다. 윤재에게 떠밀려 저만치 밀려난 김 비서만이 지금 이 상황을 매우 마음에 들어 하지 않을 뿐이었다. 곧, 비서실장에게 부축을 받으며 우 회장이 들어왔다.

"할아버지."

평소와 다르게 안색이 좋아 보이지 않는 우 회장에 윤재가 근심 가득한 얼굴을 하고선 자리에서 일어나 우 회장을 부축했다.

"괜찮다. 괜찮아. 캑캑."

우 회장은 천식에 당뇨 합병증으로 많은 병을 앓고 있었다. 한동안 괜찮다 싶더니, 요 며칠 사이 윤재 때문에 극도로 신경을 써서 병색이 악화된 듯싶었다. 우 회장은 금방이라도 숨이 넘어갈 듯이 기침을 했고 그런 할아버지의 등을 두들겨주며 윤재는 급하게 물 한 잔을 준비했다.

"할아버지, 이거라도 드세요."

"그래. 고맙다, 우리 손자."

윤재가 건네준 물을 마신 우 회장이 한껏 나아진 얼굴을 하고 의자에 앉았다.

"소식 들었다. 이번에 좋은 기회가 너에게 갔다고."

"네."

"좋은 기회이니만큼, 꼭 그 기회를 성공으로 만들어야 한다. 꼭. 이번 일이 제대로 성공한다면 내가 아주 중요하게 결정해야 할 일이 있다. 그러니, 이번에 넌 꼭 성공을 시켜야 해."

"네, 할아버지. 꼭 성공할게요. 걱정 마세요."

자신의 일보다는 아픈 할아버지가 더욱 걱정되는 윤재의 얼굴은 아침 식사를 하는 내내, 편하지 못했다. 출근을 하기 직전 윤재는 비서실장을 찾았다.

"오늘 병원에 가서서 진단 한번 다시 해주세요. 결과 꼭 저한테 말씀해주시고요."

"네. 알겠습니다, 도련님. 너무 걱정하지 마세요."

김 비서가 미리 대기시켜놓은 차로 향했다. 할아버지가 이렇게 아프신 것이 전부 제 탓처럼 느껴져 윤재는 자꾸만 마음이 무거워졌다. 그때, 나연의 손이 그의 손을 부드럽게 감쌌다.

"회장님 때문에 그러신 거죠?"

"어떻게 알았어?"

"눈빛만 봐도, 한숨 소리만 들어도 알 수 있어요."

자신을 위로하려고 드는 나연의 배려가 따뜻하게 느껴졌다.

"괜찮으실 거예요. 다 괜찮으실 거예요. 그러니까, 너무 걱정하지 마세요."

"응. 걱정 안 할게."

나연에게 붙들려 있지 않은 다른 손으로 그녀의 볼을 살짝 꼬집었다. 그녀의 말대로 아무 일도 일어나지 않을 거였다. 아무 일도, 아무 일도…….

회사에 도착했을 때, 로비에서 자신을 보고 달려오는 세희에 윤재의 얼굴이 또다시 차갑게 식었다.

"저 먼저 올라갈게요."

뒤따라오던 나연이 잡을 새도 없이 걸음을 빨리해, 세희를 급하게 지나쳤다. 윤재는 무슨 말을 하든, 신경 쓰지 말고 그냥 가자고 마음먹으며 걸음을 옮기는데 세희가 다급하게 그를 붙잡아 세웠다.

"꼭 이렇게까지 해야 해?"

"너야말로 왜 이렇게 사람 말을 자꾸 무시하고 들어? 기분 나쁘게."

윤재의 말에 세희가 낮게 한숨을 내쉬었다. 술 냄새가 나는 걸 보니, 어제 밤새도록 술을 퍼마셨구나 싶었다.

"나 여기 그만둘 거야, 윤재야."

"그래? 잘됐네."

"그리고…… 그리고……."

갑자기 세희가 울먹이며 아랫입술을 지그시 깨물었다. 윤재에게 동정을 받으려는 눈물보다는 무서운 무언가를 보고 겁에 질린 모습 같았다. 그래도 함께한 정이라는 것이 있어서 그런 세희의 모습에 윤재가 살짝 걱정이 되었다.

"무슨 일 있어?"

"한국 떠날 거야."

"한국을 떠나?"

"응. 고모가 계시는 미국으로 가려고. 거기서 나 하고 싶은 공부도 하고…… 좀 쉬려고……."

평생을 쉬다가 고작 2주 일하고 하는 말이기에 별로 이해가 가지 않았지만, 윤재가 가장 이해할 수 없는 건 그녀의 모습이었다. 여전히 무언가에 쫓기는 사람처럼 두려워하는…….

"정말 아무 일도 없는 거야?"

"윤재야."

옷자락을 움켜쥐고 있는 세희의 손이 가느다랗게 떨려왔다. 그러다 곧, 천천히 옷자락을 놓은 세희가 무언가를 결심하듯 고개를 들어 올렸다.

"조심해."

"뭐?"

"그냥, 몸 조심히 잘 지내라고."

세희의 행동이 너무 갑작스럽게 느껴지다가도 어제의 일에 마음을 굳게 먹었나 싶었다. 그래도 평소 쉽게 보지 못했던 낯선 세희의 모습이 신경 쓰였다.

"세희……."

"윤재야."

윤재의 질문이 뒤에서 들려오는 윤호의 부름에 끊겼다.

"어, 형."

"세희도 있었네?"

곁으로 다가온 윤호가 환하게 웃으며 함께 있던 세희를 바라보았다.

"안녕하세요, 오빠."

윤호는 보는 둥 마는 둥 하며 세희는 그만 가보겠다, 라는 말과 함께 빠르게 식당으로 사라졌다. 그런 세희의 뒷모습을 윤재가 의미심장하게 바라보았다.

"왜? 세희한테 뭐 할 말이라도 있어?"

"어? 아니. 그냥, 애가 좀 이상해서."

"뭐가 어떻게 이상한데?"

"아니, 뭐랄까……. 그냥, 뭐라고 확정 지어 말할 수는 없는데, 저런 모습 처음 보네."

"아무래도 너랑 나연 씨랑 같이 산다는 것에 충격을 먹었겠지. 별 신경 쓰지 마."

윤호의 말마따나 그 이유라면 별로 신경 쓰지 않아도 되겠지만, 만약 다른 이유가 배제되어 있다면? 여기까지 생각을 하던 윤재가 곧, 허탈하게 미소 지었다. 세희와 자신의 관계에서 깊고 심각할 만한 일이 딱히 없었기 때문이었다.

적어도 그때까지는 그렇게 생각했다.

퇴근을 하고 집으로 돌아온 나연은 가족들과 저녁 식사를 하고 자신의 방으로 올라왔다. 윤재의 가족들과 오늘 회사에서 있었던 일도 이야기하고, 김 비서의 어릴 적 이야기도 들었다. 약속이 있어서 들어오지 않은 김 비서는 엄마를 잃어버린 마트에서 오줌을 쌌다는 유 집사의 이야기에 모두의 웃음이 빵, 터져버렸다.

침대에 걸터앉은 나연이 노트북을 켜서 거의 완성되어가고 있는 캐릭터를 확인했다. 요즘 너무 행복했다. 정말, 이렇게 행복해도 되나, 겁이 날 정도로 행복했다. 그러다 문득 가족들이 떠올랐다. 만일 제게도 가족이 있었다면 이렇게 소소하고 평범한 행복을 누리며 살았겠지?

"나연아."

그 슬픈 생각이 깊어지려는 찰나, 문이 열리고 윤재가 안으로 들어왔다.

"어? 이사님."

"스마일이랑 산책 나갈래?"

"아, 좋아요! 편한 옷으로 갈아입고 내려갈게요."

"응."

편한 옷으로 갈아입고 아래로 내려갔다. 윤재 역시, 고리타분해 보이는 정장은 벗고 편안한 운동복 차림으로 이제 제법 체격이 커진 스마일에 목줄을 매고 기다리고 있었다. 스마일은 산책을 나간다는 것을 알고 있는지, 혓바닥을 내밀고 현관문을 향해 앞다리를 치켜들고 꼬리를 격하게 흔들었다.

"가자."

한쪽엔 스마일 목줄을, 다른 한쪽 손으로는 나연의 손을 잡은 윤재가 집을 나서 산책로로 향했다. 나연은 윤재의 손을 맞잡고선 천천히 걸음을 옮겼다. 이제 많이 뜨거워진 밤공기가 두 사람 사이를 조용히 유영했다. 저녁 시간이라 제법 시끌벅적할 줄 알았던 공원은 웬일로 한적했고 두 사람은 서울 전경이 다 내려다보이는 명당자리로 향했다.

금빛가루를 으깨어 뿌려놓은 것처럼, 세상이 반짝였다. 바쁘게 어딘가로 향하는 차들을 눈으로 소리 없이 좇던 나연이 슬그머니 옆에 있는 윤재에게로 시선을 돌렸다.

낮게 숨을 내쉬며 느긋한 눈길로 세상을 살펴보고 있는 윤재의 모습은 그 어떤 남자보다 우아하고 우월해 보였다. 윤재가 잡고 있는 손을 들어 나연의 손등에 가볍게 입을 맞췄다.

"좋다."

"저도, 너무 좋아요."

아래에서 뛰고 싶어 낑낑거리는 스마일만 아니었어도 나연은 그렇게 한동안 넋을 잃고 윤재를 바라보았을 거였다.

"스마일 제가 데리고 뛸래요."

"넘어지지 않게 조심해."

"제가 나이가 몇 살인데, 넘어진다고 그런 걱정을 하세요?"

하지만 말이 끝나기 무섭게 스마일을 따라 뛰던 나연이 발 스텝이 뒤엉키면서 보기 좋게 공원 한가운데서 자빠지고 말았다. 그 누구도 아닌 윤재에게 그 모습을 보였다는 사실이 너무 창피해서 그대로 기절해버리고 싶기도 했다.

"아……."

넘어지자마자 놀라서 당장이라도 달려올 줄 알았던 윤재가 오지 않았다. 나연이 까져 피가 고인 무릎을 부여잡고 슬쩍 뒤를 돌아보았다. 꽤 거리가 있는 곳에 서 있는 윤재의 운동화가 보였다. 의아해하며 고개를 완전히 돌려 그를 바라보았다.

"왜 그래요?"

보면 안 될 것이라도 본 것 같은 얼굴을 한 윤재에 나연이 왈칵 겁이 나 물었다.

"아니야. 아무것도."

윤재가 금세 표정을 고치고 곁으로 다가와 앞에 눈높이를 맞추며 앉았다.

"많이 까졌네. 집으로 가자."

"더 있고 싶은데……."

"아프잖아."

"저, 저기 앉아 있을게요. 더 있다가 들어가요."

"그래. 그럼."

나연이 쥐고 있던 목줄을 윤재에게 건넸다. 스마일과 함께 여유롭게 뛰어다니는 윤재의 모습을 나연은 벤치에 앉아서 한참을 바라보고 또 바라보았다.

산책을 끝내고 집으로 돌아온 윤재와 나연은 스마일의 목걸이를 빼고 욕실로 데려가 욕조에 물을 반쯤 받아놓고 안에 넣어주었다. 물 만난 스마일이 신나게 개헤엄을 치며 즐거워했다. 나연이 개 샴푸를 손바닥에 짜서 거품을 만들자, 윤재가 스마일을 욕조 밖으로 꺼냈다.

"자, 씻자. 깨끗하게 씻자아."

나연이 거품으로 스마일 이곳저곳을 문질렀다. 간간이 마사지도 해주자, 스마일이 좋은지 혓바닥을 내밀며 웃는 얼굴을 지었다.

"기분 좋은가 보네."

"그러게요."

거품을 물로 씻겨주자, 스마일이 그대로 몸을 털었다.

"으흡!"

윤재와 나연이 순식간에 날아온 물방울에 공격당해, 흠칫 놀라며 뒤로 넘어지고 말았다. 축축한 느낌의 엉덩이에 윤재와 나연이 어이없다는 듯이 서로를 보며 웃었다.

"아차, 너 무릎 치료 해야지."

"치료할 정도는 아니에요. 그냥, 밴드 붙이고 자면 될 것 같아요."

"그래도 집에 연고 있을 거야. 씻고 내 방으로 넘어와."

시원하게 샤워를 한 나연이 축축한 머리를 다 말리고 그의 문 앞에 섰다. 노크를 했지만, 안에서 아무 소리도 들려오지 않았다. 들어가도 되나, 말아야 되나 망설이는 머리와는 달리 어느새 손은 자연스럽게 그의 방문 고리를 잡고 살짝 비틀고 있었다.

"저 왔어요."

고요한 방 안에는 역시, 윤재가 없었다. 멀찍이 있는 욕실에서 희미하게 샤워기 소리가 들리는 것을 보니, 그는 여전히 씻고 있는 듯싶었다. 나연은 천천히 그의 방을 구경했다. 외롭다고 느껴질 정도로 단조로운 공간. 불필요한 것들은 굳이 가지고 있을 이유가 없다는 듯이, 그의 방엔 정말 필요한 것들만 놓여 있었다. 침대, 책상, 작은 테이블과 TV. 그리고 벽에 걸려 있는 몇 장의 사진이 끼워진 액자.

그의 성격답게 심플하고 깔끔했다.

욕실 문이 열리고 안에서 윤재가 나왔다.

"왔어?"

순간, 나연의 입술 사이에서 헉 하는 낯선 단어가 흘러나왔다. 그런 나연의 반응에 그제야, 윤재가 제 몸을 살피곤 화들짝 놀라 돌아서 재빠르게 욕실 안으로 들어갔다. 나연은 민망함과 당황스러움에 아무것도 하지 못하고 그 자리에서 얼굴을 붉히며 돌하르방처럼 서 있었다. 남자의 알몸을 처음 본 나연은 이 당황스러움을 어떻게 극복해야 할지 알 수 없었다.

딸꾹, 급기야는 놀란 심정에 딸꾹질이 다 나오기 시작했다.

"뭐, 뭐야? 갑자기…… 딸꾹!"

나연이 제 가슴을 퍽퍽 치면서 멈춰보려 했지만 헛수고일 뿐이었다. 곧 다시 윤재가 나왔고 이번엔 옷을 제대로 갖춰 입었지만, 나연의 놀라운 마음을 진정시키기엔 늦었다.

"다, 다 봤어?"

자신만큼이나 당황스러운 기색이 역력한 윤재의 질문에 나연은 마른침을 꼴깍 삼켜 넘겼다. 그러고는 무언가에 흘린 듯 고개를 천천히 끄덕였다.

"어떡해요?"

자신이 내뱉고도 무슨 대답을 원하는지 알 수 없는 질문이었다. 나연은 이미 머릿속에 완벽하게 자리 잡은 그의 알몸에 익숙하지도 않고 능청스럽게 넘길 수 있는 성격도 되질 못했다. 나연의 질문에 그가 입고 있던 가운으로 몸을 더욱 치밀하게 가리며 말했다.

"뭘 어떡해? 다 봤으니까, 날 책임져야지."

그것도 아주 매우, 어울리지도 않은 수줍은 얼굴을 하고선.

"책임이요?"

"나도 여자한테 그렇게 완전한 내 알몸을 이렇게 환한 곳에서 보여준 건 처음이란 말이야. 그러니까, 무조건 책임져."

대답도 못 하고 여전히 커다란 눈망울만 끔뻑거리고 있는 나연을 향해, 그가 팔을 뻗었다. 단단한 팔이 그녀의 허리를 감싸고 제품 안으로 끌어당겼다. 마주 본 그녀 쪽으로 상체를 수그린 윤재가 콧잔등을 맞대고 살살 문질렀다.

"그리고 지금, 내 몸도."

입술로 입술을 문지르고 훑었다. 그런 그의 행동에 나연은 참을 수 없을 만큼의 무언가가 무서운 속도로 솟아올랐다. 태양의 일 조각이라도 집어삼킨 것처럼, 온몸이 뜨겁다 못해 곧 타들어가 버릴 것만 같았다. 그가 아랫입술을 물고 깊게 빨아들일 때 귀에서 비상벨이 울린 것처럼, 삐익- 거리며 시끄러웠다. 몸과 정신이 모두 통제할 수 없을 만큼 어딘가에 푹 빠져 허우적거렸고, 한시라도 빨리 그곳에서 탈출을 해야겠다는 생각이 들었다. 그러지 않으면 난생처음으로 이성의 끈이 끊어지고 그에게 달려들지도 몰랐다.

"아니, 전 그, 무릎이요!"

"무릎?"

"무릎이 너무 아파요!"

"아, 맞다. 무릎."

그제야 윤재가 나연을 놓아주었다. 그녀를 의자에 앉힌 윤재가 책상 위에 올려놓았던 연고를 가져와 면봉에 살짝 덜어 발라주었다.

"많이 아파?"

"아니요. 별로 안 아파요. 정말."

연고를 바른 곳에 윤재가 정성스럽게 바람을 불어주었다. 따끔거렸던 곳이 윤재의 입바람으로 시원하게 느껴졌다. 그리고 곧, 그곳에 밴드가 붙여졌다. 나연이 방금 전까지도 감지하고 있었던 어색함이 다시 한번 곁으로 다가오려 하고 있었다. 아니, 사실 이 감정을 정확하게 이야기하자면 어색함이 아니다. 뭐랄까? 끈적거리면서도 은밀한……

"저 가서 쉴게요!"

견딜 수 없는 간질간질한 감정을 버티지 못하고 나연이 일어났다.

"더 있다 가."

"너무 피곤해서요. 죄송해요."

윤재가 잡을 새도 없이 나연이 재빠르게 방을 빠져나왔다. 방문이 닫히고 혼자 남았을 때야, 비로소 꽉 막고 있던 숨통을 트였다. 정말, 심장이 터질 것만 같다. 이 심장이 조금 괜찮아지면, 언젠가는 침착해지면, 그때 그가 원하는(?) 것을 해도 늦지 않을 거라 생각하며 나연은 자신의 방으로 향했다. 조금의 아쉬움과 앞으로의 기대를 희석시킨 감정을 꼭 끌어안고.

한편, 방에 혼자 남겨진 윤재는 그녀가 열고 나간 문을 멀거니 바라보다가 손을 뻗어 제 무릎을 어루만졌다. 그녀가 넘어졌을 당시, 당연히 제 무릎도 아파올 줄 알았다. 하지만 아프지 않았다. 이건 단순한 우연일 뿐일까? 그러고 보니, 요즘 들어 나연의 마음의 소리도 제대로 들리지 않는다. 마음속으로 딱히 생각을 하지 않나 싶었지만 그것도 의심스러운 것이, 예전부터 나연은 속으로 혼잣말을 많이 하던 사람이었다. 그런 사람이 갑자기 마음속 이야기를 하지 않는다는 것이 조금 의아한 일이었다.

혹시, 다른 이유라면?

그러니까, 나연이 마음속으로 말을 하지 않는 것이 아니라, 윤재 자신이 그녀의 목소리를 더는 듣지 못하는 것이라면?

"설마…… 그럴 리가……."

그러나 없잖아, 라고 확신할 수 없었다. 누군가의 마음의 소리가 들리는 것 역시, 처음에 확신을 할 수 없었던 일이었으니까.

"진룡……."

그 신이라고 말하는 남자의 대답이 필요했다. 하지만 연락처도 모르고 사는 곳도 모르니, 윤재는 그를 만날 수 있는 방법을 알지 못했다.

"진룡."

그저, 이름을 부르는 자신의 목소리를 들어주길 바라며 윤재는 그 뒤로 한참 동안 진룡의 이름을 나지막하게 불렀다.

중국 시장을 겨냥한 게임의 출시가 진행되었다. 출시의 발표회 겸 기념회로 우석그룹 연회장은 기자들과 초청받은 타 회사 직원들, 그리고 소소의 게임 마니아들이 북적거렸다. 붉은 깃발 모양의 포스터들이 벽에 붙여져 있었고 곳곳엔 출시를 축하하는 화환들이 놓여 있었다. 이번 게임을 대표하는 캐릭터들이 웅장한 크기의 피규어로 제작되어 사람들과 기자들의 이목을 집중시켰고 테스트로 진행되는 VR 코너에는 잔뜩 기대하는 얼굴로 긴 줄을 늘어트려 놓았다.

모바일 커뮤니케이션 2팀은 팸플릿을 나누어주고 게임에 대한 설명을 발표할 준비가 한창이었다.

그리고 그 안쪽의 대기실. 윤재가 살짝 긴장한 얼굴을 하고서는 손에 발표할 종이를 쥐고 연습에 한창이었다.

"이번 저희 우석그룹의 모바일 2팀이 출시하게 된 게임 'A great war'는 액션 무협과 판타지 MMORPG의 게임으로 유니티 3D로 제작되어 2D로 제작된 어느 게임보다 더 생생하고 역동적인…… 큼, 아."

목소리가 마음에 들지 않아 다시 목을 가다듬었다. 긴장이라는 것을 할 수밖에 없었다. 아까 살짝 살펴본 연회장 안에는 수많은 기자들과 직원들뿐만 아니라, 회사 임원들과 할아버지인 우 회장까지 참석했고, 이 게임의 홍보를 맡아줄 중국의 대기업 광고 회사 관계자들까지 와 있는 상태였다. 어떤 작은 실수도 용납하고 싶지 않았다. 무엇보다도 자신을 믿는 할아버지를 위해서 완벽한 발표를 하고 싶었다.

똑똑. 그때 마침, 작은 노크 소리가 들려왔다. 짤막하게 대답을 하자, 문이 살짝 열리고선 나연이 빠끔히 고개를 내밀었다.

"이사님, 준비는 잘되어 가세요?"

"잠깐 들어와."

"네. 그런데 정말 잠깐이어야 해요. 밖에 상황이 좀 많이 바빠……."

말이 끝나기도 전에 나연의 입술이 윤재의 입술에 그대로 빨렸다. 아주 짤막한 순간이었지만, 윤재는 나연과의 키스로 긴장이 모두 날아간 기분이었다.

"잘하라고 응원하러 온 거지?"

"네? 네에."

한두 번 하는 키스도 아닌데, 그럴 때마다 나연은 이런 반응이다. 놀라면서도 설렘에 가득 들어찬 미소가 슬그머니 올라오는 묘한 표정. 그 표정이 귀엽기도 하고 섹시하기도 했다.

"충분히 응원이 된 것 같아."

나연이 제 입술을 꾹 다물다가 힐끔, 그를 다시 올려다보았다. 할 말이 있는 듯한 그녀의 눈빛을 외면할 수 없었다.

"왜?"

"한 번 더 응원해드릴까요?"

"응?"

나연이 발꿈치를 살짝 들어서는 그의 아랫입술을 가볍게 깨물었다. 예상치 못한 그녀의 적극적인 행동에 이번엔 윤재가 굳어졌다.

"떨지 말고 잘하세요. 파이팅."

"인생은 삼세판이라는 말이 있잖아."

윤재가 팔을 뻗어 품에 안으려 했지만 늦었다. 나연이 단숨에 문 앞까지 달려가서는 고개만 빠끔히 내밀었다.

"바빠서 그만 가볼게요. 이사님, 잘하세요!"

그녀와 함께 있으면 웃음이 떠나질 않는다. 즐거워서, 따뜻해서, 행복해서, 귀여워서. 그래서 나연이 나간 지금도 그녀의 흔적이 곁에 남아 있는 것만 같아 윤재는 미소 지었다. 그러다 손에 쥔 발표문을 테이블 위에 던져놓고 머릿속에 박혀 있는 설명들을 입술 밖으로 깔끔한 목소리로 이었다.

「충분히 투자할 가치가 되는군요. 역시, 우석그룹은 우리를 실망시키지 않아요.」

중국이라는 큰 시장을 노리려면, 아무리 대기업인 우석그룹이라도 협업을 할 중국 게임 회사가 필요했다. 그리고 오늘, 그의 출시 발표회에 참석한 중국의 게임 회사의 2위인 GG그룹의 관계자들은 윤재에 대한 유난히 과한 호감을 드러냈다. 그들은 협업하게 될 'A great war'를 적극적으로 홍보하고 지지한다고 전했다. 그리고 그들은 굳이, 전에 협업으로 함께했던 윤호의 게임보다 훨씬 기대가 크다는 말을 덧붙였다.

우 회장, 윤재와 함께 있던 윤호는 그 말에 자존심이 박살 나 그 자리에서 관계자를 벽돌로 내려치고 싶었지만, 간신히 참아냈다. 원래 그들은 꽤 무례했고 예의가 없는 인간들이었다는 것을 상기시키며.

"윤재야, 축하한다."

피가 거꾸로 솟아오르는 기분을 느끼며 건넨 축하에 윤재가 기쁨을 감추지 못하는 얼굴을 지어 보였다.

"고마워, 형."

"할아버지께서 오늘 기념으로 저녁을 같이 하자고 하시던데. 두 손자들이랑 술도 한잔하고 싶으신가 봐."

윤호는 발표회가 끝나기 직전, 제 곁에 앉아 있던 우 회장의 말을 그대로 전했다. 우 회장은 윤재의 성공에 기쁨을 감추지 못하는 얼굴을 하고서는 오늘 식구들끼리 함께 밥을 먹자 제안했다.

"그래?"

하지만 윤재의 반응이 영 미지근해서, 윤호는 모른 척할 수 없었다.

"왜? 무슨 일 있어?"

"오늘 우리 팀 기념으로 회식하기로 했거든."

"그래? 그럼 할아버지께 말씀드릴까?"

"아니야. 회식 자리에 잠깐 얼굴만 비치고 갈게. 형이 먼저 할아버지 모시고 가 있어."

"알았어. 그럼 최대한 빨리 와."

윤재와 헤어진 윤호는 할아버지를 만나기 위해 비서실장에게 전화를 걸었다. 할아버지는 회장실에 가 계실 거라고 전했고, 윤호는 곧장 그곳으로 걸음을 옮겼다. 오랜만에 올라가보는 회장실의 번호판을 의미 없이 바라보던 윤호가 문이 열리는 승강기 밖으로 내렸다. 비서들은 퇴근을 한 상황이어서 윤호는 아무에게도 제약 받지 않고 곧장 회장실로 향했다. 그리고 노크를 하려고 손을 올린 순간, 안에서 희미하게 들려오는 인기척에 멈칫했다.

"그래. 그럼 그렇게 진행해주게. 정 변호사."

"네. 알겠습니다, 회장님. 그런데 말입니다. 윤호 이사님이 조금 서운해하시진 않으실까요?"

"그래도 능력이 되는 놈이니, 충분히 우석 모직도 일으킬 수 있다고 생각하네."

우석모직? 우석모직이라면 우석그룹의 계열사로 패션 사업을 다루고 있는데, 수입이 가장 저조한 곳이기도 하다. 그래서 우석그룹의 '수치'라고 여겨지는 그곳과 왜 자신의 이름이 나란히 할아버지의 입술 밖으로 올라오게 된 걸까⋯⋯.

"회장님께서는 윤재 도련님이 정말, 우석그룹을 제대로 경영해 나갈 거라고 믿고 계신 거죠?"

"응, 믿고 있어. 그리고 정 변호사도 알다시피, 난 내 모든 것을 윤재에게 주기로 이미 결심했네. 그 아이의 부모가 죽고 나서부터 줄곧 결심해왔던 일이야. 사소한 일이긴 하지만, 이번 프로젝트로 녀석의 능력이 어느 정도 증명이 되었어. 앞으로도 종종 이런 일들이 일어나게 될 거야. 주주들 또한 그 가능성을 높이 살 것이고 분명 내 뜻을 받아줄 걸세. 앞으로 딱 1년. 난 그 아이가 못해도 우리 우석그룹의 매출을 최고율로 상승시킬 거라고 믿고 있네."

"윤호 이사님보다 더 능력이 있을 거라 확신하시는 거죠?"

"그래. 맞아. 확신. 나는 확신하고 있어. 우리 윤재, 우리 윤재는 반드시 해낼 거야."

우 회장의 목소리엔 무엇에도 흔들리지 않겠다는 강한 의지가 내재되어 있었다. 우 회장은 무엇이든, 한번 결정을 하면 쉽게 번복하는 경우가 없었다. 그만큼 무언가를 결정하는 데 있어서 경솔하지 않고 신중에 신중을 기하는 사람이었다. 그러므로 지금 결정한 그 사항에 대해서도 절대 변할 것은 없다는 뜻이었다.

윤호가 두 주먹을 불끈 쥐었다.

윤재가 외국에 가 있는 동안, 이 회사에서 모든 시간과 청춘을 바친 사람이 누구인데, 연 매출을 30퍼센트 상승시키는 데까지 모든 노력을 토해낸 사람이 누구인데!

분노에 치솟은 윤호의 몸이 속절없이 맹렬하게 떨렸다. 어금니를 꽉 깨물어 턱 주변의 근육이 딱딱하게 곤두섰고 두 눈이 시뻘게졌다. 오롯이 우석그룹만을 위해 모든 것을 바친 사람에게 온 대가는 고작, 배신이었다.

"우리 윤재……. 그놈의 우리 윤재……."

한층 비꼬아진 윤호의 목소리가 주변의 온도마저 차갑게 얼어붙게 만들었다. 아무리 할아버지라도 그 선택에 대해 용서하고 이해할 수 없었다. 여태 위태롭게 유지해오던 윤호의 이성이 뚝, 하고 끊어져버린 순간이었다. 하지만 윤호는 변호사가 문을 열고 나왔을 때, 바로 얼굴의 색을 바꾸었다. 반사적인 본능이었다.

"오랜만이에요. 정 변호사님."

"네. 오랜만이네요. 윤호 이사님. 그럼, 전 이만."

변호사가 바쁘게 빠지고 윤호는 회장실에서 제가 시선을 두고 있는 우 회장에게 천천히 다가갔다. 우 회장은 자신들의 대화를 윤호가 전부 들었다는 것을 알고 있으면서도 개의치 않아 한다는 반응을 보였다. 하지만 윤호는 무슨 이유 때문인지, 지금 당장은 회장에게 따져 묻고 싶지 않았다. 아무래도 스스로 이 모든 상황을 인정하는 것이 조금 버거운 것일지도 몰랐다.

"할아버지, 윤재는 회식 때문에 조금 늦을 것 같다고 하는데, 저희 먼저 식당으로 옮길까요?"

"아니다. 윤재가 늦는다면 식사는 그냥 다음에 하도록 하자. 아무래도 오늘 직원들과 회식을 하면서 회포를 풀겠지."

사소한 것 하나하나 윤재를 위한 배려뿐이었다. 자신과의 약속은 완전 무시하고 오롯이 윤재를 위해서 움직이는 우 회장에 윤호는 발끈했지만, 참았다. 또, 그냥 그렇게 참았다.

"그럼 바로 집으로 가실 거예요?"

"그래야겠구나."

"비서실장님께 전화드릴게요."

"아니다. 비서실장은 유 집사와 함께 아버지 제사로 형 집으로 갔다. 택시를 불러주면 나 혼자 갈 수 있어."

"할아버지, 제가 있는데 택시라뇨. 제가 모셔다드릴게요."

우 회장을 모시고 큰집으로 가는 내내, 윤호는 많은 생각들이 머릿속에 뒤엉켜졌다. 아무리 떨쳐내려고 해도 떨어지지 않는 우 회장과 정 변호사의 대화에 윤호는 몇 번이고 흔들렸다. 차가 큰집으로 진입했다. 주차를 하고 뒷좌석에서 우 회장이 내렸다.

"조심히 들어가라."

기본적으로 안에 들어가 차 한잔이라도 마시라는 소리가 없어 서운했다. 그래도 그렇게 하겠다고 짤막하게 대답하며 허리를 굽혀 막 돌아섰을 때였다.

"어, 윤재야!"

윤재로부터 전화가 왔는지, 우 회장이 지나치게 밝은 목소리로 전화를 받았다.

"그래. 할아버지는 괜찮다. 재미있게 놀다 와. 그리고 오늘 다시 한번 진심으로 축하한다. 나는 네가 해낼 것이라고 믿었어."

그 말에 발끈했다. 해낼 것이라고 믿었다는 그 말에. 대체, 무슨 근본으로, 무슨 노력으로 그 녀석이 그렇게까지 인정받게 되었는지, 또 할아버지는 무엇 때문에 그놈을 그렇게까지 믿고 있는 건지. 그리고 무엇보다도 윤호는 그 녀석이 정말 주주들에게 인정을 받기 전까지 무슨 수를 써도 써야겠다고 생각했다.

"그래. 좀 늦겠다고? 걱정하지 말고 놀다 와. 그래."

통화를 끝내는 우 회장을 향해 윤호는 몸을 돌렸다.

"할아버지."

"그래, 윤호야."

자신을 향한 그의 눈빛은 언제나 윤재를 향해 있던 눈빛과 확연히 달랐다. 그것이 문득, 억울해졌다.

"저 차 한잔만 마시고 가도 될까요?"

그 말에도 쉽게 대답이 돌아오지 않았다. 우 회장은 예전부터 자신을 향해 사랑이 아닌 경계를 하고 있다는 것을 윤호는 절실히 느껴왔다.

"……그래. 그렇게 해라."

겨우 떨어진 대답에 윤호가 우 회장과 함께 집으로 향했다.

"제가 차를 준비할게요."

유 집사의 부재에 윤호가 주방으로 들어섰다.

"우리 스마일이가 어디 있지?"

우 회장이 스마일을 찾아 헤매다 위쪽에서 희미하게 낑낑거리는 소리가 났다.

"녀석이 저기 있구만. 스마일아~"

불렀지만 내려올 생각을 보이지 않는 스마일에 우 회장이 크게 한숨을 내쉬며 높은 계단을 힘겹게 올랐다. 윤호는 주방에서 차를 두 잔 타서 우 회장이 올라간 곳으로 향했다.

"스마일아, 이리 온."

왈왈! 왈왈!

윤호가 차를 가지고 올라왔을 때, 우 회장과 스마일의 목소리가 들린 곳은 윤재의 방이었다. 그쪽 방향으로 조심스럽게 걸음을 옮긴 윤호가 문틈 사이로 무언가를 발견했다. 그것은 자신이 윤재의 방에 몰래 설치한 몰래카메라를 향해 짓고 있는 스마일과 그 곁으로 천천히 다가가고 있는 우 회장의 모습이었다.

"할아버지."

윤호가 들고 있던 차를 급하게 테이블 위에 올려놓았다. 그 바람에 안에 있는 물이 파동을 치며 몇 방울 넘쳐흘렀다. 하지만 윤호는 아무 정신없이 다급하게 우 회장을 향해 다가갔다. 몰래카메라로 향하던 우 회장이 윤호에게로 시선을 돌렸다. 이미, 모든 것을 눈치챈 듯싶었다.

"TV 뒤에 설치되어 있는 이 작은 물체……. 혹시 윤호, 너냐?"

"무슨 말씀을 하시는지, 전 잘 모르겠는데."

모르쇠 해보았지만 이미 회장의 눈빛은 모든 것을 확신하고 있는 듯싶었다. 우 회장에겐 사람을 기죽게 하는 위압감이 있었다. 그는 실력도 충분했지만, 상대방을 억누르는 위압감으로 겨우 중소기업인 그룹을 이렇게 크게 성장시킨 최고의 사업가였다. 윤호는 자신의 속내를 들켰다는 것을 인정할 수밖에 없었다.

"맞아요. 저예요. 그런데 나쁜 뜻으로 설치한 건 아니에요, 할아버지."

윤호의 변명에 우 회장은 마치 그것을 비웃기라도 하듯, 한쪽 입꼬리를 작게 들어 올려 웃었다.

"웃기지도 않는 변명이구나. 감히, 내 손자의 일거수일투족을 감시할 생각을 해?"

크게 화를 내는 것도 아니고, 네 주제를 운운하며 가소롭다는 듯한 우 회장의 반응에 윤호의 자존심이 더욱 하락하는 기분이었다. 윤호는 좀 전부터 줄곧 참아왔던 것들이 모두 폭발하는 것만 같았다.

"그 결정, 바꾸실 생각 없으신 거죠?"

윤호의 질문에 우 회장이 가만히 입을 다물었다.

"아까, 회장실에서 정 변호사님과 나누시던 대화 전부 다 들었습니다. 그거에 대해서 이야기하는 거예요. 바꾸실 생각 없으신 거예요?"

"그래. 난 내가 한번 결정한 그 일에 대해 바꿀 생각이 없다."

우 회장의 강건한 말에 윤호는 금방이라도 머리와 온몸이 지끈거릴 정도로 화가 치밀어 올랐다.

"전 최선을 다했어요. 회사를 위해서도, 할아버지를 위해서도. 그런데 어떻게 저한테 이러실 수 있으세요? 할아버지? 할아버지가 어떻게 저한테 이러실 수 있으시냐고요!"

자신도 모르게 이성을 망각했다. 윤호는 다시 제 감정을 추슬렀다.

"제게 이러시면 안 되죠. 아무리 윤재를 사랑한다고 하셔도 회사를 위해, 할아버지를 위해, 윤재를 위해 힘쓴 제게 이러시면 안 되시죠!"

"위한다? 회사를 위하고 나를 위하고 우리 윤재를 위한다?"

여태 아무 흔들림 없이 강단 있게 자신을 바라보던 우 회장의 눈빛에서 원망스러운 감정의 빛이 순식간에 서렸다. 윤호는 무언가가 잘못되었다는 것을 쉽게 감지할 수 있었다.

"학교와 회사에 그런 흉흉한 소문을 낸 것이 윤호 너 아니더냐?"

윤호의 동공이 확장되어 우 회장을 마주 보았다. 우 회장은 치밀어 오르는 원망을 억지로 억누르느라, 꽤 위태로워 보였다.

"내가 모를 줄 알았느냐? 재단 측에 자금줄을 마련하고 있는 것 또한 내가 모를 줄 알았더냐!"

우 회장이 모두 알고 있었다는 사실에 윤호는 크게 당황했다.

"어디 그거뿐인 줄 알아? 내 아들을 죽인 사람 또한 너라는 걸! 내가 모를 줄 알았더냐!"

격앙에 가까운 우 회장의 윽박지름에 윤호의 얼굴이 하얗게 질려갔다.

"그, 그걸 어떻게……."

"구멍 난 바퀴의 곁에서 네 지문이 나왔다는 것을 형사가 알려 줬지."

윤호의 아버지는 윤재의 아버지에 비해 지나치게 능력이 부족했다. 그래서 할아버지에게 제대로 인정도 받지 못하고 매일 그 밑바닥에서 놀고 있는 것이 마음에 들지 않았다. 윤재의 아버지만 없다면, 자신의 아버지가 자연스럽게 진급을 할 수 있는 유일한 핏줄이라는 것을 알았다. 아버지를 더 높이 올려놓으면 자신 또한 더 높이 올라갈 수 있을 거라고 단언했다. 그리고 그 모진 욕망이 당시, 고작 스물세 살밖에 되지 않았던 윤호를 악마로 키워 온 것이었다.

"내가 사랑하는 아들과 며느리를 죽이고 그것도 부족해서 우리 윤재를 모욕하고 내 재산을 갉아먹는 녀석이란 걸 알고도 내가 쉽게 내칠 수 없었던 건, 단 하나다. 그래도 한때는 내가 무척이나 아끼고 사랑했던 동생의 하나뿐인 손자이니까! 그러니까, 너는 더는 아무것도 하지 말거라. 아무것도 탐하지 말고 그 욕심을 버려! 그 저, 네 말대로 회사를 위해서 일만 하면서 살도록 해. 그것이 너를 살게 하는 유일한 방법이 될 테니."

우 회장이 말을 끝으로 윤호를 밀치듯 스쳐 지나갔다.

'이번 프로젝트로 녀석의 능력이 어느 정도 증명이 되었어. 앞으로도 종종 이런 일들이 일어나게 될 거야. 주주들 또한 그 가능성을 높이 사고 분명 내 뜻을 받아줄 걸세.'

그 이야기를 반대로 생각하면 아직 윤재의 실력이 누구에게도 증명이 되지 않았다는 것이었다. 그리고 누구보다도 윤재의 능력을 증명받기 바라며 감싸는 우 회장만 없다면……. 그렇다면, 어쩌면 윤재는 자신의 바람대로 평생 '정신병자', '귀신에 씐 사람'으로 살아갈지도 몰랐다. 윤호는 급하게 걸음을 옮겼다. 그리고 계단을 천천히 내려가고 있는 우 회장을 향해 손을 뻗었다.

너의 속삭임 11.

"모두들 수고하셨습니다."

윤재가 잔을 공중으로 높이 치켜들자, 직원들의 잔도 하나둘씩 그 방향을 향해 따라갔다. '건배!'를 외치고 술을 들이켜는 사람들의 얼굴엔 전부 개운함이 묻어 있었다.

"이사님, 정말 이번에 수고 많으셨습니다."

전에는 의례적이고 상투적인 대화들만 나누던 팀장과 과장이 술병을 들고 윤재의 곁으로 다가왔다. 아무래도 이번 일로 하여금 모바일 커뮤니케이션과 윤재가 어느 정도 회사에 능력을 내비쳤고 앞으로 그것에 대한 보상을 한껏 기대하는 눈치였다. 전형적으로 윤재가 싫어하는 타입이다. 약한 자에게 강하게 나오고 강한 자에게 약하게 나오는 듯한 모습. 일전에 자신의 능력을 보이기 전에는 그저 허우대만 멀쩡한 허수아비 이사 취급을 하더니, 이렇게 싹

돌변을 해버린 팀장과 과장의 행동에 윤재는 벌써부터 질리는 것 같았다.

안구 정화와 힐링이 필요해 눈길로 나연을 찾았다. 막내인 나연은 맨 끝에 기둥이 있어 의자를 제대로 뒤로 빼지도 못하는 자리에 앉아 있었다. 열심히 고기를 뒤집고 부족해 보이는 반찬들을 리필해오고, 이모님을 불러 떨어진 술을 주문하고 있었다.

"막내야, 나 이 양파 좀 더 가져다줄 수 있을까? 난 거리가 너무 멀어서."

멀어봤자 나연하고는 두세 걸음밖에 차이 나지 않는 거리였다. 아무렇지도 않게 나연에게 시켜먹는 직원에게 한마디 하려고 입술을 떼어낸 순간, 나연과 눈이 마주쳤다. 그녀가 눈치를 챘는지 아무 말도 하지 말라는 듯이 고개를 내저었다. 어쩌면 자신의 행동이 그녀의 입장을 더욱 곤란하게 만들지도 모른다는 생각에 윤재는 벌렸던 입술을 다물었다. 그때, 재킷 안주머니에 넣어두었던 휴대폰이 요란스럽게 울렸다. 화면 액정을 확인해보니, 윤호였다.

"어, 형. 할아버지하고 식사는……."

-윤재야, 큰일 났어. 할아버지께서, 할아버지께서!

쉽게 이성을 잃지 않는 윤호가 반쯤 이성을 잃어 울부짖는 소리가 예사롭지 않게 들려왔다. 윤재는 정신없이 테이블을 벗어났다.

"어디야, 형. 지금 어디야!"

뒤에서 자신을 부르는 사람들의 목소리에도 윤재는 단박에 가게를 빠져나와 무작정 택시를 잡아 세웠다.

-지금 한국병원이야!

"지금 바로 갈게."

전화를 끊고 올라타려던 윤재의 옷자락이 누군가로 인해서 꽉 잡아당겨졌다. 방향을 따라가보니, 그곳에 자신만큼이나 놀란 나연이 서 있었다.

"무슨 일 있어요?"

"별일 아닐 거야."

"무슨 대답이 그래요. 사람 더 불안하게."

윤재가 미세하게 떨려오는 손으로 나연의 뺨을 어루만졌다.

"놀고 들어와. 오늘 상황 봐서 데리러 갈 수 있으면 데리러 갈게."

나연이 고개를 낮게 끄덕이며 한 걸음 뒤로 물러섰다. 윤재는 그대로 문을 닫고 기사에게 도착지를 얘기했다. 가는 내내, 윤재는 두 손을 꼭 맞잡고선 간절하게 빌었다. 할아버지에게 아무 일도 일어나지 않았기를, 병원에 도착했을 때 제발 할아버지가 제게 인자한 미소를 지으며 자신의 이름을 다정하게 불러주시기를……. 윤재는 바라고 또 바랐다.

한편, 윤재를 태운 택시가 시야에서 완전히 사라질 때까지 바라보고 있던 나연은 도저히 발걸음이 떨어지지 않았다. 두려움에 속절없이 흔들리던 그의 눈빛이 자꾸만 머릿속을 맴돌았다. 어딘가 모르게 많이 힘들어 보이는 윤재를 두고 혼자서 술을 마시며 즐길 수는 없다고 생각한 나연이 다시 가게 안으로 들어갔다. 갑작스럽게 뛰쳐나가 버린 윤재로 하여금, 자리는 조금 애매한 분위기를 띠고 있었다.

"저 팀장님, 죄송한데 집에 일이 생겨서요. 먼저 들어가봐야 할 것 같아요."

가방을 챙겨 팀장에게 다가가 말했다.

"갑자기?"

팀장의 물음에 나연이 고개를 낮게 끄덕였다. 여기 있는 모든 사람들이 윤재와 자신의 관계를 의심하고 눈치챘다고 해도 상관없었다. 나연은 지금 당장 그에게 가야 할 것 같았다.

"그래, 그렇게 해."

가게를 빠져나와 곧바로 유 집사에게 전화를 걸었다. 신호는 얼마 가지 않아, 눈물에 젖은 그녀의 목소리로 바뀌었다.

"유 집사님, 지금 어디세요? 저도 그쪽으로 갈게요."

-지금 한국병원이에요.

"무슨 일…… 생긴 거죠?"

-회장님께서…… 흐윽. 회장님께서…….

눈물로 범벅이 되어 들려오는 다음 말에 나연은 그 자리에서 휘청거리며 바닥에 주저앉아버리고 말았다. 믿을 수가 없었다. 믿고 싶지도 않았다.

-돌아가셨어요.

쏟아지는 눈물을 간신히 추스르며 전화를 끊은 나연이 택시를 잡아 세웠다. '한국병원'이라는 단어도 제대로 나오지 않아, 억지로 쥐어짜고서는 택시 안에서 숨죽여 울었다. 우 회장의 갑작스러운 죽음에 대한 슬픔과 충격, 그리고 그것을 감당해야 할 윤재의 입장이 너무 안쓰러워서 눈물이 났다.

병원에 도착한 택시 안에서 내린 나연이 급하게 응급실 안으로 들어섰다. 우왕좌왕 찾아 헤매던 나연의 걸음이 한 곳으로 향해 멈췄다. 하얀 시트를 덮어쓴 우 회장의 몸을 끌어안은 채 울부짖고 있는 윤재의 모습이 보였다.

"안 돼요, 할아버지. 안 돼요! 돌아가시면 안 돼요. 할아버지! 제발, 제발……."

슬픔과 좌절, 그리고 눈물로 범벅이 된 윤재가 침대 위에 누워 있는 우 회장을 흔들며 애원했다. 하지만 언제나 윤재를 다정하게 부르던 우 회장은 일어나지 않았다. 그의 눈물과 애원이 어찌나 슬픈지, 나연의 가슴까지 찢어지는 것만 같았다. 곁에 있는 비서실장과 유 집사, 김 비서, 그리고 윤호까지 전부 숨죽여 울었다.

"할아버지, 할아버지……."

그가 감당해야 할 슬픔의 무게가 무거워 보였다. 가혹할 정도로, 잔인할 정도로, 그것이 그를 누르고 또 눌러 아예 없애버리기라도 할 것만 같았다. 나연이 걸음을 옮겨 우 회장을 붙잡고 오열하는 윤재를 있는 힘껏 끌어안았다.

이 모든 것이 꿈이었으면 좋겠다. 우 회장님이 돌아가신 것도, 이렇게 윤재가 슬퍼해야만 하는 것도, 눈을 뜨면 안도의 한숨을 내쉴 수 있는 그런 꿈이었으면 좋겠다.

계단에서 넘어지면서 머리에 손상을 입고 사망했다는 진단이었다. 평소 당뇨 합병증으로 인해, 그 증세가 보통보다 훨씬 빠른 속도로 악화되었다고 했다. 윤재는 장례식장 벽에 거의 기절하다시피 앉아, 환하게 웃고 있는 할아버지의 영정사진을 올려다보았다.

아무리 한숨을 내쉬어도 꽉 막힌 숨통이 뚫어지질 않는다. 눈이 시리고 따가워 견딜 수가 없는데, 더 견딜 수 없는 건 온몸을 지배

하고 있는 슬픔과 죄책감이었다.

제대로 된 효도도 못 하고, 항상 비슬비슬하여 아픈 모습만 보이며 힘들게 했던 할아버지인데…….

그 죄책감에 윤재는 제 머리를 쥐어뜯었다. 가슴을 내려치고 뺨을 후려쳤다. 하지만 그 어디에서도 아픔이 느껴지지 않았다. 할아버지를 다시는 볼 수 없다는 그 슬픔과 아픔에 아무것도 느낄 수가 없었다.

많은 인파들이 오고 갔다. 기자들과 다른 기업의 오너들, 그리고 회사 직원들과 우 회장이 지속적으로 후원했던 많은 단체들. 우 회장이 개인적으로 적극적인 후원을 했던 학생들도 그의 영정사진 앞에 앉아 한동안 눈물을 흘리곤 했다. 상주 역할을 하며 윤재는 몇 번이고 비틀거리며 정신을 잃을 뻔했다. 이제 딱 하나 남았던 가족을 잃은 슬픔은 마르지 않고 하루에도 수백 번씩 윤재를 위협했다.

"이사님."

걱정이 된 김 비서가 쟁반에 밥을 차려 곁으로 다가왔다.

"이틀째, 아무것도 안 드셨습니다. 이거라도 좀 드세요."

김 비서의 말에 윤재가 힘겹게 고개를 내저었다. 김 비서가 속상함에 또다시 눈물을 터트렸다.

"이사님의 슬픔을 제가 덜어갈 수 있다면 얼마나 좋을까요……."

유 집사와 나연은 열심히 식사를 나르며 조문객들을 대접했고, 윤호와 비서실장은 윤재의 곁을 지켰다.

"뭐라도 좀 먹어요."

지쳐 쓰러질 것처럼 핼쑥해진 윤재의 곁으로 다가온 나연이 어렵게 말했다. 윤재는 괜찮아, 하고 눈물로 부어 오른 눈을 버겁게 감았다 뜨며 대답했다. 나연은 자신이 아무 도움도 되지 못한다는 것에 가슴 아파했다.

"그럼 잠깐 들어가서 잠이라도 자요. 이러다가 정말 쓰러질 것 같아서 걱정이 돼서 그래요."

아무 대답도 하지 않고 앉아 있는 윤재를 나연이 일으켜 세웠다. 그는 한 장의 종잇장처럼 아무 저항 없이 나연의 손에 이끌려 장례식장 구석에 설치되어 있는 방으로 향했다. 얇은 이불을 깔아 준 나연이 그 위로 윤재를 눕혔다. 윤재는 또다시 감정이 격해오는지 손으로 눈을 가렸다. 베개를 받쳐주고 불을 꺼주려는 순간, 윤재가 나지막하게 나연을 불렀다.

"잠깐만."

윤재의 부름에 나연이 돌아섰다.

"잠깐만……."

그가 같은 말을 반복하며 흐느꼈다. 나연은 도저히 그를 혼자 둘 수 없을 것만 같아서 다시 그의 곁으로 다가갔다. 그러고선 옆에 살포시 누워 그를 끌어안고서는 천천히 다독였다. 그가 나연의 품을 파고들며 참고 있던 눈물을 왈칵 터트렸다. 그의 슬픔이 다독여주는 손바닥까지 닿는 것만 같아, 나연도 그를 끌어안고 한동안 숨죽여 울었다.

나연이 다독이던 손을 멈춘 것은 품에 안겨 있던 윤재의 울음이 잦아들었을 때였다. 살짝 살펴보니, 그가 잠들어 있었다. 눈가에 남아 있는 눈물을 닦아주고 방에서 나갔다.

그렇게 얼마나 잠이 들었을까, 주변의 온도가 지나치게 서늘해

졌다고 느끼며 윤재가 눈을 떴다. 느릿하게 떠지던 시야로 진룡이
서 있었다.

"내가 그렇게 빌었는데."

진룡을 찾으며 빌었다. 신이라고 하는 그는 자신을 도와줄 수
있을 것 같아서, 할아버지의 죽음을 막아줄 수 있을 것 같아서, 그
의 이름을 애타게 부르며 바랐었다.

"너의 할아버지는 내가 운명을 바꿀 수 없어. 난 용의 신이니까,
용띠를 지닌 사람들의 운명만 바꿀 수 있다고."

"반쪽짜리 신이네."

비아냥거리는 윤재의 말투에도 진룡은 아무 말도 하지 않았다.
냉정하기 짝이 없는 신이라도 인간이 사랑하는 사람을 잃은 슬픔
을 충분히 이해하는 듯한 눈치였다.

"왜 온 거야? 할아버지께 절이라도 하려고?"

"너희 할아버지의 죽음을 막을 순 없었지만, 내가 그의 운명의
신인 범신에게 부탁을 해서 마지막 인사를 할 기회를 얻었어."

누워 있던 윤재가 그대로 자리에서 벌떡 일어섰다. 진룡이 옆으
로 손을 뻗어 천천히 원을 그리며 움직이자, 희미한 영혼 같은 것
이 형체를 드러냈다. 할아버지였다.

"할아버지. 할…… 아버지!"

"우리 윤재. 내 손자."

윤재가 그대로 할아버지를 향해 안겼지만, 그대로 빠져나가 몸
이 꼬꾸라지며 반대편 벽에 심하게 몸을 박고 말았다. 그 모습을
우 회장과 진룡 모두가 안타깝게 바라보았다.

"시간이 얼마 없어. 빨리 작별인사 하라고."

진룡의 재촉에 윤재가 다시 몸을 추스르며 할아버지에게로 다가왔다.

"죄송해요. 매일 속만 썩여서 정말 죄송해요, 할아버지."

"아니다. 아니다. 너무 슬퍼 말거라, 우리 아가. 그거 알고 있니? 네가 이 세상에 태어났을 때, 난 세상을 다 가진 것만 같은 기분이었다. 네가 내게 가장 큰 기쁨이었고 선물이었고, 그 어떤 것하고도 바꿀 수 없는 소중한 보물이었다. 내가 이렇게 행복한 삶을 살고 갈 수 있게 해주어서 고맙구나, 내 아가."

"할아버지."

"너무 슬퍼 말거라. 그리고 다음 생이 또 있다면 그때도 내 손자로 태어나다오."

할아버지의 영혼이 점점 희미해지기 시작했다.

"안 돼. 조금만, 조금만 더 시간을 주세요. 제발요!"

윤재가 진룡을 향해 애절하게 부탁했다.

"우리 손자, 아프지 말고 행복하게 잘 살아야 한다."

"안 돼. 안돼! 할아버지. 할아버지!"

사라지는 영혼을 붙잡아보려고 했지만 아무 소용없었다.

"할아버지 감사해요. 그리고 사랑해요, 할아버지. 조심히 가세요. 그리고 다음에 다시 만나요. 꼭, 꼭……."

영혼이 완전히 사라지고 윤재가 목 놓아 울었다. 그 모습을 진룡이 짙은 한숨을 내쉬며 바라보았다.

며칠 전까지만 해도 앞에서 환하게 웃으며 함께 식사를 하고, TV를 보고, 대화를 나누던 할아버지가 한 줌의 재가 되어 품에 안겼을 때, 윤재는 세상을 모두 잃은 것만 같았다. 모든 상을 끝내고 집으로 돌아왔지만 금방이라도 할아버지가 방문을 열고 나와 자신을 반겨줄 것만 같았다.

"유 집사님, 할아버지 방은 그냥, 그대로 보존해주세요. 평소 그러셨던 것처럼 청소도 해주시고……."

더 이상 말을 잇지 못하는 윤재에 유 집사가 흐느끼며 걱정하지 말라고 대답했다.

"도련님, 뭐라도 드셔야 합니다."

옆에 있던 비서실장이 걱정스럽게 말했지만 윤재는 고개를 내저었다.

"입맛이 없어요."

"도련님이 이러시면 회장님께서도 슬퍼하실 겁니다."

그 말 한마디에 윤재가 걸음을 멈췄다.

"도련님."

비서실장은 애써 눈물을 참으며 윤재의 손을 꼭 잡았다.

"이제 제가 최선을 다해서 도련님을 지켜드리겠습니다."

그 옆으로 김 비서도 손을 잡았다.

"저도, 저도 이사님을 꼭 지켜드리겠습니다."

"고마워요, 비서실장님. 고마워, 형광아."

거의 3일 만에 무언가를 먹는데, 위에 자극이 될까 봐 유 집사가 정성스럽게 죽을 쒀서 주었고, 윤재는 곁에 남은 사람들과 얼마 되지 않는 양이지만 밥을 먹었다. 쉬고 싶어 위로 올라가려던 윤재의 시선이 할아버지의 방 앞에 멈춰 섰다.

낑…….

스마일이 할아버지의 방 앞에 꼼짝없이 앉아서는 슬픈 표정을 짓고 있었다.

"할아버지 기다려?"

윤재가 스마일에게 다가가 품에 안으며 물었다.

"이제 할아버지는 못 오셔……."

마치 그 말을 알아듣기라도 한 것처럼 스마일이 다시 낑낑거렸다. 자신이 데리고 왔지만, 할아버지와 가장 많은 시간을 보내고 할아버지를 가장 많이 따랐던 스마일이었다. 윤재는 이제 영원히 돌아올 수 없는 할아버지의 빈자리를 자신만큼 슬퍼하고 있는 스마일을 어루만지며 방으로 올라왔다.

침대에 누워 스마일을 배 위에 올려놓고 잠시 눈을 감았던 윤재가 그대로 까무룩 잠이 들어버렸다.

흐릿흐릿한 영상이 눈앞에 펼쳐졌다. 현관문을 열고 들어서자, 환한 빛이 쏟아지고 익숙한 집 안 풍경이 나왔다. 할아버지가 거실 소파에 앉아 TV를 보시다가 윤재를 바라보며 환하게 웃었다.

'할아버지.'

그 말이 입에서만 맴돌 뿐 밖으로 선뜻 나오지 않았다.

'오늘 처음으로 동물을 농장에서를 봤는데, 신기하게 동물의 이야기를 듣는 여자가 있더구나. 동물의 마음의 소리를 듣고 소통을 하는 게야, 너무 신기하더구나. 다음에 시간 나면 같이 한번 보자.'

헉! 소리와 함께 잠에서 깨어났다. 온몸이 땀으로 푹 젖어 있다는 것이 느껴졌다.

"괜찮아요?"

언제 들어왔는지, 나연이 걱정스러운 눈을 하고선 물었다.

"어……. 괜찮아."

"악몽이라도 꾼 거예요?"

차라리 악몽이라면 낫다. 할아버지의 꿈이 지금으로서는 윤재를 더욱 힘들게 하고 있으니 말이다. 윤재는 낮게 고개를 내저었다.

"아니."

자신 때문에 더욱 힘들어하고 있는 나연에 윤재는 미안한 마음이 들었다. 손을 뻗어 그녀의 뺨을 쓰다듬다가 이불을 거두어내고 빈 공간을 툭툭 쳤다.

"이리 와서 나 좀 안아줘."

나연이 신고 있던 슬리퍼를 벗고 조심스럽게 윤재의 옆에 누웠다. 그러고는 팔을 뻗어 품을 만들어 그를 다정하게 끌어안아 주었다.

"딱 오늘까지만 아파할게."

"……."

"내일부터는…… 모두를 위해서, 돌아가신 할아버지를 위해서, 다시 씩씩해질게."

"다른 사람한텐 그래도, 내 앞에서는 아파해도 돼요. 아프면서 아프지 않은 척하는 건, 진짜 힘들고 더 괴로운 일이잖아요. 그러니까, 내 앞에서는 실컷 아파하세요. 내가 이렇게 매일 위로해줄게요."

그녀의 품 안으로 깊숙이 파고들었다.

"고마워."

그의 낮은 음성이 그녀의 품으로 완전히 흡수되는 것만 같았다.

그렇게 윤재는 며칠 만에 단잠에 빠져들었다.

다사로운 햇살이 눈 위로 쏟아져 내리고 윤재가 서서히 잠에서 깨어났다. 찌뿌드드했던 몸이 개운하다는 것을 느끼며 휴대폰을 확인한 윤재가 흠칫하고 놀랐다. 무려, 28시간을 자고 일어났다.

"와."

아직도 할아버지에 대한 그리움과 슬픔이 남아 있었다. 그래도 이제 어느 정도는 정신을 차려야지, 하고 생각하며 이불을 거두어냈다.

왈! 왈왈!

스마일이 어딘가를 보며 맹렬하게 짖었다.

"왜?"

윤재가 의아하게 바라보며 스마일을 들어 올렸지만, 스마일은 고개까지 격하게 꺾은 모습으로 짖는 것을 멈추지 않았다. 왜 이러지? 윤재가 고개를 갸웃하며 스마일이 바라보고 있는 쪽으로 천천히 걸음을 옮겼다.

"여기?"

왈!

마치 거기가 맞다는 듯이 대답을 하는 스마일에 윤재는 TV 밑으로 손을 길게 뻗었다. 무언가가 끈적끈적했다.

"이게 뭐지?"

허리를 굽혀 확인해보니, 뭐가 붙어 있었던 모양인지 양면테이프 같은 것을 오래도록 붙여놓았다가 뗀 것 같은 흔적이었다.

"이런 흔적이 왜 여기에……."

"윤재 도련님."

나지막한 비서실장의 부름에 윤재가 문을 열고 나갔다.

"네. 비서실장님."

"아래 윤호 도련님이 와 계십니다."

"아, 네. 스마일 아직 밥 안 먹었죠?"

"네. 이리 주십시오. 제가 가서 밥 먹이겠습니다."

"아니에요. 제가 세수만 하고 바로 안고 내려갈게요."

다시 방으로 들어온 윤재가 욕실로 향하다 말고 돌아서서 TV 밑을 다시 한번 바라보았다. 왜 그런 흔적이 남아 있는지, 의문을 가지며 욕실로 들어가 가볍게 세수를 한 뒤 스마일을 안고 안으로 내려갔다.

그때였다. 갑자기 윤재의 품에 안겨 있던 스마일이 심하게 발버둥을 치더니 윤호를 향해 달려들었다.

"앗!"

이제 제법 자라서 이빨도 단단해진 스마일이 윤호의 발목을 콱, 물어버렸고 예상치 못한 윤호가 비틀거렸다.

"윤호 도련님!"

놀란 비서실장이 다급하게 윤호에게 달려갔고 스마일이 그대로 공중을 날아 바닥에 내쳐졌다. 놀란 윤호가 스마일을 다른 발로 차 버린 거였다.

끼잉…….

"스마일!"

곁에 있던 나연이 놀라서 바닥에서 얕은 숨을 몰아쉬는 스마일을 끌어안았다. 놀란 건 주변에 있던 모두였다. 스마일은 워낙 순한 개라서 택배 아저씨나 정원사가 와도 짖지 않고 꼬리를 흔들어 대던 개였다. 그래서 가끔 가족들이 '도둑을 보고도 꼬리 흔들 개'라며 놀려대기도 했었다. 그런 스마일이 갑자기 윤호를 물어버렸다는 것에 가족들은 모두 놀란 눈치였다.

"윤호 도련님, 어서 병원으로 가보시는 것이 좋으실 것 같습니다."

"그래, 형. 내가 데려다줄게."

윤재가 나서자, 윤호가 제지했다.

"괜찮아. 내가 혼자 가면 돼. 그냥 너 얼굴 잠깐 보려고 온 거야."

나연의 부축을 받고 일어난 스마일이 다시 으르렁거리며 윤호를 향해 맹렬히 달려들려 했다. 나연이 얼른 제지했다.

"너 봤으니까 됐다. 갈게."

다리를 절뚝이며 나가는 윤호를 말없이 바라보던 윤재가 나연의 품에 안겨서 끝까지 그쪽을 향해 짖고 있는 스마일을 바라보았다. 이상했다. 그저, 느낌이 이상했다. 스마일을 데리고 위로 올라온 윤재가 머리를 쓰다듬으며 생각을 정리했다.

그날, 할아버지가 축하를 하겠다며 함께 저녁을 먹을 것을 제안했고 자신은 회식 때문에 가지 못했다. 비서실장님과 유 집사님은 제사 때문에 집을 비운 상태였다. 할아버지는 계단에서 미끄러져 쓰러진 후, 뇌손상이 오셨다고 했다.

계단이라……. 자신과 김 비서의 방이 있는 계단, 더군다나 관절염이 심하신 할아버지는 그 높은 곳을 잘 올라오시지 않으셨다. 그런데 그날, 할아버지는 왜 계단까지 올라오셨던 걸까? 거기까지 생각을 하고 있는데, 노크 소리가 들려왔다.

"이사님, 식사하세요."

나연이 쟁반을 들고 안으로 들어왔고 그 위에는 보기만 해도 먹음직스러운 삼계탕이 있었다. 전복과 인삼, 대추와 마늘이 푸짐하게 들어 있는 맑은 국물의 삼계탕은 누가 보아도 정성껏 끓인 것처럼 보였다.

"직접 한 거야?"

"네. 맛도 좋아요."

"고마워. 잘 먹을게."

"잠시만요."

나연이 갑자기 주머니에서 목장갑과 비닐장갑을 빼서 야무지게 꼈다. 그러더니 갑자기 전투적으로 삼계탕을 분리시키기 시작했다. 먹기 좋게 살코기들만 발라서 빈 그릇에 넣고 국물까지 떠서는 윤재에게 건넸다. 그 모습이 무슨 삼계탕 살코기 분리의 달인처럼 보였다.

"멋있다."

"네?"

"아니야. 잘 먹을게."

국물을 떠 마셨다. 간도 딱이고 깊은 맛이 난다.

"맛있다."

"정말요? 유 집사님께 전수를 좀 받긴 했어요. 이거 다 드세요. 아셨죠?"

"넌? 넌 밥 먹었어?"

"아니요. 아직."

윤재가 들고 있던 살코기를 나연의 입가로 밀어 넣어주었다.

"전 괜찮아요! 이사님 드세요!"

"얼른 먹어."

나연이 살포시 입술을 벌려 살코기를 받아먹었다. 그러면서 아주 흡족한 미소를 지었다.

"음! 살이 연하니, 진짜 맛있네요!"

"더 먹어."

큰 고기 하나를 집어 건네주었고 나연은 이번에도 역시 괜찮다면서 입술을 벌려 받아먹었다. 그때, 문이 열리고 김 비서가 들어왔다.

"이사님!"

김 비서가 봉지에서 다급하게 무언가를 꺼내 내밀었고 그것은 부산에서 팔고 있는 돼지국밥이었다. 예전에 부모님이 돌아가시기 전에 아버지의 출장을 따라갔던 윤재와 김 비서는 단둘이 부산 여행을 했었다. 그때, 참 맛있게 먹었던 국밥이어서 나중에 사고 후에 외국에 나가 살 때도 종종 떠올렸던 음식이었다.

"이것도 좀 드세요."

"어쩐지 아까 안 보이더니, 너 이거 사려고 부산까지 다녀온 거야?"

"그게 뭐 별거라고요. 좀 푸짐하게 사왔어요. 모자라시면 말씀하세요."

한쪽엔 삼계탕, 한쪽엔 돼지국밥. 윤재는 무언가가 울컥 치밀어 오르는 것 같았다.

미소를 짓고 있는 나연과 김 비서를 보며 불현듯 생각했다. 잃어버렸다고 생각했던 행복이 다행히도 아직 제 곁에 머물러 있다는 것을. 할아버지를 잃은 슬픔에 여전히 마음이 찢어질 것처럼 아프지만, 살아가야 했다. 이렇게 제 곁에서 자신을 사랑해주는 사람들을 위해서, 윤재는 더 강해져야겠다고 생각했다.

할아버지의 장례를 모두 마무리 짓고 회사에 출근한 윤재는 김비서로부터 중국 진출을 한 게임에 대한 상황을 보고받았다. 할아버지의 장례로 정신이 없던 지난 5일 동안에도 세상은 잘만 돌아갔다. 출시를 한 지 고작 하루 만에 10위권 안으로 진입한 게임은 5일째 되는 날 5위권 안으로 진입하는, 그야말로 대박의 조짐을 보이고 있었다. 이것을 할아버지가 아셨다면 얼마나 기뻐하셨을까, 생각하니 입가에 또다시 쓸쓸한 기운이 감돌았다.

"아차, 그리고 정 변호사님께 연락이 왔습니다. 이사님을 찾아뵙겠다고요."

"언제 오신다는데?"

"지금 회사 앞에 와 계신다고 합니다."

"그럼 얼른 모셔."

"네."

얼마 지나지 않아 정 변호사가 집무실 안으로 들어왔다. 정 변호사는 유언장은 내일 오후 유언장에 언급된 사람들과 경영권에 관련된 모든 사람들을 소집시켜 발표하겠다고 말했다.

"네. 그렇게 하세요."

"저…… 윤재 이사님."

"네."

"회장님께서 갑작스럽게 돌아가신 것에 대해서 참 유감입니다.

돌아가신 그날, 저를 회장실에 부르셔서 말씀을 하실 때까지만 해도 그런 일이 일어날 것이라고는 생각조차 하지 못했는데요."

정 변호사는 잠시 말을 멈추고 무언가를 망설이는 눈치였다. 윤재는 가만히 기다려줄 수가 없었다.

"정 변호사님?"

"사실……."

정 변호사는 안경을 치켜세우고선 크게 결심했다는 듯이 입술을 떼어냈다.

"그날 회장님께서 모든 경영권을 윤재 이사님에게 돌리고 싶다는 말씀을 하시던 걸, 윤호 도련님께서 다 들은 신 듯싶습니다. 그리고 윤호 도련님과 단둘이 나가셔서 그런 일을 당하셨다고 하니……. 하하. 제가 헛되고 말도 안 되는 일을 상상한 거겠죠?"

머쓱해하며 정변호사가 말을 흐지부지 끝냈다. 그러고는 서둘러 일어났다.

"그럼, 가보겠습니다."

"네. 조심히 들어가세요."

정 변호사를 보내고 다시 혼자가 된 윤재는 침대 밑 TV를 떠올렸다. 혹시 그 TV 밑에 무언가가 있었던 걸까? 그리고 할아버지가 그 무언가를 발견하셨던 걸까? 함께 있었다는 형은 할아버지가 내 방에 들어오셨을 때 대체 무얼 하고 있었을까? 그리고 스마일은 왜, 윤호에게 그렇게 경계의 태세를 취하는 걸까. 그날 집에 할아버지, 윤호, 그리고…….

"스마일……."

순간, 무언가가 섬광처럼 윤재의 머릿속을 스치고 지나갔다.

"어쩌면, 스마일이 뭔가를 봤을지도 몰라."

'오늘 처음으로 동물을 농장에서를 봤는데, 신기하게 동물의 이야기를 듣는 여자가 있더구나. 동물의 마음의 소리를 듣고 소통을 하는 게야. 너무 신기하더구나. 다음에 시간 나면 같이 한번 보자.'

그냥 믿어보기로 했다. 세상에 신이라는 존재도 있는데, 그거 하나 믿어보지 못할까. 윤재는 다급하게 자리에서 일어나 김 비서를 찾았다.

"그 여자, 동물의 이야기를 듣는다는 그 여자를 제가 직접 만나 봐야겠어."

"그 여자요? 아, 혹시 예전에 회장님께서 사람이 동물 소리를 듣는다고 신기해했던 그 여자 말씀하시는 거 맞으세요?"

"그래. 맞아. 동물을 농장에서 프로그램에 당장 전화해서 알아 봐."

"네. 알겠습니다."

스마일의 이야기를 들어봐야 했다. 그날, 무슨 일이 있었는지, 유일하게 그 모든 것을 목격했을지도 모를 스마일의 이야기를.

책상 위에 놓인 긴 손가락이 일정한 시간에 맞춰 까닥, 까닥 움직였다. 우 회장의 유언장에 뭐라고 써져 있든, 윤호는 딱히 걱정이 될 것이 없었다. 어차피, 현재 주주들은 우 회장이라는 큰 울타리가 없어진 윤재를 믿지 못하고 있는 상황. 유언장에 뭐라고 써져 있든 그들은 찬성하지 않을 거였다. 그렇다면 유언장의 효력은 조금 휘청하게 될 것이고 그 잠깐 휘청할 때 기회를 잡으면 될 거였다.

그리고 그 결과는 제 앞에 고스란히 펼쳐지고 있었다. 몇몇의 주주들이 자신의 집무실까지 찾아와 말했다.

"회장님이 그 전부터 윤재 이사에게 경영권을 주고 싶은 뜻을 간간이 내비치셨는데, 전 아직…… 윤재 이사가 경영권을 가져가기엔 너무 터무니없이 부족한 사람이라고 생각합니다."

"저 역시 마찬가지입니다. 윤재 이사보다는 경험이 많은 윤호 이사가 훨씬 낫죠."

잘 봤다며 격하게 박수라도 쳐주고 싶은 충동을 윤호는 꾹 눌러 담았다.

"아닙니다. 다들 보셨다시피, 윤재는 충분히 가능성이 있는 아이입니다. 다만, 여러분들의 말씀처럼 아직 경영을 맡기에는 조금 경력이 부족하여 저도 그것이 많이 걱정이 되긴 합니다. 그리고 지금 할아버지께서 돌아가신 지 얼마 안 되는 시점에서 이런 이야기를 하는 것도 예의가 아닌 것 같고……."

주주들이 돌아가고 나서 혼자 남겨진 윤호가 발목에 난 상처를 어루만졌다. 그닥 깊은 상처는 아니었지만 충분히 불쾌함을 들게 만든 상처였다.

"그 개새끼를 죽여버리든지 해야지."

그렇게 바득바득 이를 갈고 있는데, 조 비서가 안으로 들어왔다. 윤호는 일전에 조 비서에게 수단과 방법을 가리지 않고 나연에 대해서 알아 오라고 지시를 내린 상태였다. 그리고 마침내, 조 비서는 나연에 대해서 모든 것을 조사해 왔다. 조비서가 내민 사진 한장에 윤호의 표정이 오묘하게 바뀌었다.

"할아버지, 저 왔……."

퇴근 후에 현관문을 열고 들어가 습관적으로 인사를 하던 윤재의 입술이 굳게 다물어졌다. 그런 자신의 모습을 안타깝게 바라보는 시선이 느껴져 애써 웃어 보였다.

"습관이라는 게, 참……. 유 집사님, 배가 너무 고픈데, 식사 준비 다 되었어요?"

"그럼요, 도련님. 편한 옷으로 갈아입고 내려오세요."

"네."

2층으로 올라온 윤재가 편안한 옷차림으로 갈아입고 아래로 내려갔다. 식구들과 식사를 하고 가볍게 차까지 마신 후, 스마일을 품에 안고 할아버지 방 안으로 들어갔다. 아직도 선명하게 곳곳에 할아버지의 흔적이 남아 있는 것만 같았다. 어린 시절, 할아버지의 방 침대 위에서 방방 뛰다가 엄마에게 혼났던 일이 떠올랐다. 그때, 할아버지가 자신을 품에 꼭 끌어안고 괜찮다며 커다란 사탕을 손에 쥐여주던 것도 떠올랐다.

"할아버지……."

할아버지의 침대에 걸터앉아 그리움을 손으로 느끼고 있을 때, 방문이 조심스럽게 열리고 나연이 빠끔히 고개를 내밀었다.

"저랑 옥상에서 한 잔 더 걸쳤다 갈래요?"

양손으로 차를 들고 서 있는 나연을 향해 윤재는 그렇게 하겠다며 방에서 나왔다. 이제 정말 완벽한 여름이 되어버린 날씨. 어디선가 애처롭게 우는 귀뚜라미 소리와 이명처럼 들리는 차 클랙슨 소리. 윤재는 나연이 타준 따뜻한 차를 입에 가져다 댔다. 입에 넣자마자 그대로 뱉어버리고 싶을 만큼 쓰고 맛없는 차였다.

"스트레스가 완화되는 좋은 차예요. 꼭 다 드세요."

스트레스 완화는커녕, 먹다가 더 스트레스 받을 맛이다. 하지만 윤재는 자신을 끔찍하게 생각해주는 나연의 정성에 토를 달지 않고 또다시 차를 마셨다. 정말 적응되지 않을 맛이다.

"사랑해요."

갑작스러운 그녀의 말에 윤재가 깜짝 놀랐다.

"되게 뜬금없지만 사랑해요, 이사님."

뜬금없는 말이 아니라는 걸 알고 있다. 나연은 분명, 모든 가족들을 잃고 슬퍼하고 있을 자신을 최선의 방법으로 위로하고 있던 것일지도 몰랐다. 그 한마디에 나연이 하고 싶은 모든 말이 압축되어 있었을지도 몰랐다.

그러고 보니, 나연은 자신보다 훨씬 어린 나이로 가족을 다 잃은 상태였다. 얼마나 슬프고 외롭고 두렵고 괴로웠을까……. 그래도 제게는 비서실장의 가족들이라도 남아 있지, 그래도 제 곁에는 나연이라도 있지…….

하지만 그때의 나연은 정말 혼자였을 것이다. 문득, 그녀가 안쓰러워졌다. 그래서 윤재는 있는 힘껏 그녀를 끌어안았다.

"나도."

"……"

"나도 사랑해, 나연아."

그녀의 작은 손이 올라와 또다시 등을 다독였다. 그 작은 손이 이렇게나 큰 위로가 된다는 것이 윤재는 신기하기만 했다. 품에 안고 있던 나연의 두 뺨을 손으로 감싸 마주 본 후, 가볍게 입을 맞추었다. 나연이 아주 작게 웃었고 윤재가 함께 따라 웃었다. 또다시 입술을 낮춰 닿은 두 번째의 키스는 좀 전과는 다르게 아주 깊고 진득하게 이어졌다.

밤이 깊어졌고, 옥상에서 나온 윤재는 나연의 방문 앞까지 배웅했다.

"잘 자."

"네. 이사님도요."

"누웠는데, 잠 안 오면 망설이지 말고 내 방으로 넘어와도 돼. 노크도 하지 말고 그냥 바로 들어와서 안겨."

윤재의 장난스러운 말에 나연이 안도의 한숨을 내쉰다.

"오랜만에 웃는 거 보니까, 좋아요."

"네가 좋아하는 거니까, 자주 웃어야겠다."

"잘 자요."

"응. 너도."

나연의 문이 닫히는 것을 확인하고 돌아선 윤재가 하마터면 그 자리에 주저앉을 뻔했다. 바로 앞에서 검은색 잠옷을 입은 김 비서가 서 있었기 때문이었다.

"야! 넌 놀라게."

"놀라게 해드렸다면 죄송합니다."

"왜 그러고 서 있는데?"

"드릴 말씀이 있어서요."

김 비서가 나연의 방을 의식했고 그것을 눈치챈 윤재가 제 방으로 눈짓을 했다. 안으로 들어오자마자 윤재는 재촉하듯 되물었다.

"뭔데 그래?"

"제가 예전에 나연 씨가 살던 고아원 원장님에게 부탁을 드린 것이 하나 있었는데요. 그분이 나연 씨의 오빠라면서 사진을 한 장보내주셨습니다. 어떻게, 이메일로 보내드릴까요?"

"응. 그렇게 해줘."

"네. 알겠습니다."

김 비서가 나가자마자 노트북을 켰고 얼마 되지 않아 이메일이 도착했다는 알람이 울렸다. 윤재가 메일을 클릭했고 사진이 화면에 크게 떴다. 그 순간, 윤재의 두 눈이 함께 커졌다.

"이 남자……."

분명, 꿈에서 몇 번 봤던 남자다.

물에 빠진 자신을 향해 헤엄쳐 오던 그 남자……! 분명, 그 남자다.

"이 사람이…… 이 사람이 왜……."

심장이 벼랑 끝으로 또 한 번 내동댕이쳐지는 기분이었다. 머리가 어지러웠고 호흡이 가빠 올랐다. 믿고 싶지 않은 눈앞의 현실을 부정하는 윤재의 눈동자가 혼란스러운 감정으로 득실거렸다. 미칠 것 같았다. 아픔과 고통이 왜 한꺼번에 제게 이렇게 몰아치듯 오고 있는 건지, 윤재는 원망스럽기만 했다.

진룡이 필요했다. 이 모든 일들을 진룡은 알 것만 같았다. 그래서 윤재는 마치, 부르기라도 하면 올 것처럼 진룡을 불렀다. 부르고 또 불렀다. 그리고 오지 않을 줄 알았던 진룡이 거짓말처럼 모습을 드러냈다.

"왜 그렇게 불러. 바쁜데."

퉁명스럽다기보다는 애잔함이 묻어 있는 목소리였다. 지금 현재, 윤재가 자신을 부른 이유를 전부 알고 있는 듯했다. 그래, 신이니까. 그 정도는 알겠지.

"그래서 궁금한 게 뭔데?"

"왜. 왜…… 하필이면 나연이 오빠야? 날 구해준 사람이 왜 하필이면 나연이 오빠냐고!"

"그러게. 왜 하필이면 나연이 오빠가 널 구하고 난 또 나연이 오빠의 소원을 들어준 걸까? 이래서 인간 일에 함부로 개입하지 말라고 그렇게들 이야기하나 봐."

"말해. 빨리."

붉어진 눈으로 독촉하는 윤재에 진룡은 어렵게 입술을 떼어냈다.

"요즘, 나연이 그 아이의 목소리가 예전만큼 자주 들리지 않는 거 느끼고 있었어?"

진룡의 질문에 윤재는 절대 부정할 수가 없었다.

"그 이유에 대해서 말해줄게. 그 전에 네가 나연의 목소리를 듣게 된 이유부터 알아야겠지."

진룡은 나지막하게 한숨을 내쉬고는 다시 결심을 한 듯, 윤재의 흔들리는 두 눈빛을 똑바로 마주 보았다.

"네가 죽기 직전, 널 살려준 아이가 있어. 그 아이의 이름은 최민형……. 나연이의 마지막 남은 가족이었지."

거짓이길 바랐던, 자신이 착각을 하길 바랐던 것들이 진룡의 입을 통해 모두 사실로 밝혀졌다. 세상이 무너져 내리는 것 같았다. 그래서 거짓말이라고 실컷 부정하고 싶어졌다.

"거짓말. 거짓말!"

하지만 진룡은 꼼짝하지 않았고 윤재는 그럴수록 모든 것을 더 인정할 수밖에 없었다.

"제발 거짓말이라고 해줘!"

"신은 거짓말을 하지 못한다. 절대. 거짓말을 할 수 없어."

단호하기만 한 진룡에 윤재는 머릿속을 떠다니는 그 장면을 떠올렸다. 물에 빠져 멀어져만 가는 자신을 향해 있는 힘껏 헤엄쳐서 나오던 남자. 그 남자를 애타게 기다렸을 어린 나연이…… 대체, 자신의 삶이 나연에게 어떤 고통을 주었는지, 떠오르는 것조차도 잔혹하게 느껴졌다.

"너를 살리고 죽을 때, 그 아이가 소원을 빌었다. 다음 생에 태어날 수 있는 영혼을 팔겠다고. 혼자 남은 자신의 동생을 제발, 보살펴달라고. 그래서 난 그 아이의 소원을 들어주었어. 그 아이의 목숨을 잃고 살게 된 너에게 나연을 맡기기로 한 거야. 그러기 위해서라면 네가 나연을 찾아야 할 이유를 만들어야 했고 그래서 나연의 마음속 목소리를 듣게 만들었어…… 그 아이가 느끼는 고통을 똑같이 느끼게 만들었지."

진룡의 말이 이어질수록 윤재는 괴로움에 숨통이 꽉 조이는 것만 같았다.

"그래야 네가 외면하지 않고 그 아이를 도와줄 거라 생각했으니까. 어쨌든 넌 나연이의 불행으로 인해, 다시 행복한 삶을 누리게 되었잖아. 하지만 너 혼자 행복하다면 그 애가 너무 불쌍해지지 않겠어? 난 세상 일이 하루라도 빨리 공평해지길 바라는 평화주의 신이거든."

이제야 나연의 목소리가 왜 들렸는지, 이제야 나연의 고통이 왜 제게도 고스란히 느껴졌는지 알 수 있었다. 하지만 그것이 더는 저주라는 생각이 들지 않았다. 그저, 진룡의 말대로 자신 때문에 불행해진 나연에게 너무 미안하고 죄스러워서 견딜 수가 없었다.

"하지만 내가 너에게 저주를 걸 때, 그것을 풀 수 있는 방법이 있었어. 그러니까, 요즘 네가 나연이의 소리를 듣지 못하게 된 이유는, 네가 진정으로 나연이를 사랑하면…… 그러면 된 거였어. 사랑을 하게 되면 굳이, 마음의 소리를 듣지 않아도 그 아이를 찾아가고 지켜주게 될 것이니까."

사랑을 운운하는 것이 더 잔인하게 들려왔다. 자신 때문에 하나 남은 가족이 죽었다고 알게 된다면 보일 나연의 반응에 윤재는 벌써부터 두려워졌다.

"차라리 그냥, 그냥, 내가 죽게 내버려두지……. 왜, 왜……."

그 차가운 물에서 혼자 죽음을 맞이해야 했던 나연의 오빠와 이 냉혹하고 차가운 세상에 혼자 버려져 버텨내야 했던 나연. 두 사람의 불행에 자신이 있다는 것에 윤재는 괴로워했다. 그렇게 한동안 바닥에 엎드려 찢어질 것 같은 가슴을 부여잡고 아무것도 할 수가 없었다.

몸을 뒤척이던 나연이 손끝에서 느껴지는 감촉에 화들짝 놀라 깨어났다. 그러다 그 감촉이 윤재라는 것을 알았고, 그는 자신의 침대에 엎드려 잠들어 있었다. 밖은 어느새 곧 아침을 맞이할 모양인지 시퍼런 빛이 감돌고 있었다.

"언제 오신 거지?"

낮게 중얼거리던 나연이 잠들어 있는 윤재의 얼굴을 가만히 들여다보았다. 자신의 남자라는 것이 믿겨지지 않을 정도로 잘생긴 그의 외모에 나연은 새벽부터 기분이 좋아졌다. 살짝 손을 뻗어 그의 뺨을 매만졌다. 부드러운 감촉에 슬그머니 입가에 미소가 떠올랐을 때였다. 윤재의 감겨져 있는 눈꺼풀이 파르르, 움직이더니 곧 천천히 눈이 떠졌다.

"깨어났어요? 안 깨우려고 그랬는데."

자신의 말에도 윤재는 아무 말도 하지 않고 그저 적적한 시선으로 바라보았다. 나연의 표정도 점점 굳어지려고 할 때, 윤재가 나연의 손을 꼭 잡았다.

"미안해……."

"네? 뭐가요?"

"그냥, 전부 다……. 전부 다. 내가 미안해, 나연아."

손을 부드럽게 쓸며 참담한 목소리로 눈물짓는 윤재에 나연의 불안감이 극에 달했다. 하지만 아무것도 물어볼 수가 없었다. 자신이 묻는 말을 답해주기에 윤재는 너무 힘들고 지쳐 보였으며 많이 괴로워하는 것만 같았다.

"나 잠 깨워서 미안한 거면, 다시 재워줘요. 음, 두 시간은 더 잘 수 있겠다."

나연이 뒤로 살짝 물러나 누우며 윤재가 누울 자리를 만들었다. 윤재가 잠시 망설이다가 그 빈자리로 올라가 나연을 품 안으로 잡아당겼다. 마치, 절대 놓치지 않기라도 할 것처럼 있는 힘껏 자신을 끌어안는 윤재에 나연은 괜한 불안감을 느꼈다. 그래도 겉으로 표 내지 않고 침착하게 윤재의 품에 안겨 있었다.

"미안해……. 전부, 미안해……."

이마에 가볍게 입을 맞춰주며 그는 그렇게 나지막하게 중얼거렸다. 어느 순간부터 그 목소리가 점점 멀어지더니, 나연은 그대로 까무룩 잠이 들고 말았다.

한편, 제 품에서 잠이 든 나연을 바라보던 윤재의 눈에서 투명한 눈물이 흘러나와 베개를 적셨다. 모든 것이 미안했다. 너를 혼자 두게 만든 것이 나라는 것, 그리고 그걸 알면서도…….

"흐으……."

터져 나오려는 눈물에 윤재가 있는 힘껏 아랫입술을 깨물었다. 어찌나 세게 깨물었는지, 입 안에 얼핏, 피비린내가 났다.

알면서도 모든 것을 감추려는 것. 네가 그 사실을 알고 날 떠나갈까 봐 두려워, 모든 것을 숨기려는 것. 이런 이기적인 나를 용서해달라고 윤재는 속으로 빌고 또 빌었다. 하지만 지금 윤재에게 나연이 없으면 안 됐다. 아니, 지금뿐만이 아니라 평생 나연이 곁에 없는 삶을 사는 것은 죽는 것과 별반 다르지 않을 거라고 확신했다.

지금처럼 나연이 자신의 곁에 있어주기를, 지금처럼 자신이 나연을 사랑할 수 있고 나연이 자신을 사랑해주기를 간절히 원하고 바랐다. 그래서 윤재는 나연을 곁에 두기 위해 기꺼이 나쁜 놈이 되기로 결심했다. 나연마저 잃을 수는 없었다.

너의 속삭임 12.

"데이트하러 가자."

오랜만에 맞이한 주말 아침. 식사를 끝내고 계단을 나란히 밟으며 올라오던 윤재가 문득, 나연의 손을 잡으며 말했다.

"데이트요?"

"응. 한 시간 뒤에 요 앞에서 만나. 마음 같아서는 옷만 갈아입고 10분 뒤에 바로 보자고 하고 싶지만, 또 넌 준비할 시간이 필요할 테니까."

여전히 그가 힘들어하고 있다는 것을 알면서도 주책없이 자꾸만 웃음이 새어 나오려는 것을 나연은 간신히 참으며 방으로 들어왔다. 정말, 오랜만에 하는 데이트였다. 나연은 달리다시피 들어오면서 질끈 묶고 있던 머리를 풀어 헤치고 욕실로 곧장 뛰어 들어갔다. 깨끗하게 씻고 나온 나연은 평소보다 훨씬 더 정성스럽게 머리를 말렸다. 마음에 들지 않아 사고 처음으로 고데기까지 켜서 머리를 세팅했다. 그리고 옷장을 열어 몇 번 고민하고 또 고민해서 겨우 옷을 입고 화장을 했다. 평소에는 잘만 먹었던 것 같은 화장이 오늘따라 제대로 먹히지 않아 속상했다.

"예뻐 보이고 싶은데."

입까지 삐죽거리며 겨우, 데이트에 나갈 준비를 끝내고 문밖으로 나왔다. 윤재는 벌써 준비를 끝내고 나온 상태였다. 흔히 '남친룩'의 정석이라고 할 수 있는 가볍고도 세련된 옷을 입은 윤재의 모습은 이제 이십 대 중반이라고 해도 믿을 정도로 어려 보이고 훈훈했다.

"잘생겼다."

그래서 나연은 자신도 모르게 그 말을 내뱉었다. 흠칫 놀라서 입을 틀어막으려 했지만 곧, 윤재로 제지당했다.

"그런 말은 굳이 감출 필요 없이 수시로 생각날 때마다 막 내뱉어도 돼."

맞잡은 손이 따뜻하다. 절대 놓치고 싶지 않을 만큼.

"두 분 데이트 나가세요?"

"네."

"즐겁게 보내다가 오세요."

주방에서 막 나온 유 집사가 두 사람을 배웅했다. 오랜만에 윤재는 운전대를 잡았고 그 곁에 나연이 함께했다. 잠깐의 순간에도 윤재는 나연의 손을 놓지 않았다. 하루 종일 눈을 마주하며 서로의 이야기에 공감을 하고 실컷 웃고 떠들었다. 세상에 아무 고민도 없는 사람들처럼 오직 함께하고 있는 그 순간만을 즐겼다. 평범한 커플들이 그렇듯이 영화를 보고, 밥을 먹고, 카페에 가고……. 그렇게 한밤이 되어 돌아왔다.

씻고 나와 데이트 장소가 바뀔 때마다 함께 찍은 사진을 보던 나연이 갑자기 화면이 바뀌며 뜬 윤재의 번호에 활짝 웃었다.

"같이 살면서 무슨 전화예요? 너 설레게."

-옥상으로 잠깐 올라와. 와인 한잔하자.

"네!"

헤어져도 헤어지지 않는 커플. 그것이 동거의 가장 좋은 장점이라고 생각하며 방을 빠져나가려던 나연이 다시 거울 앞으로 향했다. 앞머리까지 싹 들어 올려 묶고 있던 머리를 풀어 헤치고 하얀 입술에 티가 나지 않을 정도의 분홍빛이 감도는 립스틱을 발랐다.

옥상에 올라가니, 윤재가 테이블 위에 촛불을 켜고 와인 잔 두 개와 와인, 그리고 치즈와 나쵸를 세팅해 놓고 있었다.

"이리 와."

나란히 앉아, 달콤한 와인으로 입술을 축였다. 가만히 하늘을 올려다보던 윤재가 문득, 그녀를 바라보았다.

"나연아."

"네?"

선뜻, 무슨 말이 나올 줄 알았던 윤재의 입술 밖으론 의외로 한참의 침묵이 흘렀다. 나연이 그 침묵을 깨트리기를 재촉이라도 하듯이 고개를 갸웃했다.

"우리 있잖아."

윤재가 나연의 뺨을 애틋하게 어루만졌다.

"절대 헤어지지 말자."

"네?"

"무슨 일이 있어도 절대……."

"……."

"절대 헤어지지 말자."

지금 함께하고 있는 이 달달한 와인과 분위기엔 너무 어울리지 않는 말이었기 때문에 나연은 당황하지 않을 수가 없었다. 그와 헤어질 생각만 하면 당장이라도 눈물이 핑, 돌 정도로 끔찍하고 슬픈 일이었다. 이제 나연에게 윤재의 존재는 단순히 연애를 하는 남자 친구만은 아니었다. 세상에 유일하게 자신이 의지할 수 있고 더욱 열심히 살고 싶은 원동력 같은 존재였다. 무엇보다도, 누구보다도 소중하고 귀한 사람이었다. 나연이 윤재의 품에 와락 안겼다.

"그런 말 하지 말아요. 생각도 하기 싫어요."

윤재는 입술 밖으로 더는 아무 목소리도 흘러나오지 않았다. 다만, 나연을 품에 안고 한참 동안 꼭 끌어 안아주고 있을 뿐이었다. 그리고 간절히 원했다.

네가 나중에 나에 대해서 알았을 때도, 나에 대한 존재가 아닌, 나와 헤어지는 것에 대해 이렇게 두려워했으면……. 그랬으면…….

출근을 하기 위해 나온 윤재가 뒷좌석으로 올라탔다. 그 옆으로 나연이 탔고 조금 뒤늦게 나온 김 비서가 운전석에 탔다.

"오늘 오전 11시에 대회의실에서 우 회장님의 유언장이 발표될 겁니다, 이사님."

김 비서의 말에도 윤재는 덤덤한 얼굴로 고개를 끄덕였다. 회사에 도착해 집무실로 들어온 윤재를 김 비서가 바짝 따라 들어왔다.

"무슨 일이야?"

"아무래도 이상합니다, 이사님."

"뭐가?"

어쩐지 할아버지의 죽음과 연관이 되어 있는 것만 같은 생각에 윤재가 잔뜩 긴장을 한 얼굴로 물었다.

"저희 어머니가 말씀해주셨는데요. 회장님 돌아가신 그날은 정신이 없으셔서 모르셨는데, 3일 전인가? 이사님 방 청소를 하러 올라가셨다가 발견하셨대요. 바닥에 붉은색의 차가 떨어져 있는 자국 같은 거 말이에요. 이걸 말해야 하나, 말아야 하나 고민을 좀 하셨나 봐요."

"자국?"

"네. 이런 자국이요."

김 비서가 휴대폰을 꺼내 사진을 켜서 보여주었다.

"저희 어머니가 너무 찝찝해서 아버지께 말씀드리고, 아버지가 아는 분을 부르셔서 이 자국에 대한 성분을 좀 알아보셨나 봐요. 인삼차였어요."

자신은 평소에 잘 마시지도 않는 차였다. 그 차가 자신의 방에서 발견이 되었다는 것은 다른 누군가가 자신의 방에 들어와서 그 차를 마셨다는 뜻이었다.

"아무래도 좀 이상하죠?"

"그럼 그날, 할아버지께서 내 방에 들어오셔서 그걸 드셨다는 건가?"

"그러실 수도 있죠."

자신의 방까지 올라와 차를 마셨다는 것이 이해가 가지 않는다. 관절이 좋지 않은 할아버지는 절대 그 뜨거운 차를 들고 계단을 오르실 수 없다. 두 손으로 계단 난간을 붙잡고 오르실 정도인데…….

"할아버지가 아니야."

"사실, 저도 그게 좀 이상해서요."

"누군가가 그 차를 타서 위로 올라온 거야."

그리고 순간, 윤호의 얼굴이 스쳐 지나갔다. 그리고 제발, 아니기를 바랐다. 하지만 걷잡을 수 없는 상상들이 윤재를 괴롭혔다. 계단을 밟고 내려오는 할아버지의 등을 확 밀쳐 내버린 윤호의 모습이 떠오른 순간 윤재는 머리가 깨질 것처럼 아팠다.

"이사님! 괜찮으세요?"

김 비서가 걱정스럽게 물었지만, 윤재는 그저 가빠진 숨을 몰아쉴 뿐이었다. 정말, 이러면 안 되지만, 이런 생각을 해서는 안 되지만, 그게 사실이라면 왜……. 대체, 왜……. 아무리 세상에 소중한 것이 있어도 인간의 목숨만큼 소중한 것은 없는데, 왜…….

"괜찮으니까, 나가봐."

"네."

"아차, 김 비서."

"네."

"그건 어떻게 됐어? 내가 알아보라던 여자한테 메일 보냈어?"

윤재가 직접 자신의 사정을 적어 보낸 메일이었다.

"아, 연락은 닿았습니다. 그 비서를 통해서 말씀은 드려놨어요. 어디 뭐 동물 단체랑 봉사활동을 가서 당장 대답을 할 수는 없다는 답문이 왔습니다. 그래도 그쪽 비서가 사정이 매우 안 좋으니, 그분께 잘 말씀드리겠다고 해주셨습니다."

"그래."

김 비서가 나가고 윤재는 한동안 지끈지끈 아파오는 골치에 아무것도 하지 못했다. 그 뒤로 몇 시간이 훌쩍 지나갔고, 김 비서가 다시 들어왔다. 유언장 발표로 대회의실에 가야 할 시간이었다. 윤재는 커다란 바위가 짓누르고 있는 것만 같은 무거운 몸을 일으켜 집무실을 빠져나갔다.

주주들과 경영권을 지닌 사람들, 그리고 우 회장의 유언장에서 언급된 모든 사람들이 모여 있는 회의실 안. 모두가 긴장과 경계를 하고 있는 상태라 그런지 회의실 안의 공기는 지나치게 무겁고 냉랭했다. 사람들이 전부 모인 것을 확인한 정 변호사가 유언장을 펼쳐 읽기 시작했다.

"우 회장님께서 남기신 유언장에 해당되시는 분들은 우윤재 이사님, 우현태 사장님을 비롯한 가족 세 분, 우지석 부사장님을 비롯한 가족 네 분……."

가족들을 모두 읊은 정 변호사가 안경을 치켜 올리며 침착하게 말을 이어나갔다.

"이분들을 제외한 나머지 분들은 법적으로 유언장에 대해 발언을 하셔도 아무 효력이 없습니다. 그럼 계속 읽도록 하겠습니다."

계열사로 있는 것들이 차례대로 가족들에게 넘겨졌다. 대부분, 그쪽 분야에서 일을 하고 있는 사람들이 그대로 운영을 하길 원하는 유언장이었다. 아직 윤재와 윤호의 이름은 명시되지 않았고 그럴수록 많은 사람들은 긴장감에 두 사람을 번갈아 쳐다보았다.

"우윤호 이사에게 우석모직을 맡기다."

"그게 무슨 말이야? 우리 윤호한테 고작, 우석모직을 맡기시다니! 어떻게 큰아버지가 이러실 수 있어! 어? 우리 윤호가 우석그룹을 위해 얼마나 애써왔는데! 이럴 순 없지!"

정 변호사의 말이 떨어지기 무섭게 현태가 말도 안 된다며 큰소리를 치고 일어났다. 그 말에 주주들도 동요하기 시작했다.

"그러니까, 어떻게 윤호 이사님께 고작 우석모직을……."

"말도 안 돼. 그럼 이 우석그룹의 경영은 누가 맡는다는 거야?"

"설마…… 우윤재 이사는 아니겠지?"

주주들은 아무 조심성도 없이 마치, 들으라는 듯 큰 목소리로 수군덕거렸다. 그럼에도 불구하고 윤재는 흔들리는 기세 없이 허리를 꼿꼿하게 세우고 정 변호사의 다음 말을 차분하게 기다렸다. 정 변호사는 그런 윤재를 착잡한 눈길로 바라보며 어렵게 입술을 떼어냈다.

"우석그룹의 회장, 즉 모든 경영권을 손자인 우윤재 이사에게 임명한다. 고 남기셨습니다."

곧 다가올 엄청난 파장에 대한 걱정에 정 변호사의 목소리엔 한숨이 가득 담겨져 있었다.

"말도 안 돼!"

"우리는 인정할 수 없네!"

"아무리 우 회장님의 유언장이라고 해도, 이제 막 회사에 들어와 고작, 프로젝트 하나 제대로 한 새내기 이사에게 우리 우석그룹과 우리들의 미래를 맡길 수는 없어!"

빗발의 소리가 더욱 거세졌다.

"윤재야, 저들의 말 신경 쓰지 마. 형이 너를 도와……."

윤호가 윤재의 손등에 다정하게 손을 올리며 말을 했지만, 곧 그 손이 내쳐졌다. 윤호의 표정이 사납게 구겨졌다. 하지만 윤재는 그런 윤호를 거들떠도 보지 않았다. 여태 시종일관 한 자세로 앉아 있던 윤재가 자리에서 일어났다. 그러자 아우성을 치던 주주들도 가만히 입을 다물었다.

"주주총회라도 여시겠습니까?"

윤재의 질문에 주주 한 명이 자리에서 벌떡 일어났다.

"그렇게 해야겠습니다. 툭 까놓고 말씀드려서 여기서 우 회장님의 유언장을 인정할 수 있는 주주들은 단 한 명도 없을 겁니다!"

"그렇다면 우 회장님께서 어떤 유언을 남기셨어야, 여러분들이 인정을 하셨겠습니까?"

무서울 정도로 침착한 윤재의 질문에 주주가 그 옆에 앉아 있는 윤호를 바라보았다.

"윤호 이사님에게 우석그룹의 모든 경영권을 맡기셨다고 한다면, 그렇다면 인정을 했겠지요."

주주의 말에 모두가 공감을 한다는 듯이 한마디씩 덧붙였다. 그들의 소리를 듣고 있던 윤호가 직접 자리에서 일어섰다.

"진정하세요, 다들. 아무리 그래도 법적 효력을 지니고 있는 우 회장님의 유언을 함부로 바꿀 수는 없습니다."

"그래요! 그건 그렇습니다. 그렇다면 '임시'라도 윤호 이사님께 경영권을 지게 하시는 건 어떨까요? 적어도 윤재 이사의 능력이든, 실력이든 증명이 될 때까지만이라도요."

마치 군중심리를 보는 것처럼, 한 사람의 말이 바이러스처럼 퍼져 사람들을 요동치게 만들었다. 나머지 주주들은 급격히 흥분을 하며 공감을 했고 그런 모습을 윤재는 답답하게 바라보다 옆에 있는 윤호의 안색을 살폈다. 간신히 웃음을 참고 있던 윤호가 윤재의 시선을 느꼈는지 얼른 표정을 고쳤다.

"윤재야, 너무 걱정하지 마."

어느새 평소의 태도로 돌아와 있는 윤호의 모습을 보며 윤재는 생각했다. 할아버지가 돌아가시면, 가장 큰 이익을 볼 수 있는 사람. 그 사람은 어쩌면 지금 제 눈앞에 있는 윤호일지도 모른다는 생각이 섬광처럼 스쳐 지나갔다. 아마도 윤호는 이 모든 상황을 미리 예상했을지도 몰랐다.

그런 윤호에게 지고 싶지 않았다. 그래서 윤재는 입가에 옅은 미소를 지어 보였다.

"응, 형. 걱정 안 해."

윤재가 윤호의 어깨를 가볍게 두들기다가 꽉 움켜잡아 제 쪽으로 잡아당겼다. 아무 태세도 취하고 있지 않았던 윤호가 속수무책으로 윤재에게 끌어당겨졌다. 윤재가 윤호의 귀로 입술을 내렸다.

"그러니까, 형도 너무 걱정하지 마. 아마, 곧 다 끝날 거야."

퇴근을 하고 윤재는 할아버지의 납골당으로 향했다. 아직은 완벽하게 보낼 수 없는 그리움을 안고 윤재는 사진 속에 환하게 웃고 있는 할아버지를 바라보았다. 오늘 대회의실에서 겪었던 것이 서러워 어린아이처럼 투정이라도 부리고 싶었다. 그러면 할아버지가 따뜻한 품에 안고 엉덩이를 두들겨주면서 다 괜찮다고 말씀해주실 것만 같았다. 하지만 더는 자신의 모든 것을 감싸주고 지켜주시던 할아버지는 계시지 않다.

강해져야 했다. 절대, 약해져서는 안 되었다.

"할아버지가 원하시던 대로, 저 강해질게요. 걱정 마세요. 그리고…… 정말, 제가 상상하고 있는 그것이 사실이라면…… 할아버지의 죽음이 익울하시지 않게 모두 바로잡을게요. 꼭 제가 해낼게요, 힐아버지."

할아버지에게 인사를 하고 납골당에서 나온 건, 그로부터 한참 후에 나연에게서 걸려온 전화 때문이었다.

-어디…… 예요?

조심스럽게 물어보는 것이 이 전화를 하기까지 얼마나 망설이고 자신을 기다리고 있었는지 알 수 있었다.

"나 지금 할아버지한테 잠깐 왔어. 넌? 집이야?"

-아니요. 회사에서 지금 막 나왔어요. 집에 같이 들어가요.

"음, 맛있는 거 먹고 들어갈까?"

-완전 좋죠.

"어디서 기다릴래? 지금 바로 데리러 갈게."

나연이 기다리겠다는 장소를 듣고 나서 윤재는 서둘러 차에 올라탔다. 그녀를 떠올리면 언제나 입 안 가득 퍼졌던 미소가 어쩌지 나오지 않았다.

"……."

그러지 말자고 수시로 결심을 하고 있는데도 여전히 두렵다. 자신에 대한 정체가 언젠가 그녀에게 밝혀지고, 밝혀지는 순간 변질되어버릴지도 모를 관계가. 하지만 윤재는 그 모든 것들을 떨어트리고 시동을 걸었다. 지금은 그저, 자신을 사랑해주는 그녀에게 마음껏 사랑받고, 마음껏 사랑하는 것이 가장 최우선으로 해야 할 일이라고 생각하며 속도를 높였다.

그로부터 며칠이 지났다. 김 비서가 집무실로 급하게 들어왔다. 그의 얼굴은 약간의 흥분과 걱정이 희석되어 윤재를 더욱 긴장하게 만들었다.

"무슨 일인데 그래."

윤재는 요즘 한시도 긴장을 풀 수 없는 상태였다. 김 비서가 태블릿을 들이대며 말했다.

"오신대요!"

"뭐?"

"이사님의 사정이 많이 안타깝다면서! 자신의 능력으로 진실이 밝혀질 수 있다면 무조건 해야 하는 일이라면서 오신대요! 어제저녁에 바로 비행기 표 티켓 뽑아서 오늘 오후에 도착하실 수 있대요!"

"당장, 당장 배웅!"

"네! 네! 아차차, 이사님, 배웅이 아니라 마중."

말을 정정하던 김 비서의 눈에 눈물이 차올랐다. 심하게 감정에 벅차올라 있다는 것을 알고 윤재는 딱히 다른 말을 덧붙이지 않았다. 김 비서가 차를 대기시키겠다며 먼저 내려가고 그 뒤로 윤재가 급하게 나갔다. 승강기 버튼을 누르고 초조하게 기다리고 있는데, 나연이 곁으로 다가왔다.

"무슨 일 있어요? 김 비서님도 급하게 나가시고……."

"어쩌면 할아버지의 죽음……."

말을 하던 윤재가 그대로 입술을 다물었다. 나연의 어깨 너머로 윤호의 모습이 보였기 때문이었다. 그것을 눈치챘는지 나연도 더는 재촉하지 않았다.

"어디 가?"

윤호가 거리를 좁혀오며 다정하게 물었다.

"응. 해외에서 같이 지내던 친구가 왔다고 해서 퇴근을 좀 일찍 하게 됐어."

"아, 그래? 저녁 맛있게 먹고 재미있게 놀아."

"응. 고마워, 형."

마침 승강기가 도착했고 윤재가 안으로 몸을 집어넣으며 나연의 손목을 잡고 끌어당겨 태웠다. 곧 문이 닫히고 승강기 안에는 단둘만 남게 되었다. 윤재가 나연의 허리를 감싸 안았다.

"어쩌면 할아버지의 죽음에 대해서 알게 될지도 몰라."

"회장님의 죽음이요……?"

아무것도 모르는 나연은 그저 의아해할 수밖에 없었다.

"모든 것이 해결되면 그때 자세히 말해줄게."

"네."

나연의 볼을 감싸 가볍게 입을 맞추었다. 긴장이 조금 완화되고 힘이 나는 것 같았다.

"연락해요."

"응."

나연의 배웅을 받으며 윤재는 앞에 대기하고 있던 김 비서의 차에 올라탔다. 쿵쾅쿵쾅, 심장에서 천둥과 우박이 떨어져 모든 장기들을 박살 내기라도 하는 것 같았다. 공항에 도착해 세 시간을 기다려 만나게 된 여자는 윤재를 향해 그 개를 가장 먼저 만나보고 싶다고 했다. 정신없는 와중에도 저녁을 대접하려고 했던 윤재로서는 이렇게 고마울 수가 없었다. 여자는 윤재가 미리 예약시켜준 호텔로 향했고 뒤늦게 김 비서가 집에서 스마일을 데리고 들어왔다. 스마일은 평소의 온순한 성격답게 낯선 여자에게 꼬리를 흔들며 반가워했다.

「아이가 참 순한 아이네요.」

영어로 말하는 여자의 말에 윤재가 공감했다.

「맞아요. 무척이나 순한 아이죠.」

「하지만 그 아이가 특정한 누군가에게만 공격을 보였다는 게, 좀 이상하긴 했어요.」

여자가 눈을 감고 스마일의 머리를 쓰다듬었다. 그러고는 스마일의 배를 한 손으로 잡고 상체를 엎드려 스마일의 입에다가도 귀를 가져다 댔다. 갑자기 스마일이 낑낑거리며 눈물을 보이기 시작했다. 여자의 눈에서도 투명한 눈물이 맺혀 있었다.

「할아버지가 돌아가셔서 이 아이가 너무나 슬퍼하고 있군요. 보고 싶다고 말해요. 따뜻한 손길과 다정한 말투. 그 모든 것이 그립다고 얘기하고 있어요. 할아버지와의 기억은 참, 짧은 순간이었지만 평생 잊지 못할 추억이라며…….」

윤재와 김 비서가 숨도 쉬지 못할 정도로 긴장을 하고선 강아지와 여자를 바라보았다. 윤재는 속으로 스마일이 모든 것을 말해주기를 간절히 바랐다. 여자의 비서 역시, 숨소리를 죽이고 상황을 지켜보았다. 여자는 차분하게 한참 동안 스마일을 반복적으로 만지고 귀를 기울였다. 그렇게 한참 후, 여자의 얼굴이 순식간에 경악스러움으로 뒤바뀌었다.

「말도 안 돼……. 세상에, 말도 안 돼…….」

「무슨 말을 했나요?」

윤재가 재촉하듯 묻자, 여자는 잠시만이라는 뜻의 의미로 손바닥을 들고 물을 찾았다. 김 비서가 얼른 와인 셀러가 배치되어 있는 공간으로 달려가 냉장고 문을 열어 차가운 물을 꺼내 왔다. 여자는 그 물을 단숨에 들이켰다. 그러고는 조금 진정된 모습으로 차분히 말을 이어나가기 시작했다.

「식구들 모두가 나가고 혼자 집을 지켰다고 해요. 한참을 그렇게 혼자 심심해하다가 당신의 방으로 올라갔다고 하네요. 그 방에 자신이 아끼는 인형을 두고 왔다는 것을 깨달았기 때문이죠.」

강아지도 어린아이처럼 애착 인형이 있으면 좋다는 말을 듣고 인형을 사준 적이 있다. 집을 하도 자유롭게 돌아다니는 스마일이 자신의 방에 그것을 두고 갔다는 것은 그다지 이상한 일도 아니었다.

「방문을 열고 들어가 인형을 가지고 나오는데, 눈에 무언가가 번쩍번쩍거렸다고 해요. 강아지들은 색을 보지 못하지만 그 흑백 속에서도 반짝거리는 무언가를 발견한 듯싶어요. 그래서 그것을 향해 짖고 있는데, 할아버지가 올라오셨다고 해요.」

모든 장면들이 머릿속으로 그려졌다. 그 말을 더 들을 수 있을지, 다 듣고도 감당을 할 수 있을지 윤재는 끝없이 두려워졌다. 작게 떨려오는 어깨를 김 비서가 꼭 잡아주었다.

「자신을 끌어안고 내려가려던 할아버지가 걸음을 멈춘 건, 누군가가 따라 들어와서래요. 큰 소리가 나고 할아버지가 화를 내셨대요. 그리고 곧장, 방을 빠져나가셨고 따라 나갔을 때, 그 사람이 손을 뻗어 할아버지를 밀쳐냈다고 하네요. 그리고 그 사람을 가족들은…… '윤호'라고 부른다고 하네요.」

그 높은 계단에서 굴러떨어지며 아파하시고 두려워하셨을 할아버지를 생각하니, 가슴이 미어졌다. 피가 거꾸로 솟는 것 같았고 감당 못 할 분노가 몸을 전부 다 태워버리는 것만 같았다.

「그리고 이거……. 할아버지께서 이걸 늘 만지면서 자신을 지켜 달라고 했다고 스마일이 꼭 전해 달라고 합니다.」

여자가 가리킨 것은 스마일의 목에 항상 달려 있는 목걸이였다. 할아버지가 금으로 만들었다는 그 방울. 윤재는 천천히 손을 뻗어 그 방울을 움켜잡았다. 윤재가 방울을 쥐고 흔들어보았다. 안에 무언가가 묵직하게 잡히는 것이 느껴졌고 방울 틈 사이를 벌려 확인하니, 초소형 기계가 있었다.

"이거…… 이거 녹음기 같은데요? 이사님?"

김 비서의 말에 윤재가 버튼을 찾았다. 워낙 작아서 쉽게 보이지 않던 버튼이 밑에 쪽에 있었다. 그리고 그 버튼을 누르는 순간, 그날 그곳에서 있었던 모든 것들이 녹음되어 있었다. 두 사람의 대화. 할아버지의 분개, 윤호의 울부짖음, 그리고 그를 향해 맹렬하게 짖는 스마일의 소리까지.

부모님의 죽음도 윤호 때문이라는 것을 알게 된 윤재는 차오르는 눈물과 분노로 견딜 수가 없었다. 당장이라도 윤호를 끌고 와 숨통이 끊어질 때까지 응징하고 싶었다. 자신이 사랑하고 있는 모든 사람들이 그 새끼 손아귀로 하여금 벌어졌다는 사실이 비통했다. 당장 찾아서 죽이고 싶었다. 그대로 자리에서 일어난 윤재가 호텔 문을 열자마자 누군가가 급하게 도망쳤다.

"누구야!"

윤재를 뒤따르던 김 비서가 그자를 향해 쫓아갔고 그 뒤로 윤재가 빠르게 달렸다. 복도를 지나 비상구 계단으로 거침없이 내려갔다. 쫓고 쫓기는 발걸음 소리가 비상구 계단에서 웅장하고 복잡하게 뒤얽혔다.

곧, 김 비서가 몸을 날려 남자를 제압했다.

"너 누구야! 새끼야!"

김 비서가 제압하는 동안 남자는 필사적으로 외쳤다.

"으윽! 도망가세요! 도망가셔야 합니다! 이들이 모든 사실을 알았어요! 당장 도망가세요!"

저 남자가 지금 필사적으로 도망가라고 외치고 있는 상대방은 단 한 사람으로 압축되었다.

"우윤호."

윤재가 김 비서에게 뒤처리를 부탁하고 차 키를 받아 빠르게 비상구 계단을 탈출했다. 단숨에 지하 주차장까지 온 윤재가 급하게 차에 올라타 시동을 걸었다. 절대 도망가게 내버려둘 수 없다. 절대.

마무리를 짓고 회사를 빠져나온 나연이, 막 버스 정류장으로 향하려던 참이었다. 자신의 눈앞에 차 한 대가 멈춰서고 창문이 열리더니, 윤호가 알은체를 해왔다.

"어? 윤호 이사님."

"지금 퇴근해요?"

상냥하고 다정하게 미소를 지으며 말하는 윤호에 나연이 가볍게 고개를 숙여 인사했다.

"네. 지금 퇴근해요."

"타요. 나도 마침, 큰집 가던 길이니까."

"아니요. 괜찮습니다. 전……."

"윤재를 위해서 뭘 좀 사가고 싶은데, 제가 잘 몰라서요. 나연 씨가 같이 좀 골라줬으면 좋겠는데, 부탁해요."

윤재의 일이라 쉽게 거절할 수가 없어 조수석으로 올라탔다. 차가 천천히 출발해 도로로 진입했을 때, 윤호가 갑자기 자신의 옷을 더듬거렸다. 그러더니 '아……!' 하고 큰 탄식을 내뱉었다.

"이런, 휴대폰을 사무실에 두고 왔나 보네. 나연 씨, 미안한데, 잠깐 휴대폰도 좀 빌려줄래요? 유 집사님께는 미리 말해두는 게 좋을 것 같아서요."

"아, 네."

나연이 휴대폰을 건네주자 윤호가 창문을 열어 휴대폰을 밖으로 내던져 버렸다. 갑작스러운 그의 돌발 행동에 나연의 크게 놀라 두 눈이 휘둥그레졌다.

"지금 뭐 하시는 거예요?"

침착해지려고 해도 순간 드리워진 두려움과 당황스러움에 목소리가 속절없이 흔들렸다. 윤호는 계속 운전을 하며 방금 전까지와 별반 다름없는 미소를 지었다.

"윤재 녀석이 절 가만두지를 않네요. 그래서 나연 씨를 납치해서 녀석을 협박하려고요."

저런 말들을 아무 죄의식도 없이 웃으면서 하는 모습이 날카로운 손톱으로 신경을 전부 긁기라도 한 것처럼 소름 끼쳤다. 나연은 조수석 문을 열려고 했지만 이미 잠겨 소용없었다. 문을 두들기며 살려달라고 외쳤지만 그 누구도 선팅이 되어 있는 곳에 대해 별로 신경을 쓰지 않았다. 그러다 윤호의 차는 고속도로를 타기 시작했다. 뒤에서 그런 사신의 행동을 비웃는 듯한 윤호의 웃음이 들려왔다. 나연은 크게 낙담을 하다가 원망스러운 눈빛으로 윤호를 쏘아보았다.

"어떻게, 왜 이런 짓을 하시는 거죠? 대체 무슨 이유로요!"

"음, 뭐랄까? 녀석에게 아무 선택도 하지 못하게 만들려고요. 지금으로서 개한테는 나연 씨가 가장 소중한 존재잖아요. 나연 씨를 구할 수만 있다면 아마 별짓을 다 하려고 들겠죠. 아, 맞다. 이 사실을 알려줘야지. 참."

윤호가 자신의 안주머니에서 휴대폰을 꺼냈다. 나연의 얼굴이 경악스럽게 변해갔다. 너무 어이가 없고 놀라서 소리도 제대로 나오지 않았다.

"같이 들을까요?"

아예 스피커폰으로 설정을 한 윤호는 신호가 얼마 가지 않아 바뀌는 윤재의 목소리에 흥미로운 영상이라도 보는 사람처럼 굴었다.

-어디야. 그냥, 좋은 말로 할 때 나와.

"내가 어디냐면, 윤재야. 지금 나연 씨를 태우고 찾기 힘든 곳으로 가고 있어. 아주 꽁꽁 숨어버리려고."

수화기 너머에서는 침묵으로 대답을 대신했다. 무슨 말이라도 해야 하는데, 너무 놀라서 말문이 콱 막혀 아무 말도 나오질 않았다. 윤재가 어떤 표정을 짓고 있을지, 보고 있지 않아도 훤했다. 세상이 다 무너져 내린 것 같은 얼굴을 하고서는 너무 놀라 숨마저 쉽게 내쉬지 못하고 있을 터였다. 납치당한 것이 무섭고 두려워 벌벌 떨고 있는 와중에도 나연은 윤재의 상태가 걱정되었다. '그만둬요, 제발!' 하고 나연이 간절하게 외쳤지만 윤호는 꼼짝도 하지 않았다.

"한번 찾아봐. 너 나연 씨 쉽게 찾을 수 있잖아."

-원하는 게 뭐야.

"날 찾아와. 그럼 그때 말해줄게."

-나연이 털끝 하나 건드렸어봐. 그땐, 진짜 내가 너 죽여버릴 거야.

다시 창문을 연 윤호가 자신의 휴대폰을 내던져 버렸다. 빠른 속도로 달리던 차 안에서 던져진 휴대폰은 그 흔적도 찾아볼 수 없을 만큼 금세 멀어져버렸다.

"이러지 말아요. 대체, 왜 이러는 거예요! 정말!"

"방금 말했잖아! 우윤재 그 새끼가 사사건건 내 일에 자꾸만 태클을 걸어온다고! 진작부터 없애야 할 새끼, 불쌍해서 내버려둔 내 잘못이야."

갑자기 이성을 잃고 윽박을 내지르는 윤호에 나연이 잔뜩 겁을 먹고 자신도 모르게 몸을 움츠렸다. 두려웠다. 너무 두려워 눈물이 나고 미칠 것만 같았다. 그리고 윤재가 너무 보고 싶었다. 그 따뜻한 품이 절실하게 그리워지는 순간이었다.

"아차, 근데 그거 알고 있어?"

잔뜩 비아냥거리는 윤호의 목소리에 나연이 대답 대신 그렁그렁 눈물이 맺혀 붉어진 눈을 하고 그를 원망스럽게 쏘아보았다.

"너희 오빠 말이야, 누구 때문에 죽었는지, 알고 있냐고."

전화를 끊은 윤재의 눈이 핏빛으로 물들어졌다. 나연을 납치할 것까지는 생각하지 못했던 아둔한 제 머리가 원망스러워 있는 힘껏 주먹으로 내리쳤다. 그러다 윤재는 휴대폰을 열어 비서실장에게 전화를 걸었다.

-네. 윤재 도련님.

"나연이가 납치당했어요!"

-나, 나연 아가씨가요!?

"지금 당장 우윤호 위치 추적 좀 부탁드릴게요!"

-윤호 도련님은 왜…….

이렇다 저렇다 여유롭게 설명을 덧붙일 시간이 없었다.

"어서요. 급해요! 아저씨!"

-네. 알겠습니다, 도련님!

비서실장에게로부터 전화는 채 5분도 되지 않아 다시 걸려왔다. 휴대폰을 버렸는지, 위치 추적이 불가능하고 윤호의 명의로 등록된 차량은 회사 밑에 주차되어 있다고 했다. 어쩌면 처음부터 이 모든 것을 미리 계획하고 있었을지도 몰랐다. 그 치밀함에 소름과 분노가 치솟아 올랐다.

-경찰을 동원시켜. 당장, 나연 아가씨를…….

경찰이 개입된다면 윤호가 어떻게 나올지 몰랐다. 윤재는 시한폭탄처럼 어디로 튈지 모를 윤호에게 경찰은 매우 위험한 존재라는 것을 감지했다.

"아니요. 경찰은 안 됩니다. 아직은 안 돼요. 대신 아저씨, 지금 분명 우윤호 뒤에서 움직여주고 있는 사람이 있을 겁니다. 재단 자금줄에 손을 댔더라고요. 그 돈이 어떤 경로로 빠져나갔는지 알아봐주세요. 그리고 그놈은 분명 이곳을 뜨게 될 거예요. 최대한 빨리 많은 사람들을 몰래 동원하여 뒷조사 좀 부탁드릴게요."

-네, 도련님. 그 문제에 대해서는 걱정 마세요.

전화를 끊고 밀폐된 차 안 공간에 윤재의 위태로운 숨소리가 불규칙하게 들려왔다. 차를 귀퉁이 쪽에 몰아세우고 눈을 감고 가만히 나연의 소리에 귀를 기울였다. 요즘 잘 들리지 않는 탓에 아무리 노력을 해도 나연의 목소리가 들려오지 않았다. 미칠 것만 같은 초조함에 윤재가 핸들을 내려쳤다.

"제발…… 제발 좀 들려라……. 제발!"

두려움에 몸을 떨며 눈물을 짓고 있을 나연의 모습과 자신을 구하러 헤엄쳐 들어오던 그 남자의 얼굴이 오버랩되었다.

내가 당신의 동생을 살릴 수 있게, 제발 날 좀 도와줘. 제발, 내가 당신의 여동생을 살릴 수 있게 제발 날 좀 도와줘!

속으로 그렇게 울부짖고 애원하고 매달리고 있을 때, 주변의 공기가 순식간에 사늘해졌다는 것을 느꼈다. 처음엔 익숙하지 못한 이 공기에 매번 심장이 얼어붙을 만큼의 극한 공포를 느꼈지만, 이제 어느 정도 익숙해져 있었다. 진룡. 진룡이 온 것이었다.

"심각한 상황인가 봐."

얼굴 가득 눈물이 범벅이 된 얼굴로 자신을 바라보는 윤재를 보며 진룡도 낮게 한숨지었다.

"후우……. 사실은 말이야, 우리 신들이 이 젊음을 유지하기 위해 영혼을 유리병에 간직해 지내고 있어. 영혼이 많을수록 그 젊음은 오래가게 되어 있지. 영혼이라 함은 이생에 착하게 산 사람들은 다음 생에 다시 인간으로 태어날 수 있는 기회의 영혼이 있을 수도 있고, 뭐 못되게 산 사람들도 다음 생에 다시 태어나긴 해. 대신, 인간이 아닌 다른 무언가로 태어나는데, 우린 그 영혼은 필요가 없……."

"자질구레한 말 때려치우고 진짜 하고 싶은 말을 해."

"내가 너에게 걸었던 그 저주의 효력은 이미 끝났어. 대신, 네가 다음 생의 너의 영혼을 판다면, 그렇다면 내가 지금 이 상……."

"팔게. 전부 다 팔게. 다음 생이 아니라, 그다음 생에 또다시 태어나게 된다고 하더라도……. 아니, 이번 생의 영혼이라도 전부 줄 테니까!"

"……."

"그러니까, 제발 도와줘. 내가 나연이를 지금 당장 구할 수 있게 도와줘. 제발."

애걸하고 사정하는 윤재에 진룡이 천천히 손을 뻗어 그의 이마에 가져다 댔다.

"분명 약속했어. 다음 생의 영혼을 팔겠다고."

윤재는 망설이지 않고 고개를 끄덕였다. 진룡이 씩 웃었다.

진룡의 손가락이 완전히 윤재의 이마에 닿았다. 머릿속의 장면들이 빛의 속도로 보였지만, 그 한 장면, 한 장면들이 아주 선명하게 자리 잡혔다. 누군가가 회사 로비를 빠져나와 버스 정류장으로 향하려다 말고 멈춰 서는 차를 향해 인사를 했다. 그러고는 잠시 망설이다가 조수석에 올라타고 휴대폰을 건넨다. 그 휴대폰이 곧바로 상대방에 의해 밖으로 던져지고 두려움에 몸이 확 굳어졌다.

이러지 말라고 겁에 질린 목소리로 애원하는 것이 물에 잠겼을 때 들리는 것처럼 불분명하게 들려왔다. 그러다 갑자기 귀를 틀어 막으며 부정한다. 무언가를 들었는지는 자세히 들려오지 않았다. 차는 고속도로를 한참 달리다 외딴 길로 빠지게 되고 비포장 길로 되어 있는 산턱으로 올라간다. 금방이라도 부서질 것 같은 창고 앞에 도착한 차에서 누군가에 의해 강제적으로 내려지다 바닥에 넘어져 무릎이 까지고 피가 났다.

"허억!"

윤재가 꽉 막혀 있던 숨통을 토해내듯 정신을 번쩍 차렸다. 진룡은 이미 사라지고 없었다. 진룡이 심어 놓은 그 기억으로 윤재는 나연이 어디 있는지 알게 되었다. 거침없이 핸들을 꺾어 머릿속에 그려져 있는 그 지도를 향해 거세게 차를 몰았다.

그러다 참을 수 없는 슬픔과 눈물이 불시에 터져 나왔다. 진룡이 한 마지막 말 때문이었다.

'이건, 너의 할아버지가 한 희생의 몫이다.'

할아버지에게 약속하고 싶었다. 반드시 행복해지겠다고, 나연을 구하고 할아버지가 그토록 원하던 손자가 행복 아래에서 좋은 기억만 머릿속에 담고 보러 가겠다고…….

윤호의 무지막지한 손길에 거의 개처럼 끌려오다시피 한 나연이 먼지가 자욱하게 묻어 있는 창고에 그대로 패대기쳐졌다. 창고 안에선 벌써부터 누군가가 와서 기다리고 있었다.

"흐윽!"

까진 무릎과 바닥으로 떨어지면서 생긴 고통에 신음이 절로 나왔다. 미리 와 있던 남자들은 손에 각목을 들고 윤호의 곁으로 다가왔다.

"밖에서 기다리고 있다가 녀석이 오면 그냥 바로 죽여. 음, 그리고 또 그 사실을 알고 있는 사람이 누구였지? 아, 김 비서. 그 새끼도 아마 곧장 따라올 거야. 윤재 놈 그림자거든. 그 새끼도 오면 그냥 죽여. 또 누가 있지?"

윤호가 심각하게 고민을 하다가 뒤에 있던 나연을 바라보았다.

"아, 쟤가 아는구나."

나연은 정신을 차리고 윤호를 사납게 올려다보았다.

"이사님, 건들지 마세요!"

"건들면 어쩔 건데? 네가 가만두지 않을 거야?"

분노에 몸을 부들부들 떨며 나연은 표독스러운 얼굴을 하고 따져 물었다.

"차에서 했던 얘기, 사실이에요?"

제발 아니라고 말해주길 바랐다. 자신의 오빠가 윤재를 살리다가 죽게 되었다는 그 일에 대해서 네가 잘못 들은 것이라고 말해주길 바랐다.

"그래. 사실이야. 몇 번을 말해? 그렇게 내 말을 못 믿겠으면 윤재 만나서 직접 물어봐. 아차차. 다시 만날 수 있을지는 모르겠다만."

건장한 체격의 남자들이 밖으로 나가고 창고 안쪽 문을 자물쇠로 잠근 윤호가 열쇠를 안주머니에 넣고 나연의 곁으로 다가왔다. 그러고는 여전히 비열하기 짝이 없는 미소를 히죽히죽 지었다. 윤재에게 직접 듣고 싶지 않았다. 정말, 그가 이 모든 것이 사실이라고 단 한마디로 증명을 해준다면 나연은 그것을 어떻게 감당해야 할지, 벌써부터 버거워졌다. 자신이 가장 사랑하던 오빠가, 지금 가장 사랑하는 남자 때문에 죽었다는 그 사실을 받아들이기엔 상황이 너무 극단적이고 슬펐다.

"윤재가 곧 널 찾으러 올 거야. 왜냐하면 걔는 네가 어디 있는지 알고 있을 거거든."

"그게 무슨 말이에요?"

나연이 사납게 몰아붙이듯 물었다.

"음, 이건 순전히 그냥 내 웃긴 상상인데, 윤재 걔는 네가 위험에 처해 있는 순간을 미리 보거나, 듣거나 하는 것 같아."

"진짜 웃기는 상상이시네요. 그런 미친 상상을 하시면서 어떻게 세상 살아가세요?"

한층 비꼬면서도 나연 또한 걸리는 구석이 있었다. 자신도 그런 생각을 해본 적이 있다. 어려운 일을 당할 때, 언제 어디서든 제 곁으로 달려오는 윤재를 보며 그런 생각을 한 적이 확실히 있었다.

"너 예전에 장국 흘렸을 때랑 강도 들었을 때, 윤재가 뿅 하고 나타난 것이 단순히 우연 같아? 난 아니라고 생각하는데."

"개소리 집어치우시고 그만 여기서 끝내세요."

"아, 진짜 말투랑 표정 다 마음에 안 든다."

고개를 내저으며 자리에서 일어나던 윤호가 별안간 손을 뻗어 나연의 뺨을 후려쳤다. 나연이 매가리 없이 바닥으로 쓰러졌다.

"속으로 외쳐봐. 윤재한테 살려달라고. 이곳이 어디인지, 전부 다 말하라고!"

나연은 아랫입술을 꽉 깨물었다. 그리고 속으로 애국가를 불렀다. 윤재를 이곳으로 부르고 싶지 않았다. 이 와중에 오빠의 목숨과 바꾼 사람이라는 것보다 자신이 사랑하는 사람이라는 것이 더욱 강해서 그를 지키고 싶었다. 그러면서도 한편, 오빠에게 너무 미안해져 눈물이 나왔다. 그런 자신이 파렴치한 것만 같아 원망스러웠다. 윤재가 제발 다치지 않고 무사하기를 간절히 바라고 또 소원했다.

뇌리에 박혀 있는 장소에 도착한 윤재가 시동도 끄지 않고 황급하게 차에서 내려 창고로 달려갔다.

"나연아, 나연아!"

녹슨 철문 창고 문을 거칠게 두들기며 나연의 이름을 애타게 불렀지만, 안에서는 아무 소리도 들려오지 않았다. 이성 따위를 차릴 상황이 아니었다. 윤재는 발로 거칠게 창고 문을 내리쳤다. 뒤에서 자신을 둘러싸는 이상한 기운이 들었지만 윤재는 멈추지 않았다.

"어이, 거기서 괜히 힘 빼지 말지?"

윤재가 문에서부터 몸을 천천히 떼어내 뒤를 돌아봤다. 각목과 야구방망이까지 들고 서 있는 남자들이 윤재를 둘러싸고 있었다. 윤재의 눈빛엔 그 어떤 두려움이나 주저함도 없었다. 남자 하나가 고갯짓을 했고 그와 동시에 남자들이 각목을 치켜들고 한꺼번에 윤재를 향해 달려들었다. 팔을 들어 올려 자신을 내려치는 각목을 방어하고 돌려차기를 해 남자 하나를 가볍게 때려 눕혔다. 하지만 자신을 향해 달려드는 남자와 무기들은 너무 많았고, 윤재는 곧 힘을 잃었다. 뒤에서 날아드는 각목에 머리를 맞은 윤재가 휘청거렸다. 머리가 찢어져 상당한 피가 터져 나왔다. 휘청거리는 와중에도 절대 쓰러지지 않았다. 창고 문으로 다가간 윤재가 애틋하게 문을 매만졌다.

"나연아……."

"흐으으 !"

아까는 들리지 않았던 희미한 소리가 들려온다.

"나연아……."

"흐으으, 으으!"

자신의 몸에 난 상처보다 안에서 울고 있는 나연의 목소리에 더욱 아팠다. 몸에 난 상처 따위는 감히 비교도 되지 않을 정도로 마음의 상처는 깊었다. 또 한 번 각목이 날아와 윤재의 몸을 내려쳤다. 윤재의 몸이 아무 저항도 없이 앞쪽으로 꼬꾸라졌다.

나연이…….

바닥에 털썩 쓰러져서도 입가로 나연의 목소리를 작게 불러본다. 처음 만났을 때부터 최근에 함께 한 식당에 마주 보고 앉아 대화를 나누고 웃고 떠들던 순간까지, 나연과 함께했던 행복한 기억들이 아주 천천히 지나쳐 갔다.

나연아…… 내가 너희 오빠 대신 살아서 미안해. 그래서 이렇게 너한테 고통을 주고 두려움을 줘서 미안해……. 하지만 그중에서 가장 미안한 건, 이런 처지인 주제에 네가 아직도 나를 사랑해주길 바라서 미안해. 아직도 널 너무 사랑해서, 그 어떤 이유로도 너를 놓아주지 못할 것 같아서, 그래서 너무 미안해…….

"이사님! 이사님!"

정신을 잃으려 하기 직전, 김 비서의 목소리가 들려왔다. 윤재가 희미하게 눈을 감았다가 뜨며 소리가 나는 방향을 바라보았다. 김 비서와…….

"이 새끼들, 가만 안 둬!"

수지 씨?

각목을 들고 덤벼드는 남자 하나를 가볍게 제압한 수지와 그 옆에서 다른 각목을 들고 사정없이 남자들을 후려치고 있는 김 비서를 보며 윤재가 힘겹게 자리에서 일어났다. 그러고는 닫혀 있는 창고 문을 향해 지칠 대로 지친 몸을 부딪쳤다.

"문 열어. 우윤호, 이 문 열어! 이 개새끼야!"

그래도 열리지 않는 문에 윤재는 비틀거리며 자신의 차로 돌아갔다. 그러고는 개판이 되어 싸우고 있는 현장을 향해 클랙슨을 울리고 페달을 밟았다. 살기 가득한 눈빛을 하고 거침없이 차를 모는 윤재에 사람들이 혼비백산으로 도망쳤고 윤재가 그대로 창고 문을 박았다.

열리지 않을 것 같은 창고 문이 열렸을 때 윤재가 핸들을 오른쪽으로 거칠게 꺾었다. 조수석 부분이 벽에 세게 부딪히면서 반쯤 찌그러져 멈췄다. 윤재가 힘겹게 차에서 내렸다. 몸이 포박되어 있는 나연이 눈물범벅인 채로 윤재를 바라보며 고개를 있는 힘껏 내젓고 있었다. 곁으로 다가오지 말라는 뜻이었다.

"나연아."

그래도 다친 곳은 크게 없어 보이는 나연을 향해, 윤재가 미세하게 미소를 지으며 다가가려던 순간이었다.

"날 잊었어?"

귓가를 때리는 살벌한 목소리, 그리고 옆구리를 향해 날아드는 첨예한 무언가. 한 번 느껴본 적 있던 그 극심하게 몰아닥치는 아픈 감각이었다. 날카로운 칼날. 그 칼날이 윤재의 옆구리를 깊숙이 파고들어 박혔다.

너의 속삭임 13.

　자신의 옆구리에 박혀 있던 칼이 빠져나가고 다시 박히려는 순간, 윤재가 꽉 움켜잡았다. 그 바람에 칼날로 손이 배어지고 피가 흘러넘쳤지만 윤재는 칼을 놓지 않고 그대로 힘을 주어 밀어 당겼다.

　"으윽."

　더욱 간절한 사람에게서 나오는 초인적인 힘 때문일까, 칼자루를 들고 있던 윤호가 고통스런 신음과 함께 칼을 놓치고 밀려 벽으로 패대기쳐졌다. 휘청거리는 윤호의 멱살을 잡아 올린 윤재가 팔로 그의 목을 사정없이 조였다.

　윤호가 옅은 신음 소리도 내지 못하고 윤재에게 목이 졸려 끙끙거렸다. 윤호의 얼굴이 점점 붉게 물들어갔다. 관자놀이에 퍼런 힘줄이 서고 금방이라도 숨통이 끊어질 사람처럼 위태로워 보였다.

"안 돼요! 이사님!"

김 비서가 급하게 달려와 윤재를 뜯어 말렸다. 자신이 말리며 손에 젖은 상당한 피에 김 비서가 화들짝 놀라 윤재를 끌어안았다.

"이사님!"

김 비서가 윤재에게 신경 쓰는 사이 윤호가 캑캑, 격하게 기침을 하며 창고를 빠져나왔다. 윤재의 서슬 퍼런 눈동자가 그를 향해 매섭게 내리꽂힌 순간 그 앞을 수지가 막아 세웠다.

"그냥은 못 가지."

야무지게 자세를 취한 수지가 거침없이 돌려차기를 날렸다. 윤호가 그대로 나가떨어져 몸을 움찔움찔하더니, 그대로 기절해버렸다.

"나연아!"

포박당한 나연을 향해 달려간 수지가 얼른 그녀를 묶고 있는 것들을 풀어주었다.

"이사님. 이사님."

나연이 엉금엉금 기어와 윤재를 끌어안았다. 그의 하얀 셔츠는 피로 물들어 있었고 그 깊은 상처는 감히 쳐다볼 수도 없었다. 가빠지는 그의 숨소리에서 고통이 고스란히 느껴지는 것만 같아 나연의 심정이 무너져 내리는 것만 같았다.

"괜…… 찮아? 넌?"

살을 도려낸 고통을 겪고 있는 와중에도 자신을 걱정하며 뺨을 어루만져주는 윤재에 나연이 투명한 눈물을 툭툭, 쏟아냈다. 오빠의 죽음이 그와 연관되었다는 사실을 아직도 쉽게 이해할 수 없다. 그래서 오빠와 자신을 생이별시킨 윤재를 완전히 수용할 수는 없다. 그럼에도 이렇게 제 눈앞에서 거친 숨을 몰아쉬며 금방이라도 떠나가버릴 것처럼 구는 윤재를 나연은 절대 보낼 수 없었다.

"가면 안 돼요. 날 여기 두고 어디도 가면 안 돼요."

그가 부모님처럼, 오빠처럼, 그렇게 아무 예고도 없이 한순간에 자신의 곁을 떠나가버릴까 봐 두려웠다. 지금은 그 절실한 감정만이 나연의 몸에 남아 있을 뿐이었다. 나연은 윤재를 꽉 끌어안았다. 그의 심장 소리가 서서히 작아지는 것만 같았다.

"안 돼요. 제발, 제발, 안 돼요."

멀리서 사이렌 울리는 소리가 들려왔다. 비로소 윤재는 전부 다 끝났다고 느꼈는지, 안도의 미소를 지었다. 그 미소가 불안했다.

"이사님."

무언가를 말하려던 윤재의 입술이 그대로 다물어졌다. 그와 동시에 자신을 바라보고 있던 눈동자마저 완전히 감겨버리고 말았다. 모든 것을 부정하며 윤재를 흔들어보았지만, 그의 몸은 속절없이 흔들리기만 할 뿐 깨어나지 않았다.

"나 두고 가지 말아요. 이사님마저 날 두고 가면 안 되잖아!"

윤재를 애타게 부르는 나연의 울부짖음이 창고에 서럽게 울려 퍼졌다.

늘어진 그의 몸이 간이침대에 눕혀져 응급실 안으로 다급하게 들어갔다. 문이 닫히는 순간까지도 나연은 윤재에게서 눈을 뗄 수 없었다. 눈에 가득 차오른 눈물 때문에 흐릿하게 보여 손등으로 거칠게 눈물을 닦아냈다. 그의 모습이 선명해졌지만, 그는 여전히 눈을 감은 채 자신을 향해 웃어줄 수 없었다. 그렇게 문이 닫히고 나연은 그 자리에 주저앉았다. 심장을 쥐어짜고 비틀어도 아픔이 나아지지 않았다. 쉬지 않고 흘린 눈물 탓에 눈이 시려왔다.

소식을 듣고 달려온 유 집사가 그 자리에서 혼절했고 비서실장은 자신의 가슴을 치며 울부짖었다. 사건 때문에 자리를 지키지 못한 김 비서가 수지에게 전화를 걸어 수시로 상황을 물어왔다.

"나연아……."

수지가 가늘게 들썩이는 나연의 어깨를 꼭 끌어안아주었다. 그럼에도 나연은 한동안 그 자리에 주저앉아 윤재의 이름을 애타게 부르며 울다가 정신을 놓고 말았다. 한참 후에야 겨우 정신을 차린 나연이 제 팔에 꽂혀 있는 링거를 바라보았다. 그러다 지나가는 간호사를 불러 빼달라고 부탁했고 수지가 들어왔다.

"일어났어?"

"이사님은요?"

"아직도 수술 중이셔. 벌써 여섯 시간째네……."

"저 화장실 좀 다녀올게요."

"같이 가줄까?"

"아니요. 혼자 갈 수 있어요."

수분이 완전히 빠져나간 것처럼 힘없는 몸을 이끌고 화장실로 향했다. 나연은 엉망진창이 된 자신의 얼굴을 거울로 가만히 바라보았다.

"멍청해……."

생각해보면 첫 만남부터 말이 되지 않는 상황이었다.

'대체, 너 누구냐고!'

자신을 보며 고통 속에서 울부짖던 그 모습이 여전히 선연하다.

그 뒤로 보였던 우연 같지만 우연 같지 않았던 만남들과 상황들.

"어떻게 이런 일이……. 왜 나한테 이런 일이……."

아무도 설명해주지 않은 이 믿지 못할 상황에 혼란스럽다가도, 윤재가 자신의 곁으로 돌아올 수 없다는 걱정과 함께 겁이 났다. 생각해보니, 이번이 처음도 아니었다. 자신 때문에 이렇게 윤재가 다친 것이, 죽음의 문턱까지 왔다 갔다 한 것이, 이번이 처음이 아니었다.

"나 때문이야. 이게 다 나 때문이야."

나연이 얼굴을 손으로 감싸 안고 흐느꼈다.

"너 때문이 아니야."

옆에서 갑자기 들려오는 소리에 나연이 깜짝 놀라 돌아보았다. 난생처음 보는 남자가 서 있었다. 나연이 휘둥그레진 눈으로 바라보자, 남자는 주변을 살폈다.

"여기서 할 얘기는 아니군."

그러고선 움찔하는 나연을 향해 두 팔을 뻗어 어깨를 잡았다. 나연이 다시 눈을 떴을 때는 하늘이 훤히 다 보이는 옥상에 와 있었다.

"이게 어떻게……."

"믿을 수 없는 이야기지만, 난 신이야."

믿을 수 없었지만, 방금 전 겪었던 그 희귀한 경험에 나연은 부정할 수가 없었다. 단지, 이것이 꿈은 아닌가, 하는 의구심만 들 뿐이었다.

"꿈 아니야."

"내 마음을 읽으신 거예요?"

"난 원래 사람의 마음을 읽을 수 있어. 신이라서, 굳이 읽으려고 하는 건 아니고 그냥 듣고 싶지 않아도 들려. 그러니까, 화내지 마. 우윤재처럼."

"이사님을 아세요?"

"그럼, 아주 잘 알지. 신인 나도 가끔 놀랄 정도로 무지 잘생긴 놈이 싸가지는 더럽게 없잖아. 그 얼굴 내가 빚었다고 해도 과언이 아닌데, 애가 은혜도 모르고……. 그래도 뭐, 그게 또 개 매력이지."

농담처럼 말하며 웃는 남자를 보면서도 나연은 눈물을 머금었다. 안에서 수술을 받고 있는 윤재가 떠올라서였다. 나연의 반응에 남자가 머쓱한 표정을 지으며 웃음기를 감추었다.

"그렇다면 혹시……."

"맞아. 네가 물어보려고 하는 그거 다 맞아. 너희 오빠가 부탁했지. 자신이 죽게 되면 혼자 남겨질 너를 지켜달라고. 그래서 난, 네 오빠가 살린 그 남자에게 너를 외면할 수 없는 저주를 내렸지. 그것이 너의 행복을 빼앗아간 대가 정도로 여기길 바랐으니까. 그리고 우윤재의 세상이 바뀌었지."

첫 만남. 자신을 붙잡고 쓰러질 정도로 괴로워하던 모습이 떠올랐다. 회사 사람들이 윤재를 향해 손가락질하고 수군덕거리던 모습과 그런 모습에 힘들어하는 할아버지를 바라보던 윤재의 모습까지 떠올랐다. 오빠가 죽고 난 후부터 나연이 겪었던 그 괴로움과 고통을 윤재도 함께 느끼고 있었던 거였다. 여전히 오빠가 너무 안쓰럽고 미안하지만, 그 힘겨움 속에서 살아야 했던 윤재도 너무나 안쓰러웠다.

"그럼 그거 사실이에요? 이사님이 제 마음의 소리를 들을 수 있었다는 거."

"맞아. 그것도 사실이고 네가 느끼는 모든 고통들을 함께 느끼기도 했어. 하다못해, 네가 종이에 손을 베었을 때의 그 아픔을 윤재도 같이 느꼈던 거지."

"그럼, 그 사람은 아무 이유도 모르고 그렇게 고통스러운 시간들을 보낸 거네요."

나연의 말에 남자가 아무 말도 하지 못했다.

"혹시 그 사람은 알아요? 우리 오빠가 자신을 살려줬다는 거. 그래서 이 말도 안 되는 저주에 걸렸다는 거."

"알게 되었지. 얼마 안 됐어. 걔도 자신의 목숨이 나연이 네 오빠의 목숨 덕에 건질 수 있었다는 것."

헤어지지 말자고 했던 그 목소리가 떠올랐다. 무슨 일이 있어도 헤어지지 말자며 떨리는 목소리가 간절하게 부탁에 가까웠던 그 목소리. 아마, 그쯤에 알고 있었던 것으로 짐작되었다.

"그래서 그랬구나……. 그래서……."

중얼거리는 음성에 참담함이 가득했다.

"그럼, 지금도 그 사람은 제 마음의 소리가 들려요?"

"아니. 안 들려. 어? 잠깐. 수술이 다 끝난 거 같군."

남자의 말에 나연이 그대로 몸을 돌렸다.

"잠깐만!"

뒤에서 남자가 자신을 불렀지만 나연은 아무 정신없이 옥상을 빠져나갔다. 제일 밑에 있는 승강기를 기다릴 수가 없어 무작정 비상구 문을 열고 뛰어 내려갔다.

"아앗."

그러다가 발이 엉켜 굴러떨어지면서 발목이 삐끗했다.

"아……. 아, 아파."

그래도 마음이 급해 많이 아파할 틈도 없이 훌쩍이며 자리에서 일어난 나연이 절뚝거리며 아래로 내려갔다.

"나연아! 너 다리가 왜 그래?"

수지가 나연을 발견하고 화들짝 놀라 달려왔다.

"이사님은요? 수술 어떻게 되었대요?"

"수술……. 칼에 찔린 부분은 괜찮은데……."

평소답지 않게 근심 가득한 얼굴로 뜸을 들이는 수지의 모습이 불안했다.

"언니."

"머리 손상이 크대."

"머리 손상이요?"

"응. 둔탁한 흉기에 맞은 것 같은데 중요한 신경을 건드렸나 봐. 경과를 지켜봐야 알겠지만, 의사 선생님도 좀 불안하다고 하셨어."

"이사님 잘못되면 전 어떡해요? 그럼, 전 어떡해요? 나 때문에 그런 건데, 그럼 이제 난 어떡해야 돼요?"

나쁜 생각은 하면 안 된다고 자신을 타일러봐도 그 생각이 쉽게 접어지지 않았다. 나연은 또다시 무너졌고 그런 나연을 부축하던 수지도 함께 무너졌다. 소리도 내지 못하고 서럽게 우는 나연을 끌어안은 수지가 함께 숨죽여 울었다.

중환자실에 누워 산소호흡기에 의지하며 누워 있는 윤재를 향해 나연이 조심스럽게 손을 뻗었다. 손끝에 닿는 건 차갑고 딱딱한 창문뿐이었다.

"일어날 거죠? 씩씩하게……. 예전에도 그랬잖아요……."

윤재에게 돌아서 병원 귀퉁이로 온 나연이 지갑 속 깊숙이 넣어 두었던 가족사진을 꺼냈다. 나연이 환하게 카메라를 향해 웃고 있는 오빠를 애잔하게 어루만졌다.

"오빠……."

오빠의 죽음은 나연에게 여전히 가슴 시리고 원통한 일이었다. 그래서 생각만 해도, 보기만 해도, 눈물이 앞을 다 가로막을 정도로 안쓰러운 사람이기도 했다. 그럼에도 나연은 자신이 마음속 깊이 바라고 있는 소원을 멈출 수가 없었다.

'이 사람 한 번만 살려줘. 이 사람, 제발 내 곁을 떠나지 못하게 좀 도와줘. 괘씸하고 못난 동생이라서 미안해. 정말, 미안해, 오빠.'

나연이 사진을 품으로 끌어안으며 울었다. 한시도 눈물이 마르지 않는 나날들이 이어져갔다. 한편 3일 동안 중환자실에서 지내던 윤재는 위험한 상황을 넘긴 후 일반 병실로 옮겨졌다. 여전히 의식을 되찾지 못한 상태로 침대에 누워 있는 윤재를 나연은 회사에 휴가를 내고 낮, 밤 가리지 않고 그를 간병했다. 책을 읽어주고 때로는 함께 노래를 듣고 TV도 보았다. 수건에 물을 적셔 그의 몸을 성심성의껏 닦아주었다. 그러면서 혹시, 도움이 될까 싶어 자신과 함께했던 추억의 이야기도 들려주고 사진도 보여주었다. 하지만 여전히 그는 자신의 곁으로 돌아오지 않고 있었다.

벌써 일주일이 지나가고 있었다.

"나연 씨, 가서 좀 쉬어요. 내가 있을게요."

"아니요, 비서실장님. 제가요. 제가 있고 싶어요."

"그럼 잠깐 잠이라도 좀 자고 와요. 이러다가 나연 씨까지 쓰러지겠어요."

"맞아요. 그렇게 해요."

곁에 있던 유 집사와 김 비서까지 나서서 제안을 하는 바람에 나연은 어쩔 수 없이 지갑을 들었다.

"그럼 근처 찜질방에서 한 시간 정도만 자고 올게요."

오랜만에 따뜻하게 목욕도 하고 불편한 잠자리지만 허리와 다리를 완전히 펴서 눕기도 했다. 그리고 조용히 눈을 감자, 방금 보고 나왔던 윤재의 얼굴이 아른거렸다.

"보고 싶다……."

그가 자신을 향해 웃는 모습, 그가 자신의 이름을 불러주고 맛있는 음식을 떠먹여주는 모습, 스마일과 함께 뛰어 다니는 모습…….

"전부, 다 보고 싶어요."

또다시 차올라 넘쳐흐르는 눈물에 나연이 손바닥으로 얼굴을 가리고 흐느끼고 있을 때였다. 옆에 두었던 휴대폰이 울렸다.

"네, 김 비서님."

-나연 씨, 지금 어디예요? 잠깐 봐야 할 것 같은데.

분명, 윤재에 관련된 일이라 여기며 나연이 급하게 자리에서 일어났다.

"제가 병원으로 갈게요!"

허겁지겁 옷을 갈아입고 병원으로 달려간 나연이 걸음을 멈춘 곳은 로비에서였다. 나연을 먼저 발견한 김 비서가 그녀를 불러 세웠다.

"무슨 일이에요, 김 비서님?"

"일어나셨어요. 이사님께서 일어나셨어요."

"정말요?"

다행이다. 정말 다행이다. 간절히 일어나길 바라던 기적이 일어난 것 같은 기쁨에 나연이 윤재의 병실로 달려가려고 했다. 아마, 김 비서가 붙잡지만 않았어도 나연은 승강기를 기다릴 여유도 없이 비상구로 올라가버렸을지도 몰랐다.

"김 비서님."

"그런데…… 이사님이……."

버석하게 마른 입술을 꾹 다물며 망설이는 기색이 역력한 김 비서에 나연이 '왜 그러세요?' 하고 초조한 낯빛으로 물었다.

"이사님이…… 나연 씨를 기억하지 못해요."

"네?"

"나연 씨 나가고 나서 바로 일어나셨어요. 저희를 모두 알아보시기에 제가 나연 씨한테 바로 전화드리겠다고 하니, 이사님께서 나연이가 누구냐고……. 그리고 바로 우 회장님을 찾으셨어요. 의사의 말로는 일시적인 기억상실일 수도 있으니까, 너무 걱정하지 말라고 하시는데……. 아무래도 나연 씨가 알고 있어야 할 것 같아서요."

그가 일어나기만 한다면, 그것만큼 기쁜 일이 없을 줄 알았다. 세상 그 어떤 것보다 소중하고 귀한 존재인 윤재가 일어나주기만 한다면, 나연은 못할 것도 없었다. 윤재가 일어나면 전부 괜찮아질 수 있을 거라고 생각했다. 하지만 인간의 감정은 때때로 변덕맞은 하늘처럼 지 멋대로 굴 때가 있었다. 나연은 윤재로 향해 있던 발걸음을 뒤로 물렸다.

"나연 씨."

윤재의 기억에 굳이 자신을 다시 심어놓아야 할 이유가 있을까? 그가 언젠가는 기억이 돌아오는 것조차도 겁이 났다. 사랑이 아니라, 죄책감과 미안함 때문에 자신의 곁에 머무르는 것일지도 모른다는 생각이 들었다. 그렇게라도 윤재를 곁에 두면 두었겠지만, 그건 절대 나연이 바라는 것이 아니었다. 그리고 또, 그를 볼 때마다 오빠를 떠올리지 않을 자신이 없었다. 그가 깨어나기 전까지는 생각도 하지 못했던 것들이 이해가 가지 않을 정도로 몰려왔다. 이래서 그 말이 나왔나 보다.

들어갈 때 다르고, 나올 때 다르다는 말.

"죄송해요, 김 비서님."

분명한 건, 아직도 그를 사랑한다. 사랑하기 때문에 그에게서 도망가고 싶었다. 그 '죄책감'이라는 올가미에서부터 그를 자유롭게 놓아주고 싶었다.

"나연 씨, 왜 이래요."

"이사님한테서 저를 완전히 지워주세요."

"네?"

김 비서가 이해하지 못하겠다는 얼굴로 나연을 붙잡으려 했지만 나연이 더욱 뒤로 물러섰다.

"다 지워주세요. 이사님한테서 저를 전부 다, 지워주세요. 그리고 저를 찾지 말아주세요. 제발요. 제발, 그렇게 부탁드릴게요."

"나연 씨!"

자신을 부르는 김 비서의 목소리를 있는 힘껏 틀어막으며 나연은 달리고 또 달렸다. 이제 그가 부디 다시 평범하고도 평온한 행복을 누리기 바라며.

할아버지가 돌아가셨고, 할아버지를 살해한 사람이 윤호라고 했다. 회사는 윤재의 몸이 제대로 나을 때까지 임시로 전문 CEO를 영입시켜 운영해나가고 있다고 했다. 윤호는 검찰에 넘겨져 철저하게 조사를 받는 중이라는 충격적인 말을 듣고도 윤재는 이상할 정도로 덤덤했다. 이유는 알 수 없지만, 그것보다 더 엄청난 것을 잃어버린 것 같은 기분을 떨어트릴 수가 없었다. 병원에 2주 정도 더 입원을 하고 돌아온 집 안의 공기가 낯설 정도로 서늘했다.

끼잉…….

하얀 개가 한 마리 곁으로 다가와 윤재의 바지를 핥았다. 윤재가 상체를 수그려 개를 품 안으로 안았다.

"네가 스마일이구나?"

김 비서에게 종종 듣고 사진으로 보았던 귀엽게 생긴 반려견. 윤재가 스마일을 어루만지며 2층 자신의 방으로 향했다. 그러다 문득, 계단과 자신의 방 사이에 난 복도 바로 앞에 있는 문 앞에 멈춰섰다.

"……."

이유는 알 수 없었다. 그저 자신도 모르게 방문 앞까지 다가간 윤재가 문고리를 비틀어 안으로 들어갔다. 예전에 보았던 사랑방과 똑같은 모습인데, 기분이 이상하다. 잘 들어오지 않았던 공간이 이상할 정도로 익숙하다. 곱게 접혀 있는 이불더미로 다가간 윤재가 그대로 풀썩, 앉았다. 포근한 이불에 안락함마저 느껴졌다.

"병원에 오래 있어서 그런가⋯⋯."

병원에 있는 동안 집이 너무 그리워서, 거의 들어와본 적도 없는 사랑방에까지 애착이 가는 건가 싶었다. 천천히 사랑방을 둘러보았다. 정말 익숙하다 못해 따뜻한 느낌마저 감도는 방이었다. 윤재가 품에 있는 스마일과 얼굴을 맞대고 코를 비비고 입을 맞추며 자리에서 일어나 자신의 방으로 향했다. 여기가 더 익숙해야 하는데, 이상할 정도로 사랑방이 더 당긴다.

"김 비서."

윤재가 나지막한 부름에도 김 비서가 단박에 달려왔다.

"네! 이사님! 어디 불편한 곳이라도 있으세요!?"

"난 네가 그렇게 오버하는 모습을 보는 게 더 불편해."

"아, 아⋯⋯. 자중하겠습니다. 그런데 무슨 일로?"

"나 한동안 사랑방 쓰고 싶은데."

"사랑⋯⋯ 방에서요?"

놀라는 김 비서의 반응이 평소와는 달랐다. 뭐랄까, 말할 수 없는 비밀을 억지로 간직하고 있는 듯한 조급해 보이는 어린아이 같은 모습.

"반응이 왜 그래?"

"네? 아닙니다. 아무것도. 그럼 내일 바로 사랑방에서 지내실 수 있도록 조치 취해놓도록 하겠습니다."

"그냥 오늘부터 바로 사랑방 쓸게. 침대도 그거 쓰지, 뭐. 그냥 내 옷들이나 좀 옮겨다 줘."

"네, 이사님."

스마일을 데리고 다시 사랑방으로 향했다. 침대에 누워 이불을 끌어다 덮은 윤재가 아무것도 그려지지 않은 천장을 가만히 바라보았다. 분명, 평범하고 평온하기 짝이 없는 순간인데, 왜 이렇게 허전한 걸까…….

"병원에 뭘 두고 왔나? 아니면 할아버지 때문에 그런가…….

윤재는 오래도록 누구도 답을 해주지 않는 그 질문을 던지고 뒤척이다 잠이 들었다.

사계절이 두 번이나 바뀌고, 또 새로운 봄이 찾아왔다. 경기도 쪽에 위치한 카페 거리는 그 봄을 실컷 만끽하며 꽃으로 한껏 자신들의 매장을 꾸몄다.

"나연 씨, 이거 다시 한번만 그려줘. 다 지워졌네?"

매니저가 매장 앞에 전시해놓는 칠판을 들고 안으로 들어왔다.

"네!"

나연이 얼른 칠판을 들고 펜을 꺼내 슥삭슥삭 그림을 그려나갔다. 팥빙수와 라테, 허니브래드와 그것을 먹고 있는 귀여운 동물들. 그 모습을 매니저가 한껏 부러운 눈길로 바라보았다.

"난 그림 잘 그리는 사람이 제일 부러워. 그래서 나연 씨가 제일 부러워."

매니저의 칭찬에 나연이 수줍게 웃었다.

"나연 씨가 라테를 아주 예쁘게 잘 만드는 덕분에 손님들이 많아져서 매출이 상승했다고 사장님이 엄청 좋아하셔. 그래서 이번 월급도 꽤 많이 올려주실 듯싶어."

"정말요? 기분 완전 좋다. 저 월급 많이 오르면 매니저님한테 크게 한턱 쏠게요."

텃세 한 번 없이 자신을 언제나 따뜻하게 대해주는 매니저에 나연이 윙크까지 하며 말하자, 매니저가 까르르 웃었다.

"진짜 나연 씨 같은 여동생 있으면 너무 좋겠다. 다 그렸으면 이리 줘. 내가 밖으로 내다놓을게."

"아니에요. 제가 내다놓을게요."

"됐어. 나오기 번거롭잖아. 이리 줘."

카운터 쪽에 있던 나연이 하는 수 없이 칠판을 매니저에게 건넸다. 매니저는 그것을 밖으로 가지고 나가 설치하고 멀찍이 서서 휴대폰을 들고 사진을 찍었다.

"나 이거 SNS에 올렸어. 이렇게 귀여운데, 사람들이 커피를 안 마시러 올 수 없잖아."

만족스러워하는 매니저를 바라보던 나연이 슬그머니 벽에 걸린 시계를 바라보았다. 그것을 눈치챈 매니저가 얼른 휴대폰을 집어넣고 나연의 등을 탈의실 쪽으로 떠밀었다.

"퇴근할 시간 되면 바로 퇴근하라니까? 왜 맨날 말 못 하고 그래?"

"더 도와드려야 하는데, 죄송해요."

"뭐가 죄송해? 전혀 죄송할 거 없거든? 얼른 퇴근이나 해."

이번 주는 내내, 오픈이라 아침부터 와서 낮쯤 퇴근을 하고 있었다. 나연이 옷을 갈아입고 탈의실에 달려 있는 거울 앞에 섰다. 화장을 다시 고치고 머리도 단정하게 만졌다. 출근할 때 신경 써서 골라 입은 옷매무시도 다듬었다. 탈의실을 나오자, 매니저가 잘 가라며 격하게 손을 흔들었다. 가볍게 인사를 하고 카페를 빠져나왔다. 걸어서 15분 거리에 있는 집 방향이 아닌 반대 방향의 버스 정류장으로 향했다. 욕심내지 않고 딱 한 달에 한 번, 나연은 윤재를 보러 서울로 향하곤 했다.

어차피 멀리서 지켜만 볼 거면서 자꾸만 거울을 보며 스스로를 확인했다. 윤재를 볼 수 있는 방법은 단 하나다. 지금은 오후 4시. 그가 퇴근할 때까지 회사 근처에 몰래 숨어서 대기하고 있는 김 비서님 차에 올라타는 그 짧막한 순간에 얼굴을 보는 것이 전부였다. 오후 근무가 있는 날에는 훨씬 일찍 일어나 출근을 하는 그의 뒷모습을 지켜보곤 했었다. 그래도 그것이 나연의 유일한 행복이었고 위로였다.

오늘도 세 시간을 기다려 겨우, 퇴근을 하느라 차에 올라타는 윤재의 얼굴을 보았다. 세 시간을 기다려, 3초 정도 본 윤재지만 그것만으로 그저, 힘이 났다. 입가에 옅은 미소가 떠올랐다. 차가 천천히 움직이는 것을 보고 나서야 숨어 있던 곳에서 나와 마음 놓고 윤재가 탄 차를 바라보았다.

"다행이다. 잘 지내는 거 같아서……."

행여 아는 사람이라도 만나면 안 되니 빨리 가야 하는데도 발걸음이 쉽게 떨어지지 않았다. 그는 잘 살고 있다. 그런 그의 앞에 굳이 이제 와서 내가 다시 나타날 필요는 없었다. 그냥, 이렇게 멀리서 지켜보는 것. 그것으로 만족하며 살자고 스스로를 다독여보았다. 그제야 겨우, 무거운 발걸음이 떨어졌다.

뒷좌석에서 서류를 보고 있던 윤재가 차에서 타고 나서부터 줄곧 뒤에서 느껴지는 무언가에 고개를 들어 올렸다.

"잠깐. 멈춰봐."

"네? 네."

김 비서가 차를 멈췄고 윤재가 몸을 돌려 뒤를 살폈다. 희미하게 무언가가 보이는 듯싶기도 하고 아닌 듯싶기도 했다. 보인다고 한들, 멀리 있어서 무엇인지 확실히 알 수도 없었다.

"또 그러세요?"

"그래, 또 그런다."

대답을 하면서도 윤재는 주변에 뭐가 있나 꼼꼼하게 살폈다. 하지만 딱 그렇다 할 것이 발견되지 않았다.

"한 달에 한 번씩 꼭 그러시는 것 같네."

"그러니까. 나도 좀 이상해. 한 달에 한 번씩 꼭 누가 자꾸만 날 뒤에서 부르는 것 같아."

"헉."

김 비서의 두 눈이 휘둥그레지며 입을 틀어막았다.

"안 들려. 이제 안 들린다고. 그 여자 목소리. 그 목소리가 아니야. 누군가의 목소리가 아니라고……. 근데, 그냥 자꾸만 누가 날 부르는 것 같아."

"피로가 많이 쌓이셔서 그러신 걸 거예요."

"아. 그리고 그 피로함이 꼭 한 달에 한 번씩 터지고?"

개연성이라고는 전혀 없어 보이는 김 비서의 말에 윤재가 한껏 비꼬며 말했다. 김 비서가 얼른 기어를 다시 올렸다.

"오늘 스시 드시고 싶다고 하셨죠? 대표님. 그쪽으로 모시겠습니다."

차가 출발을 하자, 윤재가 뒤쪽을 바라보며 자신도 모르게 낮게 말했다.

"천천히. 조금만 천천히 가자."

누군가가 부르는 것만 같은 그 느낌이 소름이 끼치거나 섬뜩한 것이 아니다. 이상할 정도로 애틋하고 서글픔이 묻어나는 것만 같은, 사람이 일상에 있어서 믿기 힘든 그 이상하고 묘한 기분을 윤제는 3년째, 한 달에 한 번씩 경험하고 있었다.

그렇게 한 달이란 시간이 또다시 흘러가고 다시 또 다른 하루가 시작되었다. 나연은 아침 일찍 일어나 카페로 출근했다. 자신이 원하던 게임과 디자인 쪽에 있다면 언젠가는 윤재를 만날 것만 같아 아직은 선뜻, 그쪽으로 다시 못 돌아가고 있었다. 그래도 커피에 그림을 그리는 것도 제법 신나는 일이었다. 오늘도 오전 근무를 끝내고 곧, 출근을 할 매니저를 기다렸다.

"나연아!"

매니저는 카페 문을 열고 들어오면서부터 얼굴 가득 흥분과 설렘이 묻어 있었다.

"매니저님 오셨어요? 한 잔 시원하게 드세요."

나연이 미리 준비해놓은 망고바나나를 건넸지만, 매니저는 그것이 중요한 것이 아니라며 호들갑을 떨었다.

"네 그림 말이야!"

"제 그림이요?"

"이 그림으로 게임을 만들고 싶다는 회사가 나타났어! 처음엔 사기꾼들인 줄 알고 내가 막 검색해봤는데, 대박이야! 너 놀라지 말고 들어. 그 회사가 무려! 우! 석! 그! 룹!"

매니저의 말에 나연이 화들짝 놀랐다. 그것이 기뻐서 놀란 줄 안 매니저가 잘되었다며 펄쩍펄쩍 뛰었다.

"잘됐지?"

"설마 연락 온 거 아니죠? 뭐, 약속을 잡았다든지."

"응? 이미 우리 카페 알려줬어. 내 출근 시간에 맞춰서 그 높으신 분이 직접 오신다고…… 어? 좋은 차다."

창밖을 보던 매니저의 한마디에 놀란 눈이 된 나연의 시선도 그쪽으로 향해 옮겨졌다. 거짓말처럼 김 비서가 내리고 그 뒷문이 열리더니 윤재가 내렸다. 윤재는 재킷의 단추를 잠그며 카페의 외벽을 시선으로 훑었다.

안 돼……. 지금 이렇게 만날 수는 없었다. 피할 곳이 필요하다 느낀 나연이 우왕좌왕했지만 카페 문이 열렸다.

"안녕하십니까, 여기 오늘 저와 연락하신 매니저님……."

안으로 넉살 좋은 인사를 하며 들어오는 김 비서와 덜컥 눈이 마주쳐버렸다. 두 사람이 동시에 얼음처럼 굳어졌다.

"왜 그래? 아는 사람이야?"

윤재가 옆에서 무심한 목소리로 물었다.

"아니, 그…… 그게 갑자기 제가 화장실이 좀 급해서."

"가지가지 해라."

김 비서에게 핀잔을 하는 목소리도 표정도 그대로다. 정말 다행이다. 그는 그대로라서, 그대로의 그로 돌아와서.

나연이 왈칵 쏟아지려는 눈물을 어금니를 세게 깨물며 참았다.

"화장실은 이쪽입니다."

매니저가 김 비서에게 화장실을 안내하고 혼자 서 있는 윤재에게로 다가갔다.

"안녕하세요. 처음 뵙겠습니다. 일단, 이쪽으로 앉으시고요. 그 그림을 그린 사람은 바로 저희 직원 정나연 씨입니다."

매니저가 두 손으로 나연을 가리켰다. 그래도 나연이 꼼짝하지 않고 그 자리에 서 있자, 매니저가 얼른 카운터 안으로 들어갔다.

"나연 씨 뭐 해? 이런 기회 흔치 않아. 얼른 가봐. 내가 커피 준비해줄게."

얼어붙은 나연의 등을 떠밀어 기어코 윤재의 맞은편에 앉힌 매니저는 노래까지 흥얼거리며 다시 카운터로 향했다. 정말 나연과 윤재, 딱 둘만 남아 있었다. 긴 다리가 테이블 밑으로 들어가지 못하고 밖으로 삐져나와 우아하게 꼬았다. 느긋한 표정을 하고서 카페를 천천히 살펴보고 있는 그 말간 눈동자도 서글플 정도로 그대로였다. 그리워하던 그 순간처럼 그대로였다.

"그림 실력이 상당하던데, 혹시 캐릭터 디자인 쪽에…… 왜 웁니까?"

카페를 인테리어를 바라보며 말을 잇던 윤재의 시선이 나연에게 닿았을 때, 당황해 물었다.

"죄송해요. 눈에 먼지가 들어가서."

나연이 얼른 손등으로 닦아냈지만, 한번 터진 눈물이 그치지 않고 쉴 새 없이 떨어졌다. 그 모습을 윤재는 아무 말 없이 가만히 바라보고 있었다. 한참을 그렇게 정신없이 울던 나연이 화장실에서 슬그머니 나와 멀찍이 앉아 자신을 걱정스럽게 바라보는 김 비서를 발견하고 나서야 겨우 그칠 수 있었다.

"그 그림, 가져가서 쓰고 싶으시다면 쓰세요."

"전 그림도 그림이지만, 이 상당한 실력을 가지고 있는 정나연 씨를…… 그런데 우리 어디서 본 적 있습니까?"

"네?"

"그냥, 낯이 좀 익은 것 같아서."

"아니요. 제가 워낙 흔하게 생긴 외모라서요."

"그렇긴 하죠."

"네?"

이 와중에 지나치게 솔직한 윤재에 어처구니없고 웃겨서 나연이 되물어보며 피식 웃어버리고 말았다.

"훨씬 낫네요."

낮고 무심한 것 같으면서도 달달한 목소리. 저 목소리도 나연은 참 좋아했었다.

"웃는 거요. 우는 것보단 웃는 게 훨씬 나아 보인다고요. 아, 말이 삼천포로 빠졌네. 그러니까, 난 정나연 씨가 캐릭터 디자인에 관심만 있다면,"

"관심 없어요."

나연이 윤재의 말을 뚝 끊고 대답했다. 살짝 기분이 나빴는지 윤재의 한쪽 눈썹이 추켜올려졌다 내려졌다.

"그러니까, 그냥 가져가서 쓰세요. 그 어떤 것도 바라지 않아요."

윤재는 도통 이해하지 못하는 눈치였다.

"내가 우석그룹에서 나온 건 알고 있죠?"

"네. 알고 있습니다."

"우석그룹이 어느 기업인지는요."

"알고 있어요."

"그런데도 우리 회사와 일을 하고 싶지 않다고요?"

"네. 같이하고 싶지 않습니다."

지나치게 단호한 나연의 반응에 당황한 건 윤재였다. 그래서 이제 막, 경악스러운 얼굴을 지은 매니저가 가져다준 커피를 단숨에 들이켜고는 자리에서 일어났다. 자존심이 많이 상한 듯 보여 나연은 선뜻 인사를 건넬 수도 없었다. 금방 사라질 줄 알았던 머리 위에 드리워진 그림자가 쉽게 사라지지 않았다. 나연이 용기 내어 천천히 고개를 올려 그를 바라보았다. 지금까지 줄곧, 그도 바라보고 있었던 모양인지 그대로 시선이 얽혔다. 그가 안주머니에서 지갑을 꺼내 명함을 하나 빼서 건넸다.

"그래도 혹시 모르니까, 생각 바뀌면 연락 줘요."

받지 않는 나연의 곁에 기어코 명함을 내려놓은 윤재가 미련 없는 사람처럼 카페를 나왔다.

"나연아……."

"죄송해요, 매니저님."

나연은 애써 얼른 일어나 화장실로 향했다. 화장실을 가는 순간까지도 뒤에서 자신을 바라보는 그의 시선을 고스란히 느끼며.

차마 버릴 수 없는 명함을 간직하고 3일이 지난 이후, 김 비서가 다시 카페로 나연을 찾아왔다.

"나연 씨."

"어? 김 비서님."

"잘 지냈어요? 내가 진작 찾아오려고 했는데, 워낙 바쁜 데다 출장까지 잡혀서. 그때는 너무 놀라서 나도 뭘 어떻게 해야 할지 몰라 인사도 못 건넸네요."

"잘하셨어요. 정말 잘해주셨어요."

나연의 말에 김 비서가 어색하게 웃다가 어렵게 입술을 떼어냈다.

"음, 잠깐 어디 가서 얘기 좀 할 수 있을까요?"

여기까지 찾아온 사람을 매몰차게 돌려보내는 것이 예의가 아니라고 생각했다. 아니, 사실 이것은 핑계였다. 그냥, 오래도록 듣지 못했던 그의 이야기가 듣고 싶어서 나연은 김 비서를 기껏 따라나섰다.

카페 근처에 있는 이탈리아 레스토랑으로 들어간 두 사람은 메뉴를 주문하고 그것이 나올 때까지 침묵했다.

"일단 먹어요, 나연 씨."

"잘 안 들어갈 것 같아요. 그냥, 하실 말씀 있으시면 지금 해주세요."

포크를 들었던 김 비서가 어깨를 들썩일 정도로 큰 한숨을 내쉬며 포크를 내려놓았다.

"그날 카페를 갔다 오고 나서 내내, 이사님이 나연 씨에 대해서 물어봤어요. 모른다고 했더니, 그럼 뒷조사를 좀 해보라고 시키시더라고요. 물론, 비서는 상사가 시키는 모든 것에 비밀을 유지할 의무가 있지만, 그래도 나연 씨한테는 말해줘야 할 것 같아서요."

"……."

"그러다 나중엔 혹시, 자신이 기억을 잃기 전에 얽혀 있던 관계가 아니냐고 물으시더라고요."

"그래서 뭐라고 대답하셨어요?"

"나연 씨가 곤란해질까 봐, 잘 모르겠다고 대답했죠."

"고맙습니다."

그렇게 말하면서도 마음속 귀퉁이 한 군데서는 아쉬움이 느껴진다. 대체, 무슨 생각이냐? 정나연.

스스로가 정확하게 뭘 원하는지도 모를 정도로 마음이 혼란스럽다. 그를 생각하면 늘, 이렇게 혼란스럽기만 했다.

"그냥, 이건 제 예감인데, 정말 지극히 그냥 제 느낌인데, 나연 씨 혹시 이사님, 아니 대표님 보러 온 적 있어요?"

선뜻 대답을 하지 못하는 자신을 보며 김 비서는 확신하는 눈치였다.

"역시, 나연 씨였구나⋯⋯. 한 달에 한 번씩 찾아온 거 맞으시죠?"

"어떻게 아셨어요?"

"저도 참 이상하고 못 믿겠더라고요. 아마 나연 씨가 찾아올 때마다 이사님이 무의식중에 그것을 느끼신 것 같아요."

김 비서가 차분하게 말을 이어나갔다.

"출근을 하는 날엔 갑자기 걸음을 멈추고 회사 밖으로 뛰어나가신 적도 있으세요. 왜 그러시냐고 물었더니, 자꾸만 누가 자신을 부르는 것만 같대요. 목소리가 아닌 다른 무언가로. 그리고 어떤 날은 차를 멈춰 세우라고 해놓고 하염없이 뒤를 살필 때도 있으셨어요. 그때도 같은 이유로요."

정말 믿을 수 없는 김 비서의 이야기에 나연이 흘러나오려는 흐느낌을 손으로 막았다.

"어쩌면 이사님은 무의식중에 나연 씨를 기억하고 있고, 또 그리워하고 계셔서 그런 것일지도 몰라요. 우리 이사님 나연 씨랑 함께 지냈을 때 짓던 그 미소. 전 3년째 못 보고 있거든요."

고개를 푹 수그리고 끝내 울음을 터트려버린 나연에 김 비서는 더는 아무 말도 하지 않았다. 그렇게 나연은 한동안 김 비서 앞에서 윤재에 대한 그리움에 울고 또 울었다. 김 비서와 헤어지고 집으로 가려던 나연은 매장에 충전을 하고 가져오지 않은 휴대폰이 떠올랐다.

"아차아. 이 멍청이."

자신의 정신머리를 탓하며 다급하게 카페로 달려갔다.

"매니저님, 제가 깜빡하고 휴대폰을 두고……."

카운터로 향하던 자신의 앞을 가로막고 선 윤재에 나연이 화들짝 놀랐다.

"그래서 전화를 안 받았구나. 난 일부러 피한 줄 알았네."

퉁퉁 부은 눈으로 올려다보자, 그가 어깨를 으쓱였다.

"여긴 또 왜…… 라고 생각하고 있죠?"

나연이 슬그머니 그의 시선을 피했다. 하지만 그의 시선은 여전히 제게로 와 머물러 있었다.

"그만 쳐다보세요."

기분이 나쁜 것보다 오랜만에 자신을 빤히 바라보는 그의 시선이 문득 부끄러워 나연이 계속 시선을 피하며 말했다.

"정나연 씨."

하지만 곧, 헛된 짓임을 깨달았다. 그의 부름에 나연은 곧바로 그를 올려다보았다. 투명할 정도로 밝은 다갈색 눈동자가 나연을 꼭 잡고 놓아주지 않았다.

"그쪽, 거짓말 못하죠?"

"네?"

윤재가 상체를 깊숙이 수그려 나연의 얼굴과 간격을 좁혔다.

"난 이 눈빛만 봐도 알 것 같은데, 거짓말을 하는지 안 하는지."

떠오른다, 예전 일. 떡볶이를 먹으며 윤재가 이렇게 비슷하게 말했던 것이 떠올라, 나연은 자신도 모르게 웃어버리고 말았다.

"우석그룹에, 캐릭터 디자인에 관심이 없다고 말하는 정나연 씨가 꼭 거짓말을 하고 있는 것 같아서. 눈으로는 마치, 꼭 자신을 좀 알아봐달라고 말하고 있는 것 같아서."

차마 그를 바라보는 눈동자까지는 거짓말을 하지 못했나 보다. 그것이 한심하다가도 바보처럼 다행스럽다는 생각이 들었다. 그리고 그 거짓말을 알아차린 윤재에게…… 고마웠다.

"그래서 난 정나연 씨를 꼭 데리고 가고 싶어졌어요. 아니, 꼭 데리고 가야겠습니다."

한편, 윤재는 자신의 말에 또다시 눈이 붉어지더니 곧 눈물을 후드득 흘리는 나연을 보며 가슴 한구석이 찌릿찌릿 아파왔다. 회사에서 일을 하면서 여사원들의 눈물은 수없이도 봐왔었다. 그런데 확실히 다르다. 여사원들과 이 여자가 제 눈앞에서 울 때 느끼는 이 감정은, 너무 달라서 무섭기도 했고 설레기도 했다.

"안구건조증이 있어요?"

심각하게 물어본 말인데, 나연이 피식 하고 웃어버렸다. 그 모습이 꼭 병아리같이 귀여웠다. 병아리……. 병아리…….

사실, 처음 SNS에서 그림을 발견했을 때는 평소와 같이 과장이나 대리를 보내는 것이 맞았다. 하지만 그 어디선가 본 듯한 그 익숙한 그림에 이끌려 직접 발걸음을 할 때부터 윤재는 나연이 마음이 들었다. 익숙함. 처음 본 여자에게서 느끼는 그 익숙하면서도 생소한 기분을 쉽게 지울 수가 없었다.

"안구건조증은 눈물 잘 안 흘리거든요. 그냥 뻑뻑한 거지."

"지금 그게 중요한 게 아닌데, 아무튼 이 캐릭터의 디자인 시안을 좀 보강해서 내 메일로 보내줘요."

"우석그룹 도도한 회사잖아요. 그런데 이렇게 이사님이 직접 스카우트도 하고 다녀요?"

"예전의 우석그룹이 아니에요. 이제부터 우리의 우석그룹은 겉만 번지르르한 학력이 아닌, 속이 꽉 차 있는 실력제로 갑니다. 나의 이 훌륭한 마인드로 수많은 직원들이 채용되었고, 그 덕에 훨씬 높은 매출을 보이고……."

말을 하고 있던 윤재가 문득 말을 멈추었다.

"그런데, 방금 뭐라고 그랬어요?"

"뭐가요?"

"이사님이라고 하지 않았어요?"

윤재의 질문에 나연은 자신의 실수를 깨달았다. 흠칫 놀라 말을 번복하려고 했지만 이미 엎질러진 물인 듯싶었다.

"어떻게 알아요? 내 전의 직급이 이사였는데. 지금은 분명, 명함에도 대표라고 써져 있을 텐데."

뭐라고 변명을 해야 할지 몰라 망설이는데, 갑자기 윤재가 팔을 끼고 삐딱한 자세를 취하더니 진지한 얼굴로 한숨을 내쉬었다.

"예전부터 우석그룹 들어오고 싶어서 꽤 많이 알아본 거죠?"

"네?"

"내가 좀 유명하잖아요. 내가 인터뷰한 잡지 같은 것도 막 챙겨 보고 그랬나 봐요."

"아…….."

"그래놓고 도도하네, 뭐네 하면서 막상 튕긴 건 정나연 씨고?"

흘러기는 말이 조금 어이가 없었지만, 나연은 그렇다고 인정했다. 윤재가 고개를 내저었다.

"아무튼 메일 보내놔요. 시간은 넉넉하게 잡아서 내일 아침까지."

"네에?"

"안 그러면 내일 저녁에 다시 찾아옵니다."

"이사, 아니, 대, 대표님? 잠깐만요. 내일 아침이라뇨?"

자신을 다급하게 부르는 나연의 부름에도 돌아선 윤재의 입술에 깊은 미소가 지어졌다. 어쩐지 그녀와의 만남이 좋다. 앞으로 계속 볼 수 있는 이유가 생겨서 좋다. 분명 처음 보는 여자인데, 자꾸만 끌리는 이 기분을 윤재는 굳이 숨기지 않고 표출하기로 했다. 발걸음이 가벼워졌다.

사고 이후, 3년 만의 이런 기분은 처음이었다.

에필로그 1.

　"잠깐."

　윤재의 한마디에 김 비서가 차를 멈춰 세웠다. 회사 앞에 있는 트럭식 포장마차로 향하는 나연을 발견한 것이다. 나연은 정확히 윤재가 11번째 방문으로 카페 문을 열고 들어갔을 때야 비로소 일을 하겠다고 밝혔다. 모든 것을 체념한 얼굴과 동시에 이해를 할 수 없는 미소가 장착되어 있는 묘한 얼굴이었다.

　자신과 자신의 회사에서 일을 하는 것이 싫다고 말하는 사람은 나연이 처음이었다. 누구든지, 자신의 회사에서 일을 하지 못해 안달이 나 있었는데, 이상하게도 나연과는 그 안달이 난 입장이 자신이었다. 물론, 그녀의 실력은 훌륭하지만 그래도 그런 실력쯤은 다른 곳에서 찾아본다면 충분히 찾아볼 수도 있었다.

　진짜 그녀를 찾은 이유는 다른 것이었다. 그것이 정확하게 어떤 것인지 몰라 윤재는 앞으로 차차 알아가기로 했다. 그렇게 그녀를 곁에 둔 지도 벌써 3개월. 처음 그녀를 봤을 때부터 느꼈던 익숙함 때문인지, 윤재의 시선은 언제나 자연스럽게 그녀를 따라다니고 있었다.

"대표님 어디 가세요? 집 안 가세요?"

내리는 윤재를 향해 김 비서의 외침이 들렸지만, 그는 대답도 해주지 않고 그녀에게로 향했다.

"이모님, 여기 떡볶이 1인분이랑 튀김 1인분 주세요."

주문을 하고 어묵 국물을 푸고 있는 나연의 곁으로 슬쩍 다가섰다. 국물을 푸다 말고 갑자기 드리워진 그림자에 그녀가 깜짝 놀랐다.

"아! 깜짝이야. 놀랐잖아요, 대표님."

"아까 '이모님'이라고 하는 거 같던데. 나연 씨 이모님이 여기서 장사를 하고 계셨던 거야? 그래서 그렇게 매일 먹으러 온 거고?"

질문에 대답할 생각은 없이 자신을 가만히 바라보는 나연을 윤재 또한 마주 보았다.

"여기 주문하신 음식 나왔어요."

아마, 직원이 아니었다면 윤재는 한동안 그렇게 나연을 바라보고 서 있었을지도 몰랐다.

"기왕 오신 김에 드세요. 떡볶이랑 튀김이랑…… 순대도 드실래요?"

뭐지? 언젠가 한 번 들어본 것 같은 이 소리는?

"순대? 나 그런 거 먹어본 적 없어."

"그래요? 그럼 한번 드셔보세요. 생각보다 맛있으실 거예요. 이것도요."

나연이 어묵 하나를 들어 윤재에게 건넸다.

"나 이런 거 먹어본 적 없……."

그냥 먹는 시늉만 하려고 한 입 먹었는데, 생각보다 너무 맛있다.

"입맛에 맞으시죠?"

"그러게. 나 이거 처음 먹어보는 건데. ……자리 좀 바꿔봐."

아예 나연과 자리를 바꾼 윤재가 다섯 개 어묵을 먹었을 때쯤, 갑자기 가슴이 먹먹해져왔다. 곁에 있던 나연을 바라보니, 그녀의 눈동자가 촉촉하게 젖어 있었다. 눈이 마주치자, 황급하게 손등으로 눈물을 닦아냈다.

"이놈의 안구건조증."

"안구건조증 눈물 안 난다며."

"제가 잘못 알고 있었던 거예요."

목소리가 자꾸만 처지려는 듯싶어서 윤재는 애써 다른 화제로 말을 돌렸다.

"떡볶이 좋아해?"

"네. 좋아해요."

"그렇게 생겼어."

윤재의 말에 나연이 실없이 웃으며 떡볶이를 먹었다. 떡볶이를 먹는 나연을 바라보고 있던 윤재가 그녀의 입술 옆에 묻은 소스를 발견하고 휴지를 건넸다. 기억 속엔 없는데, 이 모습이 왜 이렇게도 익숙한지 모르겠다.

"언제 한 번 이렇게 같이 먹은 적이 있었던가?"

그래서 자신도 모르게 물었고 나연이 어색한 미소를 지으며 고개를 내저었다.

"그럴 리가요. 전 다 먹었어요. 먼저 가볼게요."

서둘러 계산을 하고 돌아서는 나연을 윤재가 천천히 따라갔다. 버스 정류상까지 온 그녀가 결국 모든 것을 포기했다는 듯이 체념한 얼굴로 돌아섰다.

"왜 자꾸 따라오세요?"

"그냥."

단순하다 못해 허무하기까지 한 윤재의 대답에 나연이 나지막하게 한숨을 내쉬었다. 동시에 어디선가 소슬한 바람이 날아와 윤재와 나연 사이로 유영했다.

"울지 마."

떡볶이를 앞에 두고 자신을 바라보며 눈물짓던 그녀의 모습이 계속 마음에 걸렸다. 그러고 보면 지난 3개월 동안 종종, 그녀는 멀찍이서 자신을 서글픈 눈으로 바라보다 마주치면 도망가기에 바빴다. 그것이 윤재를 무척이나 신경 쓰게 만들었다. 마치, 자신이 무언가를 크게 잘못하고 있다는 생각까지 들게 만들었다.

"이상하게 난, 정나연 씨가 우는 걸 보면 마음이 철컹, 하고 내려앉아. 그래도 만약 울고 싶다면, 그땐 나한테 와. 다른 곳에서 혼자 울지 말고."

"왜요? 왜 마음이 아프신데요?"

"그건 나도 몰라. 하지만 더 모르겠는 건."

"……"

"정나연 씨가 계속 보고 싶고, 곁에 있고 싶고…… 곁에 있으면 웃게 해주고 싶고, 안고 싶고 그래. 정말 이상하지?"

말을 하고도 괜한 말을 했나, 싶었다. 하지만 자신도 모르게 튀어 나와버린 본심과 진심에 윤재는 당황스럽기보다는 오히려 속이 다 시원했다. 마치 오래전부터 이 말을 하고 싶었지만, 참고 있던 사람처럼 속이 시원했다. 그런 자신을 가만히 바라보던 나연이 입가에 옅은 미소를 지었다.

"술 한잔하실래요?"

"어? 뭘 하자고?"

"술이요. 술 한잔하시려냐구요."

자신을 바라보며 미소 짓는 그 모습이 어딘가 모르게 익숙하다. 그녀를 처음 만났던 그날처럼, 그녀와 함께 지내며 느꼈던 그날들처럼.

선뜻 그녀를 따라나섰다. 하고 싶은 말이 많아 입술이 다 가려운 지경이었다. 어쩐지 그녀와의 어정쩡했던 관계가 확실히 정리가 될 것만 같은 좋은 예감이 들었다.

회사 근처에 위치한 이자까야 안에서의 김 비서는 많이 취해 있었다.

"서럽습니다. 그깟 팥빙수의 떡이 뭐라고, 그거 좀 더 먹었다고 남자친구인 제 머리를 숟가락으로 때리는데, 그, 서, 서럽습니다! 그래서 몇 마디 좀 했다고 어떻게 이렇게 연락을 안 하고……!"

수지에 대한 불만을 토해내며 술을 들이켜는 김 비서를 윤재는 아주 시큰둥한 눈으로 노려보고 있었다. 오늘 이 녀석만 아니었다면 나연과의 오붓한 데이트를 즐길 수 있었을 텐데…… 속이 타들어가는 자신과는 다르게 옆에 앉아 있는 나연은 꽤나 심각한 얼굴로 김 비서의 장단을 맞춰주고 있었다.

"김 비서님, 진정하세요. 연락 안 온 지, 이제 겨우 20분밖에 안 지났잖아요."

"나연 씨가 몰라서 하시는 소리예요! 우리 수지 씨, 10분 안에는 꼭 연락 왔던 여자입니다!"

"너 지금 누구한테 언성을 높여?"

나연으로 향해 빽, 고함을 지르던 김 비서가 윤재의 한마디에 금세 시무룩해졌다.

"아니, 취해서…… 그 목소리 조절이 잘 안 돼서 그런 거지, 감정 조절이 잘 안 된 건 아닙니다. 어쨌든, 미안합니다. 나연 씨. 이 사님."

옆에서 나연이 그러지 말라며 콧잔등을 찡긋한 얼굴로 고개를 내저었다. 데이트도 못하고 이렇게 캄캄한 곳에 앉아서 김 비서 눈물, 콧물이나 보고 있어 가뜩이나 서러웠던 감정이 나연의 행동 하나에 완전히 폭발해버렸다.

"지금 누구 편을 드는 거야?"

"편이라니요……. 그냥……."

말을 다 잇지 않고 피식, 웃어버리는 나연에 윤재가 고개를 갸웃했다.

"왜 웃지?"

"아니. 유치하신 게 귀여워서요."

"유, 유치? 귀여우면 그냥 귀여운 거지, 앞에 그런 단어를 왜 가져다 붙여?"

그렇게 말하며 윤재가 나연의 옆구리를 살포시 찔렀다. 나연이 의자에서 엉덩이가 떨어질 만큼 크게 반응을 일으켰다.

"아! 간지럽다고요! 하지 마시라고요!"

그러면서도 목소리 가득 싫지 않은 웃음기가 묻어 있었다. 윤재는 앞에서 혼자 술잔을 채우고 있는 김 비서를 바라보다 나연에게 귓속말을 했다.

"나가자."

"어떻게 김 비서님만 두고 나가요."

"쟤가 저래도 집은 잘 찾아가."

그런데 그때, 갑자기 김 비서 옆에 있던 휴대폰의 벨소리가 울렸다. 나연과 윤재는 동시에 김 비서에게 시선을 돌렸다. 전화가 걸려온 상대방이 부디, 수지이기를 간절히 바라며.

"수지 씨! 네, 어디라고요? 지금 내가 바로 갈게요! 나 안 취했어요!"

자리에서 일어나면서도 자신의 눈치를 살피며 가야 할지 말아야 할지 망설이는 김 비서에게 윤재는 어서, 제발 가보라고 손짓했다. 마침내 김 비서가 가고 단둘이 남은 윤재가 나연의 손을 꼬옥 잡았다.

아까는 김 비서의 기분이 우울하니 애정 표현을 조금 아끼자던 나연의 제안을 더는 들을 필요가 없어졌기 때문이었다.

"나가자."

윤재는 술집에서 나오자마자, 바로 택시를 잡아 나연과 나란히 올라탔다.

"한강으로 가주세요."

"한강은 왜요?"

"거기서 치킨에 맥주 먹게. 아까 그 메뉴들, 다 김 비서가 처먹…… 아니, 먹었잖아. 그리고 너 한강에서 치킨에 맥주 먹는 거 좋아하잖아."

"내가 볼 때는 오빠가 더 좋아하시는 거 같은데."

나연의 말에 윤재가 대답 대신 살며시 미소를 짓는 걸로 대신했다. 벌써 연애를 한 지, 2년이 훨씬 지났지만, 윤재는 여전히 나연과 함께 있으면 설렌다. 주체할 수 없는 웃음이 계속 비집어 나오기도 했다. 특히, 얼마 전에 간신히 바뀐 '오빠'라는 호칭이 이토록 사람 미치게 만드는 단어인 줄은 나연의 입술 밖으로 나오고 나서야 알게 되었다.

윤재가 나연의 손을 잡아 제 입술 쪽으로 끌어와 가볍게 입을 맞추었다.

"내가 그렇게 좋아요?"

이제 꽤 능청스러워진 나연의 질문에 윤재가 망설임 없이 고개를 끄덕였다.

"그럼, 너만큼 좋은 것도 없어."

한강에 도착한 택시 안에서 내린 두 사람은 생각보다 많은 인파에 살짝 놀라했다. 그러다 간신히 자리를 잡았고 나연이 맡고 있는 사이 윤재는 편의점에 가서 돗자리, 마른안주, 맥주를 사왔다. 돗자리를 깔고 두 사람은 치킨이 오기 전까지 나란히 누워 있었다. 윤재가 나연의 목 사이로 팔을 넣어 베개를 해주었다.

깜깜한 밤하늘에 옹기종기 피어 있는 별들을 두 사람은 가만히 바라보았다. 그러다 극심한 피로함이 몰려오며 윤재가 가만히 눈을 감았다. 한 번도 경험해본 적 없는 어떠한 장면이 섬광처럼 스쳐 지나갔다.

무언가를 얼굴에 바르고 있는 자신과 그 앞에서 놀라고 있는 나연의 모습……. 두 사람이 나란히 앉아 있는 장소의 배경이 이곳, 한강이었다. 나연과 연애를 하면서 종종 이런 증상들이 일어나고는 했었다.

분명 한 번도 온 적 없지만 익숙한 공간. 또는 이렇게 불현듯, 마치 잠재적인 추억들이 수면으로 튕겨 오르는 것 같이 나타나는 장면들.

"우리……."

"네?"

예전에 여기 와봤던 적 있나?

하고 묻고 싶은 것을 윤재는 한숨과 함께 깊이 억눌렀다. 어차피 물어봤자, 무의미한 질문이라 생각했다. 대신 윤재는 하늘에 두었던 시선을 거두고 몸을 틀어 나연을 바라보았다. 자신의 움직임에 나연 역시 하늘을 바라보고 있던 몸을 윤재에게로 옮겼다.

두 사람의 몸과 시선이 바짝 붙어 마주하고 있었다. 윤재는 나연의 머리를 부드럽게 쓸어 만져주었다. 그러며 이마에 가볍게 입을 맞추고 다정한 목소리로 말했다.

"우리 결혼할까?"

윤재의 갑작스러운 말에 나연의 두 눈이 휘둥그레졌다.

"되게 뜬금없지? 별로 멋있지도 않고."

멋쩍어하며 묻는 자신과는 달리, 휘둥그레졌던 나연의 두 눈은 어느새 붉어져가기 시작했다. 그러더니, 금세 투명한 눈물들이 눈을 가득 채우고 있었다.

"왜 울어."

"좋아서요."

자신의 품 안으로 파고드는 나연의 등을 윤재가 부드럽게 다독여주었다.

"근데, 나연아."

"네?"

"근데 너 아직 대답 안 했는데."

품에 안겨 있던 나연이 고개만 들어 윤재를 바라보았다. 환하게 웃는 그녀의 미소가 견딜 수 없을 만큼 사랑스러웠다.

"당연히 Yes죠!"

그녀의 대답을 듣고 나서야, 윤재 또한 여유로운 미소를 지으며 입술을 내려 맞췄다. 촉촉한 그녀의 입술이 오늘따라 유난히도 윤재를 행복하게 만들었다.

에필로그 2.

2029년.

푸른 정원 위로 쏟아지는 햇살을 받으며 남자아이 셋이 신나게 축구공을 굴리며 놀고 있었다. 그중, 갓 세 살배기로 보이는 아이는 심하게 귀여운 엉덩이를 실룩거리며 형들을 쫓아다니느라 바빴다.

"야! 여기로 패스! 우재영! 여기로!"

대략, 여덟 살 남짓으로 보이는 사내아이의 목소리에 다섯 살의 남자아이가 발을 휘둘러보았지만 헛스윙만 할 뿐이었다. 그 모습이 여덟 살의 아이 우재호가 크게 한숨을 내쉬었다.

"내가 이래서 너희들이랑은 축구 못 하겠어. 아빠는 언제 나오시고, 김준수 씨네 형제는 언제 오는 거야?"

형의 말에 충격적이었는지 재영이 병한 얼굴을 짓다가 있는 힘껏 공을 찼다. 아이의 작은 발에 맞은 축구공이 꽤 힘 있게 튕겨져 돌계단 밑으로 데굴데굴 굴러갔다.

"아빠 나오기 전에 가서 주워 와."

"체엣."

재영이 입술을 삐죽거리며 공을 주우러 달려갔다. 대문에 부딪쳐 멈춰 있는 공을 발견한 재영이 더욱 걸음을 빨리해 공을 주우려던 참이었다. 좀 전까지만 해도 없던 커다란 그림자가 재영의 몸을 완전히 감싸고 있었다. 재영이 천천히 얼굴을 올렸다. 처음 보는 사내가 재영을 바라보고 있었고 그 위엄에 놀라 재영이 엉덩방아를 찧으며 눈물을 터트리고 말았다.

"이거 재영이 울음소리 아니니?"

멀리서 엄마의 목소리까지 들리니 더욱 서러워진 재영이 더 크게 눈물을 쏟아냈다.

"누굴 닮았나? 외모는 분명 아빠를 닮은 것 같은데. 성격은 아빠와 달리 겁이 좀 많은 편이군."

사내의 말에 재영은 더욱 오열을 했다.

"네가 2024년 생으로 용띠. 바로 내가 너의 운명을 점찍는……."

"오랜만이시네요."

제 곁으로 다가오는 엄마에 재영이 자리에서 벌떡 일어나 후다닥 달려가 다리를 끌어안고 품 안으로 파고들었다. 아이에게 시선을 두었던 사내가 천천히 눈동자를 올려 나연을 바라보았다. 그는 진룡이었다.

"12년 만의 외출로 처음 온 곳이 여기야. 잘 지내고 있었나?"

그는 놀라울 정도로 그대로였다. 12년이 지나, 어느새 삼십 대

중반이 되어 나이 먹은 티가 나는 자신과는 달리 그는 그때의 모습 그대로를 유지하고 있었다.

"네. 전 잘 지내고 있어요."

"천상에서 줄곧 너희들을 지켜보곤 했어. 잘 지내는 것 같아서 다행이야. 물론, 우윤재가 나를 잊어버렸다는 것은 매우 서운하고 유감스러운 일이지만. 그래도 녀석이 무척이나 행복해 보여서 다행이야."

진룡의 말에 나연은 이제야 눈물을 그친 재영의 머리를 쓰다듬어주며 살며시 미소 지었다.

"저도 너무 행복해요. 요즘."

입가 가득 함박 미소를 짓고 있는 나연을 진룡이 따뜻한 눈길로 바라보고 있던 그때였다.

"여보, 어디 있어?"

정원 쪽에서 윤재의 목소리가 들렸고 나연이 반사적으로 고개를 돌렸다.

"아빠아!"

재영이 달려가고 나연이 다시 진룡에게로 고개를 옮겼을 때 이미 그곳은 텅 비워져 있었고 동시에 초인종 소리가 들렸다.

"누구세요?"

"형광입니다, 형수님."

요 며칠 여행을 다녀온 김 비서의 가족들이었다. 문을 열자, 안으로 준수와 윤수가 뛰어 들어오고 김 비서가 쩔쩔매며 임신한 수지를 부축하고 있었다.

"오버하지 말랬지?"

수지의 핀잔에도 김 비서는 아랑곳하지 않고 수지를 과하게 보호하고 있었다. 그 모습에 나연이 피식, 웃음을 터트렸다.

"잘 다녀오셨어요?"

"잘못된 선택이었어. 내가 너무 가고 싶어서 간 거지만, 너무 힘든 여정이었어."

김 비서의 부부와 함께 정원으로 올라간 나연은 막내아들인 재우를 하늘 높이 치켜들어 흔들며 놀아주다가 진하게 볼에 입을 맞추고 있는 윤재를 흡족하게 바라보았다.

"어디 갔었어?"

"재영이가 밑에서 울고 있기에 달래주러요."

"보고 싶었잖아."

윤재가 나연을 향해 가볍게 뽀뽀를 한 순간, 옆에 서 있던 김 비서가 몸부림을 쳤다.

"악! 닭살!"

"닭살 같은 소리 하고 있다. 사왔어?"

"아, 네. 사왔죠오!"

김 비서가 당당하게 쇼핑백을 내밀었다. 안에는 지단의 닉네임이 박혀 있는 이니셜이 새겨 있었다. 윤재가 얼른 큰아들 재호를 불렀다.

"아들, 선물."

"삼촌이 준 선물이다."

김 비서의 말에 윤재가 그의 다리를 남모르게 퍽 쳤다.

"아빠가 준 선물이야."

누가 준 선물이든 어떠하리? 재호는 그저 공을 들고 뱅그르르

476

돌며 즐거워할 뿐이었다. 이제 다섯 아이가 뛰어 다니는 정원과 안으로 부축하며 들어가는 수지와 김 비서. 그리고 제 곁으로 다가와 어깨에 손을 올리고 온화한 미소로 바라보고 있는 윤재.

밝은 햇살과 따뜻한 바람까지.

자신의 행복을 누리기에 모든 것이 완벽했다. 완벽한 행복이었다.

-마침-

작가 후기

한 번도 써보지 않은 판타지에 도전을 해보고 싶었습니다. 처음 시작은 되게 거창했는데, 날이 갈수록 저는 처음 도전해보는 것에 많이 지쳐갔습니다. 그래서 저와 잘 맞지 않은 것 같아서 포기하기도 했습니다.

원래 포기가 전문(?)인 저는, 특히 독자님들에게 선보이지 않은 글은 더 쉽게 접어버리는 제가 이것도 '그냥 접자' 했는데, 어느 분이 그런 저를 이끌어주셨습니다. 바로 이 책을 내주시는 와이엠북스의 김은지 팀장님이신데요. 생각해보면 은지 팀장님은 언제나 제가 포기를 하고 두 팔을 들어 올리면 꼭 그 팔을 다시 잡아 끄시면서 쓰라고 다독이시고 협박(?)도 하시고…….

결론은 너무 감사한 분이라는 겁니다. 앞으로 제가 책을 낼 기회가 또 온다면, 은지 팀장님과 함께 또 다시 작업하고 싶습니다. 그리고 더불어 이 책에 많이 힘써주신 지은 주임님도 너무나도 감사드립니다!^^ 수고 많으셨어요!

그리고 또 감사할 분이 계십니다. 필명은(써도 되나??) '윤비'님이라는 독자님이신데요. 전 제 글을 읽어주시고 또 봐주시는 모든 독자님들에게 감사하지만, 특히 윤비님에겐 너무나 감사드립니다. 제가 '4HOT'이라는 카페에서 활동을 할 때부터 함께해주셨던 윤비님은 제가 성장을 해나가는 것을 언제나 응원해주셨고 또, 제가 쉽게 글을 포기하지 않도록 뒤에서 받쳐주셨던 분입니다.

항상 제 글을 읽어주시며, 정말 행복하고 마음 벅찬 이야기들만 해주시는 분이랍니다. 이렇게 글을 낼 수 있는 원동력이 되어주셔서 감사드리고, 앞으로도 우리 서로에 대한 애정 끝까지 가요!

그리고 '새벽부인' 독자님! 종종 메시지로 좋은 글귀도 보내주시고 그때 보내주셨던 커피도 너무 잘 마셨습니다. 제 글과 근황에 대해서 늘 관심 가져주심을 너무나 감사하게 여기고 있습니다. 로맨스 끊지 말고, 저 끊지 말고 계속 열렬히 응원해주시와요!

'보미온햇살'님도 너무 감사하고……. 또…… 음, 또…….

그 외에도 너무 감사한 분들이 많습니다. 다들 아시죠?^^

또, 마지막으로 저희 엄마…….

제가 요 며칠 엄마 속을 아주 많이 썩혔습니다. 제가 세상에서 가장 사랑하고, 또 저를 가장 사랑해주는 사람인데, 제가 왜 그렇게 못되게 굴었는지 모르겠습니다. 엄마에게 너무 미안하고 상처를 받았다면 전부 잊어주길 바라요. 다시는 속 안 썩힐게요. 나는 왜 이날 평생 이 말만 반복하고 있을까요? 그래도 난 영원히 엄마의 편이고 엄마도 영원히 내 편이 되어주세요. 사랑해요.

제 글이 '클래식' 같다는 소리를 많이 들어요. 전 그게 좋아요. 그리고 제 글을 읽으시는 모든 독자님들에게 '클래식' 같은 우아함과 품위를 선사해드리기 위해 저는 앞으로도 많이 노력하겠습니다.

그럼 저는 또 다른 책으로 찾아뵙겠습니다. 모두들 건강하시고 사랑하고 사랑 받으세요!

-2017년, 로맨스를 쓰지만
막상 본인은 2년째 로맨스를 하지 못하고 있는 이은교 올림.